2020中国年度　短篇小说

中国作协《小说选刊》　选编

漓江出版社
·桂林·

图书在版编目（CIP）数据

2020中国年度短篇小说 / 中国作协《小说选刊》选编 .-- 桂林：漓江出版社，2021.1
ISBN 978-7-5407-8947-3

Ⅰ. ① 2… Ⅱ. ①中… Ⅲ. ①短篇小说—小说集—中国—当代 Ⅳ. ① I247.7

中国版本图书馆 CIP 数据核字（2020）第 224400 号

2020 ZHONGGUO NIANDU DUANPIAN XIAOSHUO

2020 中国年度短篇小说

中国作协《小说选刊》 选编

出版人：刘迪才
责任编辑：刘红果
书籍设计：石绍康
责任监印：张璐

出版发行：漓江出版社有限公司
社址：广西桂林市南环路 22 号　邮编：541002
发行电话：010-65699511　0773-2583322
传真：010-85891290　0773-2582200
邮购热线：0773-2582200
电子信箱：ljcbs@163.com
微信公众号：lijiangpress
北京中科印刷有限公司印制
［北京市通州区宋庄工业区 1 号楼 101 号　邮编：101118］
开本：690 mm × 1000 mm　1/16
印张：22.75　字数：322 千字
版次：2021 年 1 月第 1 版
印次：2021 年 1 月第 1 次印刷
书号：ISBN 978-7-5407-8947-3
定价：52.00 元

目录
contents

一斗阁笔记（三）

莫　言*

一　老邓之妻

老邓，是我在保定当兵时的战友。那时部队生活差，到了冬天，蔬菜就是那老三样：萝卜、白菜、土豆。萝卜多是糠的，白菜多是卷得不紧的，土豆多是发了芽的。众人的嘴里，真的淡出个鸟来了。那时，军官到了营级职务，家属便可随军。老邓职至副营，家属便随了军。老邓是山东临沂人，农村的。老婆是同村的，跟老邓还沾点亲，一口家乡话，多数人听不懂。老邓结婚早，在国家号召计划生育、推行独生子女政策时，他老婆已经生了三个儿子。那时干部工资多年没有调整，老邓虽是副营职，但工资跟我们这些连排职干部一样，每月也是五十三元。老邓家口多，老婆随军后因文化程度低又找不到工作，因此老邓的生活便格外困难。老邓的老婆有时带着三个孩子到部队食堂周围去捡东西，被好事者反映到大队部。大队政委找老邓谈话，让他回家教育老婆孩子，不要到食堂周围转悠。老邓回家把老婆揍了一顿，他自己脸上也添了几道血痕，可见这个娘们不是善茬子。

转过年来，老邓的老婆在河滩上开辟了一片荒地，又从山上搬来石头，垒

---

* 莫言，本名管谟业，男，1955 年生，山东高密人，中国作协副主席，著有《莫言文集》（12 卷）。中篇小说《红高粱》获全国中篇小说奖。长篇小说《蛙》获第八届茅盾文学奖。2012 年获诺贝尔文学奖。

了一个猪圈，一排鸡舍鸭棚。这个女人真是过日子的好手，她家里的生活很快就改观了。老邓一直干巴巴的小脸，慢慢地胖了，圆润了。又有好事者到大队部告状，说老邓的老婆开荒种地养猪养禽，涉嫌搞资本主义。政委又找老邓谈话，让他回家教育老婆。这次老邓肯定没打老婆，因为老邓的老婆站在我们大队部的院子里，左手叉着腰，右手挥舞着，像高级领导人做报告一样，痛骂了我们大队政委两个小时。其最精彩的骂人话我至今还记着：雷政委，你这个不吃人粮食的狗杂种，我们一家五口饿得眼冒金花你不管不问，俺自力更生艰苦奋斗发扬南泥湾精神丰衣足食了你又来找我们的麻烦，老娘今天要让你知道一下俺的厉害！俺沂蒙山人，共产党的大干部见多了，陈师长不比你大？罗政委不比你大？他们都对老百姓好，你一个小鸡巴团级干部，竟敢欺负老百姓，老娘今天要给你留点记忆！老邓的老婆冲进政委的宿舍，据说在政委的床上撒了一泡尿。男干部都不敢进去。我那时在大队部当干事，急忙打电话给卫生队，让黄军医带着一个女卫生员赶过来，连拖带拉地把老邓的老婆弄走。政委气得脸黄唇青，双手直哆嗦。大家都说，政委正巴望着调到局里去当副局长，只怕要被老邓老婆这泡尿给冲黄了。但事实证明，老邓老婆给政委带来了红运。政委很快就调到北京，一路晋升到副军职。

腊月里，雪封山路，食堂的采买车无法进城，每日吃盐水煮黄豆，大家皆面黄肌瘦，只有老邓家的厨房里每天都散发出煎炒烹炸的香气。我们心中愤懑，便决定夜里去偷老邓家的禽。白天我们侦察了，老邓家的禽棚里有两只长颈鹅，每只足有十斤重，偷一只就可以供我们大队部的五位单身干部饱餐一顿。但困难在老邓老婆警惕性很高，据说她每天夜里都睡在猪圈里，我们必须行施调虎离山计。正好那几天大队的领导都不在位，我们先派人去找老邓，说上级机关指名要他到保定市人民武装部修理一挺机枪，让他当天下午就出发。老邓是军械员出身，枪械专家，当时部队使用的所有枪械，他闭着眼都能拆卸。那时交通不便，从我们营区到保定市区当天不能往返。我们计划等老邓一走，就去夜袭他家的鹅棚。老邓笑着说好，然后就走了。到了晚上九点多钟，我们开了一个小会，设计好几套方案，换上胶鞋，准备好手电，刚要出发，老邓和他太太来了。他太太端着一个锅，揭开锅盖，锅里是香气扑鼻热气腾腾的鹅肉。老邓的老婆说：你们这些小兔崽子，跟老娘斗心眼，还嫩了点儿。

这件事很像一篇公式化的小说，但确实是真事，如果我不写出来，就对不起老邓和他老婆。

二　鸟虱

吾乡张七，见多识广，口才极好，是个肚子里有故事也会讲故事的人，他在村苗圃曾与我共事数月，讲过的故事有一百多个。这些故事大多已被我写进小说，少数未写进小说的，基本上都不太雅，今从这些不太雅的里选一个还能入目的写出来，供没洁癖者一乐。

张七道：民国元年，俺姥爷十九岁，新婚宴尔，去岳父家帮忙刈麦。干到半晌午时，忽觉腹中饿甚，冷汗涔涔，无物可填饥肠。正好看到麦垄间有一鸟巢，巢中有卵四枚。俺姥爷便将那四枚鸟卵吞食，连壳都没吐，这四枚鸟卵落肚。他感到力量倍增，抖擞精神，一马当先，割到地头，人人夸他是把好手。回家后，俺姥爷感到脖子后发痒，以手探之，有四个鸟卵大隆起，其痒日甚，坐卧不宁，遍寻名医，皆不知何症。一日，一游方郎中摇铃从街上过，我姥爷追之求诊，那郎中眇目跛足，其貌甚怪。他摩挲着俺姥爷脖后那四个包说：有些东西，即便饿死也不能吃，你明白吗？

俺姥爷说，我没吃什么呀！郎中道：事到如今，还不坦白，那你就等死吧！郎中起身欲走，俺姥爷急忙道：大夫，俺想起来了！前些天帮老丈人家割麦，突然饥饿难忍，见麦垄间有四枚鸟卵，便带壳吞之。郎中道：这就是了！你这脖子上的疮名曰鸟毒，凶险异常，如不救治，十日必死。俺姥爷慌忙下跪磕头，请求救命。郎中道：速速准备四只公鸡。俺姥爷说：俺家只有一只公鸡，母鸡行吗？郎中道：母鸡不行。俺姥爷就动员起全村人帮他去买公鸡，直到日挂林梢，天色昏黄时才弄到三只。郎中叹息道：再晚就来不及了，姑且用一只母鸡代替吧。不过，这就给人世间留下无穷后患了。郎中让我姥爷趴在地上，用利刃劈开其颈上一个隆起，随即将一只公鸡堵上去，只见那刀口里钻出许多灰白色的小虫，紧接着爬到公鸡的身上。公鸡羽毛奓起，鸣叫不止，似有不可忍耐之痛苦。片刻，刀口内再无小虫爬出。郎中便将公鸡扔在地上。只见那公鸡跳跃鸣叫，几近疯狂，猛然一跳，离地数米，落地已死。郎中急令村人点燃柴堆，又令以洋油泼鸡身，投之火中，但闻噼啪爆响，如燃竹节，又有腥臭扑鼻。郎中道，此即鸟虱之臭也。接下来郎中又按此法剖切了俺姥爷颈上两个鸟虱包。牺牲公鸡两只，皆投火而焚之。其时村中人皆倾出而围观之，中有一孩童，名叫八十，时年七岁，善驯养鹰隼，售与蒙古猎人以获利。此儿亦天才也，驯鸟之技，无师自通之。郎中以利刃剖切俺姥爷颈上最后一个虱包时，八十手托一小隼，挤在最前边观之。郎中一刀剖开虱包，随即以母鸡堵上，那母鸡咯咯鸣叫，如产新卵，顷刻即不出声，显然已血竭命毙矣。郎中大呼：闪开，直接将死母鸡投诸火堆。噼啪燃爆之声依旧。接下来发生的事是令人最感遗憾的，只见从俺姥爷脖子上最后切开的刀口里，蹦出了数十只灰白色的鸟虱，落到了那只小隼身上。那隼一声尖叫，声同裂帛，然后疾如闪电，直冲云霄，再也没见踪影。从此，高密东北乡的鸟类再也无法安眠，地球上也多了一种寄生虫。人问郎中那四枚鸟卵是何鸟所下？郎中道：鸟名青鹖，又名虱母。夜鸣旦止。夏天，羽毛繁茂，至冬，体无一羽，故又名“冻鸡”。

一斗阁主疑问：这郎中还是个人吗？

三　盗车铃

二十世纪八十年代，自行车是北京人的主要交通工具。那时的车子以上海产永久、凤凰，天津产飞鸽最为流行。我当时的坐骑是一辆凤凰二八，骑在车上，如遇顺风，确有怡然自得之感。这三种品牌的车子的零件是可以通用的，这给修理带来了很大方便，但也给某些坏人偷盗车铃盖带来了便利。有一次我与几位战友聚会，谈到当年偷铃盖的事，众人皆笑。我们都是被盗者，也都是盗窃者。我记得有一次去西单音乐厅听某歌唱家唱歌，同行者乃战友老蔡。听到半截，二人均觉无趣，便中途退场。到停车处取车时，发现我的车铃盖没了，正嘈嘈地骂着，老蔡已把旁边一辆车上的铃盖拧下来递给我。我还有点犹豫呢，老蔡说，别虚伪了，拧上吧。我很想躲到旁边看一下后续的反应，但老蔡把我拉走了。过了几天，我的自行车铃盖又丢了，这次我毫不犹豫地把旁边自行车上的铃盖拧了下来。我想来想去，在那个冬天里，只因为有人偷了我一个铃盖，就使北京的很多自行车主，都成了偷铃盖的人。很长一段时间里，人们进剧场看戏或者进影院看电影，都要把铃盖拧下来装进口袋，出来时再拧上。后来，厂家发明了一种拧不下盖的新式车铃，这连环偷窃才告结束。

这件事让我想到意大利著名作家卡尔维诺的一篇小说，说一个村子里的人都是小偷，张三偷李四家的鸡，李四偷王五家的鸭，王五偷孙六家的鹅，孙六偷张三家的兔子。大家都有事干，生活也充满了刺激和乐趣。忽然有一个家伙改邪归正，不偷了，这根循环往复的链条断了，村子里的人就感到生活失去了意义，然后陆续地搬走了。这个故事很有趣，似乎蕴含着一些哲理。

四　卖驴

用假话骗人，寻常事也；用真话骗人，反常事也。寻常事无可记，反常事可记之。吾乡周氏父子，聪明人也。聪明人不愿种田出大力，喜欢干一些出力少、赚钱快的事。吾乡把从事商业者称为买卖人，此称谓含贬义，但也不算太狠。周氏父子，父名文元，字金榜。子名武魁，字占镳。他们家似乎世世代代都与农民不一样。如果说地道的农民与土地是鱼与水的关系，那么周氏父子与土地就是青蛙与水的关系。他们可以在水里待着，也可以跳到岸上甚至钻到泥土中或是爬到树上。这些都是闲话，咱们书归正传。周氏父子所从事的工作，说好听点叫经纪人，说难听点就是牲口贩子，因为周氏父子只倒腾驴，因此大家都称他们为驴贩子。他们的特长就是用一些手段把一头老驴装扮成一头比较年轻的驴，然后赚一笔钱。怎样把一头老驴装扮成一头看上去比较年轻的驴呢？具体做法是，将一把谷秸点燃，去烧燎老驴身上的死毛。这个分寸比较难把握，太近了会烫伤驴皮，太远了又烧不出效果，所以这个活儿一般都是老周干。小周拤着一柄竹扫帚，待老周燎后刷之。刷时，驴似乎很享受。刷后，驴焕然一新，犹如穿上了一件光鲜的外套。处理完驴毛后就开始处理驴牙，这活儿较复杂。先用丝瓜瓤子蘸着盐末儿擦洗，驴越老牙愈黄，擦洗后驴牙变白，会给买驴者留下好印象，驴也显得年轻。接下来的工序最为复杂，那就是用锥子在驴牙上钻剔出沟槽，因为老驴的牙齿经过多年磨损，已经磨平，这是判断驴年龄最重要也最可靠的标志。在磨平的牙齿上剔出沟槽，这活儿也只能老周干，小周做助手。大多数人都有过看牙的经验，知道钻磨牙齿的滋味不好受。驴也一样，所以小周要让驴嘴分开，一直等到老爹把活儿干完。驴急了也是会咬人的，这活儿多少也有一些危险呢。最后，就是在牵驴上集前，用拌有酒糟的饲料喂它一饱，让它微醺，兴奋。你看这头驴，毛眼儿新鲜，双眼焕发光彩，哪像老驴？活脱脱就是一头青年驴啊。买驴人在扒开驴嘴看罢驴牙后，提出疑问：这驴牙似乎刚刚钻过。这时，小周就说：大叔，您真说对了，今天早晨，我扒着驴嘴，俺爹用锥子钻的！于是大家都哈哈一笑，不再怀疑。这就是用真话骗人的故事。

类似的故事还有，譬如一男一女有暧昧关系，众皆疑之。女的坦然道，岂止是暧昧关系？！我们的私生子都上大学了呢！这样一说，那些专门打探传播此类消息的人反而感到无趣了。

五 写诗软件

某晚，吾在办公室学作律诗。正抓耳挠腮寻章摘句时，一学生推门而入。他头大颈细，目深额凸，有古贤人之相。未及我问，他便侃侃而谈："尊敬的老师，我是天文系的新生。听我们老师说您正下苦功学作律诗，我用两个星期的课余时间，为您编了一个作诗软件，想请您试用一下。"他突然扑哧一笑，道："那天我去食堂打饭，看到您在小树林里用头撞树，知道您在苦思冥想，其实，在当今这个时代，何必费心耗神于此雕虫小技也！"

我对这个出言不逊的学生没有好感，但还是打开电脑，让他将软件装上。他坐在我的椅子上毫无顾忌地放了一个响屁，这让我更为不快，但还是碍于情面，没赶他走。他说："老师，软件装好了，您想作首什么诗？"我说："七律吧。"他问："平起还是仄起？"我说："平起。""首句入韵还是不入韵？""入韵。""用新韵还是用旧韵？""旧韵。""请您说几个关键词。""肃杀，孤独，忍耐，无奈，慷慨，佯狂，长歌，纵酒……"他敲击键盘的速度令我目眩。我的话音刚落，他就说："好了。"

屏幕上显示出："刀光剑影气萧森，一意孤行路莫寻。开口即招高士恨，装疯可慰怨儿心。忍将村勇冲天怒，化作长歌动地吟。万众皆醒我独醉，夜阑坐起乱弹琴。"

我翻来覆去读了几遍，不知好歹。学生眉开眼笑，问："老师您觉得怎么样？"我说："这个嘛，从格律上来说呢，当然大概可能是没有问题的了，但缺少真情实感……要不，再作一首试试看？""还是七律吗？""是吧。""新韵还是旧韵？""新韵。"……

他一按键盘，说："好了。"

"心慈手软窝囊废，忍气吞声戴罪身。宁愿折腰钻狗洞，不求炫翅跳龙门。

黄连入口休嫌苦，黑镬加肩莫怨沉。猛士联营欺小丑，梦边偷泣泪无痕。”

“老师，您觉得怎么样？”

“这首较好。再来一首新旧韵兼通的好吗？”

“好了，老师。”

“前有虎狼后有兵，左山起火右山惊。梦生双翼飞南海，心伴孤鸿落北城。三跪滩头难免罪，九歌湖畔未成名。凭窗愁看风吹雨，竹笠青蓑任我行。”

“老师，您觉得怎么样？”他笑眯眯地问。

“这个软件嘛，局部地来看呢，还是不错的，写一点空洞无物无病呻吟的诗，还是可以的，但再好的软件，也写不出李白和杜甫那样的诗……”

“老师，我还可以帮助您编写小说的软件、写剧本的软件，您只要象征性地付我一点费用就可以了。”

“同学，不，大师，您贵姓？”

六　马脚穿鞋

据说，公元前一世纪，古罗马人就开始给马蹄挂掌（钉蹄铁），这事当时还有个很有趣的说法，叫作“马穿凉鞋”。中国史书中关于给马挂掌的最早的记载是后晋天福三年（公元 938 年）——我坦率地承认，上面这些知识，都是百度来的，是不是可靠，我也不知道。但下面的故事，却是我亲身的经历，绝对可靠。

我估计像我这个年纪的农村出身的人，都看到过给马或者给骡子挂掌的场面。那场面很精彩，很刺激，看一次就能记一辈子。挂马掌的人，基本上都是健壮、精干的男人，因为这活儿，既需要技术，又需要胆量。因为并不是每匹骡马都是好脾气，它一旦不高兴，一尥蹶子，就够人受的。马掌匠大多数都是铁匠，需要根据骡马的蹄子，随时修改蹄铁的大小。大多数的马掌匠都是在铁匠铺子里等活儿。他们的铺子前，用五根粗大的圆木，交叉竖起一个木架子。他们将骡子或者马弄到架子下，用两根结实的帆布带子，兜在骡子或马的前后腿之间，然后将它们吊起来，这样，无论多么暴烈的骡马，也就失去了尥蹶子的能力。

我要说的是一个犹如凤毛麟角一样稀罕的下乡找活干的马蹄匠。下乡找活干，就意味着没有了器械的保护，马蹄匠要跟骡马亲密接触，风险很大。单纯因为这，还不值当我使用“凤毛麟角”这样的高级形容词，我之所以使用这个形容词，因为这个马蹄匠是个女的，而且是我的表姐。这个表姐不是那种八竿子拨拉不着的瓜蔓子亲戚，她是我母亲的堂哥的独生女儿。

我这个表姐身材并不粗壮，甚至还可以说她有几分苗条。她也不丑，甚至还可以说她比较漂亮。就是这样一个人儿，学了这样的手艺。我堂舅是个铁匠，也是马蹄匠。我堂舅并不愿意让自己的独生女儿继承自己的手艺，生产大队安排了一个小伙子给他当学徒他又不要。我表姐很喜欢这活儿，因为喜欢，所以上心，我堂舅没怎么教，她自己就看会了。

我表姐在我们村子里大显身手赢得了高度赞誉那次，是给我们第二生产队里那匹性情极为暴烈的骡子上蹄铁那个中午。那时我堂舅已经很老了，只能给我表姐当助手。村子里的人听说来了一个女马蹄匠给第二生产队的疯骡子上蹄铁，全都跑来看热闹。

我们第二生产队那匹疯骡子，是真疯。它能同时飞起两条后腿踢人，又能十分灵巧地飞起一条后腿踢狗。它还能站立起来，用两个前蹄，像拳击手一样擂人，当然，用嘴咬人，它也十分擅长。我们队长和会计贪便宜把这家伙买回来，简直是买回了一头猛兽。每次要将它套进车辕，都需要动员全队的壮劳力。一旦把它套进车，它就拉着车狂奔，速度之快，我说出来大家也不会相信。也就是说，这头疯骡子，身上有不可思议的神奇的力量，它使我们队里马车的速度大大提高。有一次它从县城给公社供销社拉了一车煤，蛟河农场的一辆捷克产的胶轮拖拉机趾高气扬地超越了它。它野性发作，嗷嗷地叫着，拉着车就追，车上的煤被颠得纷纷落地。拖拉机司机刚开始不以为意，呼喊了一些嘲笑骡子的口号，骡子大怒，狂追不止，车越跑越轻，速度越来越快。拖拉机驾驶员一时慌乱，竟然把车开到了路沟里，差点出了人命。这件事流传甚广，使我们村子里人尤其是我们这些孩子感到无比地骄傲。骄傲归骄傲，但供销社的煤是要赔的。我们全队的人拿着笤帚去沿路扫煤，但还是缺了一半分量。

话说我堂舅把疯骡子拴在街边一棵柳树上，稍一懈怠，就被骡子一口咬住了胳膊。我表姐一个箭步冲上去，对着骡子的耳朵眼儿一声尖叫，那骡子像当头挨了一棍似的，两条前腿一弯就跪下了。我表姐迅速地用细麻绳将它的上唇拴起了一个疙瘩，然后将连接着细麻绳的粗绳子扔到树杈上，往下一拉，那骡子就乖乖地把头仰了起来。表姐将绳子交给我堂舅，我堂舅把绳子死劲往下一扽，那骡子痛苦得浑身颤抖，再也没有心思飞起蹄子尥人了。

我表姐从容不迫地给疯骡子剔除了旧蹄铁，用扁铲给它修平了趾甲，然后给它钉上了合适的新蹄铁。四个蹄子全部弄好，花费了大概半个小时，真是又快又好，观者无不称赞。一切收拾妥当后，我表姐将骡子上唇的麻绳松开，还轻松地拍了拍它的脑门。我堂舅将缰绳递给生产队的饲养员。众人飞快地散开，等待着疯骡子的疯狂。但奇怪的是，我们队里的疯骡子竟然没有折腾，它跟在饲养员身后，乖乖地走着，仿佛一个刚穿上新鞋的小媳妇，个头也高了两寸。

过了几年，在添油加醋的传说中，我表姐成了武功高强的女侠，那疯骡子，成了她仗义行侠时的坐骑。这就是另外一个故事了。

我表姐后来被推荐上了农学院畜牧系，毕业后分配到县兽医站工作。她嫁给了一个部队的军官，后来随军去了贵州。现在，她应该有七十多岁了，自从那个她征服了疯骡子的中午后，我再也没有见过她。

2015年，台湾地区领导人马英九先生视察高雄渔港，见秋刀鱼丰产，心中喜悦，遂出一上联："秋刀出鞘渔民笑。"在此之前，为保障渔民出海安全，台海军曾出动军舰护航，这个上联，包含了这层意思。我想了好久，也没对出贴切的下联。忽然想起挂马掌的事，于是勉强对出一个下联："马脚穿鞋骑士高。”“高”在这里当动词用。

七　墙梦

我梦到一道墙，从东往西移动，想堵住那道从西往东移动的墙。

建墙原本是为了防贼、防风、防寒、防水、防火，也为了挡住那些窥测的目光。从没见过也没听说过建墙是为了堵住另一道墙。

墙与墙其实没有仇，当然也没有爱，在一般情况下，它们只是遥遥相望，彼此间连个招呼也不打。可眼下，这两道墙正在加速前进，相撞只是个时间问题。据说这两道墙都有鲜明的颜色，但可惜我是色盲。

我梦到了两群人，都拿着鞭子，抽打着自己面前的墙。墙扭动着，尖叫着，竭力想提高前进的速度，但它们的身体实在是太长了，太笨重了，在鞭打下，它们前进的速度并没加快。

我又梦到，那些人都骑到了墙头上，像骑手一样，用脚后跟踢墙，像踢马的肚腹；用鞭子抽打墙头，像抽马的脑袋。因为这些人骑墙的方向不一致，所以那墙就暴怒而痛苦地原地扭动起来。

后来我又梦到，骑墙的人跳下墙，互相打了起来。这些人的面前都有一个篮子，篮子里盛着鸡蛋。他们尽力保护着自己篮子里的蛋，却从别人的篮子里抢蛋，一旦抢到，就摔到墙上。每当有蛋摔到墙上，就有人欢呼，有人痛哭。

我终于梦到了这两道墙撞在一起的情形：砰然巨响，尘土飞扬，变成了一道你中有我我中有你的碎砖烂瓦的丘陵。

但这个梦很快就被另一个梦境覆盖。在这个梦境里，这两道墙犹如两条巨龙缠绕在一起，于是，两道墙就成了一道墙。

最为奇特的梦境是，这两道合二为一的墙，像一条怀孕的巨蟒一样，开始下蛋。似乎有下不完的蛋。那些蛋滚动着，膨胀着，然后砰然破壳，变成了一道小墙。

许多小墙快速地生长着，而那道大墙的屁眼里，还有许多包孕着小墙的蛋滚出来。

八 皇帝与鞋匠

我爷爷对我说过一些皇帝私访的故事，说得最多的是大清朝的乾隆皇帝。我爷爷把乾隆皇帝叫作乾隆爷。我爷爷说有一年乾隆爷私访到了我们县城——我说爷爷啊，乾隆爷没到过我们县城——你这孩子，你怎么知道乾隆爷没来过我们县城？他老人家不但来过，而且还来过好几次呢。乾隆爷微服私访，不坐轿子不骑马，把鞋子走破了，正好路边有家鞋铺，乾隆爷就进去修鞋。

我爷爷说修鞋师傅姓刘，跟我们家是亲戚，所以这个故事绝对是真的。

我爷爷说这个修鞋的刘师傅是个有眼力的人，他一眼就看出这个人不是寻常人物。他给客人倒了一碗水，还捧出一捧花生给他吃，然后非常认真而又快捷地将开了绽的鞋子修好。当客人说自己没有钱时，刘师傅说：出门在外，谁还能不遇到点难处？不要钱。

第二天，刘师傅听到门外车马喧嚣，出去一看，只见来了一乘大轿，轿前很多开路的，轿后很多护卫的。平日里耀武扬威的县太爷，跟在轿后一溜小跑。刘师傅知道自己的好运气来了。

简断截说吧，乾隆爷问刘师傅的名字，刘师傅说叫刘百岁。乾隆爷说百岁太短了，我是万岁，你就千岁吧。乾隆爷挥毫给刘师傅题了一个招牌，“千岁履店”，意犹未尽，又写了一副对联：

大楦头小楦头挤出穷鬼去，

粗麻绳细麻绳拉进财神来。

这副对联真是好。

“文革”前我们县布鞋厂还生产一种商标为“千岁履”的布鞋。“文革”中废了这个旧商标，改了一个当时流行的新商标，但这个改商标的人很快就倒了霉，具体原因我就不说了。

九　东瀛长歌行

己亥四次下东瀛，观鹊台主伴我行。
两府一都加一道，看过墨迹探文踪。
初游为拜颜鲁公，祭侄文稿[①]气若虹。
叔侄英豪吞云梦，满门忠烈盖世雄。
未曾观宝先动情，如闻兵戈搏击声。
辚辚车响动大地，萧萧马鸣悲苍穹。
烈士暮年骐骥老，环顾左右泪纵横。
继而寻碑看招牌，日人书法汉唐来。
他山之石可攻玉，虚怀若谷金石开。
二访为看歌舞伎，浓妆艳抹如献祭。
汉风唐韵依稀在，重在象征成体系。
更有宝冢艳歌舞，女扮男装满台丽。
雌雄同体刚柔济，无边潇洒万人迷。
一朵奇葩秀高枝，雨中伫立皆粉丝。
人生如梦更如戏，几家欢乐几家啼。
三渡慕名赏樱花，日夜流连不还家。
上野看罢看御苑，又到隅田千鸟渊。
树树粉红枝枝艳，醉蝶狂蜂舞翩跹。

① 即颜鲁公（颜真卿）的行书墨迹《祭侄文稿》。

彤云烂漫迷我眼，天鸡抖翅羽毛翻。

人生百岁也嫌短，樱花三日亦璀璨。

来如疾风去似电，我欲效仿礼花绽。

片刻辉煌照千山，胜他黑暗一万年。

痛饮清酒餐花瓣，人不得意更要欢。

四越鲸海一衣带，下榻岭上展望台。

万山如染红黄叶，湖名洞爷水澄澈。

羊蹄山头尖何缺？五百年前曾喷薄。

玉扇倒悬蓝天下，犹记富士四月雪。

驱车百里探当别，青石碑上字字血。

穴居树栖十三载，吾乡刘爷何壮哉！

谁能为公两度临？我是高密第一人。

冰天雪地锻铮骨，百死不改中国心。

竖子嘲我不爱国，吾爱国时句句火！

高粱如炽血成河，一曲九儿泪滂沱。①

斜儿笑我不敢言，我敢言时天惊破。

三十三日呕心血，二十万言蒜薹歌②。

丰乳肥臀③示大爱，生死疲劳④演大悲。

酒国⑥早举反腐旗，后来不绝如风靡。

一声蛙鸣四野应，千万二胎因我生。⑥

猫腔凄厉檀香刑⑦，我以此书敬鲁翁。

---

① “高粱”犹指《红高粱》，其电视剧版主题曲为《九儿》。
② 即《天堂蒜薹之歌》。
③ 犹指《丰乳肥臀》。
④ 犹指《生死疲劳》。
⑤ 犹指《酒国》。
⑥ 犹指以乡村医生和计划生育为题材的长篇小说《蛙》。
⑦ 犹指《檀香刑》。

凤凰涅槃东方白，万众呼喊我来和。
遥望南天思俊杰，身浸冷泉血犹热。
雪里打滚身全裸，老肉朽骨响格磔。
自谦自嘲不自恋，自怨自艾不自贱。
君子从来不好战，狗血唾面任自干。
人生难得一次狂，嬉笑怒骂皆文章。
挺我僵直病脊梁，反手举瓢舀天浆。
后生切莫欺我老，踏山割云挥破刀。
割来千丈七彩绸，裁成万件状元袍。
一腔热血喷赤壁，正是斗胆展书时。
李杜诗篇两砖悬，二赵事迹双碑刻。
大局从来非人谋，天造地设乃巧合。
犹记龙场问道后，满腔正气壮山河。
南港巨砖阔百米，北疆丰碑高千尺。
抛砖自然为引玉，创新且莫逾法度。
学书偶有千虑得，写诗误撞惊人句。
好鸟枝头多亲朋，君侯坐骑唯赤兔。
高山流水觅知音，嘤其鸣兮求友声。
独语也望有人听，学艺更盼能沟通。
香江引玉两块砖，弃之不用也枉然。
吾虽老朽爱追潮，观鹊台主兴更高。
一拍即合哥俩好，申请网上小公号。
关注天下书法事，频与墨友通声气。
愿把吾等涂鸦字，贴上此号求点批。
敢将真话示天下，被人误解亦不怕。
有人批评能进步，骂声如肥催大树。

国学浩瀚如海洋，书法万变随造化。

穷我毕生微薄力，祈盼老树发新枝。

诗至此时意将尽，隔窗忽见雪纷纷。

玉树琼花千山隐，观此慰我村夫魂。

四季轮换时有序，万物死生天眷顾。

以此草莽鄙俗句，权充两砖引首语。

后记：

己亥十月，深秋初冬。吾与挚友，同游东瀛。穿林莽赏红叶，登高山望平野。读名帖磋书艺更知先贤之伟大；泡温泉论诗歌痛感吾辈之无能。虽无指点江山之狂妄，却有各抒己见之真诚。时间虽短暂，收获实丰盈。尤以其间冒雨驱车三百里前往当别町探吾乡豪士刘连仁氏穴居十三载之纪念地为最可记也。睹山川之荒凉，感寒风之凛冽。想岁月如长河无尽，叹人生似白驹过隙。赞刘公生命如松柏之不凋，感猛士恒志似青云而不坠。我辈虽凡俗，难成千秋之伟业；也当思进步，习学雕虫之小技。又逢吾二人之墨迹在香江以巨幅广告牌形式展出引发轰动；不才为东北抗联二烈士题写之碑铭与题诗刻石成功。吾二人深感艺术之魅力，书法之有用，遂商定申请一公号，名“两块砖墨讯”，期以此为平台与书友文朋通声气。观鹊台主人嘱余撰一发刊之词并书之。友命不敢违，故以此俗句丑书为滥竽。敬请师友两正。

一斗阁主谨识

十　鹊嘉宾

我很喜欢看喜鹊电视台一档著名的谈话节目，数人身穿艳丽马甲，头戴瓜皮小帽，围着一张老船木桌子，谈古论今，说东道西，指桑骂槐，臧否人物。

天下好像没有他们不知道的事，世上似乎没有他们瞧得上的人。他们伶牙俐齿，喷吐妙语金句；嬉笑怒骂，皆成上等文章。这节目广受欢迎真不是没有道理的。经常看这节目，开阔了我的思路，提高了我的境界，使我明白了什么叫政治正确，什么叫道德高地，什么叫口是心非，什么叫装腔作势。尤其是这栏目偶尔会请一些女嘉宾，那些女嘉宾个个学贯中西，通晓天文地理，她们与男嘉宾唇枪舌剑地辩论，偶尔也会适度地打一下情骂一点俏，散珠碎玉，溅出屏幕，令人叹为观止。

前不久在超市排队等候结账，忽见邻通道那位身穿红马甲的女收银员离开岗位，去追赶一位身腰纤秀的顾客。收银员扯着女顾客的衣角往回拽，那女顾客双手提物不能掌掴收银员，便双脚交替而踹之，一边踹一边喊叫：“干什么，干什么，你干什么呀！”她的声音是那样的熟悉，让我一下子想到了那个著名谈话栏目上的著名女嘉宾。她戴着绣红梅花的黑色口罩，戴着绣白花的黑色棒球帽，戴着大墨镜，我只能看到她的在长发中隐约可见的耳朵。虽然看不见她的面孔，但从声音里我偏执地认为就是她。她脚上的鞋子，自然也是名牌。现在这世界上的鞋子，其实只有两种，一种是真名牌，一种是假名牌。现在这世界上的服装其实也只有两种，一种是真名牌，一种是假名牌。当然还可以用这种两分法来划分这世界上的大多数事物。

几个保安跑上来，将收银员与这位踢人的女顾客分开。收银员满面通红，眼睛里含着泪水，不时弯腰摸一下腿，她愤怒地说：“你没付账！还踢人！”

“什么？你说什么？”那疑似女嘉宾恼怒地吼叫着——尽管是吼叫，也不失她嗓音的魅力——“我怎么可能没付账？！”

事实证明，她的确没有付账就疾步离开了收银台十几步之远，而且她那名牌鞋子很硬，在收银员的腿上留下了瘀青与红肿，这些都是赖不掉的——摄像头对着超市内的每一个角落呢。疑似我崇拜的某著名谈话节目的女嘉宾理直气壮、情真意切、滔滔不绝地说：“我是喜鹊电视台某某节目的 ×××，我每次上节目的收入是 ×× 万元，我会赖这区区几百元的账？女士们，先生们，朋友们，你们相信吗？但我的确没有付款就离开了收银台，这是什么原因呢？女士们先生们朋友们，中国古代有一位著名的哲学家说过，‘一心不可二用’，刚才我之所以忘了付账，就是因为我一心二用了，我的人在这里，但我的心却在思考着中美贸易谈判的问题以及委内瑞拉的政局还有即将到来的又一场世界性的灾难，你们看，我的心岂止是二用啊？所以我忘了付账。但我还是为出现这样的失误而深感歉疚，为此我向大家道歉，尤其是要向这位收银员道歉，请相信我，当我被你掳住时，我感到人格遭受了巨大的侮辱，像我这样具有广泛社会声誉的人，爱护自己的名声胜过爱护自己的眼睛，因此，我的双腿下意识地踢了几下，就像一个溺水的人，下意识地挥舞胳膊一样。尽管是下意识，但毕竟是我的脚踢了你，因此我愿意为我的脚承担你的医疗费用。”

最后，她对着收银员鞠了一躬，又对着看热闹的我们深深地鞠了一躬。

我必须承认，我被她说服并受了感动。

十一　不赞美胡同的人

有一年去某大学参加一个关于城市建设的会议，谈着谈着就谈到了北京的城墙与胡同，自然也就谈到了梁思成与林徽因。大家都赞美胡同，甚至赞美长袍与马褂，赞美辜鸿铭的辫子，反对西装与领带，当然，他们都穿着西装扎着领带，穿着系带或不系带的皮鞋。据一个深谙西方贵族生活的专家说，如果扣上了西装的全部扣子，那骨子里还是一个土包子。

我始终怀疑很多伟大而有趣的民国人物是新一轮造神运动的产物。看一下那些人互相之间的通信比较能窥见一些他们的真面目。日记里有真相，但也有一些日记是写给后人看的，这样的日记，比谣言还可怕。

那天的会议上，只有一个人表达了不同的看法，他生着一张娃娃脸，嬉笑怒骂，好像一点正经都没有，其实这是一个智商情商都很高道德水平也很高的人，我曾经认真地对好几位朋友说过，如果让某某担任一个巨大机构的领导人，这个机构一定会兴旺发达。朋友们以为我在开玩笑，其实我说的是真话。

这个人一开口便让那些发过言的人倍觉尴尬，他说：“你们都他妈的放屁，按你们的意思，不但胡同要保留，大杂院要保留，男人的辫子，女人的小脚都要保护。你们住过大杂院吗？没住过。你们知道住大杂院的苦处吗？不知道。你们，包括那些在政协里一个劲儿地写提案保护胡同的人，都住在楼上享受着抽水马桶、煤气、集体供暖等现代生活的设施，而胡同里的人要上公共厕所，要烧蜂窝煤炉，昨天我一哥们的爹刚煤气中毒死了，我哥们说，死了比植物人好多了。也就是说，赞美胡同和大杂院的人都住在楼上，而住在胡同里和住在大杂院里的人都盼着上楼。胡同里和大杂院里的人一旦搬上楼，也会怀念胡同大杂院，但怀念归怀念，你让他们搬回他们是不会去的，但如果让他们搬到安装了现代设备的四合院里，那他们一定会去的……”

这是发生在二十世纪八十年代末的事，今天忽然想起来，是因为看到我这朋友出了一本研究宗教的书。他的很多言论我弄不太明白，但我相信他说的都是发自他内心的话。

有一年我与这朋友去欧洲某国，他一天之内竟被小偷偷了三次，因此我更断定他是个好人。

十二　群众演员

我一老朋友，酷爱上镜头，而且总是能上得了镜头。每年到了重大节日或重要纪念日，他总是会打电话提醒我：“喂，老弟，今晚《新闻联播》注意看，应该有我的镜头。”我按照他的指示注意看，果然有好几次看到了他。有一次电视台记者还专门采访了他。后来他告诉我上镜头的窍门。他说，如果明天是国庆节，那你一大早就要等候在最容易被记者发现的地方，你要么化装成头缠羊肚子毛巾的来自陕北的老农，当然你要说陕北话；要么你化装成一位身穿工装、头戴安全帽的农民工，你要说刚从某个重大建设项目工地上值完夜班直接赶过来的……总之，他说，你要摸准那些记者的脉，知道他们需要什么，你说的话不但要政治正确，而且要富有个性，有职业特点，符合人物身份。只要你掌握了这些技巧，而且不怕吃苦，冬天不怕冷，夏天不怕热，我包你十有八九会上镜头。

我起初有点鄙视我这位朋友，但现在我纠正了自己的偏见。我这朋友的这个业余爱好其实很好，没有他这样的人，我们的新闻记者将找不到能表现主题的对象。一件事，只要专心去做，总是会有收获的。

我把这件事说给一位担任过基层干部的朋友听，他不以为然地说，为了应付上级领导的检查，我们每个单位都培养了几位能说会道又有镜头感的“群众”。他们虽然没学过表演，但他们演技高超。他们高超的地方表现在他们会把自己说的假话信以为真，如果需要，他们会被自己的假话感动得热泪盈眶。他说，有一年省里一位领导下来检查除氟改水情况，我们就安排了一男一女两个人，男的化装成挑水的，女的化装成在村头大槐树下卖大碗茶的。水桶里盛着的其实是瓶装矿泉水。他恰到好处地挑着水出现在领导面前。领导问：这是除氟水吗？好喝吗？他装出不高兴的样子说：你这个同志，看样子还是个干部，毛主席是怎么说的来着？你要想知道梨子的滋味，就要亲口尝一尝；你要想知道除氟水的滋味，就要亲口喝一瓢尝尝。接着他就用挂在桶沿上的铁瓢舀了水递给那领导。当时正值暑天，天气炎热，领导一路视察一路做指示，口正渴着呢，接过那铁瓢，仰脖咕嘟，如饮琼浆。报社记者咔嚓咔嚓拍照，电视台记者转着圈儿录像。领导身心清爽，赞叹道：不亚于矿泉水嘛！

坐在村头大槐树下那位女的，演技更是高超，限于篇幅，我就不叨叨了。

荒岛上的作家

张 炜*

西特林与洪堡的遐想

在淅淅沥沥的雨声中，我不知为什么想起了美国作家索尔·贝娄的《洪堡的礼物》，想着书中的两个人。这部小说脍炙人口，拥有无数读者，讲述的是主人公西特林和好友洪堡的故事。这其中掺杂了索尔·贝娄个人的经历，那个西特林许多地方像他自己，而诗人洪堡是以小说家艾萨克·罗森菲尔德和诗人德尔莫·施瓦茨、贝里曼为原型的，他们曾是他最好的朋友。当然作为小说也会有虚构。西特林和洪堡的经历具有传奇色彩，他们的交往非常有意思，关系特异，既有深厚的师生之谊，彼此依赖、想念，又存在竞争关系，相互嫉妒、诽谤，甚至是憎恨。洪堡去世后，西特林回忆与他一生的友谊，经常为其中的一些细节激动不已。他们的交往过程，本来应该成为一段感人的文坛佳话。

文学上的结伴而行是非常有意义的，文学伙伴特别重要，他们互相鼓舞、讨论，共同向往和憧憬，可以是一种相互支持和鼓励的巨大力量。这些记忆会伴随作家的一生，他们很久以后回忆起来还会非常感动，对事业和生活产生深

---

* 张炜，男，1956 年生，山东省栖霞市人。中国作家协会副主席。著有长篇小说《古船》《你在高原》《独药师》《艾约堡秘史》等二十一部，出版《张炜文集》四十八卷。作品获茅盾文学奖、中国出版政府奖、中华优秀出版物奖、中国作家出版集团特别奖、南方传媒杰出作家奖等。作品被译为英、日、法、韩、德等多种文字。

远的影响。

在中国古代文学史上，我们常会看到这样的双子星座，比如李白和杜甫。“醉眠秋共被，携手日同行”（杜甫《与李十二白同寻范十隐居》），是何等密切的关系。白居易和元稹有过之而无不及，据后人统计，俩人来往通信达一千八百多封，互赠诗篇近千首。“远信入门先有泪，妻惊女哭问何如。寻常不省曾如此，应是江州司马书。”（元稹《得乐天书》）还有王维与孟浩然、韩愈与孟郊、苏东坡与黄庭坚等，可以一直例举下去。

外国文学史上的托尔斯泰与屠格涅夫、法国的雨果与巴尔扎克、美国的海明威与福克纳、拉美的马尔克斯与略萨等，他们之间那种复杂而迷人的友情，包括种种曲折的矛盾和冲突，都足够有趣和感人。作家、艺术家之间的情谊相比于生活中的其他人，纠缠了更多烦琐微妙、难以尽言的情愫。

今天我要讲的《荒岛上的作家》，就是由《洪堡的礼物》引起的一些遐想、一段往事。我在回忆，自己在孤寂难眠的深夜，在身处顺境或逆境之时，有没有类似的一位并肩而行的伙伴：这个人既鼓舞我，又折磨我；既给我力量，又让我灰心丧气，甚至是无比愤怒；一个宁可把他永远遗忘，却又常常不能忘怀的人。

好像没有，没有一个耿耿于心的文学友伴陪我走到今天。这里丝毫没有狂妄自诩到例举古人或异域之士的意思，而只是一些联想和追忆。我有许多往来频繁的文朋诗友，但这还不能等同于那种起伏跌宕、交织着难言的幸福与痛楚的同行者。是的，这里说的是那种难以表述的交往，它与个人文学生涯不可分剥的关系。我觉得自己缺少那样的一个伙伴，不，只差一点就有了那样的一个伙伴。

这是我一直在想的人，他是一个天才。这个人我仅仅见过三次，却留下了终生难忘的场景，还有听来的许多故事。本来他完全可以和我结成一对文学友伴，只是因为个人和时代的原因，最终渐行渐远。可是忆想中，我竟然为之两眼湿润。武汉这几天秋雨连绵，特别容易拨动思念。今天晚上让我讲讲这位朋友的故事吧，一个真实的故事。我不愿做夸张的表述，但我要说，这段往事对我深有触动。

他是一个特殊的人，一个罕见的和难以理解的人。关于他、他和我的过往，让我想起了《洪堡的礼物》中的那两个人。

山地游荡

我青少年时期曾经游荡在胶莱河以东的半岛上。因为当时失去了读高中的机会，就留在了校办工厂，后来这个工厂发生了爆炸，死伤了几个人，我就离开了。最初踏上了一片山地，这里是半岛的最高处，素有“半岛屋脊”之称。从此便开始了南部山区游走的几年。我的出生地是半岛西北部的一片小平原，虽然离山地不远，但生活环境差异很大。那里是海滨冲积平原，而这里山岭起伏，道路崎岖。

一路上给我最大安慰的，就是背囊里那几本最喜欢的书和一沓作品草稿。我在想法糊口的同时，仍然热衷于阅读和写作，喜欢寻找这方面的朋友。文学成为一种奇怪的黏合剂，它会让我在一个陌生的地方很快找到无所不谈的友伴。我太需要他们，不仅是因为孤独，还有一腔激情需要一起燃烧。我们互相加薪添火。

当一个人很年轻的时候，拥有热情的伙伴会是极重要的。究竟有多重要，似乎不必细说，人人都能理解。因为有人同行，就能互相取暖，也不怕长长的夜路。初到一个地方，无论是乡村还是城镇，都会感到陌生和难以习惯，这时就会想到一些特别的人，他们就是酷爱写作和阅读的人。我和这些人之间好像有一个暗号似的，只要对答几句就能热聊起来。对方会倾其所有迎接一个远方的来人，那是无私的，甚至还带着一点感激：为这突如其来的友谊及其他。

所以每到一个生疏之地，我就会打听这样的人。有一次我问着，一些人皱着眉头听了一会儿，哈哈大笑说："啊，就是'来搞'！"我反倒有些蒙了，最后好不容易才弄明白是怎么一回事：对方说的"来搞"，是指生活作风不好，也是借用了一个谐音。那时没有电视，没有互联网，只有报纸和广播，每天公社广播站播完稿件后都会缀一句"某某'来稿'"，听的人便哄堂大笑。

他们知道我要找的是那些经常伏在桌上写东西的人，他们经常"来搞"。

就这样，我一路上结识了许多热爱写作的人，他们当中男女老少都有。有人其实不是写作，只是抄词典；还有人抄报刊。当时最有影响的是上海的《朝霞》，许多人订阅这份杂志。我认识一个女房东家的姑娘，她长得胖胖的，父亲在海港工作，是一个船长，很少回来。她经常写通讯稿，在当地人眼中就是一个大作家了。她一边写一边咕哝，流着泪水，但并没有写悲惨的事情。她只为写作本身而感动。

文友们从小生活在山区，爱着文学，情感是神圣的。他们虽然用尽力气，但大多因为身处僻地，孤陋寡闻。他们很少阅读古典文学和外国文学，对名作所知甚少，挂在口头的无非是当时的寥寥数人，只对那些人非常崇拜。

最让我难忘的是这样一些夜晚：我们围坐在一个大炕上，一人朗读，大家屏息静气。读的大半是刊物上的东西，或者是刚写成的文字。这是真正的"文学盛宴"。如果是寒冬，大炕火热，窗外有呼啸的北风，耳边是小河流水一样的朗读声，那种幸福无法形容。也就是在这样的日子里，大家不约而同地提到一个人：这个人实在了不起，已经开始在报刊上发表作品，是一个不折不扣的天才。他们一致说我要早些和那个人见面。

我向往着。剩下的问题就是：怎样才能见到他？他们说这件事说难也难，说不难还真不难。后来我才知道，那个人不仅特别有才而且很忙，脾气怪异，来去无踪。所以，他很有可能在某个时候突然来到我们身边。越是这样，越是让人急切，只是毫无办法。他的怪异，他的才华，在朋友口中差不多变成了一个神话，是闻所未闻的。

我发现他们全都崇拜那个人，时不时地谈论他。

与奇人相遇

从交谈中得知，这位天才只比我大两三岁，出生山地。与多数人不同的是，他出身优越，父亲是一家供销社分管烟酒糖茶的股长，所以他很小就吸上了带过滤嘴的高级香烟。“股长”两字的发音有一种深沉威严的感觉，但不知是多高的职级。由于父亲的关系，他很早就参加工作，但没有认真上班，而是到处游荡，到过许多大城市，还见过真正的作家。

我多次请朋友传达一种恳切的心情，希望能够被约见。传达信息的人为了有力和有效，将我夸张了一番：云游四方，来自海边，才华横溢。他们当然是出于好意，不过还是让我两颊发烫。

但是非常遗憾，一直过去了多半年，我连那个人的影子都没有见到。这使我深深地感受到了渴望的滋味，一时难以等待。也许这种拖延既是必需的，也是值得的。后来我虽仍然焦急，但终于能够稍稍安静下来。偶尔会想象俩人相见的情景，一直想到激动起来。

在期待的日子里，我听到的故事更多，都在说他的非凡卓异，几乎全是传奇。给我印象最深的就是这个人有超乎常人的记忆力，比如说他只要翻过一本书，就可以从头背下来，让书里的话像河水一样流淌不息；还有，他只需对一个人轻轻瞥上一眼，就可以得知对方的全部心思。总括起来他有这样一些特质：过目不忘、犀利而骄傲、冷漠和激情等。

想到未来的相见，有太多的激动和忐忑，有时恨不得永远回避才好。我真的不知道这件事情的结果到底会怎样，更不想在经历了那个工厂的爆炸之后，再遇到新的颠簸，不愿在四处奔走、居无定所的日子里将自己置于一个天才的强光之下。我受不了那样的窘迫。

记得是一个平平常常的秋天的下午，有人匆匆递来一个纸条，我接到手里却怎么也看不懂。上面只有一串数码。朋友满头大汗喘着：“他！来了！”我终于镇定下来：那个天才来了。原来那串数字是一家招待所的房间号，它就在邻县，离我们还有多半天的路程。

我坐上一辆老式客车，摇摇晃晃地往邻县赶去。

到了县城已是黄昏时分，看着火红的晚霞，我的心跳加快。招待所的山墙爬满了青藤，显出古老沧桑。我按纸条上的号码顺利地找到了房间，沉沉地敲门。没有回应。我感到一阵饥饿。

到街上随便吃点东西，再次返回，敲门，里面马上传来一声：

“本人在！”

难忘的夜晚

门内站了这样一个人：小平头，黑框眼镜，皮肤白皙，有些瘦。我赶紧自我介绍。握手时他看着我，两个眼角非常用力。他的嘴角有一点收敛的微笑，但整个人是极其严肃的。他用食指顶一下眼镜，闪开身子让我进屋。

刚坐下，我就感到了对方有一种过人的热情，但这热情是努力遮掩起来的。他尽力把语速变慢，说话很少。好像他在提醒自己面对一个生人，这个人一直试图见到他。我却无法掩饰心中的兴奋。我忘记一开始说了什么，只记得一口气说了很多。他只是听，偶尔插话。但只过了十几分钟，他站起来了。是的，幸亏我赶在前边说了那么多，因为这之后就没有我说话的份儿了。他沿着床边急急走动，滔滔不绝，已经无法插言。他一边说一边做着手势，大幅度挥动，或狠狠地指着地面。有时他会小步快走，右手在耳侧端平，语速越发加快。最后这种情形是较多的，后来我才知道，这才是他标志性的一个动作，是最为兴奋激越时的表现。

我进一步确认了一个规律：凡是有较大才能的人，一定有一种火烈烤人的热情。我过去以为自己是很容易激动起来的，现在看差多了；而且我的激动需要一个过程，持续的时间也不能太长。这一次我承认，我遇到了一个能够长时间激动的人，他独自一人就可以将谈话掀起一个又一个高潮。

我们很快谈到了彼此热爱的写作，然后又往阅读的纵深地带推进。不知为什么提到了使用的稿纸，我说自己用的是各种纸，只要方便就好。因为当时好一点的纸是稀少之物。他沉静了几秒钟，使劲绷紧了嘴角，说："不行。"

他从床边的一个棕色挎包里找出了两沓纸，是印了紫色方格的专用稿纸，页脚有某某"广播站"和"出版社"的字样。我接过来，贴近了鼻子，因为纸上好像有一股香味。各自五页，一共十页。这是珍贵的礼物，我感谢他的赠予。

天不知不觉间就变得乌黑了，我们交谈着，竟然都忘了开灯。已经是九点多钟了，他想起来，一下打开了屋内所有的灯。真是亮极了，这让我十分不适。在强烈的光线下，他更加愉快了，然后就提到了这个时刻里最重要的事情：朗读。他简单礼让一下，然后就读起了自己的新作。稍有些沙哑的声音，起伏很大。当他读到故事的高潮处就缓缓握起了拳头，往上举、举，最后往下猛地一沉。这是决定性的一击，故事中的敌人完蛋了。

他看着我。该我了。我的声音较低，这使他不太耐烦。他一支接一支吸烟，屋里很快有些呛人。我一边咳一边读，眼泪都流出来了。他小心翼翼地绕着我看，再看看我手里的稿子，想找出哭泣的原因。其实我是给烟呛的。我坚持着，最终还是进入了情境中，语气不知不觉间委婉起来。他好像僵住了，往后退开几步，一下仰躺在床上。我读完了。

"你是个……什么人？"这是他从床上起来后说的第一句话。

我不知道他的意思，是赞赏还是失望。我盯住他，想从镜片后面那双又小又尖的眼睛中找到一个答案。他把脸转向了窗户，盯住夜色狠狠地吸烟。这样过了有十几分钟，他才缓缓转身，那脸色把我吓了一跳：好像他在这十几分钟里干了最耗费体力的事，整个人疲惫极了，有气无力地喘着，还在重复那句话：

“你是……什么人？”

我说了两遍：请批评指正。可他没听见。后来我才知道，他从来听不见自己不想听的话，哪怕大声喊叫也无济于事。他抽烟，偶尔抬头瞥我一眼，长时间站在窗前咕哝。就这样到了半夜，他像是突然想起了什么，拍着双腿叫了几声，夺门而去了。过了半小时，他提着一个大包回来了，笑吟吟地进门，一件件往床上掏东西：罐头、烟、啤酒、饼干。

下半夜主要是喝啤酒和抽烟。他让我抽，我很为难。他严厉地说：“不抽烟怎么可以？”吃的东西摊在床上，铺了两张报纸，我们盘腿而坐。一杯接一杯，我从未这样愉快，对方比我还要高兴十倍。他大声呼叫：“相见恨晚！恨晚！那些混蛋！”他背过脸去，回头时两眼竟有泪花。我有些慌乱，不知该说点什么。但我心里非常清楚的是，他在骂那些山里朋友，这实在冤枉了他们。

黎明时分，我因为饮酒之故，歪在了床上。可他毫无倦意，谈着一年来见过的所有人，特别是作家，重复他们说过的话。我睡意渐浓，后来也就记不清内容了，只模糊想得起最奇怪的一些话，比如：“那是个大作家啊！一米八九的个头，真正的红胡子。脾气暴躁，每天喝酒，吃猪耳朵。爱情多到数不过来！”

我不知睡了多久，反正醒来时见他正俯身盯过来，吓了我一跳。见我醒来了，他高兴极了，搓搓手，大声叹息，又开始朗诵。我终于听得明白：这是俄国大评论家“别车杜”的语录。我试着问了一句，他马上抓住我的手，摇动着喊：

“美是生活！”

这是车尔尼雪夫斯基的话。

你能杀儿童

第一次见面有了两大收获：一是见到了传说的天才，二是患上了严重的咽炎。因为那天抽了太多的烟，而且日后也无法戒掉。我背囊中有他赠予的两件礼物：十张方格稿纸和一张剪报，上面有他发表的一篇极短的散文。我想念他，山里的朋友们说："都想！这家伙啊！"我们在一起总是谈论他，以此缓解深深的思念。

我一遍遍回忆那个夜晚，从头一句句复原我们的对话，以防遗漏。我发现他除了见多识广、读了海量的书之外，主要就是直率而强烈的激情。这是他性格中迷人而罕见的元素。这个人在未来无论写出多么了不起的作品，都是不出预料的。耳听为虚眼见为实，那超人的记忆力啊，竟然可以不停地、几乎在长达一夜的时间里背诵名言名著，而且毫无错失。

我也勤奋阅读，可是只能记住书中一些大致的情节、人物和氛围。他那夜提到的一些书，我要在最短的时间内找来。可是这些书的一大部分引不起我的激动。我为此而痛苦。这期间朋友们不断传递着他的消息：发表了什么作品、去了何方。我们总是以最快的速度找来有关报刊，发现都是短文。那印成一行行的铅字怎么看怎么亲，有些神奇，还有些异样。我们并不在乎他写了什么，只觉得好，好到完美无缺。

朋友当中一个叫"平头"的与他关系最近，俩人一年中至少见面两次，好像是他在我们之间的一个秘密联络员似的。"平头"总在与之分手一天后才告诉我们消息，这种时间差是故意的。我们都心照不宣：那个天才在所有的朋友当中，还有自己更喜欢更信任的人。这是谁都没有办法的事。不过好在他通过"平头"不断转达问候，透露信息，这已经是让人兴奋和温暖的事了。我在很多年以后还能记得他在"平头"面前夸我的话："此人有趣。"

我从来不觉得自己多么有趣，但他的话又不会错。大家对他的来来去去忙忙碌碌永远搞不明白，大致认为这种消耗和耽搁太可惜了。他的能力与兴趣太广泛，除了读书和写作，还迷于下棋，而且难遇敌手。"平头"说，他最大的痛苦常常是因为找不到人下棋："背着棋盘到处走，走。"

就受了他的影响，大家也开始下棋。我不太高明的棋术也是那些日子学成的。好在这段时间不长，高考恢复了，我们不得不放下棋盘，每人捧起一本复习提纲。已经太久没有见到他了，问“平头”，对方也摇头。就在参加考试的前一个星期，“平头”说总算联系上了：“他也准备着！不过人家根本不看大纲，只把课本找来背过！”

我们这些人没有上过完整的高中，所以最后只有一小半考上了大学。他当然也考入了，但考分较低。“平头”说：“他一直下棋。”

上学之后我与大多数山地朋友分开了，他们有的在山里，有的去外地上学，总之要见一面很难。好在可以通信，相互之间邮寄作品。在校期间我和同学们结起文学社，还办了油印刊物。我和朋友在信中谈得最多的还是那个天才，对方音讯极少。“平头”还在山里，关于那个人的消息仍然来自他：那个人如今对大学兴趣不大，因为发现老师和同学不过尔尔；除了写和读，还是下棋。

最想不到的惊喜就这样来了。有一天我正从食堂往外走，一个同学急急喊，说快回宿舍去吧，有人找你——“那人性子真急，在屋里不停地走。”我真没想到会是他，也想不到他能从学校逃出来。

这就有了我们的第二次见面。他比以前瘦了，一双眼睛更深邃，火辣辣地盯住我，像在打什么主意。他沉默的时间很长，可是当旁边的人谈到某一本书时，他马上恢复了犀锐的谈锋，毫不留情地反驳他人。在惊异的注视下，他开始大段引用、朗诵，右手伸平了放在耳侧，碎步疾走。记忆中的那一幕又出现了。

这样的夜晚是无法休息的，谁也不想睡。他一个人喝掉了半箱啤酒，吸了无数烟，凌晨两点摆上第一局棋。他风卷残云般地胜了所有人，最后指着我：“来！”我怯怯上阵，连输三盘。到了第四盘，他可能因为疲劳或大意，竟然被我吃掉了一个“车”。他要悔棋，我不同意，焦急中把那只“车”握在了手里。屋里静极了。他身子笔直地坐着，伸手顶一下眼镜，朝我一指：

“你能杀儿童！”

我脑子里一片空白，看着他，握紧的手不由得松开，棋子“啪”一声掉在了地上。

一些憨厚文友

很快毕业了。我去了省会，几个朋友分散在不同的城市。我们一直读和写。激动人心的日子来了，刊物比过去多了一倍，不断有新作品引起轰动。我只要有机会就回山地，其他人也来聚会。我发现大家的友谊将持续终生，谁也不能把这伙人分开。与那个天才的联系仍旧依靠“平头”，他总是最早发现那个人发表的新作，并及时传给我们。“平头”还时常带来他的问候，私下里对我说：“他想念你，说‘此人有趣’。”

一年之后发生了令人吃惊的事：他从一个大机关辞职了。他要经商，用两年时间成为富翁。“这有点可惜。”我认为他首先应该成为伟大的作家。“平头”最能猜中我的心事，断然说：“那是肯定的。”

接下来是这样的消息：他租用了一座废弃的老楼，繁殖德国良种黑贝犬，净赚三十万；与人合开一座煤窑；建立了一家皮草公司；考虑移民，并准备买一架直升机和朋友们度假用。使我动心的是最后一条，我悄悄问了“平头”：一起度假的人是否包括了我？“平头”嗯一声：“他说了，到时候座位再紧张，也要给你留个小边座！”我的心头一热。

山地朋友们干得不错，有的经营林场，有的教书，有的出版学术著作，都结婚生子。可是这种安定的生活并未坚持太久，一切就开始乱套。起因还是我们的天才朋友，他越来越多地回到山地，像旋风一样来去，周围很快被刮得东倒西歪：俩人离婚辞职，三人入伙公司，其他的也在做类似打算。我牵挂他们，也想念那个人，就找个机会赶到了山地。朋友们全忙得不见踪影，只见到了“平头”，他刚刚离婚，人晒得有些黑了。他见了我一拍膝盖：“正找你呢，有他的口信。”

“什么口信？”

“让你加入公司，还有……”他盯着我欲言又止，嗯啊着。我催促了一会儿，他才说：“他说如果可能的话，就离婚吧！”“为什么？”

“为了‘激活生活’！”

除了最后一个口信，公司的事让我动心了。不过犹豫了一些日子，加上家里人反对，也就耽搁下来。日后传来的一些事情可谓大起大落：那个天才朋友又开办了新的公司，半月进金百万，但转眼又赔几百万。尽管如此，他还是心系文学，只是对大家已经非常失望，说：

“咱这里没有一个能成为大作家！太平庸！太循规蹈矩！连一个同性恋、一个进监狱的都没有！”

朋友告诉，当时他因为生气，没有刮净的几根胡子奓起来，从包中掏出几本书，没等人看清又装了回去。“平头”说有一本是知道的，叫《在路上》。这本书我也读过，我想对“平头”说：“那伙人一路上也没干过什么好事。”不过犹豫了一下，还是没有说。有一句话憋在心里很久了，我问：“既然他劝别人‘激活生活’，为什么自己不？”“平头”叹口气：

“他总是提前做的，一年前试过，那个‘小不点的’找了大哥，那人说要干掉他，才把这档子事放下。”

我知道“小不点的”就指他的妻子，因为长得娇小，通常都这样称呼。我问“干掉”是什么意思？“就是杀了他。”“这可能吗？”“平头”吸了一口烟，垂下头：“那是肯定的。”

这一天我们聊了很多，“平头”有些感动，最后竟说：“他是个表里如一的好人，你是知道的。就说‘同性恋’吧，也试过。”我愣住了：“怎么试？”“平头”指了指脑瓜：

“往这儿亲一下。都觉得不对劲儿。不像那么回事。”

荒岛小屋

从山地回来还不到一个月，传来了一个大消息：那个让我和朋友时常牵挂的天才闯下大祸，警察正展开追捕。起因是围绕一条货船起了争端，一艘商船，不知为什么打了起来。他亲自指挥一帮人，结果双方都有人致残。这个事件已经发生了一段时间，只是山里朋友不知道，最后警方一直追到山里，因为这里曾经是他的老巢之一。所有的朋友都开始祷告，坚信他一定冤枉。

那些日子夜里常常下雨，在不急不缓的雨声里，我总是失眠。

过去将近一年，夏天到了。有一天早上我发现窗外有人探头探脑，仔细一看是“平头”。我的心怦怦跳，不知凶吉。“平头”进屋后四下看看，捏捏我的手：“他出现了！”

这真是天大的喜讯。“平头”压缩了许多细节，只讲大致情形：在半年多的时间里，有关方面一直在侦破，他东躲西藏受尽苦楚。好在他是天才，那些人怎么有法跟他周旋？终于，他们泄气了。朋友与他接上了头，然后一齐想法把他藏起来。“总算安全了！”“平头”搓搓手。

“他在哪里？我要马上见他！”我的声音有些大。

“平头”差点没捂我的嘴巴。他做个手势，看看窗子，紧贴我的耳朵说：“已经两个月了。还要躲一段。咱们走吧。”

我感动的是，在最为艰难的人生时段，他仍然想到了我。我一刻都不想耽搁，急急收拾东西，一边想着怎样跟家里和单位说，怎样找一个讲得通的理由。

一路上只有我和“平头”俩人。他说山里那些朋友暂时还没去，就连那个“小不点的”也不知道。“这是多么秘密的事情，你该明白。”他说。

我们坐了半天汽车，然后又改乘一条混装船。风不大，但这条船还是颠簸起来。经过了两个多小时的航程，看到了一个小岛的轮廓；更近了，望得见稀稀拉拉的树，还有一些蜀葵花在摇动。我按捺着心中的激动，一声不吭。登岸了，“平头”走在前边，我跟着，这会儿注意到他后脑上的头发有些稀疏了。几年来他离婚结婚，还做些小生意，真的不容易。

在小岛西边，一片稍稍茂密的槐林里，一幢单独的海草房围在小院里，院墙上露出蜀葵梢头。我在心里叹道：“多美的地方！”栅栏门虚掩着，“平头”径直推开，几步走到屋门旁，刚要伸手又停住了。屋里好像有不少人。敲门，里面立刻安静了。门内响了一声：“谁？”“平头”咽了一口，说：“是我，‘小撇拉猪’。”

门猛地打开。

我真想拥抱他。我们默默对视一下，他低头转身。我这才注意到屋里有五六个妇女，都是五十左右的村里大婶。她们向上伸着手问：“再接下去呢？”他把两臂上下分开比画几下，嘴里发出“噗！噗！”的声音，说就到这里吧。大婶们有些不快地告别了。

我看懂了，他在教她们气功。这是近几年时兴的，他竟然精通这个。在他出去关院门时我问“平头”：“什么是‘小撇拉猪’？”“就是拐腿小猪。”“是啊，你为什么说它？”“哦，商定的临时口令。”

我认真观察分别太久的朋友。更瘦了，一双眼睛添了几分机警。我一肚子话不知该从哪里说起，最后是他找到了话题：“说说看，最近写什么。”我脑海里飞快闪过许多年前的那个夜晚，那是第一次见面。啊，他现在想的还是文学，而不是其他。

就像那个夜晚一样，我说起来，开头有些艰涩，但后来越说越多。

他站在窗前，不停地吸烟。从窗子往外看，树隙间透出了蓝蓝的海平面。他缓缓转身，目光盯着脚下，自语道：

“原来，文学在默默前进！”

能不忆蜀葵

这个海岛之夜仍旧难忘。三个人谁都不想睡觉。我们喝酒，吃炒花生和腌鱼，不停地抽烟。他说："一切都要依靠群众，这不，所有东西都是她们送来的。"我说："想不到你会气功。"他说这是辗转路上时，从一本小册子上学的。这使我想到他度过了一段多么艰难的日子，当然，现在好多了。

我们几乎没有谈到最重要的事情，比如生意和他遭遇的案子，好像要故意停留和局限于文学的话题。他不止一次站起，不过最后才把右手平端在耳侧，像过去那样碎步疾行，不停地背诵。内容有些驳杂，哲学和诗，葡萄酒酿造学，文学理论。"我与之交往的只是那些疯狂的人，他们为疯狂而生活，为疯狂而交谈，也疯狂地寻求拯救；他们渴望同时拥有一切。这些人从不抱怨，语出惊人，总是燃烧、燃烧、燃烧，就像传说中那些闪着蓝色幽光的罗马蜡烛一样。"

这段话出自《在路上》。

背诵之后，他像害冷一样偎在我的身边，声音十分低沉："我们见得太少了。我常想起你。""我也是。这里太孤单了。"我说不下去。最想知道他何时才能自由来去，但不敢问。在灯影里，我觉得他有些倦了，可是安静了一小会儿，他再次站起来。灯光照着他微微发紫的脸，我看到他为了抑制激动，正使劲绷着嘴唇。他看一眼"平头"，然后长时间看着我。我害怕他的目光。我从来没有见过比它更深邃的目光，它甚至接近阴险。

一夜无眠。第二天只睡了小半天，就到了分手前的交谈。我们谈得太多了，其中的许多内容要留待以后回忆。我记得最清的就是最后的道别，我说："回来吧，朋友们想你！"他答："当然，都一样。"我说："我很快再来看你。"他马上盯一眼"平头"："不，你等我口信！"

分手了。不敢贸然去那个荒岛。半年、一年过去了，我多次找"平头"，他最后一次告诉我："他早就出岛了，必须走，因为生意太大了。""没事了？""没事了！"

我仍然为他担心。一年之后，"平头"笑嘻嘻地说：这一下好极了，那个天才在岛上定居了，因为逃难让他爱上了那里，他索性将那幢小房子买了下来。我异样高兴，连连说："啊，那我们快去岛上吧！""平头"摇头："那得等他口信。"

那就等吧，我相信不会太久的。

我多次催促"平头"，他一会儿说那人不在，一会儿又说再等。转眼又是一年多，"平头"电话约我："咱们走吧。"我们是在码头见面的，我发现"平头"的神气有些蔫。直到坐上那条混装船他才如实告诉：这次是那个"小不点的"让你去。"他呢？""失踪了。"

还是那座小房子，不，已经今非昔比：原来的小屋多出一个阁楼，屋子四周连上矮矮的一圈廊房，看上去很怪。"小不点的"满面悲伤地迎接我们，握着我的手说："他说过，有事就捎口信给你。"

第一次见她。小巧，两眼黑亮，走起路来没有声音。她领我们参观了这座古怪的建筑，咕咕哝哝："看看多么好，他多么热爱生活，就像迷宫，上上下下。公爹说他从小喜欢钻洞。说好了定居，说好了要当大作家，看他一口气写了那么多，不过还是走了。"

她从一只檀木匣中取出了一大沓手稿。可惜大多是开头。耳旁响着她的旁白："他看了你的新书《能不忆蜀葵》，超喜欢！说真想当书中的主人公！"我心上一烫，探头去看窗外：啊，满院里都是摇曳的蜀葵花。我的眼睛一阵模糊。

"他的才华太大了，也就无法专注地做一件事。你知道'爱情价更高'吗？"她问。

我点头："'生命诚可贵，爱情价更高，若为自由故，两者皆可抛。'鲁迅译的裴多菲。"

"是。他说人生就这三个层次吧。他把'生命'和'爱情'略去了，直接奔

‘自由’了。”她的眼睛涌出了泪水。这会儿一旁的“平头”才小声告知：她已经几次报警寻人，无果。

我不知用什么办法安慰她。

我久久蹲在小院里的蜀葵花下。晚霞降落，海的腥气飘来。我从未如此地想念一个人：一个天才，善良，激情四溢。我现在特别需要他。

再也没有他的任何信息。

只有那座荒岛还在，岛上那幢古怪的小屋还在。

睡　觉

刘庆邦*

挖煤，演戏，这两件事很难扯到一块儿。挖煤是在地下的工作面，演戏是在地面的戏台上；挖煤是在黑暗里进行，演戏一般都有灯光照明；挖煤是实打实凿，来不得半点儿假招子，演戏一招一式都是象征性的，用马鞭子代替跑马就行了。不过，当演员的和挖煤的矿工，似乎也有某些相似的地方。演员在不演戏的情况下，并没有什么特别之处，往往不声不响，走路连只蚂蚁都踩不死。可他们顶冠一戴，蟒、靠一扎，一旦登上戏台，顿时来了精神，叱咤风云，八面威风。矿工也是一样，在不挖煤的时候，他们往往是沉默的，沉默得像一块块亿万年前形成的煤炭。而当他们操起家伙挖煤的时候，一下子像换了一个人，全身的每一个细胞都活跃起来，龙腾虎跃，所向披靡。如果还拿煤作比，一旦干起活儿来，矿工们一扫沉默的样子，像是被点燃的煤炭，瞬间可以爆发出巨大的能量。

煤炭的能量，是在长期埋藏的情况下积攒起来的，那么，矿工的能量是从哪里来的呢？若拿这个问题去问那些窑哥，他们会憨憨地笑，笑里还有那么一点儿不好意思。说嘛，说嘛，不要不好意思！一个哥子不笑了，说没什么不好

* 刘庆邦，男，1951年12月生于河南。中国煤矿作家协会主席，北京作家协会副主席。当过农民、矿工和记者。著有长篇小说《断层》《远方诗意》《平原上的歌谣》等九部，中短篇小说集、散文集《走窑汉》《梅妞放羊》等七十余部。多篇作品被译成英、法、日、俄、德、意大利、西班牙、越南等外国文字，出版有六部外文版作品集。

意思，睡觉睡出来的呗。他没说是开会开出来的，也没说是吃饭吃出来的，或喝酒喝出来的，说的却是睡觉睡出来的。他说得对吗？当然对了，绝对！矿工的能量，或者说精力，主要是靠睡觉睡出来的。当矿工的除了在井下挖煤，剩下的绝大部分时间都用来睡觉。他们的整个时间差不多是五五开，一半用来挖煤，另一半用来睡觉。倘若一个人要当三十年矿工的话，十五年用来背煤，另外十五年呢？按他们的说法，是用来“背床板”。有一个通用的说法叫加油，这个说法，大概是从给燃油发动机加油说起的，比如给汽车加油，给飞机加油等。说着说着，人们说油了嘴，把许多需要鼓劲儿的事物都说成加油。他们为某座城市喊加油，为某个团队喊加油，为某头正配种的公猪喊加油，给某棵树、某盆花也喊加油。当然了，大家喊得最多的是给人加油，张三，加油！李四，加油！王二麻子，加油！加油加油加油！煤矿工人怎么加油呢？不用让别人为他们喊加油，他们通过躺在床上，关上眼睛的门睡觉，不知不觉间就把油加上了。加油的过程，更像是一个泉眼在补充泉水。头一天干活儿时，把水用干了。睡上一大觉，泉眼里的水就悄悄冒了出来。第二天干活儿时，可以接着往外扤水。

这样的比方，似乎仍不尽意，因为它强调了睡觉的物质性作用，没有顾及睡觉的精神性作用。实在说来，矿工睡好了觉，除了可以在体力上补充能量，对矿工的精神状态也很重要。在井下挖煤，凶险很多，每前进一步，都有一个安全问题。虽说挖煤的目的不是为了安全，安全的目的却是为了挖煤，不安全就不能继续挖煤。如果睡不好觉，精神不能高度集中，很容易出问题。无数事实表明，不少人身事故不是出在体力不支上，而是出在精神涣散上。

从这些意义上说，睡觉的作用既有物质性，也有精神性。在每天的班后会上，跟班的副队长几乎都会讲：下班后都给我老老实实，好好睡觉，不要到处乱跑。乱跑不就是看人家的女人吗！看女人没啥好处，只会心乱，影响睡觉。我要是发现谁不好好睡觉，小心我把谁的两个蛋子挤出来喂狗。

矿上家属委员会的女主任，在召集那些矿工的家属开会时，把矿工睡觉的重要性提到了更高的高度，几乎排到了决定性的优先位置。她把那些矿工称为师傅，说师傅们只有睡好了觉，下井挖煤才会有劲儿。只有多挖煤，才能多挣钱。只有挣钱多了，想买什么都不愁，家庭生活才会幸福。女主任不会忘记把睡觉和安全联系起来说事儿，她说什么最安全，依我看，躺在床上睡觉最安全，是第一安全。只有把第一安全做好了，下井干活儿时心明眼亮干劲儿足，才能确保下一步的安全。师傅们可是各家的顶梁柱，万一顶梁柱顶不住了，安全上出了闪失，家里的天就会塌下来。天一塌，灰飞碗打，鸡飞蛋打，那可就惨了，再哭“我的天哪”就晚了。所以，女主任对那些家属老娘儿和小娘儿提出严肃要求，在师傅们睡觉的时候，有鸡的，把鸡圈起来；有羊的，把羊牵走；有孩子的，让孩子到外面去玩。一定要保证睡觉的人不受任何干扰，把觉睡得足足的，足到头发梢那里。女主任还说了一些让矿工的老婆们脸红的话，她说：在某些方面，你们也要节制一些，别跟自家的男人老要老要，饿得跟八辈子没吃饱一样。你们把男人掏空了，师傅们拿什么往煤墙上掏窟窿呢！说到这里，她向那些矿工的老婆发了一个问，我说的这些，你们能不能做到？老婆们有些害臊，还有些脸红，回答不是很积极，稀稀拉拉，声音也有些低。女主任不满意，说，你们少跟我玩脸红，我也是从年轻的时候过来的，你们的心思我懂。我再问一遍，你们的回答要响亮一些。姐妹们，你们能不能做到？姐妹们的回答是，能——做——到！这一次回答得响亮多了。回答之后，她们就笑了，都想到了自家的男人。

白燕春的男人上的是夜班，按规定，应该是半夜十二点接班，第二天早上八点交班。可是，她男人马阳子每天夜里都是不到十一点就出门去了，直到第二天将近十点才能回到家。这样算下来，两头挂橛儿，马阳子在外面的时间比十一个钟头还长。说是八小时的工作制，不过说起来好听而已，只有傻婆娘才会抠着那个“八”字计算男人工作的时间。白燕春不傻，她给马阳子两头都打了富余。马阳子该出门了，她一点儿都不拖马阳子的后腿。马阳子有时不能按时回家，她表现得也不是很着急，再等一会儿就是了。这天早上，她给马阳子做的早饭里，熬了一锅小米粥，馏了三个馒头，炒了两个热菜，还煮了一个咸鸭蛋。她把小米粥煮得黏黏糊糊，上面漂着一层结成薄皮的米油儿。她馏的馒头是自己用酵子发面蒸成的，一闻就有一股子麦香。她炒的两个热菜，一个是鸡蛋烘新韭，另一个是肉末烧豆腐。煮熟的咸鸭蛋被切成两瓣儿，每瓣儿都嵌有半块鸭蛋黄儿，鸭蛋黄儿上冒着红油。这样的早饭，也算是午饭，因为吃了这顿饭，就开始睡觉，一觉睡到下午三四点，中午就不再吃饭了。吃饭时，马阳子还喝了两盅酒。马阳子说过，喝酒对睡觉有好处，睡觉前喝一点儿酒，会睡得更舒服。那么好吧，马阳子每天升井之后，睡觉之前，白燕春都会为他预备一点儿小酒。白燕春自己不喝酒。她不是不会喝，是舍不得喝。好比她也是丈夫眼里的一瓶酒，既然丈夫爱喝她，那就都留给丈夫喝吧，自己就别喝自己了。丈夫嘴里喝着酒，眼睛却热辣辣地看着她，"滋儿滋儿"地，喝得很香的样子。

马阳子喝完了酒，吃饱了饭，白燕春把碗筷简单收拾了一下，让马阳子睡吧！白燕春出门时，顺手把那扇木门带上了。

白燕春家没有养鸡，也没有养羊，只养了两个孩子，大的是女儿，小的是儿子，女儿六岁，儿子三岁，女儿已经可以带儿子玩耍。在丈夫喝酒吃饭的时候，白燕春就让女儿带儿子到外面玩去了。他们家的房子搭在一座小山的山坡上。山上不长树木，也不长草，只有石头。他们家的房子也是石头房子，墙座垒的是石头块儿，房顶盖的是石头片儿。在工友的协助下，马阳子就地取材，硬是把小房子给搭了起来。鸡有鸡窝，鸟有鸟窝。有了这个小房子，马阳子等于搭了一个窝。窝搭好后，马阳子回了一趟农村老家，就把老婆孩子接到矿上的窝里来了。窝里的空间比较小，只盘得下一座火炕，支得下一个锅灶，别的就放不下什么东西了。比如说，马阳子每天下班时，都要顺便捎回一块煤。他捎回的煤多了，窝里放不下，就只好堆在窝门口。用工友的话说，马阳子的房子就是屁股大点儿的一个地方。马阳子对这样带有嘲笑的说法儿不但一点儿都不反感，似乎还有些喜欢，是呀，一个地方只要放得下屁股，不是什么都有了嘛！

白燕春不能走远，她还负有为睡觉的丈夫站岗放哨的任务。在丈夫睡觉期间，她把警惕性提得高高的，不允许有任何响动接近她家的门口。除了不让孩子回家，拒绝别的邻居来她家串门，哪怕有一只喜鹊，落在他们家的房顶，她也会扬起胳膊，把喜鹊赶走。他们家门前没有院子，也没搭院墙，只有一个小小的平台。在平台一角，白燕春种了一小片韭菜，还栽了一棵月季。种菜和栽花的土，是白燕春用塑料桶一桶一桶从山下提上来的，水也是她吭哧吭哧提上山的。平台上本来只有石头，什么东西都不生。自从她创造性地在一个石凹里填了土，并浇了水，种什么，就发什么；栽什么，就长什么，种菜菜绿，栽花花红。她种的韭菜绿油油的，让人一见就想吃一口。她早上给丈夫做的鸡蛋烘韭菜，就是在家门口割下的春韭。她栽下的月季已冒出了花蕾，每个花蕾都毛茸茸的。她带孩子点着指头数过了，一个、两个、三个，花蕾一共是九个。等花蕾绽开，所开的红花就是九朵，那将是多么喜人的景象！

在为丈夫“站岗”时，白燕春的双手并没有闲着，在一针一线给丈夫纳鞋垫子。在平台的另一角，凸起来的有一块石头，看样子像一块卧牛石。不知经过了多少风霜雨雪地打磨，卧牛石光光的，“牛”的脊背、肚皮、脖颈等，都光溜溜的，连一根牛毛都没有。白燕春就那么坐在卧牛石的“牛肚子”上做针线活儿。她纳鞋垫子用的是彩线，所下的也是绣花儿的功夫。只是她绣的不是花儿，是字。左脚的鞋垫子绣的是“平安”，右脚的鞋垫子绣的是“归来”。这样的鞋垫子，白燕春已经给丈夫纳过好几双了，每次在上面绣的都是这几个字。她相信，丈夫这些年之所以能够平平安安，连一点儿轻伤都没受过，跟每天脚踩她做的平安鞋垫子是有关系的。有一片云彩从天上飘过来，眼看就要飘到她家的房顶上面。她不由得往门口看了一眼。不过她很快就放心了。天是蓝的，云彩是白的，云彩白得像撕薄的新棉花的丝绒一样，连蓝天的底子都露了出来。不是什么样的云彩都会下雨，这样的云彩里包含的水分很少，恐怕连一滴子雨都变不成。既然不会下雨，形不成雨声，就不会影响丈夫睡觉。

这时，白燕春听见丈夫在屋里喊她：燕春，燕春！

丈夫一喊她，她就听见了，马上答应着，来啦来啦，来不及把鞋垫子放下，就快步推门进屋去了。什么事儿？你还没睡着吗？白燕春问丈夫。

丈夫躺在炕上说，我有点儿渴，睡不着，你给我倒点儿水喝。

人喝了酒，就是容易渴。白燕春放下针线活儿，倒了半杯热开水，又兑了半杯凉开水，兑得不热不凉，端给丈夫喝。她又问，我今天给你炒的菜，是不是咸了一些？

没有呀，我吃着不咸也不淡，正好。丈夫光着膀子，从被窝儿里坐起来，接过白燕春递给他的水，凑在嘴边喝起来。他把水喝了半杯，停下来，两手捧着水杯，对白燕春笑。他的笑里，似乎有那么一点儿不好意思，还有一些暧昧的成分。

对丈夫这样的笑，白燕春是熟悉的。丈夫一笑，她就明白了丈夫的意思。丈夫从煤井里出来，脸洗得不是很干净，眼睑那里还留有一些煤油。好比登台唱戏的人，卸装没有卸彻底，如黛的油彩还留在眼圈儿上。对于丈夫的这种样子，白燕春不但一点儿都不嫌，反而觉得很好玩。看见了丈夫的笑，白燕春也想笑。但她不能笑，一笑就坏事了。她使劲儿绷着脸，把笑忍住了，说，笑什么笑，快点儿把水喝完吧，喝完就把渴解了。

丈夫的双手把圆柱形的水杯搓了搓，这才把剩下的半杯水喝完了。

白燕春像夸奖一个孩子一样，夸丈夫表现不错。她以哄小孩子睡觉一样的口气对丈夫说，快睡觉吧，好好的，啊！她为丈夫掩上门，接着到卧牛石那里纳鞋垫子。

太阳越升越高，越变越小，却越来越热。阳光照在白燕春身上，光芒把三层衣服都穿透了，使她差不多有了夏天的感觉。她每次仰脸看太阳，发现太阳都在看她。她认为太阳是认识她的，在农村老家时，太阳认识她；她来到矿上，太阳还认识她，她走到哪里，太阳就跟到哪里。她在心里对太阳说，老看人家干什么，你又不是没见过我。她回过脸来，不看太阳了，感觉太阳还在看着她。太阳不但目不转睛地看着她，似乎还想跟她拉拉呱儿，把她说成是害羞的小媳妇儿，问她不陪男人在屋里睡觉，老待在外边干什么呢？她才不接太阳的腔呢，她要是接了太阳的腔，一递一句地跟太阳说起话来，把丈夫吵醒了怎么办呢？

山上有一条小路，小路从山头下来，一直通到山脚。小路两侧，枝枝杈杈地又分出许多更细小的路。每条细路的尽头，都连着一座小石头房子。那些石头房子，看上去跟白燕春家的房子差不多，像是从一个模子里倒出来的。若是从高空往下看，那条小路像是一棵树的树干，许多细路像是树枝，而那些房子呢，像是一只只搭在枝头的鸟窝。“鸟窝”里的那些“鸟”，不管是下山觅食，还是下山往山上取水，都是从“鸟窝”里出来，先沿着“树枝”，再沿着“树干”，才能走到平地里去。如果说白燕春是一只“母鸟”的话，她跟住在山上的那些“母鸟”姐妹几乎都认识。一只穿花裙子的“母鸟”，手提一只用红蓝塑料片子编成的篮子，从山上下来了，大概要去买菜。她从白燕春身边走过，没跟白燕春说话，只对白燕春扬了扬手中的篮子，就下山去了。又一只比较肥胖的“母鸟”，挑着两只水桶，从小路走过来。这只“母鸟”平日里喜欢鸣叫，比一只刚下蛋的母鸡叫得都响。可她一看见白燕春坐在路边的卧牛石上纳鞋垫子，就明白白燕春是在为正睡觉的丈夫站岗，还没等白燕春示意她不要说话，她自己就自觉地把一根手指竖在了嘴上。既然她们知道各家的男人都是下窑的受苦人，知道全家老小都靠下窑的男人养活，知道睡觉对男人来说十分重要，就要共同担负起维护男人们睡好觉的责任。在矿区别的场合，她们碰面可以大声说笑，互相取闹，怎么发疯都可以。可她们一到附近有挖煤人睡觉的地方，马上变得屏声敛气，比最乖的小鸟都乖。

燕春，燕春！白燕春听见，丈夫又在屋里喊她。

咦，这个马阳子，怎么还没睡着，烦人！白燕春推门进屋问丈夫，又怎么啦？

我身上有点儿痒痒，你帮我挠挠吧？

你怎么这么多事儿呢，痒痒了不会自己挠吗?

有的地方我自己的手挠不着。

净是瞎找借口，你的爪子那么长，我看哪儿都够得着。说吧，哪儿痒痒?

后背。

翻过来，趴下!

丈夫翻身趴在床上，把光光的脊梁板儿暴露给白燕春。他的两只胳膊却没有扣在枕头上，而是顺长着放在身体两侧。他的手梢儿微微有些动，像是随时准备抓住一点儿什么。他的脸向外侧瘪跟在枕头上，眼睛可以看到白燕春的脸。白燕春给他挠上，他说往下；白燕春给他挠左，他说往右。不管白燕春挠到哪里，他都哎呀，都说舒服，还说，有痒痒就得让老婆帮助挠，老婆挠得就是舒服，舒服死了!

整个脊梁板儿都挠遍，白色发亮的脊梁板儿上挠出一道道粉红，白燕春说行了吧!遂收了手。

丈夫伸手抓住了白燕春的手，说再挠挠下边。

白燕春明白丈夫说的“挠挠下边”是什么意思，说，想什么呢!好好睡你的觉，比什么都强。再胡想八想，我就不理你了。昨天刚那个过，今天又想那个，你有够儿没够儿?要是没够儿的话，明天我也不答应你了!白燕春说着，把手从丈夫手里抽了回来。

白燕春的两个孩子在下面的山坡那里玩。那里不长花，也不长草，却有蚂蚁，黄蚂蚁、黑蚂蚁都有。在爸爸睡觉期间，妈妈不让他们回家，他们只好跟蚂蚁玩一玩。好在蚂蚁不会说话，不管他们跟蚂蚁玩多长时间，蚂蚁们跟哑巴一样，一句话都不说。这样，他们就形不成和蚂蚁们的对话，更不会和蚂蚁们吵架，完全符合妈妈要他们保持安静的要求。

女儿从山坡那里上来了，小声对正纳鞋垫子的妈妈说，她弟弟想吃冰棍，让妈妈给她一点儿钱，她带弟弟下山去买一根。

妈妈把女儿的要求给拒绝了，说天气还不热，还不到吃冰棍的时候，吃冰棍容易肚子疼。

当姐姐的只好带弟弟继续跟蚂蚁玩。姐姐找来一根干树枝，把一只个头儿较大的黑蚂蚁引导到树枝上，让蚂蚁在树枝上爬上爬下。姐姐对弟弟把蚂蚁说成猴子，说你看，小猴子在爬树呢，爬得多快呀！她把树枝交到弟弟手里，让弟弟亲自操作一下“猴子爬树”的把戏。弟弟把“树”举起来，眼看着“猴子”沿着“树干”爬到“树梢儿”，很快折返下来。当“猴子”爬得接近弟弟的手时，弟弟的样子稍稍有些害怕，像是随时会把“树”扔掉。然而，“猴子”没有爬到弟弟手上，遂掉头重新向高处爬。姐姐问弟弟，好玩吗？

一点儿都不好玩！弟弟的样子几乎有些叹气。

远处隐约传来打腰鼓的声音，弟弟的耳朵顿时支棱起来。姐姐知道，矿上有一支老年腰鼓队，时常在矿俱乐部门前的广场上打腰鼓，她曾领着弟弟去看过人家打腰鼓。弟弟很喜欢看那些爷爷奶奶打腰鼓，都是看到人家散场还舍不得走。姐姐对妈妈说，妈，我和弟弟去看人家打腰鼓！

白燕春同意了，说去吧，不要走得太远，别出矿上的大门。

白燕春也听到了打腰鼓的声音，咚啪，咚啪，咚咚咚，咚啪！咚，是鼓槌子打在鼓面中心发出的声音；啪，是鼓槌子敲在腰鼓的木帮子上发出的声音。声音若隐若现，像是隔了水，又隔了山，她相信不会影响丈夫睡觉。

丈夫马阳子第三次喊她，燕春，春儿！

你今天到底是怎么了？一遍又一遍，跟猫叫春儿一样，真是烦死人了！

丈夫说了对不起，又说老也睡不着，他自己也有点儿讨厌自己。之所以睡不着，他估计自己可能有些内热，上火，让白燕春给他拔拔火罐儿去去火才好。

什么口渴喝水，什么挠痒痒，什么拔火罐儿去火，说来说去，说得拐弯儿抹角儿，还不是想干那件事。作为夫妻，那件事是必须的，不能不干。但窑可以天天下，煤可以天天挖，那件事不可以天天干。为了爱护马阳子的身体，也是为了确保那件事的质量，他们商定了一个规则，隔一天那个一次。既然商定了规则，两口子就得共同遵守。马阳子大概是不好意思违犯规则，又想加一个班，就千方百计找借口缠磨她。如果给马阳子拔火罐儿，也不是不可以。但拔火罐儿不如倒水和挠痒痒那么简单，拔火罐儿要和面，要做圆圆的面皮，要把面皮巴在脊梁上，要用草纸在火罐儿里点火，趁火正燃烧时快速把火罐儿扣在面皮上。火罐儿吸牢后，要停一会儿才能拔下来。拔过火罐儿的地方，皮肉发红，或者发紫，才算收到了拔罐儿的效果。几排火罐儿拔下来，不知得费多少时间呢，恐怕一个钟头都不够。问题是，她给马阳子拔了火罐儿，马阳子的火可能还去不掉，还不踏实睡觉，说不定还会想出什么新的鬼点子。白燕春问马阳子：你承认不承认你是一个调皮捣蛋的家伙？

马阳子没说承认，也没说不承认，他笑了，说一般化吧。

一般化是什么话，我看你就是个捣蛋货。

我不捣蛋，我捣别的。

再敢说恶心人的话，我不给你拔火罐儿了，我把你的头拔下来。

给，你拔呀，我的头就是留给你拔的。

白燕春缠不过马阳子，只得把家属委员会女主任的话搬了出来，说女主任说了，让我们这些当家属的，要好好爱惜自家男人的身体，不能见天跟男人那个，不能把男人的身体掏空。

不提女主任还好些，一提女主任，马阳子似乎显得更加兴奋，说她呀，我们下窑的哥们儿都知道她，她比你们哪个女人都厉害。她男人原来当过我们的师傅，在窑底下经常跟我们讲他老婆的事，说他老婆特别善于连续作战，一夜干个两三次，属于家常便饭。往往是，他刚从老婆身上下来，刚眯上眼休息了一会儿，老婆一翻身，就骑到他身上去了，骑得比跑马都快，拉都拉不下来。马阳子的结论是：依我看，你应该向你们的女主任学习。

看看，还说让我给你拔火罐儿呢，说露馅儿了吧！

差不多吧，你不就是个火罐儿嘛！

碰见这样的臭男人，真让人没办法！

一个矿工的老婆，大概要跟白燕春借点儿什么东西，没打招呼，一把推开了白燕春家虚掩着的门。她见白燕春正在马阳子身上坐着，不便打扰，转身就走了。

白燕春停止了动作，对马阳子有所埋怨，说都怨你，都怨你，你看多丢丑！

白燕春急忙穿衣追出门外，对那个走开的女人喊王姐，王姐别走呀，进来坐会儿呗！

这个坐不是那个坐，王姐说，我不坐了，还是你自己坐吧。

虞公山

徐则臣*

要从一个鬼魂说起。

不管你信不信，那三个人的确看到了卢万里的鬼魂。他们用手指着脑门对我发誓："千真万确，如有半句瞎话，全所你拿枪打我这里。"三个人在不同时间点，经过卢万里家的院门前，都看见他在烤火。卢万里缩着脑袋蹲在地上，面前是一个火盆，他正理着湿衣服在火上烤。在火焰和冒着水汽的湿衣服后面，他们三人都看见了卢万里瘦骨嶙峋的上身和那张憔悴的脸，他冷得直哆嗦。卢万里显然比活着的时候更瘦了。三个目击者的表述区别仅在于燃料：一个说，盆里烧的是木柴；第二个人说，烧的是火纸；第三个承认他没看清楚，火太大，几乎把整个火盆都吞没了。烧的什么不重要，重要的是，死去的卢万里突然回到家门口来烤火。

雨一直下，大的时候像老天漏了底，小的时候如满天的蜘蛛在吐丝，缠缠绵绵半个月没消停。所以，尽管现在是大夏天，如果鬼魂衣服湿透了，感到冷也很正常。反常的是，死去的卢万里为什么要回到家门口来烤衣服。

死人回家我没见过，但鹤顶这地方此类传闻从来没断过。算命的老赵多年

---

* 徐则臣，男，1978 年生于江苏东海，毕业于北京大学中文系，现任《人民文学》杂志副主编。著有《北上》《耶路撒冷》《王城如海》《北京西郊故事集》等。曾获庄重文文学奖、华语文学传媒大奖·年度小说家奖、冯牧文学奖。部分作品被翻译成英、法、德等十余种语言。

来的口头禅就是：水边嘛，湿气重，阴气也重，出啥事都不稀奇。也就是说，鹤顶就是个神神道道的地方。所以卢万里的儿子把这件事作为报案的原因之一，我根本没当回事。他说有人动了他父亲的坟墓。他说不仅有三个街坊看见了他爸在院门口烤衣服，冻得直哆嗦，他自己还梦见了父亲。在他的梦里，父亲穿着的正是在院门口烘烤的衣服，卢万里抱着胳膊对他说：

“儿子，我快冻死了。衣服全湿了。”

在他梦里，父亲的衣服的确是湿的，湿漉漉地正往下滴水。他做梦的时间在三个目击者看见烤火的场面之后，可见，父亲的衣服在烤干之后又湿了。第二天早上，他把这个奇怪的梦说给母亲和老婆听。母亲听了心酸得不行，跟邻居们说起时，止不住流下眼泪；老婆则当成个笑话，说给姐妹们听时自己都忍不住笑出声来。然后，作为反馈和回应，三个目击者看见卢万里烤火的消息陆续传到了他们家。里应外合，卢家就不能不上心了。卢万里的儿子想起来，清明给父亲上坟时是有点潦草，没烧几张纸。一定是父亲在那边缺钱了，所以衣服湿了也没得换。第三天，他一口气买了十刀火纸，每张纸上都摞满了金元宝，装在一个大号塑料口袋里捆到摩托车上，冒雨去给父亲上坟。

离坟墓还有二十米，穿过雨帘他就发现父亲隆起的坟堆缺了半边。再往下看，有人在坟墓旁边挖了一道深沟，雨水汇成激流，正从深沟里流过。浑浊的流水不停地冲刷父亲的坟墓，棺材一角浸泡在水里，流水撞击到黑色棺木上，激起泛白的水花。卢万里的儿子骑上电驴子转身就跑，背着一口袋的火纸直接到了丁字路口。他结结巴巴地对所里的值班警员说：

“有……有……有人，盗……盗……盗了我爸爸的……的墓。”

我们觉得这事不可能，卢万里又不是啥大人物，平常到不能再平常的一个坟，盗它，谁吃饱了撑的？本来下雨天也干不了活儿，大家想趁机打个瞌睡，他非要我们去破案。为了表示兹事体大，且有预兆在先，他把卢万里湿了烤干，烤干后又湿了的衣服和哆嗦喊冷的事给我们颠三倒四地讲了一遍。好吧，上车。

快到现场，一摊烂泥地，车过不去。下了车他让我们走在前面。他说天暗，他有点怕。

就是在那天的大雨里，我们发现了未遂的盗墓案，当然，盗的不是卢万里的墓。

卢万里埋在一个好地方。这一片高地，鹤顶人叫虞公山。传说甚多，有说古时候一个姓虞的人曾在这地方住过；也有说这地方埋过一个姓虞的大官；还有的说，一个姓虞的外乡人来这里修行，最后坐在山尖上飞升成了神仙。反正跟一个姓虞的人有关。这种传闻鹤顶人都懒得信，但凡跟别处有点区别的地方都有类似传说。如果都是真的，那咱们鹤顶早就仙迹处处，哪还会穷得如此叮当响？虞公山周围是片荒地，尽管没生老赵那样的慧眼，鹤顶人也看出来这地方风水不错，但因为离镇子实在有点远，人死了也极少长途跋涉埋到这地方。这两年不少人家鸟枪换炮，有了摩托车、电动三轮车，交通工具改变了距离的概念，虞公山周围才慢慢出现几座新坟。

我们围着卢万里的坟墓转了几圈，确定没人动过那口黑漆漆的槐木棺材。它露出一角，还有坟山垮掉半边，完全是雨水冲刷所致。卢万里的儿子拍胸脯保证，若非意外，他爸坟边绝不会出现水沟。坟墓的左侧低于右侧，虞公山上的雨水再凶，往下流也只会从他爸的左边走。他说得没错。坟墓周围荒草丛生，尤其是那些抱住大地不放的巴根草，拿铲子都未必能将它们连根拔起，仅靠雨水的冲刷，十天半个月怕是搞不定的。有人帮了忙。

这好办，我们继续在附近转悠，等同事开车回去取来几把铁锨。然后挖土筑坝再引流，让水从卢万里的左边走。果然，水落之后，在坟墓的右侧发现了铁锹切挖过的隐约痕迹。荒无人迹，谁会无聊来这地方模仿大禹治水呢？我提着铁锨绕虞公山的边缘走，十步之外看见了雨水没有冲刷干净的新泥。

虞公山说是山，其实就是个大一点的土堆子。也许姓虞的那人当初成仙或者刚埋下地的时候，虞公山确有一些气势，比如巍峨宽阔，那风吹日晒雨淋了不知多少年后，它已然被消磨成了一个土丘。我跟着断断续续残留的新泥走，发现土丘坡上有一丛灌木尤为稠密。大雨把灌木洗得干净，同一丛灌木竟长出两种不同的枝叶。我用铁锹毫不费力就挑起了部分枝叶。再来一锹，剩下稍微牢靠一点的灌木也被从泥土里掘出来。一例都没有根。它们是被砍断了根插进土里的。

灌木清空后，再铲掉插灌木的一堆泥，土丘的肚子里似乎有个洞。我招呼大家过来，清除洞口堆积的虚土，再往里挖。果然是一个黑灯瞎火的洞。铁锹在洞的深处撞上坚硬的东西。卢万里的儿子想出个招，打火机点着，系在铁锹头上往洞里探。洞中氧气稀薄，但奄奄一息的火光中，我们都看见了刚才铁锹撞到的什么。打磨光滑的巨大条石。

以在派出所工作多年的经验，我知道遇上大事了。我把所有人集合到跟前，发布如下命令：

任何人不得走漏风声；

立刻原样封堵洞口，恢复伪装；

现在就协助死者家属培筑好坟墓；

我现在就给有关部门和领导汇报，在相关决定下达之前，咱们所一定做好现场保护，不能有半点闪失。

省文化厅接手了剩下的工作，天还没晴透就派来考古队。他们认为虞公山下可能藏有古墓。他们与县史志办及有关历史学家交流研判之后，初步达成共识：虞公山的传说或许非虚，这地方真埋葬过姓虞的历史人物。安保工作由县公安局牵头，我们所全力配合。同时，责成我们所尽快侦破该起古墓盗窃未遂案。

我们手头的线索只有两个：一是这起盗挖跟卢家的关系。大雨之后的现场线索几乎消失殆尽，但两者之间若无必然联系，那只能说太过巧合。第二个，就是县公安局提供的两个过滤嘴烟头，他们在洞里找到的。一个古怪的牌子，蓝旗。

第一个问题好解决，警员做了拉网式查访，卢万里家人、亲戚、街坊邻里，甚至随机采访了跟卢家毫无关系的人。没有发现任何蛛丝马迹。卢万里生前口碑甚好，他的左邻高度赞扬了卢万里，那个老大爷说："我就一个标准：凡是万里说有问题的，那人肯定有问题；凡是说万里有问题的，一定是那人有问题。我认识万里几十年了，这标准从没错过。"卢万里的言传身教影响了整个家庭，卢家家风挺好，门楣上还钉着"五好家庭"的牌牌。他们家没仇人，没做过亏心事，儿子、儿媳妇、女儿、女婿，人缘都不错，至少在查访中没听到任何负面评价。足够了。在乡镇，除非深仇大恨不共戴天，谁会干掘人祖坟这种损阴德的事？更不会有人抽风，要去卢万里坟边开一道深沟解闷。所以我们维持先前的判断：此事跟盗墓相关。

我把查访详情向县公安局做汇报。县局表示赞同，他们也发现，两者很可能关联密切。盗墓必须掘土，盗墓还得隐蔽，掘出的土不能露馅，运土也不能太麻烦，怎么办？现场解决。如何解决？被雨水冲走。自然便捷，神不知鬼不觉。卢万里的坟墓是距盗墓口最近的一座坟，山丘与坟堆之间正好有个凹槽，高处的雨水下泻，那地方是第一个下水口。为了加大水流带土的能力，盗墓贼掘开草皮和地表，人为地开了一条深沟。他们没想到，雨大流急，这个更有效的挖掘机扩大深沟的同时，把卢万里的坟墓也给摧毁了半边，露出棺木。已经在干燥温暖的棺木里安睡三年的卢万里突然落了水，感到了冷。盗墓贼失算了，提前惊动了鬼。

剩下的两个烟头。作为一个老烟鬼，很惭愧，我真没听说过蓝旗这个牌子。警员们去镇上各个商店买蓝旗烟，全都空手而归。店主们跟我一样孤陋寡闻。这方面见多识广的只能找满天下乱跑的人。住滨河大道边上的老苏常年跑长途客车，他也说不清，答应下一趟跑车时帮我问问。我把鹤顶在外工作、求学、做生意和游荡的人名单找出来，能联系的都联系了一遍，没一个人知道。结果显示，他们大部分人都不怎么抽烟，更不会带烟回来。这很好，健康比什么都重要。

副所长想起运河街上常年跑船的吴斌，这家伙烟酒都是大户，没准知道。他老婆在家，听说找吴斌，没好气地说：

“死了。”

“死了？”

“早死了。”

“啥时候死的？”

“一年到头连家都不着，跟死了有什么两样？”

副所长出了口长气，拿出烟头照片。“你见过吴斌带回来这个牌子的烟吗？”

吴斌老婆瞥都没瞥。“人都见不着，哪还见得着烟？”

副所长知道再问也是瞎耽误工夫，赔个笑转身要走，被叫住了。

“本来也懒得问，”吴斌老婆说，“赶上了我就多一句嘴。我家那兔崽子好几天不着家了，你们能不能帮忙找一下？”

“什么兔崽子？”

“我儿子，吴极。”

“失踪了？”

“谁知道。学校也打来电话，三天，哦，今天第四天，没上课了。”

“平常他会去哪儿？”

“谁知道。跟他爹一个德行，四六不着的货。”吴斌老婆摊开手对着房间挥了半圈，“这个家就是个旅店。”

副所长答应着，出了吴家。正经事没干成，倒添了桩新业务，回到所里就跟我抱怨。抱怨归抱怨，还是给镇中学打了电话。教务主任说，有这事，家长再不给出合理解释，按有关规定，可以开除了。教务主任又说，咱这鹤顶，一到下雨天事就多，吴极班上还有个同学也旷课四天了；班主任说，他俩好得穿一条裤子。

“两个孩子平时表现如何？”

“俩孩子性格都偏孤僻，”教务主任电话里的口气有点哀其不幸、怒其不争，“不太合群。听说经常抽烟喝酒。”

我和副所长对视一下。我们的判断步子可能大了一点，有枣没枣来一竿吧。

吴极的同学叫安大平，住在运河街的另一头。父母都在家，老实得像闷瓜，见了警员手都不知道往哪里放。除了回答我同事的问题，多一个字都没说，连句客气话都没有。据邻居反映，他们两口子常年如此，相对无言。如果不是拴在墙根的那条狗偶尔发出几声叹息一般的叫声，这个家可以一整天不弄出任何动静。两口子说，大平去他姑妈家走亲戚了。

“课也不上了？”

“大平没说上课的事。”

好吧。我同事问，可不可以看一下安大平的房间，两口子没说行也没说不行，对着一扇关着的门指指，门上贴着奥特曼。一个高二男生的房间，墙上贴的还是初中生口味的招贴画。没有烟味。在一个半开的抽屉里，同事看见一盒本地产的运河牌香烟。打开烟盒，剩下的五根烟里，有一根蓝旗。同事合上烟盒，对两口子笑笑，问，大平他姑姑家远吗？

从安大平家出来，他们直奔运河街的那一头。吴斌老婆正锁门要去菜场，这个时候肉会便宜点。她给了我同事一个白眼，不耐烦地说：

“你们到底想看什么？我都半个月没吃上肉了。”

“就看看你儿子的房间。没线索怎么帮你找儿子？”

吴斌老婆用钥匙打开儿子房门。吴极平常出门就上锁，不许母亲随便进他房间。因为门窗紧闭，浓烈的潮霉味中混杂着没能散尽的烟味。地上有烟头，没错，蓝旗牌。同事顺手翻了写字台上的一堆演草纸，有张纸正面演算了一道数学题，反面画着一个山包。山包的半腰上有一扇打开的门，一个粗暴的箭头指向门里。纸的右下角写着“祖宗”两个字。

“这是什么？”同事试探着问吴斌老婆。

“我哪知道？”她心不在焉地说，“一天到晚跟没魂儿似的，出了这扇门就像梦游。跟他老子半毫米不差。我说你们能不能快一点，再晚便宜肉都卖光了。”

同事回到所里汇报之后，驱车去了安大平姑妈家。

可能因为电视里正在播放侦探片，那俩孩子扭头看见三个警察进了门，立马从并排坐的椅子上跳了起来。安大平的姑妈也吓坏了，他们家从没来过戴大盖帽的。她跟在我同事后面说：

“他俩可啥坏事都没干啊，坐在这里看了一天的电视了。”

我同事说：“没事，我们就了解一下情况。”

俩孩子个头都不小，杵在那里一个挠鼻子，一个拧着手指头。

“有烟么？”

吴极脸上长满了青春痘。他从口袋里摸出挤皱的半包蓝旗。

“哪来的？”

“我爸上次带回来的。”

“带给你抽的？”

“我偷的。”

一个同事堵在门口防止他们溜掉。另一个同事指着椅子。“坐。”

他俩坐下来。安大平姑妈关掉电视，让我同事坐到旁边的木制沙发上。

“别紧张，就是了解点情况。旷课可不是个好习惯。”

“吴极说不想上了，我就陪他出来了。”安大平怯怯地说。

“为什么不想上？”同事问吴极。

“心慌。”

“吃坏肚子了？”

“不知道。”

“再想想。比如看见谁，害怕了？”

吴极低着头，翻起眼看眼前的两个警察，然后扭头往后看。堵在门前的我同事，像逆光中矗立的一座黑塔。

“嗯。”

“看见谁了？”

吴极低头不吭声。

“大平，要不你来说说？”我同事说。

安大平看看吴极，后者没反应。安大平犹豫之后小声说：“你们。”

“戴大盖帽的？”

安大平点点头。

“在哪儿？”

“虞公山。”

“哦，”我同事说，“吴极，你俩一块儿？”

吴极突然站起来，脸涨得通红。“那就是我们家的地方！我本来姓虞！”

两个孩子被带回所里。

副所长把审问结果报送给我时，哭笑不得，这是他从警十八年来见过的最有意思的案子。如果嫌疑人不是未满十八岁的少年，他敢断定这会是本年度全中国最荒唐的案件，没有之一！

虞公山那个洞是吴极和安大平两人掘的，为寻找古墓。卢万里坟墓旁边的水沟也是他俩挖的，如我们和县局推断的，是为了就近把掘出的新土冲走。那个小坟里埋的是谁，他们根本不关心，甚至都没认真看一眼卢万里的墓碑。俩孩子交代，他们利用中午和下午放学后的空闲时间来干活。刚开挖不久就下起雨，本以为雨天对工程不利，黏黏糊糊到处是泥，但发现雨水可以迅速将掘出的新土冲走，他们倒希望雨一直下下去了。因为不会留下明显的痕迹。尽管此地荒僻，若非逢年过节，扫墓上坟的人都见不着，他们还是谨慎为上，每次工作结束，都要把洞口伪装妥帖。大雨帮了他们的忙，踩出的泥泞也很快被雨水抹平；小丘上杂草也多，被踩趴下了，喝了一肚子水后，腰又迅速地挺起来，所以我们第一次去那里，完全没留意这些疑点。

“为什么盗墓？”我问副所长。

“嗨，他们根本不认为是盗墓。”副所长拿出提审记录，“吴极认为他只是在挖自家的祖坟。他说吴斌一直跟他说，他们原来姓虞，当年老祖宗虞公出差途中意外病逝在鹤顶，天热，遗体没法久存，只能就地下葬，埋在了虞公山。虞公山其实就是个大坟堆。只是天长日久，历史演进，鹤顶人把虞公墓这事给忘了，虞公山成了一个大土丘的名字。吴斌跟儿子说，他们这支‘吴’跟本地的吴姓没关系，他们从‘虞’字来。当年虞公是清朝康熙年间的大官，起码相当于现在的省部级干部。因为是皇帝的宠臣，死后才备极荣华，有如此规模的大墓。虞公客葬异地，他的二儿子是大孝子，便迁居鹤顶，长年为父亲守墓。因为是从家族中分出来的，如同从‘虞’字里拆出个‘吴’，这一支虞公后代就以吴姓在鹤顶繁衍开来。”

“听上去挺是那么回事的。就算真是吴家祖坟，吴极这孩子为什么现在突然开挖了？”

“据安大平说，吴极跟一个姓吴的同学闹矛盾，对方说，‘有种别姓吴’。为撇清跟对方‘吴’的关系，这小子血直往脑门蹿，竟然要到老祖宗的坟墓里找证据。吴斌跟他说过，虞公落葬时，带了一部家谱进地下。”

这算不算“儿戏”？他还真就这么干了。这孩子都没意识到，即便真有家谱陪葬，几百年过去，也不知道腐烂多少回了。而且，找到家谱就能证明他是虞公的后人？

“吴斌跟吴极说，他们家有一部吴姓家谱，打头的是虞公的二儿子，只要两部家谱衔接上，齐了。没有比这更有力的证明了。”

家谱这么复杂的东西我不懂。我爹给我留了一本，让珍藏，我放抽屉里后再没拿出来过。但以我对家谱粗浅的了解，很多家谱开头都会有一段大帽子，历数自家姓氏的沿革，吴极完全可以拿出自家的家谱嘛。

“这个我也问了。”副所长问我要了根烟，“吴极说，他把家里翻了个底儿掉，没找着。就给吴斌的船上打电话，父亲醉醺醺地跟他说，早不知放哪儿了，回到家再说。他一趟船经常要跑三四个月，吴极等不了，找到一部算一部。头一次见到这么仓促上阵的盗墓贼。找了几本盗墓小说翻了翻，围着虞公山转了三圈，觉得哪个地方顺眼，一锹插下去就开干了。担心一个人忙不过来，就把好朋友拉过来帮忙。哦，对了，他不同意盗墓这个说法。”

“不盗墓他们怕啥？”

“我们的人守在那里，大盖帽总还是有点震慑力的嘛。他俩就跑了。”

“口供跟现场都吻合？”

“核对无误。挖掘工具藏在旁边的小树林里，也找到了。”

确实有点意思。我想找个时间跟吴极这孩子聊聊。他爹我见过，跑船回来，经常摇摇摆摆穿过运河街，一大早看上去也是醉醺醺的。

专家们确认虞公山下有座古墓。墓主人虞凤常，字鸾翔，湖北宜昌人，仕宦生涯主要在清康熙年间，官至大理院少卿。也就是大理寺卿的副手，佐正卿总理全院事务并监督一切事宜，正三品，够大的官儿。专家查阅大量史料，证实了本地的传说。大理院少卿虞凤常确系陪侍康熙皇帝沿运河南巡，船队行至鹤顶时病逝。虞少卿是康熙的爱臣，他的突然亡故，让皇帝十分悲痛，其时天气尚热，尸体不宜久存，长途迁移更是不妥，便御旨厚葬于此。当年一定是立了墓碑，碑文很可能还是康熙御笔，但很遗憾，不知道在哪个年代弄丢了。很可能因为墓碑的失散，导致本地人对这段历史的记忆开始漫漶，最终成了众多漫不经心的传说之一。不过这也在一定程度上保护了虞公山，否则，早不知道被那些职业的盗墓贼光顾多少次了。

我们把吴斌的“吴自虞来”一说报给专家，他们讨论之后，表示存疑。现有的资料完全不能支撑吴斌的说法。虞氏一族，在北京和宜昌都有后人，子孙繁茂，有案可稽；至于鹤顶的这一支，真没听说。

考古发掘正在有条不紊地进行。鹤顶在运河边上，千百年来，无数历史人物在运河上穿梭，无数的大事在水上与河边发生，大大小小的遗迹不能算少。在这方面，鹤顶人还是见过一点世面的。开始几天，大家围观考古现场的热情挺高，里三层外三层，等专家们找到此系虞公墓的确凿证据，即一块镌有“虞少卿”字样的石头后，人群就慢慢散了。热闹不能一直看下去，自己的日子还得好好过。我们继续提供必要的安保，所里的日常工作也逐步恢复。

跟县局协商之后，对吴极和安大平做过批评教育，把他们送回了课堂。我知道吴极没有想通。说实话，我也挺好奇，于是决定，干脆把它当成不是案子的案子继续办下去。周末下午，吴极母子俩都在家，我敲响了他们家的门。

儿子挖了虞公山，当妈的觉得挺没面子；但因为儿子这开山的几锹，引来一场轰轰烈烈的考古，还坐实了虞公墓，当妈的又觉得儿子给自己长了脸。不过此外，“吴从虞来”又让她哭笑不得。你爸整天云里雾里，瞎话张嘴就来，你也信？当妈的又十分来气，这事用膝盖想都觉得荒唐啊。我到吴家时，没说上两句，吴斌老婆又训开了儿子：

“好的你没学，脑子抽筋倒学得挺快。不过那死鬼也没啥好的可学。”

吴极嘀咕：“我爸没瞎说。”

“他不瞎说？嫁给他十八年，我算明白了，从头发梢到脚指甲盖儿，他从头到脚都是个骗子！”

“我爸不是骗子！”

“他要不是骗子，你妈我就是七仙女，就是王母娘娘。”

“我爸就不是骗子！”

“好了，老娘懒得跟你争了。你真是你爸的亲儿子。”

我赶紧打圆场，表示想跟吴极单独聊聊。

“随便！”吴斌老婆手一挥，“能带回家聊到管饭更好。”这婆娘拎起织毛线的袋子去邻居家串门了。

我问吴极："你爸知道这事吗？"

"不知道。电话打不通。"

吴斌跟着一个外乡人跑船，每年回来两三次，吴极掰着指头数，在家撑死了也就待一个月。活儿多？谁知道。他喜欢在水上跑，说在陆地上走不稳，上岸就要摔跤。他悄悄跟儿子说，别告诉你妈啊，我两条腿不一样长。吴极想看看两条腿差多少，吴斌刮了一下儿子的鼻子，站着是看不准的。可是吴斌一躺床上就是前腿弓后腿蹬，两脚从来不齐，那姿势像在跑路。过去吴斌有过两个便宜的手机，一个喝多了不知丢哪去了，一个站在船边撒尿时，不小心滑进了水里。干脆不要手机了，反正没人找。吴极找他，都是打船老大的电话，那差不多也是个不靠谱的酒鬼。

吴家的房子不大，就这样也没塞满，客厅里的摆设稍显清冷，感觉这家人随时都可能搬走。"喜欢爸爸吗？"我问。

吴极低着头。"不知道。"

"想爸爸吗？"

"不知道。"

"爸爸回到家都干什么？"

"喝酒。跟妈妈吵架。给我讲故事。"

"都讲了什么故事？"

"什么故事都有。"这孩子突然有了自信，眉毛都跳了起来，"我爸爸一肚子故事。真的，他什么都懂。他去过很多地方，每个地方都能带回来一大堆故事。不信你问安大平。我爸一回来，他就待在我家不愿走。他说我爸是他见过的最会说笑话的人，每次他都笑得两个腮帮子疼。"

"你妈妈喜欢听吗？"

"我妈说，都是吹牛，鬼话连篇。然后就吵架。有时候还会打起来。"

"你爸都跟谁一起喝酒？"

"他自己把自己喝醉。一年有十一个月在外头，哪来的朋友。"

鹤顶镇上姓吴的有好几家，跟他们家都不是本家和亲戚。吴极往上四五代，都是单传。他爸说，跟他们不一路。

“你们家的家谱你看过？”

吴极摇摇头。“我爸都忘了放哪儿了。但是我看过这个。”他去自己房间抱回来一本破旧的县志，砖头一样大。他熟练地翻到折页的地方，递给我看。

纸页泛黄，印刷效果也欠佳。那一页介绍虞公山的传说，列出四种：虞氏住地说，虞氏修仙说，虞公墓说，还有一个愚公说。第四种意思是，这地方原来真有座山，堵在某人家门口，这家也出了一个愚公，誓将此山夷为平地，可惜天不假年，快削平的时候累死了。大家就把剩下的这个土包叫愚公山。已经有个跟王屋和太行两座山耗到底的愚公，本地人想，还是别弄重了，分不清彼此也麻烦，于是改叫虞公山。虞公墓说，指的就是虞凤常落葬于此，名之虞公山。吴极只在此一说的文字下，用圆珠笔画了两条歪歪扭扭的线。

“这个说明不了什么问题啊。”我说。

“我相信我爸的。”

吴极说这句话时，内向、羞涩和躲闪都不见了，一脸单纯笃定的孩子气。我摸了摸他的脑袋，感觉像在摸我们家的那个小混蛋。儿子高中毕业后，再不让我摸他脑袋了。“挺好，挺好。”我说，“你爸这么说，一定有他的道理。想吃什么？”

他想吃羊肉串，如果可以，还想把安大平也叫上。没问题，我说这顿一定管饱。我们在镇上最好的羊汤馆等安大平。他们想吃的全点了。分手的时候，我要了吴斌的船老大的电话。

那人姓秦，山东口音，说话充满梁山泊的豪气。我们聊得很好。船停在码头，他留守船上，吴斌上岸溜达了。他说吴斌这兄弟不错，就是管不住自己的嘴，每顿都离不开那二两猫尿，可惜了一肚子的才华。秦老大说到猫尿时嘿嘿地笑了，他也好这口。水上跑惯了，不喝两口真顶不住那寒湿，还有“孤独”。

他说到“孤独”时舌头打了个结，不习惯这样文气和矫情的表达。

“一肚子才华？”

“也是一肚子鬼话。”秦老大吐了一口痰，在电话里说，“那真是个聪明人，说什么像什么。他要不跟我搭个伴，这一年到头在运河里跑上跑下，我还真不知道时间怎么打发。”

“你知道他祖上姓虞吗？”

“那得看他喝到哪儿了。喝到位了，也姓过臭。”

我不知道接下来该问啥了，便随口说：“一肚子鬼话那你还信？”

“信了能翻天？你们可能不了解他。聊透了，你就知道，这人让你心疼。对，心疼，就这个意思。”

我头脑里立马出现一个清瘦的男人，还有点病病歪歪的。事实上，我见过的吴斌虽然块头算不上多大，但绝对是个结实的汉子。

“我可能没说清楚。反正这兄弟真不是坏人。他不过是张嘴就来。你要是跟他敞开了说上一个小时，我担保你会认为他跑船是屈才了。我一直觉得他能干很多高级的事。能干什么我也说不好，反正他经常没魂儿的样子既让我冒火，又让我愧疚，觉得委屈了他。但他又能干什么呢？所以这些年我一直收留他。要是别的船老大，早换个更年轻能干的了。不好意思，啰啰唆唆的，也不知道我说明白了没有。”他的声音突然远了，一段空白，他一定是捂住了话筒。很快山东口音又回来了，“吴斌回来了，又喝多了。你要跟他说吗？”

“不必了。我就随便问问。谢谢。”我竟然有点慌张地挂了电话。

这次通话之后不到一个月，准确地说，二十八天，考古发掘还在进行，秦老大突然给我打了个电话。吴斌死了。昨晚喝多了，可能夜里起来撒野尿，一脚没踩好，栽进了运河里。今天一大早尸体浮在水上，幸亏没漂太远，要不都不知道他跑哪儿去了。现在他正加足马力把他运回来，明天就到鹤顶。他觉得先给我打个电话，可能比上来就通知吴斌老婆孩子要妥当。为什么妥当，他也不知道。这个山东汉子，在电话里露出了哭腔。他说，吴斌无论如何是个好兄弟。

由所里出面，找了一辆车去接吴斌。我以为吴斌老婆会拒绝去码头，没有，她坐在车上一声不吭。如此安静的母亲，吴极也有点不适应，他下意识地抓着妈妈的胳膊，他的手不停地抖。

吴斌被水泡得变了形，头发稀疏，白多黑少。他长着一张瘦脸，跟肿胀的身子完全不成比例。吴斌老婆没有哭出声，只是眼泪啪嗒啪嗒地掉。吴极也一样，因为控制不住的惊恐，他连眼泪都很少。秦老大年轻时肯定是个壮汉，此刻两鬓斑白。他擦眼泪的时候不得不擤鼻涕。

一切从简。最后关头，再整理一下死者仪容。吴斌脸上蒙一沓火纸，这是鹤顶的风俗。旁边站着五个人，他老婆、他儿子、秦老大、我和安大平。就在殡葬工要把他推进炉子里的那一刻，吴极抓住了父亲。他把父亲的两条腿直直地并到一起，握住父亲的两个脚踝。为了看得更清楚，他弯下了腰。

仙境

哲 贵*

一

从家开车到越剧团，大约需要二十分钟。车子一发动，余展飞身体有感觉了，兴奋了，柔软了。不是柔软无力，是柔韧，充满力量，跃跃欲试。同时，身体里好像有股水在流淌，可比水要绵柔，几乎要将身体溶化。很轻又很重。很淡又很浓。他很享受。

越剧团有两个排练厅，一大一小。他直接去小排练厅。不用事先联系，更不用打招呼，他知道，团长舒晓夏已经在小排练厅了。一打开车门，一阵音乐涌进耳朵，那是锣鼓声，是密集如万马奔腾的行板。一听那声音，身体立即又起了不同反应。这次是热烈的，是滚烫的，是奔放的，他几乎要摩拳擦掌了。他听见身体里有开水沸腾的咕噜声，那是身体被点燃的声音，他要绽放了。他知道，那是《盗仙草》选段，是越剧里难得的武戏，特别有挑战性，让他神往，令他痴迷。他都快恍恍惚惚了。

他进了排练厅，果然，舒晓夏已经化好装，正在厅里踱来踱去。她看见余展飞进来，朝他看一眼，那眼神是急不可耐的。两人直奔化装间。

---

* 哲贵，男，1973年生，浙江温州人，一级作家，浙江省作家协会副主席。已发表小说《猛虎图》《金属心》《信河街传奇》《某某人》《我对这个时代有话要说》，非虚构作品《金乡》等。曾获《十月》文学奖、《作家》金短篇奖、郁达夫短篇小说奖等。

这是余展飞的习惯，也是他的态度，即使是排练，即使排练厅里只有他们两个人，他也要化装，也要穿上戏服。他不允许马虎，一点也不行。

舒晓夏给他化装，他们都没有开口说话。他们不需要。几十年了，只要一个眼神，一个微小动作，便可以领会对方的意思。什么叫心意相通？这就是。什么叫心有灵犀？这就是。而且，余展飞听了进来之前的伴奏音乐，已经知道晚上排练的内容，没错，还是《盗仙草》选段。

他和舒晓夏第几次排这个戏了？起码有几千次吧，甚至更多。

装化完了，舒晓夏帮他穿上戏服。他晚上扮演守护灵芝仙草的仙童，是短打扮，头上扎着一条红头巾。在正式演出的戏文里，守护仙草的仙童是四个，两个先出场，跟白素贞对打。被白素贞打败后，去后山请两个师兄出来。白素贞最后不敌，口衔仙草，被四个仙童架住。这时，仙翁出场，放她下山救许仙。

他们晚上练双枪。这是《盗仙草》里很重要的一场武打戏。当然，双枪几乎是所有中国戏曲里的重要武戏，也是最基础的武戏。正因为基础，要练得出彩不容易，太不容易了，几乎所有武生都会的动作和技术，大家都很熟练，都想做得出彩，怎么办？办法只有一个：创新。没错，只有做出别人不会做的高难度动作，只有做出别人不会也没想过的精彩又优美的动作，只有做出惊险又与白素贞冒死精神相协调的动作。难，太难了。但可能性也正在于此，吸引力也正在于此，激发创新的动力也正在于此。一般情况，白素贞和仙童都是先拿拂尘出场，然后是剑，再是双枪，最后是空手搏斗。空手搏斗的难点在翻跟斗，每个仙童翻跟斗都是不同的，都有讲究，第一个是前空翻，第二个是侧空翻，第三个是后空翻，第四个是前空翻加后空翻。空翻都是连续性的，有连翻三个，也有连翻六个，身体是否挺直，动作是否干净，很考验人的。双枪是《盗仙草》里的重头戏，是重中之重。一般的演出，白素贞和四个仙童各拿双枪，打斗到激烈处，四个仙童围着白素贞，将手中双枪抛向中间的白素贞，白素贞要用脚板、膝盖、双肩和手中的双枪，将来自四面八方的枪，准确又利索地反挑回四个仙童手里。这里面有连续性，又有准确性，还要控制好力量和弧度，差一点点都不行。而且，八杆枪要连贯，要让观众眼花缭乱，要行云流水。既要武术性又要艺术性，要升华到美的高度。这太难了。

舒晓夏将伴奏音乐调整一下，跳过前面舞拂尘和舞剑的段落。直接到了耍枪花。那枪是老刺藤做的，一米来长，两头都有枪尖，中间涂得红白相间，枪尖绑着红缨，行话叫花枪。他们每人两根花枪，先是象征性地比画几下。戏曲的灵魂之一就是象征。

随着锣鼓声密集起来，他们站到排练厅中间，耍起枪花。看不出他们身体在动，其实他们全身在动，他们身体很快被手中的枪花覆盖。他们的枪先是在身体左右画着圈，手臂不动，手腕随着身体扭动，锣鼓声越来越密集，枪转动的速度越来越快，红白相间的花纹这时变成红白两道光芒，两道光芒最后连在一起，形成一道彩色屏障。从远处看，排练厅中间的余展飞和舒晓夏不见了，只有两个彩色球体，纹丝不动，却又风起云涌。

耍完枪花之后，他们练挑枪。余展飞投，舒晓夏挑。这是余展飞和舒晓夏的创造，他们不是一根一根来，而是八根。余展飞将八根枪一起投过去，舒晓夏用脚尖、用膝盖、用肩膀、用枪将八根枪反挑回来。考验功力的是，余展飞八根枪是同时投过去的，而舒晓夏却要将八根枪连续挑回来，八根枪要形成一排，在空中划出一个优美弧度，像一道彩虹。练了一段时间后，反过来，舒晓夏投，余展飞挑。这种挑枪，整个信河街越剧团只有他们两个会，估计全天下也只有他们两个会。

二

父亲余全权是信河街著名的皮鞋师傅，绰号皮鞋权。他在信河街铁井栏开一家店，做皮鞋，也修皮鞋。他长期与皮鞋打交道，皮肤又黑又亮，连脸形也像皮鞋，长脸，上头大，下巴尖，张开的嘴巴像鞋嘴。对于余展飞来讲，父亲最像皮鞋的地方是脾气。皮鞋有脾气吗？当然有。皮鞋最突出的脾气就是吃软不吃硬，它不会迁就穿鞋的人，不能跟它“来硬的”，必须顺着它的性子来，要尊重它，要呵护它。但它又是感恩的，懂得回报。谁对它好，怎么好，对它不好，怎么不好，它是爱憎分明的，也是锱铢必较的。擦一擦，亲一口，它会闪亮。不管不顾，风雨践踏，它就自暴自弃了。它对人的要求是严格的，甚至是严厉的。它不会主动选择人，但会主动选择对谁好。不是一般的好，而是全心全意，甚至是合二为一，它会将自己融进人的身体里，成为身体的一部分。

父亲就是这样的脾气。每一双经过他修补的皮鞋，都有新生命，是一双新皮鞋，却又看不出新在哪里。他做的每一双皮鞋，看起来是崭新的，穿在脚上却像是旧的，亲切，合脚，就像冬夜滑进了被窝。

从皮鞋店到皮鞋厂，是父亲的一个改变，也是皮鞋对父亲的回馈。那一年，余展飞已经当了三年学徒，理论上说，可以出师单干了。实际情况也是如此，余展飞觉得技术已经超过父亲。

也就是这一年，余展飞“认识”了舒晓夏。农历十月二十五，信河街举办物资交流会，越剧团接到演出任务，将临时舞台搭在铁井栏，就在皮鞋店对面。那天下午演出的剧目是《盗仙草》，舒晓夏演白素贞。

余展飞不是第一次看越剧，也不是第一次看白素贞《盗仙草》，他以前看过的。也觉得好，咿咿呀呀的，热闹又悠闲，真实又虚幻。但那种好是模糊不清的，是不具体的。说得直白一点，就是舞台上的白素贞跟他没关系，没有产生任何联想和作用。但这一次不同，他被白素贞“击中”，迷住了。她一身白色打扮，头上戴着一个银色蛇形头箍。她的脸是粉红的，眼睛是黑的，眼线画得特别长，几乎连着鬓角。美得不真实，惊心动魄。余展飞突然自卑起来，粗俗了，寒酸了。他无端地忧伤起来，无端地觉得自己完蛋了，这辈子没希望了。当他看到白素贞和四个仙童挑枪时，整个心提了起来，挑枪结束后，他发现手心和脚心都是汗，浑身都是汗。这是他第一次发现自己的手心和脚心会出汗。当看到白素贞下腰，将地上的灵芝仙草衔在口中时，他哭了。差不多泣不成声了。

他觉得魂魄被白素贞摄走了。

散场了。对余展飞来讲没有散，他依然和白素贞在一起，如痴如醉，亦真亦幻。他不知不觉来到戏台边，来到后台。他看见了白素贞，不对，是正在卸装的白素贞。有那么一瞬间，他有失真感觉，却又觉得无比真实。卸装之后，舞台上的白素贞不见了，他见到一个长相普通的姑娘，身体单薄，面色蜡黄，眼睛细小，鼻梁两边还有几颗明显的雀斑。

舞台上下的反差让余展飞措手不及，让他惊慌失措。但恰恰是这种反差拯救了他，唤醒身体里另一个自己，他感到震撼，感到力量，更主要的是，他看到了可能——既然她能演白素贞，我为什么不能演？他突然萌生出一个念头：我要去越剧团，我要唱《盗仙草》，我要演白素贞。

这个念头来得凶猛，令他猝不及防。用父亲的话说是，丢了魂了。

但余展飞知道，他的魂没丢。是被舞台上的白素贞“迷住了”，也是被现实中的白素贞“唤醒了”。他回到店里，对父亲说：

“我要去学戏，我要唱越剧。”

莫名其妙了。突如其来了。父亲没有放在心上，小孩子嘛，心血来潮是正常的，异想天开也是正常的，怎么可能去学越剧呢？怎么可能不做皮鞋呢？说说而已。不过，父亲觉得不正常的是，这个下午，余展飞什么也没有做，鞋没有做，也没有修。他还是那句话：

“我要去学戏，我要唱越剧。”

父亲明白了，这孩子鬼迷心窍了。

问题的严重性在于，接下来，余展飞还是什么事也不做，见到他就说：

“我要去学戏，我要唱越剧。”

那就是疯了。走火入魔了。父亲不可能让他去学戏，不可能让他去唱越剧。父亲的人生只有皮鞋，当然，他还做了一件事，就是生下余展飞。对于父亲来讲，两件事也是一件事，可以这么说，他也是父亲的一双皮鞋，甚至可以这么说，他从出生那天起，便注定这一生要和皮鞋捆绑在一起，逃不掉的。这一点余展飞知道不知道？他当然知道。实事求是地讲，余展飞不排斥父亲，也不排斥皮鞋。恰恰相反，他喜欢父亲，因为他喜欢皮鞋，也喜欢修皮鞋和做皮鞋。他喜欢父亲，是因为父亲对待皮鞋的态度，父亲没有将皮鞋当作商品，商品是没有感情的，而父亲对待每一双皮鞋，无论是来修补还是来定做，都像对待儿子。也就是说，在父亲眼中，余展飞和那些修补和定做的皮鞋几乎没有区别。余展飞委屈了。确实有一点。但他内心却是骄傲的，他觉得这正是父亲与人不同的地方，他没有将皮鞋当作鞋来看，而是当作人来对待。这是余展飞喜欢的。余展飞也是将皮鞋当作人来对待的，他跟父亲不同之处在于，对他来讲，皮鞋是有性别的，是分男女的。这跟男鞋女鞋无关，而是跟皮料有关，跟使用的胶有关，跟使用的线有关，跟针脚的细密有关，最主要的是，跟皮鞋的气质有关。但是，无论是哪种性别的皮鞋，余展飞都是喜欢的，无论是他做的，还是别人拿来修补的，只要到他手里，他都会让它们发出独特的光芒，他会给它们全新生命。

三

那一个月里，余展飞只说一句话，其他什么事也不干。皮鞋权先是惊讶，再是愤怒，然后是恐惧，最后是无奈。他懂儿子，就像他了解皮鞋和各道制作工序一样，不能“来硬的”。他做出了让步，但也是有条件的，他答应让余展飞学越剧，但只是业余，主业还是做皮鞋。这就是“以退为进”了。

余展飞答应了。只要能学越剧，让他不吃饭不睡觉都行。

父亲找到一个长期在店里定做皮鞋的人，也是父亲的酒友，他是信河街越剧团的鼓手。余展飞后来才知道，在剧团里，鼓手地位很高，类似于轮船上的舵手，起掌握方向作用，起控制节奏作用。父亲将那个鼓手请到家里喝酒，喝得脸色由白转红，又由红转白。最后，鼓手捏着酒杯，问他想学什么？余展飞说他想学《盗仙草》，想当白素贞。鼓手一听就笑了，说：

“要学《盗仙草》，想当白素贞，在信河街只能找俞小茹老师。俞老师是第一代白素贞，她的学生舒晓夏是第二代白素贞。这事非找俞老师不可。”

余展飞是从这一刻开始，才知道那天演白素贞的演员叫舒晓夏，因为那天演出就是鼓手敲的鼓，他告诉余展飞：

“舒晓夏现在是越剧团的台柱子，俞老师已经退居二线，但要学戏，还得找俞老师，姜还是老的辣。再说，舒晓夏不收学生。”

一个礼拜后的一个下午，鼓手带他去越剧团见俞小茹老师。余展飞记得是直接去排练厅的，一大堆人，有化装的，更多是没化装的。穿什么的都有，穿短打扮的，腰间都用一条红腰带扎起来；穿戏服的，比画着动作，沉浸在各自的情境中。排练厅一片混乱，却又秩序井然。他第一眼就找到正在排练厅一角的舒晓夏，她穿着白素贞的戏服，脸上没有化装。她的装扮让余展飞有不真实的感觉，既是白素贞，又不完全是白素贞。他发现，自己特别迷恋这种感觉，似真似假，如梦如幻，虚中有实，实中有虚，脚踏实地，却又飞在半空。余展飞很羡慕这些演员，他们哪里是在排练？哪里是在演戏？他们就是生活在天宫中的一群神仙，饥食仙果，渴饮琼浆，生活在各自的想象中，悲欢离合，逍遥自在。这样的日子才是有意义的，不用考虑柴米油盐，更不用考虑生意来往，只需要考虑自己和角色的内心。他们就是神仙，是漫无边际的神仙。他多么希望成为其中一员。

俞小茹老师穿一件黑色旗袍，烫一个波浪头，在排练厅走来走去，有时停下来，对某个演员说几句，或者用手纠正某个动作，偶尔也示范一下。鼓手将俞小茹老师叫到一边，俞老师显然已经知道他，笑眯眯地问：

“你为什么要学《盗仙草》？”

“我要演白素贞。”

“你为什么要演白素贞？”

“我要《盗仙草》。”

“你为什么要《盗仙草》？”

“我要演白素贞。”

俞小茹老师一听就咧嘴笑了，确实是个外行哪。俞老师告诉他，《盗仙草》是《白蛇传》一个选段，以武戏为主。《游湖》《断桥》《合钵》也是《白蛇传》的选段，以文戏见长。俞小茹老师当年最拿手的是《断桥》，其次才是《盗仙草》，余展飞说：

“我只学《盗仙草》。”

紧接着，他又补充一句：

“其他戏都不学。”

俞老师没有觉得余展飞这种思维有什么问题，她觉得蛮正常，而且蛮正确。余展飞不是专业演员，他学戏只是好玩，也可能只是一种寄托。再说了，如果能把一段戏学好，学到精髓，很了不起了。俞老师问他：

“以前学过没？”

“没。”

“会一点吗？”

“我会下腰，就是白素贞用嘴去叼灵芝仙草的动作。”

这一个多月来，余展飞做了一件事，用脑子回忆那天看到的演出，模仿戏里白素贞的每一个动作，他比较满意的是下腰。

俞老师说：

“下一个看看。”

余展飞二话没说，扎个马步，一下就将腰“下”去了，而且是以口触地。他知道自己做得不错，下腰下得轻松，起腰起得利索，脸不改色，心不跳。站起来后，拿眼睛看着俞老师。俞老师咦了一声：

“腰蛮软的。”

越剧团是不收业余学员的，再说，余展飞已经十五岁，这个年龄才学戏，显然迟了。余展飞见俞老师面有难色，他说：

“俞老师，我只想学戏，只想演白素贞。”

俞老师想了一下，说：

“我给你化个简装看看。”

俞老师带着鼓手和余展飞进了化装室，让余展飞在一面镜子前坐下。俞老师先在他脸上打一层底粉，然后在脸蛋上涂点胭脂红，最后是描眉眼。描完眉后，俞老师往后退两步，看了看余展飞的脸，又咦了一声。这时，站在边上的鼓手拍起了巴掌：

“好俊的一张脸。好一个白素贞。”

俞小茹老师最后收下余展飞，当然是看在鼓手的面子上。鼓手说了，俞老师这次“破例”了，以前没有收过“这样的”徒弟。

余展飞后来才知道，俞老师当初答应收下他，一方面是出于鼓手的面子，另一方面也是可怜他，顺口允了而已。在她呢，也没有太放在心上。这些年来，她见过多少学戏的孩子最终还是选择离去。何况余展飞还有店要照看，家里还有一家皮鞋工厂刚开业。因为余展飞跟父亲有约定，皮鞋工厂开业后，父亲负责工厂，铁井栏皮鞋店由余展飞坐镇，他学戏时间只能在晚上。俞老师心想，这孩子也就是一时心热，正在兴头儿上呢，来几次，吃些苦头，自然知难而退。她也算做完人情了。

让她没想到的是，余展飞是真下了狠心学戏，什么苦都吃。学戏最难的是练基本功，单调、枯燥却费劲，譬如压腿、劈叉、踢腿、下腰、扳朝天蹬，哪一项不需要下死功？就拿最简单的压腿来说，一般人压个九十度试试？压不起来的，即使压起来，用不了五秒钟，保准抽筋，是那种不由自主的抽筋，身体就散了。再譬如劈叉，压腿也可以说是为劈叉做准备的，要将两条腿劈成一字形。对于一个十五岁的孩子来讲，要将腿劈下去，等于将他腿上已经生长出来的筋砍断，那得多疼？得下多大功夫？但余展飞一句疼没说，甚至没有发出任何声音。俞老师让他练拿大顶，让他拿三分钟，他一定拿十分钟。俞老师让他拿十五分钟，他一定拿半个钟头。他在店里练，做皮鞋时练，吃饭时练，睡觉也练。这就让俞老师刮目相看了：这孩子不是一时兴起，而是着了魔了。看得出来，他是真喜欢学戏。这个时候，俞老师的想法发生改变了，将余展飞“放在心上”了，对余展飞有了“新的希望”。当然，俞老师没有将这个想法告诉余展飞，不需要说，也不能说，这是她个人的事，是她和舒晓夏的事，跟余展飞无关。现在，跟余展飞有关了，但他还是不需要知道，俞老师不想让他知道。

练完一年基本功后，俞小茹老师才教他真正学戏。余展飞的嗓音又让俞老师咦了一声。余展飞平时说话属于偏柔和的男低音，很男性化的。他居然能变音，最主要的是，发出的声音不生硬，是很温和的女低音。太难得了。男生扮旦角，第一是扮相，第二是声音，他居然能唱出这么真实的女声。俞小茹老师心里想：是个旦角的料哇。

四

拜在俞小茹老师门下，余展飞最开心的事，是能见到舒晓夏，能向她学戏。

舒晓夏是他师姐，在内心里，余展飞却是将她当作师傅。没有拜入俞老师门下前，余展飞在家“瞎练”《盗仙草》中白素贞的动作，模仿对象就是舒晓夏。他脑子里既有舞台上的白素贞，也有卸装后的舒晓夏，两个形象既分离又合一。他记得白素贞的每一个动作、每一句唱词，甚至每一个眼神。如果要认第一个师傅，那就是白素贞，就是舒晓夏。

舒晓夏是在排练厅看到余展飞的，知道是俞老师新收的徒弟。她只用眼睛余光瞟了余展飞一眼，立即感觉到威胁：这人不简单。她感觉到余展飞身上有种“仙气”，也可以称为“妖气”，她能感受到他身上的“执拗”“一根筋”和“不可理喻”。他是个“疯子”，是个什么事都干得出来的“疯子”。艺术需要的正是“一根筋”和“不可理喻”，特别需要“疯子”的精神和行为。她就是个“疯子”，为了演戏，她可以什么也不管，可以什么也不要，包括自尊，包括身体，包括生命。她只想成为站在舞台中央的那个人，只想成为戏中的那个角色。

舒晓夏对这种威胁不陌生。她曾经给过俞老师这种威胁。当她第一次正式登上舞台，正式成为白素贞后。她从俞老师眼神看得出来，她是多么哀伤，多么无奈，那是一种被对方逼到悬崖尽头的怨恨，是走投无路的绝望。这种感觉不是长驱直入的，而是混沌的，是弥漫的，是眼睁睁看着自己枯萎的悲凉。眼睁睁看着自己消亡，却无能为力。

她现在感受到来自余展飞的威胁，她觉得，这是俞老师刻意安排的，是专门针对她的。她当然不甘心。她不是俞小茹老师，她不会束手就擒的，为了舞台，为了舞台上的角色，她会拼命的。

必须主动出击，但不能盲目。一个月之后，排练结束后，她在越剧团门口“无意中”遇到余展飞，她主动打招呼，主动自我介绍，主动约余展飞：

“有空的话，咱们一起排练《盗仙草》。”

这是余展飞做梦都想的事，只是没胆子提出来：

“真的？”

“当然是真的。”她停了一下，接着说，“这事不能让俞老师知道。”

她知道，俞老师是不会让她接近余展飞的，他是俞老师用来对付她的秘密武器。而她从余展飞眼神看出来，他是愿意接近她的。

那以后，舒晓夏经常去余展飞的鞋店，打烊之后，余展飞反锁了店门，一起排练《盗仙草》。

舒晓夏原来的打算，是想让余展飞放弃白素贞，那么多越剧剧本，他演什么不可以？扮演哪个角色不行？为什么偏偏要演白素贞？他可以演青蛇，可以演梁山伯，可以演祝英台，可以演贾宝玉，可以演崔莺莺，可以演杜十娘，也可以演穆桂英。想演什么，自己教什么，可是，余展飞说：

“不，我只学《盗仙草》，我只演白素贞。别的都不学，都不演。”

死心眼了。舒晓夏也是个死心眼，她清楚，跟死心眼的人是没有道理可说的，讲不通的。那么好吧，就学《盗仙草》吧，就演白素贞吧。“教鞭”在她手里，“方向盘”在她手中，她指哪个方向，余展飞只能跟到哪个方向。也就是说，余展飞始终在她掌控之中，余展飞是孙悟空，她是如来佛，逃不出她手掌心的。

一接触，舒晓夏就知道，遇到劲敌了，跟自己相比，余展飞或许算不上戏痴，他不会为了演戏，生命也可以不要，但他绝对是有魔性的，他心里住着一个白素贞，身体里也住着一个白素贞，一遇到白素贞，他就“魔怔”了，不能自拔了，意乱情迷，差不多是神志不清了。他怎么演都是白素贞，白素贞就是他。作为一个演员，舒晓夏明白，这有多么可怕，那等于说，这个演员进入一个特殊空间，这个空间里只有他，只有白素贞，他想怎么演就怎么演，他想演成什么样就是什么样，没人能够阻止得了。这样的演员，不是“疯了”是什么？一个“疯了”的演员，是什么都可以做得出来的，是无法估量和比较的。有时候，这样的演员就是个“神”，演什么角色都是“神灵附体”，都是“灵魂出窍”。这一点，舒晓夏是有体会的。

既然如此，教还是不教？当然教，而且要更认真教。她要做的事情其实也很简单，就是不让余展飞“疯了”，让他清醒，让他知道，他是在演戏，他不是白素贞，白素贞也不是他。

但是，舒晓夏发现，她做不到，只要一接触到《盗仙草》，只要一接触到白素贞，余展飞什么也不管了，余展飞不见了，只剩下白素贞，而这个白素贞也不是她通常理解和演绎的白素贞，而是一个陌生的白素贞，一个带着余展飞浓烈气息和情绪的白素贞。那还怎么教？

让舒晓夏意想不到的变化是，在与余展飞接触过程中，她的心理和身体发生了微妙改变。只有舒晓夏知道，于她来说，这个变化是翻天覆地的，是史无前例的。她居然对余展飞“动了心”，居然有跟他身体发生关系的念头和欲望。在此之前，她只对戏里的人物有过这种感觉，对戏里的白素贞，包括对戏里的许仙，她可以以身相许，可以合二为一，她没想到对余展飞会有这种感觉。但她没有慌乱，出乎意料的淡定。她对余展飞最初的“敌意”来自他的威胁，当她接触余展飞之后，和他排练《盗仙草》之后，威胁升级了，变成了压迫，她发现，一旦成为白素贞，余展飞的白素贞比她更疯狂，比她更迷离，比她更决绝，也比她更柔情。这种感受很不好，是被压挤和束缚却没能力挣脱的感觉。这让她丧气。在演戏方面，她从来没有丧气过，也从来没有服过谁。她是最好的。她演的白素贞，是真正的白素贞，天下第一。可是，跟余展飞的白素贞一比较，她自卑了，无论是扮相、神态、动作、眼神、氛围还是唱腔，余展飞的白素贞似人似妖似仙，却又非人非妖非仙，那是真正的妖孽，光芒四射，摄人心魄。她达不到这个境界。

她对余展飞“动了心”，还有一个只有她才能体会的原因，这种体会或许只有她这样的演员才有，她愿意与余展飞合二为一，因为他们都是白素贞，他们本来就是一体的。

有这个心思后，她才让余展飞来她宿舍排练。舒晓夏心思不在穿衣打扮上，不讲究，但干净。宿舍却是“垃圾场”，眼睛看得见的地方，都跟越剧有关：脸谱、盔头、戏服、拂尘、刀、剑、枪、剧本，等等，等等。随意堆放，杂乱无章。有一面墙壁是镜子，镜子让宿舍显得双倍凌乱。不过，杂乱无章却产生出特殊氛围，即使是兵器，在这里也变得柔和，变得温暖，变得含情脉脉，变得情深意长，变得真实又梦幻。这里每一件东西都可能幻化成白素贞，至少与白素贞有关。

他们是在排练中亲吻起来的，就在那面镜子前，他们穿着戏服练下腰，练白素贞口衔灵芝仙草。他们背对背，在镜子前做成“m”形，两张嘴便“衔”在一起了。是舒晓夏主动的，余展飞有过短暂迟疑，很快就热烈起来。脱下戏服后，又急切地抱在一起，继续“排练”。

亲吻是什么？舒晓夏理解，亲吻是正式演出前的“头通”，是热场子，是酝酿，是发酵，是含苞待放，是必不可少的过渡。可是，“头通”打了一个月，就是喧宾夺主了，正戏还唱不唱？舒晓夏有意见了，觉得余展飞在这方面的勇气和能力完全不像白素贞，更像懵懂迟钝的许仙。只能依靠自己了，因为她是白素贞，是完整的白素贞。

那天晚上，排练结束后，他们跟平常一样，戏服还没有脱就抱成一团。在亲吻过程中，舒晓夏增加了一个动作，主动探索余展飞身体。慢慢地，余展飞反应过来了，将手伸进她身体。戏服在不知不觉中被脱掉，身上所有衣服不见了，最后时刻来了，当舒晓夏要将身体交出去时，余展飞突然停住了：

“不能。”

舒晓夏心里一冷，问：

“为什么？你不喜欢我？”

余展飞回答说：

“不是，你知道我喜欢你，但我不能。”

“为什么不能？”

“我也不知道为什么不能。”

余展飞的回答让舒晓夏不满意，很不满意。但没再问下去，她觉得冷，嘴巴都僵住了。

五

俞小茹老师告诉余展飞，以他的天赋，如果一门心思将功夫花在学戏上，将来成就一定超过她，说不定能走出信河街，走上全国舞台，成为一代名角。但是，她没有要求余展飞这么做，她说余展飞的任务不仅仅是唱戏，他还有家族责任。最主要的是，她认为戏曲环境变恶劣，看戏人减少，社会关注点转移到赚钱，能赚到钱才是英雄，才是当家花旦，才是台柱子，才是“名角”。她感到戏曲行业在走下坡路，而且是一条看不见尽头的下坡路。这种时候，她怎么可能让余展飞来做专业演员？她甚至觉得，余展飞根本不应该来学习，他应该跟父亲做生意，帮父亲把皮鞋厂办好，赚更多钱。但她也没有要求余展飞这么做。在这个问题上，她蛮自私的，她觉得遇上一个好苗子了。唱戏是她的事业，她这辈子只做这件事，当然希望这个行业能够兴旺，希望得到更多年轻人关注，更希望有潜质的年轻人投身这个行业，只有这样，这个行业才有希望，才有未来。

她用一年时间给余展飞“打基础”，又花一年时间，将《盗仙草》教给他。是一句唱词一句唱词教，一个动作一个动作教。两年之内，俞老师一直“捂着”他，没让他“亮相”。其实也不是完全“捂着”，俞老师每周会带他去一次剧团排练，跟他配戏的演员，都是俞老师特意叫来的。他演白素贞，不能总是一个人对着空气比画，要考虑和四个仙童配合，要有默契，特别是挑枪那一段，差一分一毫都是不行的。

他第一次在剧团正式登台，是两年后的汇报演出，听说信河街文化局局长也来“观摩”。俞老师安排他演《盗仙草》。他在排练厅和四个年轻演员对戏也很正式，都有化装和穿戏服，毕竟只是排练。汇报演出不一样，虽是内部观摩，但所有观众都是内行，都带着挑毛病的眼光，还有领导坐镇。其实是考试，是大阅兵。

余展飞没有紧张，恰恰相反，他内心是迫不及待的兴奋。他不是剧团的人，没有考试压力。更主要的是，他知道自己演白素贞时，舒晓夏就在台下。他一直想让舒晓夏看看自己在舞台上演的白素贞，他想让舒晓夏知道，自己演的白素贞是从她那里来的，她演的白素贞，改变了他的人生，他原来的生活除了皮鞋之外还是皮鞋，他看到的和想到的都没有离开皮鞋。是她演的白素贞帮他打开一扇大门，让他看到，除了皮鞋，他的生活还有梦想，而且是一个只有他看得见摸得着的梦想。或者可以换一句话，她演的白素贞让他突然从现实生活中飞起来，让他看到原来没有看到的东西，那些东西是他以前没有想过的。

在他演出之前，是舒晓夏，她演的也是《盗仙草》。舒晓夏上台时，余展飞在候台。他站在舞台右侧，一直盯着舞台上的白素贞。这是完全不同的体验。他上一次是站在台下看台上的白素贞，那时的白素贞是遥远的，是虚幻的，是可望而不可即的。这次不同了，他在舞台上，他能感觉到，自己就是白素贞，他和舞台上的白素贞是相通的。他能感受到白素贞每一个动作、每一句唱词，更能感受到白素贞内心的愧疚、悲伤和决绝。

确实是不同了。他离白素贞更近了，甚至就是白素贞。他也觉得离舒晓夏更近了，因为舒晓夏已经和白素贞合为一体。

轮到余展飞上台了，他依然停留在刚才的情绪里，他已经盗到仙草，飘飘荡荡回去救许仙。是锣鼓声提醒了他，让他重新回到舞台，哦，他又回到峨眉山，再盗一回仙草。余展飞不见了，舒晓夏不见了，舞台不见了，舞台下所有人，包括俞老师也不见了。他现在就是白素贞，白素贞现在只有一个目的——盗了仙草回去救许仙。白素贞更哀伤了，也更决绝了。白素贞一边担心许仙的生命安危，一边担心能否盗到仙草。但她内心是坚定的，是没有回旋余地的，必须盗回仙草，必须救活许仙。这事没得商量。

随着锣鼓声，白素贞使用了"莲步水上漂"。她确实是"漂"上去，腾云驾雾，晃晃悠悠，却又风驰电掣。在舞台上转了小半圈，又回到右侧，她一抬头，开口唱道：峨眉山。她能感觉到，这声音是一支射向峨眉山的利箭，穿破云雾，不达目的绝不回头。

一上台，余展飞就忘记了音乐，他不需要音乐，他要的是仙草。音乐似乎又是存在的，变成一种提醒，让他不断向前、不断飞翔的提醒。

回到台下，余展飞依然沉浸在那种情绪和情节之中，白素贞口衔仙草，飞向家中的许仙。他似乎听到舞台下巨大的掌声，看到俞老师跑到后台，激动地抱住他，不停地跺脚。

六

那次"汇报演出"后，俞老师对他说，文化局同意招他进越剧团，局长特批一个名额。

进越剧团演戏，是他这两年来的梦想。可是，当真正要成为专业演员时，当他即将成为真正的白素贞时，他又犹豫了。这意味着，他将抛弃皮鞋店和皮鞋厂。在没有直接面对这个问题时，余展飞一直认为自己更愿意当一名演员，那是他的梦想。可是，当机会摆在面前，他却犹豫了，但他不好意思直接回绝俞老师，只好说：

“我没问题，我回去问问我爸。”

余展飞记得，听他这么说，俞老师突然很夸张地笑了两声。但是，俞小茹老师那么骄傲的人，后来还是托鼓手去做父亲的工作，鼓手和父亲喝了一顿酒，回去问了俞老师一句话：

“你说做生意和唱戏哪个有前途？”

俞小茹老师再没说什么。或许，她已经想通了，或者，是绝望了。她在那一年提前办理了退休手续，与人合伙成立一家演出公司。

也是那一年，余展飞进入父亲的皮鞋厂，父亲抓生产和管理，他负责采购和销售，父亲主内，他主外。他向父亲提出要求，在工厂顶楼要了一个房间，装修成排练厅。下班后，他会去排练厅待一两个小时，有时更长。

也就是那一年，余展飞和舒晓夏开始每周一次排练，他们只排《盗仙草》。

他们两人演的白素贞是同一个白素贞，却又是不同的白素贞。舒晓夏的白素贞显得坚毅，甚至刚毅，眼神、动作和唱腔都显示出坚硬的力量，这种力量是掷地有声的。余展飞的白素贞是柔软的，甚至是哀怨和哀伤的。他的白素贞显示出另一种力量，是冰下流水的力量，看不见，但能够感受，那种感受让人忧伤，忧伤是一种无法言说的力量，特别“摧残”人。说不清两个白素贞谁更出彩，坚毅和柔软都能打动人。

皮鞋厂发展是飞跃式的，从刚开始的三十个工人，增加到三百个，然后又增加到三千个。余展飞的职务也在发生变化，从科长升到副厂长。皮鞋权不管生产管理了，只抓技术。

舒晓夏凭《盗仙草》参加省文化厅戏曲比赛，她挑枪的动作设计打动了所有评委，拿到一等奖。这是信河街越剧团几十年来第一次拿大奖，半年之后，舒晓夏被提拔为副团长，成了有“级别”的人。

两个人都到了谈婚论嫁的年龄。这几乎是顺理成章的事，一个搞经济，一个搞艺术，还有比这更般配的结合吗？不可能了嘛。

余展飞也是这么想的，他觉得这是理所当然的。他知道舒晓夏喜欢自己，而且，他也知道，舒晓夏没有别的人选。以前没提出来，是因为他没想过结婚的事，他想舒晓夏也是。结婚看起来是人生大事，但在决定婚姻上，往往是一刹那，甚至是草率的。

余展飞想结婚，是因为父亲想他结婚，父亲对他说：

“我老了，这个摊子要交给你，希望你早点成家。”

余展飞没有当面答应父亲，但也没有反对。那就是可以商量的意思了。他找谁商量？当然是舒晓夏。

周一晚上，他们在皮鞋厂顶楼结束排练后。初秋的晚上，天气还没有凉下来，即使开着空调，两个小时排练下来，也内衣湿透。他们脱了戏服，坐在镜前卸装，余展飞突然对舒晓夏说：

“嫁给我吧。”

舒晓夏手里拿着卸装湿巾，转头看着余展飞，一脸惊讶：

“为什么？”

她这么问，轮到余展飞惊讶了：

“你不爱我吗？”

舒晓夏停顿了一下，点头说：

“我爱你。”

余展飞松一口气：

“那就对了，你爱我，我也爱你，我们结婚。”

舒晓夏这时眼睛一动不动地看着他，然后，缓缓地摇摇头：

“不，你不爱我。你爱的不是我。”

余展飞从镜子前跳了起来：

“怎么可能？我还不知道自己爱的是谁？”

舒晓夏很镇定，面无表情地说：

“你爱的是白素贞，是舞台上的白素贞，而不是现实中的我。”

余展飞俯视着舒晓夏的眼睛，很肯定地说：

“我当然爱舞台上的白素贞，同时也爱现实中的你。”

“骗人。”舒晓夏仰视着他，“如果你爱现实中的我，为什么不能和我上床？如果你爱现实中的我，为什么要和我争演白素贞？你爱的是白素贞，一直是白素贞。白素贞就是横亘在我们之间的峨眉山，无法逾越的峨眉山。”

余展飞突然打了个哆嗦，一股冷气从头顶倾泻下来，立即覆盖全身。他想否认，可是，一屁股跌坐在椅子上，什么话也说不出来。

七

皮鞋权退居二线了。他这么做，当然是对余展飞放心，除了唱戏，他对余展飞确实放心。他是满意的。一切按照他的设计推进，唱戏只是小插曲，开次小差而已，他最后不是选择回皮鞋厂了吗？谁还没有个开小差的时候呢？同时，他又对余展飞不放心，除了皮鞋厂，只剩下唱戏，连婚姻都耽误了，这让他焦急，也让他伤心。但他能下命令让余展飞娶妻生子吗？这不是工厂赶订单，他没办法亲自“上马”，只能商量，只能提议，只能干着急。他提议多次，余展飞表面上答应“好的好的”，却没有实际行动。他知道余展飞和越剧团的舒晓夏关系密切，也委婉对余展飞说过：

“我看小舒这人还行。”

余展飞点头说：

“是的是的。”

表明态度了，方向也指明了，余展飞还是按兵不动。他按捺不住了：

“你和越剧团的舒晓夏到底在搞什么鬼？这样不明不白拖着算什么？”

余展飞装傻：

“我们关系很好啊，她是我师姐啊。”

心力交瘁了。皮鞋权决定将皮鞋厂交给余展飞，不管了，没个尽头。迟早要跨出这一步的。

父亲退休后，余展飞觉得最大好处是可以无拘无束排练。但余展飞是不会“乱来”的，所有排戏都在工作之余。他觉得很好，每天充满期待，精神和身体都是饱满的。一想到晚上可以和舒晓夏排练，他就觉得这一天是美好的。

舒晓夏当上越剧团团长后，余展飞想出资装修越剧团排练场所，舒晓夏不肯。她知道余展飞有钱，也是真心实意，但她不愿。她打报告给文化局，局里拨专款让她装修。

装修之后，多了一个小排练厅，余展飞和舒晓夏有时将排练移到小排练厅。

余展飞“主政”皮鞋厂后，做了几个“大动作”：第一是改厂名，将原来的“皮鞋佬”，改成“灵芝草”；第二是将工厂改成集团公司，工厂名字带有计划经济痕迹，而公司是市场经济产物；第三是花十年时间，在全国各地开出五千家专卖店，他让“灵芝草”开遍各地；第四是“灵芝草集团公司”上市，敲锣当天，他个人市值三十三亿。

在“上交所”敲锣当天，余展飞特别邀请俞小茹老师、鼓手和舒晓夏作为嘉宾。他亲自上门送请帖，鼓手看到请帖里注明“正装出席”，一脸诚恳地问：

“中山装算不算正装？我只有一套中山装。”

余展飞一听就笑了：

“你穿法海的袈裟也是正装。”

俞老师现在在老年大学教越剧。余展飞约好去她家送请帖，她问余展飞都邀请了谁。余展飞说邀请了越剧团的鼓手和舒晓夏。俞老师沉默一会儿，说老年大学教学蛮忙的，每天都有课呢。余展飞说舒晓夏有演出任务，去不了。她听了之后，改口说：

“我去请假试试，学校领导蛮尊重我的。”

舒晓夏确实因为演出没有参加，但余展飞认为，即使没有演出，她也不会去。这些年，除了演出，除了越剧团的事，舒晓夏很少抛头露面。她也很少提俞老师，余展飞倒是提过几次，她没有任何回应。余展飞后来就不提了。

舒晓夏没结婚。余展飞没问她原因。他动过再次向舒晓夏求婚的念头，但没提出来。余展飞没再提，还有一个原因，他确实很享受和舒晓夏排练《盗仙草》，不但精神满足，身体也得到满足。他每天会去公司排练室坐坐。这个排练室是在原来基础上改建的，规模、设备和越剧团的小排练厅差不多，他有时会独自唱一段，或者练一阵枪花。有时只是坐坐，什么也没做。也就够了。

父亲走得突然，也不算突然。父亲身体一直很好，就像他做的皮鞋，经久耐用。可能是平时坐多的缘故，有高血压，也不是很高，低压一百，高压一百四十，按时吃“络活喜”，血压就“标准”了。他的死跟高血压没关系。余展飞觉得父亲是“闲死”的，他做一辈子皮鞋，突然不做了，空了。他原来喜欢喝点酒，喜欢喝信河街五十六度老酒汗。他喜欢老酒汗直扑脑门的冲劲，喜欢酒后不断升腾的幻觉。退休之后，喝酒的念头也没有了，他大概觉得“任务”完成了，再活下去没意思了，也没意义了。

父亲走时，虚岁才七十，很叫人惋惜。事发突然，更叫人痛惜。

按照信河街风俗，父亲葬礼之后，有场宴请酒席，余展飞想请越剧团来演一段《盗仙草》，他想用这种方式，送父亲最后一程。余展飞觉得舒晓夏可能不会同意，越剧团是艺术团体，怎么会在葬礼宴席上唱戏？太低贱了。出人意料的是，舒晓夏居然一口答应。宴请那天，她带来越剧团全班人马。

《盗仙草》安排在宴请尾声，也是酒至酣处，差不多人仰马翻了。这个时候，临时搭建的舞台上，锣鼓声响起来了。很多人知道余展飞喜欢唱戏，喜欢演白素贞，但从来没见过，大家起哄，让余展飞来演。一个人带头后，几乎所有人跟着喊余展飞的名字，一边喊，一边用手掌或者拳头拍打桌面。场面“不可收拾”了。余展飞去“后台”找舒晓夏，舒晓夏化好装，戏服也穿好了，她看着余展飞：

“你演不演？”

其实，听到锣鼓声后，余展飞身上肌肉已经抑制不住地兴奋，他感觉肌肉在跳动，在喊叫，在翻腾，发出吱吱声。舒晓夏这么一问，似乎身体已飞翔在半空，哪有不演之理？

他坐下来，舒晓夏给他化装。锣鼓声中，他看着镜子里的自己变幻成白素贞。镜子里还有一个白素贞，那是舒晓夏扮演的白素贞，两个白素贞时而分开，时而重合。他听见演出开始了，两个守护仙草的仙童上场，几句念白之后，手持拂尘做着练武动作。他还听见喊叫他名字和拍打桌面的声音。又是一阵锣鼓过后，两个守护仙草的仙童退场，轮到白素贞上场了。他看了眼扮成白素贞的舒晓夏，她表情穆然，并不看自己。锣鼓声催得更急，他不由自主、恍恍惚惚地被舞台吸引过去。他一身白色打扮，手执拂尘，上身纹丝不动，脚板挪移，飘上了舞台。舞台下立即安静下来，叫喊声和拍打桌面的声音戛然而止：哪里还有余展飞的影子？分明就是千年蛇妖白素贞嘛。分明是舍身救夫的白娘娘嘛。太妖怪了。

余展飞一踏上舞台，舞台便成了峨眉山，云雾缭绕，群山巍峨。他现在是她，是白素贞，是上峨眉山盗仙草救夫的白素贞。眼里只有千难万阻，眼里只有刀山火海，眼里只有灵芝仙草，眼里只有悲伤的希望。

她先是用拂尘与两个仙童对打。两个仙童不敌，向后山退去。

第二场，手持双剑与两个手持双剑的仙童对打，仙童败。

第三场是手持双枪与四个手持双枪的仙童对打。她突然感到双腿发软，双手发酸，沉重得抬不起来。客观原因是：为了父亲的葬礼，连续三天，余展飞每天只睡四小时。主观原因是：白素贞身心俱疲，她长途奔波，又挂念家中许仙性命，筋疲力尽了，她明知打不过四个仙童，却不甘心就此罢休。她知道，困难还在后头，还没到挑枪环节呢，她第一次怀疑自己能否顺利完成那套动作。

此时，四个仙童将双枪从她头顶压下来，她使双枪往上一顶，感觉八杆花枪像八座山从头顶轰然而下，胸中有一口滚烫热流奔涌而上，被她硬生生咽下去后，这股热流更加凶猛往上涌，她眼前一黑，几乎一屁股坐下去。就在此刻，意外发生了，舞台上突然多出一个白素贞，手持双枪，飞奔过来，和她并肩而立。

四个仙童这时围成一圈，轮番朝她们投枪。两个白素贞背对着背，将枪尽数反挑回去。舞台上彩虹飞舞，霞光闪烁，舞台下的观众伸长了脖子，仿佛忘记自己存在。当四个仙童第四轮将双枪投向两个白素贞时，她们做出一个令所有人意外的动作——将枪悉数“没收”了。四个仙童见丢了兵器，慌了手脚，一哄而下。

舞台上只剩两个白素贞。她们舞出的枪花将身体团团包围住，成了两个既统一又独立的球体，发射出一道道让人睁不开眼睛的金光，既真实又虚幻。

飞鸟和池鱼

张惠雯*

一

那天，她终于愿意出门了。我们开车去我姑姑家吃饭。那天一早就刮起了风。我醒来、还未起床时，听到楼下树枝碰撞、树叶“簌簌”干落的声音，这种风声我很久没有听过，让我想起很多年前的初冬的光景。

她出门时穿着件大红色的毛衣，脸上还扑了一点儿粉。她看起来和突然而来的好天气一样，很鲜亮。这说明她确实想出去。上次她愿意让我带她出门大概是在三四周前。然后，在几周的时间里，她就待在这间不足八十平方的房子里，连楼也不愿下。她待在家里，摆弄她的旧东西，想她自己的事。我出门一趟回到家里，她仍然穿着睡衣睡裤，和我早上看见她的时候一样。有时候，我问她在家都想些什么样的事。她惊讶地看了我一眼，说：“什么事都有啊，太多事了，还有你没有出生以前的事……哎呀，我的脑子里塞得太满，想不清楚的地方我又喜欢一直想下去，弄得我头疼。”

我们出门，天空浅蓝，高远，前些天的阴霾、闷燥突然间消散了。我开着

---

* 张惠雯，女，1978 年生，祖籍河南，现居美国。作品发表于《收获》《人民文学》《上海文学》等。曾出版短篇小说集《两次相遇》《一瞬的光线、色彩和阴影》《在南方》，散文集《惘然少年时》。小说曾获得“新加坡国家金笔奖”中文小说首奖，首届《人民文学》新人奖，《上海文学》中篇小说奖，《文学港》杂志“储吉旺文学奖”等。多次上榜“中国小说学会年度十大短篇小说排行榜”，被收入多种小说年选本。

父亲留下的那辆白色海马小轿车。这辆车十年了，我父亲开了将近八年。以往我每次回家，他都会开着这辆车去火车站接我。然而他走了。他离世以后，我以为悲伤会慢慢弥合，生活会逐渐恢复平静，尽管对我母亲来说，它肯定更为孤独，而对我来说，它肯定更为无助……但另一件事发生了，生活完全变了样。

她坐在副驾驶座，看着车窗外。她因为要看什么东西而夸张地变换着坐姿，一会儿把头缩下去，一会儿使劲把头往外伸。如果不是头发几乎全白了，她那样子就像个幼稚的孩子。生活完全变样了，我指的就是这个：她变成了一个孩子。而我变成了她的什么呢？我得像对待孩子一样小心而耐心地对待她，密切留意她的一举一动。我们两个倒换了角色：前三十年，我是她的孩子。现在，她是我的孩子。

想到这一点，我就觉得生活很荒唐。从小学开始，我所有的努力似乎都指向一个目标：离开这个地方，到更好、更广阔的地方去。而我确实做到了。我在广州读书、生活了将近十年。即便我父亲离世，我的人生轨迹看起来也不会有什么改变。但某一天，姑姑突然给我打了个电话。于是，我不得不迅速辞掉我的工作，离开那个“更好更广阔的地方”，回到这个小地方，就像我不曾走出过，就像过去的那些年，我付出的努力、得到的一切不过是徒劳地转了一个圆圈，最后，起点和终点重叠在一起。不知道在我父亲去世后的一年多里发生了什么，她在电话里从没有提起她心里的那些变化。有天晚上，她突发奇想地爬到我们住的那栋楼的顶端，在靠近生与死边界的地方来回走动。下面，越来越多的人在围观。不是，她不是想自杀，她说她那天就是觉得会有很危险的事情发生，所以她躲到楼顶去了。

她生病了，一种奇怪的病。她需要持续接受精神治疗，他们说。她随时会做出无法控制的行为，她身边需要人全天陪护，他们说，除非……但我不可能把她丢进精神病院，我是唯一的儿子。不犯病的时候，她差不多是个正常人。她对我说，我回家后她觉得自己已经好了。她说过去她常常睡不着，总是有人在门外、窗外弄出动静，他们还想到屋里来。现在，他们消停了，很少再折腾。

“他们是谁？”我问她。“不知道，”她烦恼地说，“说不定是你爸那个死鬼派来的。要命啊，我昨天还梦见你姥爷了。他在梦里还吓我，就像他刚去世那会儿。他刚去世那会儿，一直给我托梦，在梦里，他总是吓我，我吓得晚上不敢睡。”“那是你几岁的时候？”我问她。“十来岁的时候。他在梦里一会儿变一个脸……”

我把她的床和我的床挪到紧贴着墙壁的位置，夜里，我和她只有一墙之隔。我让她不要锁她的卧室门，留一盏台灯，如果害怕就立即叫我。睡意蒙眬中，我时而听到她在房间里来回走动的声音，还有她哼哼唧唧的含混的自语。我挣扎着让自己清醒过来，敲敲墙问她怎么了。她在墙那边回答：“没事儿，就是睡不着。”我自己的房间里也整夜留着一盏台灯。我渐渐习惯了在灯光里入睡，改掉一个人时裸睡的习惯，穿着整齐的睡衣睡裤，以便随时起床。我的房门也和她的一样不上锁，方便她随时走进来。我知道她仍然睡不好，她日益倦怠、不再出门。除了那些声音、梦、古怪的念头、久远的记忆，她似乎对什么都失去了兴趣。我不得不出去的时候，她反锁上门，在家里等我回来。其实，我和她一样不喜欢出门，在这个小地方，到处都是熟人，谁都没有秘密可言。那些殷勤的询问和廉价的同情令人生厌，他们脸上分明赤裸裸地写着：他妈妈是个疯子！

一切都停顿在这个点，一切陷入困局，她的心智、我的生活，全都卡在这里。但就现在的局面而言，静止、凝滞反倒是让人安心的，而一切的变化、前进可能都预示着危险。

二

我姑父身材高大、肥胖，因为过于庞大的身躯、浑浊的嗓音，以及脖子上厚厚的肉褶子，他显得有点儿凶狠。但他其实是个温厚、容易动感情的人。

午饭是他做的，特别做了她喜欢的老鸭萝卜汤，但她吃得心不在焉，汤也只是喝了半碗。有时候，姑姑、姑父问她一句什么，她要过几秒钟才回过神，才明白他们是在对她说话。她的眼神说明她不情愿和人交流，她人已不在此地，正神游于另一个世界。我们和她说话，只是要把她从那个世界里唤回来的徒劳的努力。

午饭后，我姑姑在阳台封闭起来改造而成的厨房里洗碗。她到卧室的床上躺下休息（她虽然严重失眠却很容易疲倦），我和姑父坐在客厅的沙发上说话。姑父穿着一件起球起得厉害的旧毛衣，让他看起来像头毛茸茸的熊。他眉头紧锁地抽着烟，一圈圈烟雾聚拢、漾开，像空气里的青灰色涟漪，然后它们慢慢伸直、攀升，在接近天花板的地方消散。

“今天天气真好。”我说。

“嗯。”姑父应了一声，仿佛在想事情。

随后，我说起让姑父帮我留意一下有没有人想买旧车。

“你要卖车？你这辆车根本值不了几个钱儿。”姑父说。

“给钱就卖。其实也用不着，还得出保险费、养路费什么的。”我说。

“钱上有困难？”他问。

“暂时没有。”

姑父沉默了一会儿，随后站起来说他去拿点儿东西。他回来时塞给我一个信封。“5000 块钱，我早就取好放着呢。”我推脱不要，说不缺钱。他用不容置疑的口气说：“你拿着，别说其他了。”

事实上，因为那些昂贵的药，我父母的存款、我自己工作这些年的积蓄都在飞速消减，我们处在坐吃山空的危险境地。她需要那些药，据说，它们避免她坠入更深的抑郁、疯狂，同时，她也需要我，那么我需要一个使我尽量不必外出就能挣钱的方法。考虑了各种可能后，剩下的选择就是开一个微店。我在微店里卖这里的土特产：胡辣汤料、芝麻油、真空包装的卤牛肉、烧鸡……有时候，一天里我会接到几个单，有些还是朋友们出于同情下的单。有时候，几天里也没有一个单，而某个挑剔顾客的差评能立即毁了你努力很久建立起来的信誉。这东西根本无法维持我们的生活。后来，我又和朋友合伙投资了一家加盟奶茶店，说好我不参与管理，只是抽少量利润。有一天，我偶尔经过那家奶茶店，看到我们雇用的那个小姑娘趴在柜台上睡着了，她身后站着那个我们雇用的男孩子，他斜靠在放机器的台子上，正面带微笑地、沉迷地玩着手机。我默默地走出店里，竟然没觉得气恼。我只是羡慕他们。

我收下了那个信封，对姑父说以后有钱的时候再还给他。过后，我姑姑才走过来加入我们。她没有提钱的事，但我想，这是他们俩商量好的计划。只是为了保护我的自尊心，她扮演了那个什么都不知道的人，而我姑父则装作这件事根本没有发生。我从姑姑看我的眼神里感觉到她对我的怜悯，那是真正的、带着疼痛的怜悯，这种怜悯让她那双眼睛湿润。她那双在日常劳作里变得粗糙的、红通通的手放在她还没有解下来的围裙上，看起来有点儿不知所措。我想，她心里一定在叹息：可怜的孩子，命苦的孩子……她只是不敢再用她惯有的悲哀语调说出来，她说出来会惹得我不高兴，姑父会因此斥责她。我的痛苦、我的困境，这都是我的隐私，我并不希望从别人嘴里听到它。

大概过了四十分钟，她从卧室里走出来，脸上带着迷茫又有点儿惊恐的表情：“我刚才竟然睡着了。我一醒来，吓坏了，床啊、屋子里的东西啊，都不认识！我这是在哪儿啊？现在才缓过神。”

午后的光线透过窗帘中间拉开的缝隙，斜照在地板上，那光束在离她脚下不远的地方变细了、暗淡了、消失了。在窗玻璃的外面，贴着一只冻僵的、等待死亡的黑苍蝇。我看看她，什么都没有说。她真的病了，她看起来就像个午睡醒来、受了噩梦折磨的小孩子，懦弱、可怜。我感到一股剧烈的心酸，站起来去了厕所。我想，很久以前，我就是那个午睡醒来、做了噩梦的小孩儿啊，我心情恶劣，会哭着找到她，她会把我搂在怀里、安慰我，我就又觉得这世界温暖、安全了。现在，她却不能告诉我她做了什么样的梦，到底是什么在反复地折磨着她。当然，这不能怪她，这是疾病，她自己也理解不了。她的精神世界里住着一群失控的小恶魔，它们就像夜色中的蝙蝠一样诡异地、阴险地扑飞。

这是疾病——在绝望让我心情阴郁的时候，我每次都是这么安慰自己——那么，也许会有好的一天。我只需要一次次带她去看那个板着脸的、坚决不给出答案的医生，一次次去开那些药……我要从这些机械性的行为里找到一点儿希望，哪怕是微乎其微的希望。

三

“天真好啊，”回来的路上，她说，“你看见那一大片云了吗？看见了没有？像不像一只大鸟？”

我朝她看的地方看过去，惊讶于她的描述多么准确。那块云的确像一只大鸟，一只正在飞翔的鸟。它的翅膀展开，身体舒展，长长的脖颈向前伸着，絮絮的云就像它被风吹乱的柔软的羽毛。

我发现她把车窗打开了一条缝，她的额头和眼睛露在外面，下半部的脸贴在车窗玻璃上。干瘦、像孩子般失去女性性征的她看起来像极了一只鸟，一只白头、红身子的鸟。我想，如果我把她想象成一只飞鸟，一只我养护过的鸟，那么她想要飞走、随时可能飞走的念头或许不会那样折磨我。

我们可能很快就会失去这辆车，人们只需要给我一万块钱，我就打算把它卖掉。想到这个，我对车又心生眷恋。它是我父亲的遗物。我开着这辆车，就足以唤回父亲在世时那些生活的回忆，就足以制造某种瞬间的幻觉：生活还是像过去那样——一个无忧的生活世界，一个少年人的生活世界……至少，这辆车让我和那个看起来遥不可及甚至和它相关的记忆也随时有消失的危险的世界联系起来。但和车相关的一切费用对现在的我们来说都成了没有必要的沉重负担。想要卖车这件事，我从没有问过她的意见。不知道她会极力反对，还是对此根本就不关心。现在，无论是钱，还是冰箱里的食物，还是饭菜，这些东西仿佛都不在她的关注范围内。她似乎在思考更深邃、更邈远的事物，眼神里经常透出有所发现的惊异和极力保存秘密的闪避。

有意思的是，在她患病以后，她在偷偷地写日记，也许，不能说是日记，只是随便写点儿什么，记录在一个本子上。如果她觉得被我发现了，她就把“日记本”藏在某个地方。但她总是忘记她自己藏它的地方，为了寻找它而把整个卧室翻腾一遍，最后，通常是我帮她找到的。我偷偷翻看它，那些文字就是那些诡异、阴险的蝙蝠从她意识里群飞而过的痕迹。那里面充满了我听不到的声音、我所不知道的陌生来客以及我父亲这个鬼魂对她的秘密拜会、挤在窗户上面的朝她窥视的小脸儿、站在雨地里淋得精湿的透明人……我发现，好几次，她混淆了我和父亲的鬼魂。她把父亲也称作“小亮”。我很害怕她有一天会真的把我当成父亲。还好，到目前为止，在现实生活里，她还没有犯这样的错误。

我看着这些句子，它们来自失序的意识的深渊，却具有某种毒药般的诡秘。我不能看太久，否则我觉得自己也会被这股黑暗的旋涡或是潜流卷到另一个世界里去。我对医生提起这些，他说：“这很好，对她来说是一种纾解。”他要我把我能记住的内容记下来，治疗时向他汇报。我受命去做这个我自己觉得其实是徒劳无益的工作，我必须不带感情地去做，抵制这些自深不可测的黑暗中飞来的句子、形象对我的侵蚀。

显然，她对她写的这些深信不疑，但她平常并不和我说起这些，大概她觉得我既不会相信也不想听她说。这也是好的征兆，说明她仍在极力控制自己，她对说话的对象还存有判断。总之，她爱“小亮”却不信任他。

“我们去公园吧。”她这时说。

我感到惊讶，但立即听从了。她愿意出去走走，对我来说这就是让人振奋的消息。

她说的“公园”其实只是一个有一点儿绿化的群众活动广场。广场中央有个很小很小的水池，水池中间竖着一块冒充假山的石头，这块石头上非常可笑地刻着三个字：鱼之乐。原因是池子里养着几条鱼。这些鱼总是反复被人弄死，或者自己在污秽的环境中死去，所以总是会有几天，池子是空的，接着又来了一批鱼，几条注定死去的、孤独的鱼。

她喜欢提起“公园”，总会说起她年轻的时候，这里是工会大院儿。那时候流行跳交谊舞，她经常在工会大院里跳舞，就是在跳舞场上遇到了我父亲。我父亲那时候刚刚当兵转业回来，是跳舞场上最高最帅的男人，每个女人都想和他跳舞。

我把车开到“公园”。心想，有一辆车能随时带她到她想去的地方也挺好的，如果她想去郊区呢？想去乡下呢？我可以带她去农家乐，让她呼吸更新鲜的空气，我应该强迫她出去，想更多可以调剂我们俩生活的计划……

公园里闲逛的人很少，因为今天不是周末，时间也不是下班后。只有几个老人，在池塘边坐着。有一个抽完了烟，就顺手把烟头丢进水里。她昂首挺胸地从那几个颓丧、邋遢的老人面前走过，和她在家里时有气无力的样子判若两人。我惊讶地看着她，心想，她大概正在心里重温跳舞场的往事。她看起来像在寻找着什么地方，不时停一下，然后又目标明确地走起来。我走到池塘边去。今天这里竟然有几条鱼，有一些沉在水底，就像死了一样，有两条木然地在漂浮着烟头和塑料袋的池子里游动。

“不要往池子里扔烟头，那边不是有垃圾桶吗？”我突然心烦起来，对刚才那个丢烟头的老人说。

他看了我一眼，我瞪视着他。他有点儿胆怯了，站起来走了。

看他笨拙地把三轮车推到街上、又笨拙地爬上车座，我有点儿后悔。我这算是得了胜利吗？我不知道。我肯定想和谁打一架，但对象绝不应该是这个衰颓的老人。我掉过头去看池子里那几条半死不活的新放进来的鱼。它们本来可以生活在河流里、海洋里。什么人把它们捞起来扔进了这个狭小、污秽的地方？没有人管它们的死活、它们的自由。之后，它们就会一直在这里，直到窒息死去。

我看见她朝我走过来，她的步态、身姿都仿佛是一个走在音乐里的随时准备跳舞的人。不知道为什么，我想起《女人香》里阿尔帕西诺饰演的盲眼上校和酒店大堂里遇见的那个女孩儿跳探戈的那一段。我想，我如果会跳她所说的那种“交谊舞”，在这里陪她跳一段，她一定会非常开心，过去那些快乐的时光会在她心里复苏……一个白发的、濒临疯狂的老年女人，一个即将步入中年的、茫然无措的年轻人，这样的画面里倒是有更多令人绝望的悲伤。可惜我完全不会跳舞，我跳起来会像个螃蟹一样。这样的想象让我想笑。无论如何，她昂然的步子、颜色鲜艳的衣服使她变成了一个有气质的小老太太，把那几个乡气的老人的目光吸引过去。我朝他们看过去，他们就都把目光转开了。

“池子里还有鱼啊？”她像个孩子一样大惊小怪地喊叫，她的嗓音也是那种女孩子一般的尖声尖气。大概有什么东西在她意识里苏醒过来，强烈地刺激着她，让她的脸颊也变红了。她忘了她是谁，孩子气地把两手一拍。

显然，看到鱼对她来说是惊喜。而我宁可池子永远是空的。

四

在我小时候，傍晚是一天里最好的时候，宁静、肃穆，天空中常常铺满霞光，那奇异的光色会映照在房舍的窗户上、街道的柏油路面上，还有路边那些大树的枝丫上。而现在的傍晚是一天中最嘈杂、混乱、污浊的时候，废气下沉，各种噪音在带臭味儿的空气里似乎都被放大了，所有的人和车拥堵成无数个死结。我们回家时，小城里的南北大道在大堵车，自行车、机动三轮车、电动车在车辆缝隙里钻来钻去，铃声、人声、喇叭声响成一片。天空变灰了，空中也没有了样子像飞鸟的云。

坐在车里，她默不作声。我看看她，她的身形仿佛变小了，仿佛外面这个嘈杂、混乱的黄昏景象碾压着她，令她畏缩。我试图和她聊天，而她只是敷衍地回答。后来，我什么也不想说了。我们俩就那样坐在无法向前行驶的车里，被窗外肮脏、嘈杂的一切围堵、阻碍，听天由命。她的身子在座位上往下滑得很厉害，人变得更小。她从刚才那副回光返照般的少女的怪模样变回了本来的样子：一个衰弱、神经质、惊惧的可怜老太太。那件她精心挑选的红毛衣，早上还令她很有光彩，现在看起来像一件极不相配的、可笑的戏服，而她像个头发凌乱的侏儒被罩在其中。每天的这个时候，我的无力感、绝望都比其他时候更强烈，我对我父亲的想念也比其他时候都强烈。我的生活被他的离去分割成了两半，就像黎明或是黄昏时候的街道两边，一边是阳光，一边是阴影。只是，发光的那面如今像是虚幻的，阴影却是浓重的、实实在在的，能顷刻把人吞噬掉。

我们终于挨到了家。我去厨房里做晚饭。她跟过来，说她要帮忙，但我像平时一样严厉地拒绝了，让她去房间歇着，等我做好叫她。她离开以后，我找到那把钥匙，打开橱柜上那个抽屉，拿出平时锁在里面的刀具……我实在太累了，决定只煮一些冷冻水饺，切一点儿葱花、香菜做个水饺汤。在我叫她吃饭之前，我把刀洗干净、擦干，再锁进那个抽屉里。

她的胃口好像不错，吃了十二个饺子，往汤里加了更多醋。

"酸汤水饺。"她对我说，冲我笑了一下，"你小时候发烧，吃什么都吃不下，就是爱吃酸汤面叶，要放很多番茄，很多醋，面叶要吃我手擀的。"

"我记得。"我说，"吃别的都会吐，只有这个开胃。"

过一会儿，她有点儿讨好地看着我，问："吃完饭可以去阳台上看看吗？"

"不行。"我说。

临睡前，我确认大门和通往阳台上的门都锁好了。阳台上的门是我回家以后新装上的，本来，厨房是直通到阳台的。我躺在床上看了一会儿书，察觉到她房间里已经没有动静，不知道她睡着了，还是躺在那里耽于她那奇特的幻想中。我合上书，起来关掉房间里的顶灯，只留着床对面矮柜上那盏黄光的小台灯。我躺在昏暗的光线中，有种没入黑暗之水的困倦和休憩感。小台灯的光经由灯罩在天花板上打出一个圆圆的、柔和的光圈。突然，我回想起一张纸，那张纸的样子那样清晰、生动地跃入我的脑海里，带着它上面蓝色的圆珠笔笔迹，以及它特有的边角处的折痕。那是她写给我的第一封信，也不算信，就是一张留言条。因为她出差了，她临走时给我留下这张纸，上面写着："小亮，妈妈要出门几天，但是妈妈在外面，心里也会一直想着你。妈妈回来的时候，会给你带你想要的火车模型。"……我那时候还不到六岁。每一天放学回来，我都会先看看钉在墙上的这封信——是的，它是用两个图钉钉在墙壁上的。后来，妈妈回来了，她说这封信也没有用了，但我不让她扔掉。她问我为什么，我说，这样我长大了还可以看到这封信，就不会忘掉。我的回答显然让她大吃一惊，她说她会一直保存着这封信。我最后一次看到这封信，是在我上大学以前。那时我无意中翻看一个相册，发现它被对折起来，卡在相册里嵌照片的透明薄膜里。当然，它那时并没有怎么让我感动，不过是一件寻常旧物。但现在想起它，它还是当初被妈妈钉在墙上的样子。我似乎还能看到它的下半部分被从门缝、窗口透进来的风吹得轻轻卷起来，发出轻微的"沙沙"声，因为那两个图钉仅仅固定住了它的左右上角。记忆是奇怪的东西，有些细微并不那么重要的东西会莫名地清晰如昨，譬如这张纸，但有些东西却在你记忆里完全褪去了形迹，譬如她过去的样子。这就像一个人在长途跋涉中失去了所有贵重的大物件，最后，一张经年的、毫无用处的小纸团儿却还留在他褴褛的衣服口袋里。

有时候，我努力回想她年轻时的样子，或者至少是中年时的样子，我想，这样也许能让我多爱她一点儿，多一点儿耐心。我反复翻看那些相册，但旧相片根本帮不了我，它们只是存在于过去某个时空中的孤零零的影像，和现在、未来全然割裂了关联。在我脑海里，她的样子固定不变，无法和照片里那个年轻些的女人相互映照、融合，她的样子始终就是她老了以后的样子、现在的样子。

我睡着了，但和平时一样，半夜无缘无故地醒来。矮柜上那盏小灯仍旧孤寂地亮着。我听了一会儿：隔壁一片沉寂，连她翻身时引起的床的轻微响动、睡梦中的咳嗽声以及叹息声都没有。她或许睡得很沉，我想。但慢慢地，我感觉到这静寂里的异样，一股彻骨的凉意爬到我后背。我跳下床，径直走进她的房间。她的床上是推成一团的被褥，她不在那儿。

我又来到客厅、厨房、洗澡间，在这狭小的空间里，她并没有可以藏身的地方。我盯着门——门纹丝不动地反锁着。冷静，冷静，我对自己说。我又转回去她的房间。青色的布窗帘拉得严严实实，我走过去拉开窗帘——背后的窗扇都好好地反锁着。我站在窗边眺望，对面楼房里的大部分窗扇都黑沉沉的，只有楼下街道上的路灯孤寂地亮着，一辆车无声无息地驶过去，仿佛在梦中滑行，车灯光游移般扫过昏沉的街道和楼壁。我已经想到她在哪儿，但我却在她床上坐了下来。我觉得我累极了，身躯沉重得几乎没法动弹。难得有这样巨大的、黑暗的安宁！我感到这巨大、黑暗的安宁笼罩着我。我想：她这次可能真的像鸟儿一样飞走了。

窗户紧闭，但不知从哪里透进来一丝风，窗帘里面那层白色镂纱在微微拂动。那是陈旧得发黄的白纱窗帘，吸满了岁月的尘埃，灰突突的已经裂开的边缘垂落在地板上，“沙沙”拂动。我伸手摸了摸她的被褥，大部分凉了，中间还余留着一点儿她的体温……我猛然惊醒过来，奔出房间、穿过厨房。果然，从厨房里侧一角通往阳台的那扇小门关着，但锁开了，我藏在大衣柜一套被褥里面的黄铜色小钥匙就挂在锁上。

拉开门的那一瞬间，我感觉到心狂跳着快要冲出胸腔，我预见到那空荡荡的阳台，觉得我的世界下一秒就会轰然倒塌，什么都不剩。然而，如同令人惊奇的幻象一样，她双手扶着栏杆，稳稳地站在阳台上，朝我转过身来。她穿着肥大的印花棉睡衣，像个憨憨的、面相老成的孩子。她脸上还残留着一些轻松、愉快的神情，但又有点儿困惑、负气，仿佛我打扰了她正专注于其中的游戏。

“你怎么不睡觉？”她问我，好像我是那个捣乱的半夜不睡的小孩儿。

“你怎么不睡？”我反问她，走过去站在她身边。

她看着我的眼睛，慢慢地，她胆怯了。

“我睡不着……出来透透风。”她嗫嚅着说，“我就想到阳台上站一站、看一看，你不让我来，我自己拿了钥匙……”

“没事儿，没事儿。我也睡不着，陪你透透风。”我说着，拉住她的手——一双干燥、皱巴巴但很温热的手。

我感到心脏重新在我的胸腔中平稳地跳动。现在她再也飞不走了，我抓住了她，抓得很紧、很结实。我和她又连在了一起，无论是身体还是命运……这比什么都好。

鼠　辈

戈　舟[*]

“他的另一半儿走了，于是，他迅速地膨胀起来。这其实不难理解，他变成了一个胖子。”

“不难理解？”

“当然，这不是一加一等于二的那种逻辑，”她说，“本来结了伴儿的家伙，落了单，所以就忧郁成了一个肥仔——其实，这也跟一加一等于二差不多吧。”

我们第一次交流更像是个搭讪，大家都有些没话找话的意思。当然，跟酒精也有点儿关系。聚会的东家已经喝高了，老黄他摘下自己胸前挂着的玩意儿，挨个向不同的朋友分赠了好几圈。

“瞧瞧，这是块地道的战国玉。”老黄说。可大家伙儿即便都有些酒意，也都不傻，还是能分辨出那玩意儿绝非是件古物，纵然不明就里，但谁都看得出那不过是个电子产品。它的屏幕发着蓝光。于是，纷纷又给老黄挂回到胸前。

“他胖了多少斤？”我问。我断乎不会关心一个莫须有的胖子到底胖到了什么程度，但我得把话接下去。这也是一加一等于二的那种逻辑吧——别让一个主动跟你搭讪的、微醺的女人冷了场。

---

* 弋舟，男，1972 年生，《延河》杂志副主编，著有长篇小说《蝌蚪》等五部，中短篇小说集《刘晓东》等多部。历获鲁迅文学奖、郁达夫小说奖、中华文学基金会茅盾文学新人奖、鲁彦周文学奖、《小说选刊》年度奖、《小说月报》百花奖、《作家》金短篇小说奖、《当代》长篇小说年度五佳、《十月》文学奖等奖项。

她将手机伸在我眼前。“喏。”

我看到一只体形短粗的啮齿动物。“他？”

“没错，瞧瞧吧，这是他现在的样子，没称过，不过我可以让你看看他之前的样子。”

“一只老鼠？”

“仓鼠。”她纠正。

“噢，仓鼠，可不还是个鼠辈嘛。”我本来想要说的是“鼠类”，结果说出口的却是“鼠辈”。这让本来中性而客观的科学分类，变得有点儿像情绪化的嘲讽。

“他把她带走了，他现在重度抑郁。”

要承认，我有着惊人的理解力，听话听音，至少，我从她的这句话里，听出了三个角色，并且，性别各异。

“他，是谁？”我问。

此刻，我认为她并不需要具备和我一样惊人的理解力，也能明白我是在问什么。这个搭上的讪，是被她所主导的，她理应把握内在的纹理与结构。

“雪糕，”她迟疑了一下，“尽管他是个小伙子，我们还是把他叫雪糕了，他特别白。”

我想她是会错意了，决定不再接她的话，安静地盘着手里的核桃。她欲罢不能，我看出来了，我们之间的话头已经打开，她会自己往下说的。

老黄的会所里全是些“战国玉”之类的玩意儿，真真假假，但我确信现在自己手里的这对核桃是真的。喝酒之前，我就将这对核桃从老黄的博古架上摸了下来，捏在手里，这对确凿的真东西，仿佛能给我定定神。

“女孩却被我们叫作肉球，”她果然继续说，“其实她挺苗条的，但他觉得肉球这个名字性感。”

老黄胸前的那件玩意儿再一次分派到跟前了，他兜头套在了我脖子上，将绳扣差不多推在了我的喉结处。

“他是谁？”我一边躲避着粗暴的老黄，一边故作镇定地继续着对话。我多少有点儿害怕，喝多了的老黄令人畏惧。我感到自己被按在砧板上了，生怕成为一个笑话。

“他，是谁——？”她还是不能够领会我的问题。

“你躲什么躲！”老黄将绳扣固定在我衬衫第二个扣子的位置，“戴这种玉，绳扣必须拉到这儿，”他替我整了整衬衫的领子，“这是个讲究！”

我挺感激老黄的理性和讲究，喝多了的他，完全是有可能给我来一个绞刑的。她在对面同情地看着我，继而伸手拍了拍我放在桌面上的左手。

“你，是个识货的，”老黄表扬我说，“这块玉也就只有你能配得上。小蚁，我看好你，你给我记住，我看好你！”这个表扬我是得记住。老黄是个收藏家，从战国玉到茅台酒，从文玩核桃到普洱茶，没人知道他这些藏品的真假，就像没人知道他是如何积攒起的财富。但我知道，他是真有钱。有钱到能让我必须记得他酒后的看好。

老黄拍拍我肩膀离开。我能够感到自己有点儿惊魂未定，这让我变得迫切需要跟她继续交谈下去，借此平复一下自己的呼吸。我认真地看着她，开始觉得她好看。

“你不打算还给老黄吗？”她指指我胸前的赠品，笑得令人玩味。

“我是说，谁带走了肉球？”我直接拉回了话题，谁会愿意在一个好看女人面前暴露出自己的怯懦呢？这时候，追问一个带走了母仓鼠的人，会是个很好的掩饰。

“哦，罗宾，我们分手了，他坚持要平分这对儿伴侣。”

“就是说，实际上，同时有两对儿伴侣分开了。”

“哈，没错，肉球和雪糕，我和罗宾。我以为他会带走雪糕呢，结果他却选了肉球。可能他是真的觉得肉球很性感吧，没准现在他会搂着肉球睡呢。”

我需要脑补一些画面，不免也会联想她搂着一只公鼠睡觉的情形。老实说，我非常怕鼠类，非常非常怕。

“不知道肉球现在什么情况，雪糕倒是真的成了个肉球。”她说，“他的痛苦是不需要被专门理解的，那简直就是可以直接目睹的。肉球离开后，他疯狂地吃，食量是以前的五倍都不止。”

我不由得要仔细端详她的身材。她很苗条，至少不胖，胸还略微有些显小。而她，也是个落了单的。

“好在，你们可以结个伴儿。”

“我们？”

“对，你跟雪糕。”我觉得这是不言而喻的。

“不，没用，我们不是一类。至少，我们落单后的表现方式不一样，我的饭量根本没增加，甚至，我现在还有点儿厌食。”

“会不会，那个罗宾现在也暴食起来了呢？”我从桌上的盘子里抓起一块炸鸡塞进嘴里，“没准，落单后的表现也是分性别的。”

“有道理啊。”

她点头称是。我感到了一份落单之后也许专属雄性的饥饿感，于是，又抓起了一块炸鸡。

老黄开始四处寻找他刚刚馈赠出去的玩意儿。客人们笑闹着躲避他的骚扰，他理直气壮地扯开每个人的领口检查，女性们尖叫着拍打他的光头。

“我可不想让老黄这么干，”她说，“你也赶紧把这玩意儿收起来吧。”

我着迷地看着她，仿佛被催眠，眼前的她，竟被我看出了某种“仓鼠之美”：高高的颧骨和玲珑的下巴，瓷白的、略略有些大却俏皮的门牙。我像个白痴似的摘下了自己胸前的玩意儿，窝藏进裤兜里。我压根不想要这件不知何用的电子设备，但她让我赶紧收起来，我就赶紧收起来了。

“我得找他看看。”她站起来，将椅背上的围巾一圈一圈地围在脖子上。那是条很长的墨绿色围巾，她围上后，“仓鼠之美”更是美得不可方物。“看看他现在是不是也变成了一个肥仔。”她说。

我以为她围上围巾是要防御老黄，没想到她却是要抽身而去了。

“你现在就要去看——嗯，那个罗宾吗？”

“哈哈，当然不，他回英国了，过完春节才回来。那时候，他会不会真的肥到提不起裤子来呢？让我们拭目以待！”

“那么仓鼠呢？哦，肉球怎么办，他不会也把肉球带着一起回英国吧？”我抛出一个问题，不过是想挽留她。

“哦？”她歪头想了一下，嘟哝着，“这倒真的是个问题。”

说完她便走了。我却开始在心里敌视某个素未谋面的、回了英国的潜在胖子。

事情原本就会这样告停。我们历经过无数个这样的微妙时刻：似乎突然间会发生点儿什么，最终，却什么也不会发生；有那么一些瞬间，你觉得自己爱上了一个具有“仓鼠之美”的姑娘，并且些微地有些痛苦，既忍着羞怯，又忍受着妒忌的折磨，但下一个瞬间，你便跌入另外的幻觉里，觉得自己亦在令别人感到痛苦，忍着羞怯，又忍受着妒忌的折磨。就是这么回事儿。

可过了春节不久，她却打通了我的电话。

“嗨，我是麦吉，”她自报家门，“从老黄那儿要到你号码的。”

“噢？噢。”我虚应着。

“去看看罗宾吧，他从英国回来了。”

于是我知道了电话那头的人是谁。“仓鼠来电”，我的心里是这么定义的。

裹了件羽绒衣，我慢吞吞地出了门。坐地铁显然要更便捷一些，但我还是选择喊了滴滴。车子在拥堵不堪的路面上蠕动，这是我需要的。我想让这段路程空前地缓慢下来，这样，才匹配我古怪的心情。我想让自己更迟钝一些，让思考的路线也像拥堵的路面一样阻塞。到达目的地后，我在那所大学的校门口又徘徊了一阵，最后，诚然是鼓起了一个勇气，才向两个女生打问了留学生公寓的方位。

“沿着路走，看到那栋咖啡色的新楼就是。”她们热情地告诉我。

路边的梧桐树在冬天里显得格外萧瑟，它们的枝丫在空中相互伸出却不能握住，有种绝望的遥不可及之感。当我在“那栋咖啡色的新楼”前抬头仰望时，她在身后喊我了。“在这儿，小蚁，快过来！”

她躲在一丛冬青后面，只露出半截穿着迷彩棉服的身段，墨绿色的围巾捂住了大半张脸，棉服上的帽子也罩在头上，差不多掩藏掉了她的一切特征。

“坐下坐下，你蹲不了多久的。”她示意我跟她一同藏在冬青后面。

我摸出烟来，却一下子不确定这是不是有违她的意愿。我们是在埋伏，眼下，我确信这是她正在力求达到的局面，于是，抽烟这种事儿，恐怕不大符合埋伏的要求。她却示意我也给她来一支。我分别点燃了两支烟，不约而同，我们都深长地吸了一大口。为了抽烟，她从围巾里露出了漂亮的下巴。

“来晚了，”我说，“路上太堵。”

“没事儿，我盯着呢，那家伙一直没出现。”她像是劝慰我，仿佛是替我坚守住了某个紧要的阵地。

“干吗要用这种方式呢？直接去见见他不行吗？”我还是表达出了自己的疑惑。

她有些震惊地看着我，就像是听到了一个最愚蠢的问题。“你觉得那样合适吗？”

嗯，是不大合适。我设身处地地想了一下。可不，结了伴儿的人一旦分离，彼此见面，有时候会堪称惊心动魄。

“我不想让那个死胖子以为我还对他抱有幻想。”她进一步解释说，“这事关国格。”

她说得这么郑重，我也不由得严肃起来。

天色暗沉下来，好像突然就进入了夜晚。对面“那栋咖啡色的新楼”不断亮起灯光，我却不知道哪盏灯才是属于一个死胖子的。肤色各异的留学生不断地出没于眼前，每当看到白种人，并且身板儿壮硕的那种，我就不免要探头探脑地试图甄别一番。

“别费劲儿了，他不是那样子的。”她低声提醒我。

我恍然大悟，“死胖子”应该是罗宾落单之后才有可能达成的样式，就像雪糕，是在落单之后才暴饮暴食。于是，聚焦的范围进一步扩大，但凡白人出没，都会令我紧张一阵。

“不，你还是搞错了，”她叹息着，显然已经于心不忍，“罗宾是个黑人。”

那一瞬，我分明感到了绝望。天啊！我不能将自己的情绪归结为种族的偏见，只是想，天这么黑，昏暝中辨认一个黑人，难度何其大啊！

她感到了我的绝望，将脸探在我的面前，拉下围巾，补偿一般地吻了我。我感到自己的下嘴唇被两颗啮齿动物的门牙啃噬了一会儿，这便让我们的行为又不大像是一个接吻。像什么呢？嗯，像一对儿啮齿动物相互的喂食。

“我不喜欢 kiss。”她推开我说。

Kiss，我盘算她是在说“接吻”还是“轻触”。可能是后者，所以她的吻有着轻轻的、啃噬的滋味。

“炫灿。”她指着“那栋咖啡色的新楼”说。

此刻，对面的大楼灯火通明，确乎“炫灿”。我在心里敲定了她所说的是这样两个汉字。我从来没有这样去认识一栋灯火通明的大楼，感觉世界被她用一个陌生化的新词儿，就这么迅速地崭新定义了一下。

“走吧，”她站起来拍打着屁股上的土，“你们会见到的，咱俩可以打个赌，猜猜他究竟是变胖了还是没变胖。”

“我赌他没胖。”我有股没来由的冲动，好像就是要拧着她来，又好像是要捍卫一份男性的尊严，替男人们捞回点儿什么。

“好吧，”她吁口气，也替我拍打屁股上的土，“那我就只能赌他胖咯。”

当晚我在她家投宿。上楼前，我们在楼下吃了大碗的骨汤烩麻食。似乎要表明什么，也可能纯属食欲的驱使，就着汤饭，我和她都吃了好几枚生大蒜。

那只仓鼠蹲在她书架上的笼子里。并不白，压根不像支雪糕，充其量，是显得比较白的那种灰色，算是支淡巧克力雪糕；却真的胖，浑圆，让支棱在毛外的耳壳愈发显得突出。忍着强烈的不适，我向它走去。我知道，这是我必须过的一关，过去了，我才能获得今夜投宿的正当性。

“它是睡着了吗？”我想让自己表现得轻松点儿。

“不会，它好像从来不睡觉，就算睡，也只能是昼伏夜出。反正我是没见过它睡觉的样子。”

“啊哦。”我只能如此作答一声。

它的确没睡，我一旦靠近了它，它便唰的一下立了起来，带着一股强劲的动能。我几乎要惊叫着蹦回去，但我竟然控制住了自己。不但控制住了自己，我还伸手从它的笼子旁抽出了一本书。

是一本朱维铮的《音调未定的传统》。书有折页，翻开，我看到有红笔勾出的段落：

> 通观那以前的中国都市史，不论由于政治原因还是经济原因导致各自的盛衰荣辱，也不论那些盛衰荣辱过程或骤或缓，有几点是共同的或是相似的。

我竟然不折不扣地读进去了。其实，不过是以此抵御恐惧。我压根不敢抬头看那支淡巧克力雪糕。

“你也读朱维铮啊？”我强装镇定。

“不，这是罗宾的书。”

我们终于离开了书架，离开了那支淡巧克力雪糕。我再没有多看它一眼，但我分明知道它倔强地直立着，始终在目不转睛地盯着我。

“它现在安静多了，”坐进客厅的沙发，她对我说，“以前可不，它们会自己想办法从笼子里出来，结伴儿消失几天，也不知道去了哪儿，直到吃完了储备粮，才重新溜回来。”

“储备粮？”

“对，它们会将鼠粮搬运到秘密的地方。你知道吗？仓鼠习惯把食物塞进它们的大脸颊袋中，搬运存放到自己的洞穴里。有报道说，已经发现过储藏食物多达九十公斤的仓鼠洞。”

这好像是她第一次将那支雪糕称为“仓鼠”。我陷入巨大的震惊里，想象着“九十公斤储藏食物”的那样一个规模，愈发地紧张不安。她看出了我的不适，又一次，像上次在老黄的会所里那样拍了拍我的左手。我将她的手握在了自己手里。

“其实我原来也很怕老鼠，”她这是在安慰我，“如果不是罗宾坚持要养，打死我也不会想到自己有一天居然会养一对儿仓鼠。可它们毕竟还是来了，被人从网上下了单，咣当咣当，坐了几天几夜的车，焦躁不安地出现在了你的生活里，你必须要面对这个事实。”

我觉得她说得在理，情绪舒缓了不少。是啊，我也是不知被什么下了单，咣当咣当出现在了她的生活里，于是，必须要面对这个事实：爱，欲望，啃噬一般的亲吻，生大蒜，以及硕大的令人毛骨悚然的仓鼠。

“我的确非常怕老鼠——”我们手挽着手，我觉得我是在温柔地倾诉，“怕到只要在纸上写下这两个字，都会感到恶心。可滑稽的是，我自己居然是属老鼠的。”

“罗宾，罗宾也属鼠，”她说，“这就是他用来说服我养仓鼠的理由。我属虎，显然就没法儿跟他掰扯要养只老虎了。”

“嗯，我们都是鼠辈。”这么说，我还感到了些许的宽慰，仿佛因此便具有了与她手挽手走上相爱之路的通行证，又仿佛，恐惧感也因之没了来由。

“你看到了，雪糕如今的状态有多糟糕。我其实并不关心罗宾的胖瘦，我是想，可不可以把雪糕送回肉球的身边去呢？”

“没有想过把肉球接回来吗？”说实话，我并没看出那支淡巧克力雪糕有多糟糕。

“不！”她断然说。也不知道是没法那么做，还是那么做有着巨大的荒谬性。

上床前，她让我把朱维铮的书放回书架去，我这才发现，那本书始终被我抱在怀里。于是，我必须再一次走向它，走向一只仓鼠。我用眼睛的余光看到，它依然那么顽固地直立着，仿佛凝固的雕塑。

她喜欢拉开窗帘睡觉。是夜，她枕在我的胸前，又一次对着窗外流光溢彩的城市之夜说道：

“炫灿。”

城市之夜在一个“炫灿”的指认下，宛如倒挂的宇宙。我的世界就是这样被她崭新地定义了。我用自己的勇气证明了这一点。两个月后的某一天，雪糕从笼子里溜走了，她居然能够听到它神秘的呼救声。我们循声在衣柜里找到了身陷绝境的雪糕。它掉进了一道深邃的缝隙里，解救它，你得把衣柜拆掉。她把身子探进衣柜，伸出胳膊努力去够，总是差之毫厘。于是换了我来试试。这其实注定无效，我的胳膊怎么说，也要比她的粗。但情急之中，人是不讲理性的。我照着她的样子去做，努力将自己的胳膊变成一根柳条，我能够感到在那个幽深的所在，一只仓鼠求生的热望，它不断地蹦跳着，爪子一下一下地触碰到我的指尖，就像一个一个节制的“kiss”，每触碰一下，都有生动而热烈的律动叩响我的心门。

后来，我们想出了妙计。用一根鞋带系住一只塑料袋，坠入绝地。它成功地跳进了塑料袋里。当它被徐徐吊进光明之中时，有生以来，我第一次用手去碰触了一只鼠辈。没错，我抚摸了它。它有股沉甸甸的温顺。

我去给它抓鼠粮，那是干雏菊、香蕉片、枸杞、冻干鸡肉和面包虫干混合制成的精细口粮。我看着它疯狂地进食，一时没有留意她在我身后说出的话。她可能意识到了，追问我一句：“你听到了没，小蚁？”

“什么？”我回头茫然地看着她。

她并不看我，眼睛望向窗外“炫灿”的夜色。“哪一天你要是离开了，就把它也带走吧。”

这一天原来并不是遥遥无期。在下一个春节还没到来之前，我们便分开了。我从她家楼上下来，衣服口袋里残留着鼠粮和忘记交还的钥匙。这场爱情让我变成了一个仓鼠专家，我从百度上习得，仓鼠的雌性和雄性都有多个伴侣，在繁殖季节，雌性仓鼠会寻找雄性的洞穴，在交配期间，交配塞形成并密封雌性的生殖道，阻止后来的雄性成功授精——重点是：交配后不久，雌性仓鼠经常将雄性赶出其领土。

我知道自己这么琢磨不合适。于是强迫自己换一个频道：仓鼠的视力差，只能模糊辨形，颜色只能分辨黑白。——那么，是她让我原本只能将世界分辨为黑白的视力领略到了"炫灿"。一这么想，我便感到痛苦不已。

我回到了自己的家，那感觉，就是一只悲伤的、落了单的仓鼠灰溜溜地回到了自己的洞穴。

果不其然，我开始了暴饮暴食的日子。短短一个月的时间，我胖了有十二斤。对此，我是心里有数的。我知道，我的重量是和悲伤成正比的，为了不被悲伤压垮，我的食欲必须增加。我重了的这十二斤，不过是我灵魂的铠甲。我想，这世上是没有一个所谓的"无尽的痛苦"的，那痛苦的峰值和极限，其实是可以称重的。那个峰值和极限，便是一个月里重达十二斤的痛苦。

最艰难的时刻，我尝试过吞食鼠粮。冻干虾和紫薯干口味的。我咀嚼着那咸甜交织的滋味，不免要去想象一个黑人男青年的味蕾。这没什么不可理解的，我们都属鼠，都曾历经与炫灿的分离。尽管，我从未见过他，但我们同为鼠辈。对于他，我知道的不少了。她热衷于对我讲述这位前任。哦，罗宾，那来自英格兰林肯郡北凯斯蒂文的黑汉子，中国政府颁予你有杰出贡献的国际友人的光荣称号，你有着四分之一的非洲血统和八分之一的蒙古血统，你的外祖母，喜欢读张贤亮的小说，虽然我不曾见过你，但是我如此地熟悉你。

我生出冲动，去见一见罗宾，看看他可曾摆脱了十二斤的重荷。但我无法驱动自己，那十二斤已然完全拘囿了我，让我只能身陷在自己的牢笼里，闭着眼睛饕餮，睁开眼睛，眼睁睁地看着世界一天一天、一分一秒地从炫灿逐渐变成黑白色的。

幸好还有老黄。他在一个清晨给我打来了电话，劈面就向我索要——"我的战国玉呢？赶紧的，给我还回来。"

昔日老黄绞索一般套在我脖子上的那件玩意儿，不过是一只日本产的便携式负离子空气净化器，我在胸前悬挂了一阵子，如今早不知道丢在哪里了。但老黄如同中了邪或者着了魔，他认定被我戴走的是一块无价之宝，开始无休无止地向我索还。他不分昼夜地给我打电话。我很难判断他是清醒着的还是在醉酒状态。说实话，我一如既往地有点儿怕他，他给我带来的压力，正一点一点将我的痛苦从身体里挤走。

“小蚁，实话跟你说，哥活不久了。”一天黄昏老黄在电话里带着哭腔对我说。

“别这么说，——哥，怎么了？”

“癌，癌啊！”

我想我是不应该再细究什么癌了。我得把他的战国玉还给他。

我打电话给麦吉。电话始终提示“对方正忙”，她这是将我的号码屏蔽了。我成了一个不折不扣的烂人，一个被雌仓鼠驱离了其领地的雄仓鼠。我只有挣扎着爬起来，拖着重达十二斤的、如今又混入了耻辱的痛苦出门。我想起来了，那只负离子空气净化器只能是落在她家里了，我必须给“活不久了”的老黄拿回来。

敲门之前，我像个贼一般地贴在门外听了听里面的动静。我既想听到点儿什么，又害怕听到点儿什么。我什么也没有听到，却分明听见了雪糕吱吱的叫声。我敲了门，随后，自己用钥匙打开门进去了。

雪糕还在老地方，我们百感交集地相互凝望了一阵。我从床头柜的角落里翻着了那件宝物，它放在她的一件黑色文胸里。我将文胸捧在鼻子上闻了好久。按下开关，那只负离子空气净化器竟然还有电。我将它挂在了脖子上，把那道有着一颗金属标识球的绳扣推在衬衫的第二粒纽扣处——老黄交代过：“这是个讲究！”

然后，几乎是不假思索的，我在离开前从书架上拎走了鼠笼。并且，我还顺手抽走了笼子旁边的那本《音调未定的传统》。

坐在地铁里的我一定是惹人侧目的。一个胖子，膝盖上放着另一个胖子。

我局促地垂着头，是一种自惭形秽的心情。鼠笼中有一只大约直径三十厘米的跑轮，做成了一个封闭的奔跑曲面，雪糕安静地伏在上面，一副自暴自弃的样子。它早已忘记了奔跑的滋味。车厢里并不拥挤，所以身边的人尽量和我拉开了一些距离。有个女人突然大声对她的孩子说："北京发现了两例鼠疫感染者！"

我冒汗了。尽管挂着一只貌似依然能正常工作的负离子空气净化器，我还是感到有些喘不上气来。我只能提前下了车。

徒步走了三站路，我渐渐感觉好起来了。这样的一个念头也越来越清晰，让我忍不住要对着笼子里的雪糕说："伙计，熬到头了，你就要见到你的肉球了。"

它听懂我的话了，因为我看到它抽泣了起来。

校园里的路面在翻新，掘出的黄土裸露着，还没有铺上沥青，像是遭到了暴力的凌虐。梧桐树伸在空中的枝丫依然绝望。我并没有急着直奔"那栋咖啡色的新楼"，而是在一家超市给雪糕买了包锅巴。在昔日藏身的冬青后面，我将锅巴捏碎了喂它。我想让它有一个好的面貌出现在伴侣面前，尽管我知道它如今不好的面貌完全就是吃出来的，可我想不出其他的办法。这就是我们最深刻的困境，我们在大多数时候，只能徒劳地想着雪上加霜的对策。它依旧吃得疯狂，看得我难过万分。我想到了那天晚上我和她的蹲守，想到了下嘴唇被啃噬的滋味。

他是胖了还是没胖？我在心里面打着赌。对，现在，我希望他是胖了的，成了一个黑胖子。这不仅仅是因为我渴望着四个肥胖的鼠辈相逢的那一刻，还因为，此刻我由衷地愿意，她能够赢得我俩之间的那个赌局。这是爱，我想，甘愿让她赢，这就是爱。

但是，这个爱的赌局，永无揭晓答案的可能了。也跟一加一等于二差不多："那栋咖啡色的新楼"里，压根就没有一个黑罗宾。

"没有，没这么个人儿。"大楼管理员，一位中年大妈诚恳地对我说。她把"人"说成"人儿"，无端地令人觉得可以信赖。

“黑人，来自英格兰林肯郡北凯斯蒂文。”

“没有，没这么个人儿。”大妈说，“只有一个英国人是从怀特岛上来的。”

“他有着四分之一的非洲血统和八分之一的蒙古血统。”我还是不能甘心。

“没有，没这么个人儿。”

“他有个外祖母……”

“小伙子儿，谁没有个外祖母啊？”

“对了，他养着一只仓鼠！”我举起了手中的笼子。雪糕也趴在笼壁上，翘盼着铁丝网外面的世界。

“更没有了，楼里绝对不允许养老鼠。”

“这个不是老鼠，是仓鼠。”

“啥鼠都不准养，严格着呢。”

“大妈……”

“大妈不会骗你，没这么个人儿啊，就是没这么个人儿。”

我在“那栋咖啡色的新楼”外又站了很久，直到它在暮色四合中露出“炫灿”的端倪。我重新走上台阶，把手里的鼠笼放在大理石的地面上。我打开了笼子，雪糕无动于衷地趴着，我只好倾斜笼身，协助它滚了出去，看着它迟疑，徘徊，向我投来质询的目光，最终敏捷地冲进了大楼，一溜烟消失在前厅辉煌的光晕之中。

在她和大妈之间，我别无选择地只能选择信任大妈。但我宁可相信，一切都是真的，只不过，那个真的世界，只对鼠辈成立。它会找到肉球，找到黑罗宾，找到过往不曾落了单的、结了伴儿的日子。

对此，我也试图想要跟她求证过。其后的日子，有好几次，我来到了她工作的社科院门口，也曾在她家的楼下逗留不去；我看到过她落了单的身影，也看到过她结了伴儿的身影。但是最终，我都没有迎着她走去。

“为什么？”

“什么？”

“压根没有罗宾，是不是也没有肉球？”

“是又怎样呢？”

是啊，是又怎样呢？无数次在心里这般演练过之后，我得出了这样的结论：我们都是被什么下了单，咣当咣当，坐了几天几夜的车，焦躁不安地出现在了彼此的世界里。没道理可讲的，你必须要面对这个事实。

每当城市的夜晚灯火亮起，我就会将她想象成身在一片“炫灿”中的样子，无论她是结了伴儿还是落了单，她都身在那种有着孤注一掷气息的孤单里，她不断地用意念召唤与驱离着伴侣，那是一种规模，而这规模，宏大到足以被称之为一个人的创世。那本《音调未定的传统》一直在我手里，算是一个她曾经真实不虚地存在过的确据，当然，也可以算是我从她的虚拟世界里窃取到的一个证物。因此，黑人罗宾一定也真实不虚地躲在某栋炫灿的、咖啡色的新楼里，用红笔勾出了书中的段落：

> 通观那以前的中国都市史，不论由于政治原因还是经济原因导致各自的盛衰荣辱，也不论那些盛衰荣辱过程或骤或缓，有几点是共同的或是相似的。

——那就是，在所有或骤或缓的盛衰荣辱的时代里，都市总会并存着多重的族类，对于某些结了伴儿或者落单了的家伙而言，还有另外的一支队列可资藏身，我们不妨将其称之为：鼠辈。

如果有一天我们相逢，我想，我要跟那条来自英格兰林肯郡北凯斯蒂文的黑汉子如此分享我的心得。

大樟树下烹鲤鱼

雷　默*

从电台录完节目出来，暮色四起，县城浸泡在浓浓的水汽中。我没想到自己这么能说，本来说好一个小时的节目，录了整整三个小时，这让制片人蛋哥有点为难，他喜欢严格地按照流程走，之前他怕后期太难剪，给我弄了一份一万字左右的流程稿，但我还是发挥了一下，不觉就讲多了。

蛋哥是我的发小，他在县城的电台做一档访谈节目，嘉宾都是些文化人，我有些困惑，做这样的节目几乎没有经济效益，他们还孜孜不倦地做着，究竟图什么？走进他们办公室，一个栏目三个人，除了他，还有一个女编导，一个女主持人，感觉他们就是一个乌托邦。

从大楼里出来，蛋哥还在犯难，他的节目一直都是一期一个嘉宾，我录的时长足够他剪出两期节目来，要不要做上下集？这似乎让他很纠结。我能理解他，被一个节目长时间训练得循规蹈矩，做出调整和改变，就意味着自找麻烦。其实一个小县城能有多少文化人？这个节目他做了将近两年，该请的嘉宾也都请了，接下去就面临资源枯竭的窘境，所以他千方百计把我从外地叫了回来。

他说："老同学，谢谢你回来帮我救急，不然年关都不好过了。"我说："没人了，你们可以不做啊，这种节目现在还有人听吗？"他笑了一下，纠正了我

---

* 雷默，男，1979 年生于浙江诸暨，现居宁波。中短篇小说发表于《收获》《人民文学》《花城》《钟山》《江南》《作家》《当代》《十月》等刊。部分作品被《小说选刊》《新华文摘》《小说月报》等转载，有作品被翻译成英语、日语、俄语。

的看法："别小看我的节目，这也算我们台的一个王牌节目了。"我还是不相信，别看街头人山人海，几乎没人对诗歌感兴趣。

我们斗着嘴从大楼的台阶上下来，走着走着，蛋哥又暗自乐了起来，他说："不瞒你，主要我们台领导是个诗人。"我有点同情我的发小，他看上去太疲惫了，录节目的间隙，去过道尽头的阳台上抽了一支烟，抽烟本来是一个悠闲的事儿，被他搞得像打仗，来去都是跑的，一支烟吸四五口就烧到了烟屁股。他跟我说，这几天都熬到凌晨两点才睡，每天记事本上记着十几件事，每一件都迫切需要完成。年底了，各种总结和会议材料，节目还是如期进行。我说："你把自己想得太重要了，少了你，地球就不转了吗？"他说："我知道自己微不足道，主要是心肠太软，上头吩咐事情就乖乖去完成。有时候就跟自己说，事情一件一件来，我只有一双手，只要一直忙着，总没话可说吧。"

本来录完节目我就打算回老家，但节目结束的时间很尴尬，快到饭点了。蛋哥问我想吃什么，我说："你这么忙，不吃了。"这加剧了他一定要吃饭的念头，硬把我拖上了他的车。从电台的大院里出来，车子在街上漫无目的地转悠，他打电话给我另外的发小老刀，说我被他捉到了，一起去吃饭。然后他问老刀，是吃羊肉还是狗肉。老刀在电话里说，吃个卵肉，去大樟树。挂了电话，蛋哥一下有了方向感，车子径直往郊外开去。

我发现蛋哥只要一离开县城，离开他那个忙乱的电台，他整个人就松弛下来。本来双手紧抓着方向盘，改为一只手搭着，另一只手在车载广播上调来调去，搜了一圈，他又调回到自己的台。广播里是个女声，他说这是个拜金女，家里很有钱，一年换三辆豪车，传达室门口每天都有她成堆的快递，每天下了节目就是上淘宝，没完没了地下单，没完没了地拆包裹，楼道里的垃圾桶都不够她一个人用。

我笑了笑，这才注意广播里的女声，她在介绍平克·弗洛伊德的摇滚音乐，听上去还挺像那么回事。蛋哥问："这声音，你能听出来生活有这么腐败吗？"我说："不清楚，只有你们做电台的人才在意声音。"蛋哥笑笑，自言自语："声音是真好听，一点杂质都没有。”

他悠闲地抖着左腿，车窗外烟雨朦胧，车子开着开着，来到了一条乡间公路上，两边都是如镜的水塘，还有几块枯黄的稻田，一派肃杀的景象，路上也不见别的车，蛋哥时不时地晃一个蛇形路线。我以为吃饭的地方很近，没想到开了半个多小时还没到，我有些不耐烦起来，说：“吃个饭要这么复杂吗，哪里不能吃？”蛋哥笑着说：“什么都可以随便，就吃饭不能随便，这个地方你去了，以后还会惦记。”我说：“那更不好，以后想吃了没得吃，不是折磨人吗？”蛋哥笑起来：“所以你要多回来，你现在回来是客人了。”

这是我尴尬的地方，长年在外，见人就说我是这里人，但回到这里，又被当成了客人。蛋哥说，看一个人是不是本地人，就看他能不能找到像大樟树这样吃饭的地方，这地方最早是老刀带他去的，去了以后就戒不掉了。这种味道就像印章敲在你脑袋深处，饥饿的时候，它就清晰起来，会提醒你过去。

我说：“不会放了乌烟壳吧？会成瘾的。”

蛋哥笑着说：“那不至于，我从头到尾看他烧过，该放油放油，该放酱放酱，都是稀松材料，也奇怪，被他的手一捣鼓，味道就美得不行。那地方只有真正的吃货才去，一般人不知道。”

我靠在座椅上，感到肚子确实饿了，蛋哥还在一旁喋喋不休，我说：“行了，还要多久能到？”他指了指前面一棵巨大的樟树说：“就那里了。”

我发现路边多了一条溪流，傍着马路蜿蜒而下，我们沿着这条溪流往上走，视野中那棵樟树越来越大，几乎遮蔽了半个村庄。蛋哥说，我们吃饭的馆子叫大樟树，其实也是这里的地名，这一带都是这样的名字，大樟树往上一点是鸦雀窝，再往里是榆树凉亭。

车子开上了一座拱桥，进入大樟树内部，樟树底下是一片开阔的平坦地，虽然是阴雨天，但树底下的泥地却干燥洁净，恍若凌空支开一把大伞。蛋哥说，这棵樟树被当地人视为神灵，有一年，环卫工人自作主张来修剪树枝，被当地人打得灰头土脸，扔了工具就逃，这以后，树枝越来越茂密，也没人敢动它了。

停好车出来，我注意到这棵樟树确实不同凡响，它的树冠已经直插云霄，地面上到处都是匍匐的虬枝，一直向四周延伸，有的裸露根系像吸管，一头扎进了路边的溪流中。蛋哥说，天气热的时候，樟树底下都是光着膀子吃饭的人，捧着一口大饭碗，饭上盖满了菜，有的蹲着，有的站着，看得出来，吃饭是次要的，主要是聊天，聊的内容以国家大事居多，还带着自己的想象。蛋哥指着两张收起来的小方桌说："夏天，大樟树的老板也会在这里摆两张小桌，不放凳子，客人们都站着吃，可能全中国都找不出第二家这样的饭馆。他一般只招待熟人，陌生人去，得看他心情，心情不好，给再多的钱都没用。"

对这种做生意的态度，我很惊诧，问："他凭什么这么牛？"蛋哥笑笑说："这可能是他做生意的观念，不是你出了钱就是大爷，他也要选择顾客，不顺眼的生意，他宁愿不做。"

一阵风吹过，头顶上乱响，蛋哥缩着脖子说："这么冷的天，别耗在这里了，快进屋。"我才发现边上有一户人家，门口亮着路灯，路灯下是一块木牌，上面用毛笔写着"大樟树"三个大字。

这种感觉很奇妙，蛋哥喊我去吃饭，总以为是个正经的饭馆，没想到是户人家，也不认识，推门进去，有种上陌生人家里蹭饭的感觉。我也不说话，默默地跟着蛋哥往里走。

店主一男一女站在屋里，看到蛋哥进来，打了招呼。老板娘团着双手，手心手背来回不停地搓，老板双手插在裤袋中，我发现他们衣服穿得都有点少，耸着肩膀，缩着脖子。老板头发有点秃，乱糟糟的，好像好久没洗了。他的眼窝特别深，感觉像眼球外面包了一层薄皮，嵌了进去，看人的眼神有点怪异，他问蛋哥："两个人？"

"三个人，还有一个马上过来。"

"是那个骨科医生吗？"他显然对老刀很熟。

蛋哥点点头，他又问："老样子吗？"蛋哥说："老样子。"

进了里屋，发现桌子还空着，饭桌其实是一张棋牌桌，摊着一堆凌乱的扑克牌。桌角上有烟灰缸，烟头倒了，但没洗。老板娘进来给我们开好空调，关上门又出去了。

蛋哥说：“今天来得正是时候，再晚点就没位置了，又得看他脸色了。”

“怎么，吃个饭还得求着他吗？”

蛋哥压低了嗓门说：“他干的是高兴活，两桌人满了就不接待了。别看他店小，每天都有人来吃。”蛋哥弹了弹烟灰，笑着说：“你别看他一副落魄相，以前也是公子哥，据说他家以前是苏工世家，他爷爷曾经是很有名的雕刻大师。听当地人说，他还留过洋，回来后，吃饭都用刀叉，一个荷包蛋割成小小方块，能吃上半小时。”

我“扑哧”一声笑了起来，蛋哥继续压低嗓门说：“年轻时他仗着老家的财势，日子过得鲜亮风光，纨绔子弟嘛，凡事不知轻重，不分尊卑，因为有的是时间和铜钿，干的都是招摇事儿，琴棋书画、跳舞桥牌、麻将梭哈，都会一点，又因为天性懒散，大多是三脚猫。这样的人，你也知道，免不了家道中落，大概后来他也弄明白了生活的道理，踏踏实实开起了饭馆。”

“这么说，他还是个没落的贵族，这顿饭有点高级啊。”

话说着，老板娘又进来了，手上拎了一壶米酒，蛋哥掀开壶盖，一股热气冒了出来，满屋子的酒香，里面冲了鸡蛋，米酒看上去有点浑浊。老板娘是典型的和蔼脸，两团苹果红，她看了我一眼说：“第一次来吧？没看到过你。”

我连声称是，蛋哥在旁边瞎起哄：“省城的大诗人，请了好多次才请来，我们从小一起玩泥巴的。”老板娘脸上的笑容更加殷切，她多看了我两眼说：“这倒是难得的，让我们也沾了光。你们先喝起来，我去切两盘羊肉来。”她说着又退了出去。

蛋哥压低嗓门说：“她不是老板的老婆，起初我们也以为他们是一对，他们生意太好了，名声大了，后来老板真的老婆就来了，两个女人还吵了一架，这事才败露了。”我一惊，蛋哥说：“那次吵架有点像赤壁之战，一场架下来，天下三分，鼎足而立。老板答应每个月上缴三分之一收入，真老婆不再到店里闹，他们继续搭伙做生意。”

蛋哥的眼神快，及时地住了嘴，门又被推开，老板娘笑吟吟地进来，手上的冷盘“噼噼啪啪”往桌子上搁，一盘羊肉，一盘狗肉，一盘卤鸡爪，还有一盘花生米，分量都很足。老板娘说：“热菜稍等一下，马上就来。”

蛋哥目送她出门，又说：“那个真老婆我看到过，邋遢、凶悍，如果天天来这里闹，客人会被她赶跑的。”蛋哥说着，给我倒上了米酒，“我们先动起来，老刀这个人没准点的，说不定临出门又要做手术，边吃边等他。”

两杯热米酒下肚，我的身上暖和起来，把外衣脱了下来。蛋哥说：“其实这里的老板就烧一个菜——红烧鲤鱼，别的菜在他眼里不叫菜，都是搭配送的，也不自己烧。你等下可以去看看，红烧鲤鱼烧完就摘了围揽，一个人在抽烟了，灶头交给老板娘，剩下都是她的事。”

“哦，这么有个性？”

“没办法，客人都冲着他那条鱼来的。他从来不记细账，一顿饭多少钱，都由他张口决定，他也看人头，可能一模一样的菜，两个人来是两百块，三个人来就变成了三百块。所以碰上计较的人，要跟他理论，问这个菜多少钱，那个菜多少钱，他嫌烦，这可能也是他不愿意接待陌生人的原因。”

我笑起来：“这买卖做得原始啊，不过挺有古风。”

蛋哥说：“你别说，就这么毛估估，也忙不过来。”话说着，门外果然来了一拨人，他们隔着玻璃窗朝我们的房间张望了一下，去了隔壁房间。蛋哥说，“这两间包厢数我们这间好，隔壁没有空调，只生两个煤球炉，暖和没问题，就是一屋子煤气味，得时不时地开一下门，不然有煤气中毒的可能。”

我笑起来：“这是冒死吃鲤鱼吗？被你讲得这么神，我得去看看。”

出了门，发现老板娘正在水池里捞鲤鱼，她戴着一副红色塑料手套，一只手提着菜刀，一只手拎着网兜，看准了鲤鱼，一抄就捞上来了。她看到我说：“很多像你这样第一次来的客人都好奇，非得出来看。我们这里主要水好，挨家挨户都有水塘，养珍珠蚌，珍珠蚌的水塘里不能养草鱼，只能养养鲤鱼，这鲤鱼特别肥。”

我注意到了她手上的鲤鱼，果然漂亮，通体呈现金黄色，尾巴红得像鸡冠，身上的鳞片非常整齐、饱满而带着光泽，侧面的线条像画上去的，鲤鱼嘴上的触须肥厚而卷曲，感觉像从年画上跳出来的。

老板娘把鲤鱼往地下一掼，说：“杀鱼有点血腥的，你看着不会不舒服吧？”

我摇摇头，用方言说：“我农村出来的，杀猪杀牛看多了，眼睛都不眨一下。”

老板娘笑笑说：“我们也不是所有鲤鱼都买，对个头有要求，一般两斤半左右的，鲤鱼超过三斤，肉质就粗，不好吃，个头太小也不行，都是细骨头。”老板娘杀鱼的手法极其娴熟，刨鳞片、剖膛开肚、挖下水，转眼间，洗好的鲤鱼就放在了砧板上。

这时候轮到老板披挂上阵了，他慢悠悠地抽了一口烟，把烟屁股弹出了门。在水龙头上洗了手，一手取过菜刀，另一只手捋在鲤鱼身上，那动作看上去极其温柔，仿佛在抚慰即将下锅的鲤鱼。再看那把菜刀，刀头已经磨圆，刀锋有了弧度，他的刀放在鱼背上，仿佛在辨认鱼骨，感觉就轻轻抹了三下，鱼背上的肉就顺着纹理裂开了，三条漂亮的斜纹，似乎每一条都贴着鱼骨走。

炉灶响起来，热油在锅里打着转，鲤鱼下了锅，被热烈的声音包裹住，鱼身随即被热油拱了起来。老板漫不经心地抖着脚，片刻过后，他颠起了锅，只见那条鲤鱼在空中不停地跃起，仿佛活了一般。几下之后，老板用勺子撒了料酒、酱油，盖上锅盖，煮至八九分熟，起锅。转而开始勾芡，那双手仿佛粘上了勺子，在空中转圈舞动，只剩重重叠影，转眼间，琥珀色的芡糊离开锅底，淋到了鲤鱼身上，薄薄一层，却异常均匀。香味从鲤鱼身上升腾起来，在厨房里四处游走。蛋哥仿佛掐着时间，一把拉开了门，对我说：“还愣着干什么，过来吃了。”

我回到房间里，蛋哥说：“他对你算客气的，一般陌生人站在旁边看，他会赶人。”我说：“这也对，绝活最怕被偷学。”蛋哥笑着说：“你这样子，一看就知道不是厨师，你以为人家傻？”

说着，红烧鲤鱼被端上来了。我暗暗惊叹，这老板果然有一手，煮熟的鲤鱼纹丝不乱，还是活着的模样，背脊朝上，身段自然弯曲，拗成一个“S”形，仿佛在盘中戏水。蛋哥早已按捺不住，举起筷子说：“尝尝！趁热吃。”

我一直怀疑过于完美的东西，总想把它拆解开看个究竟，这种想法有点像那个朝蒙娜丽莎开枪的疯子。我把筷子伸了过去，刺入鱼身时，蛋哥在一旁大叫起来：“你动作温柔点，吃相不能太难看。”我说：“好看不顶用，早晚要进肚子的。”筷子的一端传来了鱼肉的弹性，一夹，那肉就一瓣瓣碎开来，确实是新鲜到了极致。我把鱼肉放入嘴里，它带了一点微微的辣，却盖掉了鲤鱼的腥味，再嚼，发现除了鱼的鲜美，还有一股淡淡的甜味。

第二筷伸过去，我的节奏慢了下来，因为我看到鲤鱼一侧的眼珠子没了，像被人剜去了。我看了一眼蛋哥，他正吃得津津有味，没想到他还有这童心，喜欢吃鱼的眼珠。我把鱼肉夹进嘴里，闭上眼睛，回味了很久。

老板娘看着我们，问：“怎么样？”

我和蛋哥频频点头，我说：“确实是我吃过的鲤鱼里烧得最好的，让我想起了小时候在水塘边玩耍的情景，纯粹，又有点淡淡的忧伤。”我这么一说，蛋哥在旁边咯咯直笑，老板娘也跟着笑，不过表情并没那么夸张，显然她挺受用的，紧缩的身形开始松弛下来，仿佛过了一场大考。

老板娘一走，我跟蛋哥说：“你跟我儿子差不多，他也喜欢吃鱼的眼珠子。”

蛋哥愣了一下说：“我没吃啊，谁吃鱼眼珠了？不过说来也奇怪，每次端上来的鱼都缺一颗眼珠，回回都这样，我怀疑是他吃的，厨师嘛，都好第一口。”蛋哥说着，朝门外努嘴。

我笑了笑说：“吃鱼眼珠，这爱好倒挺独特的。”

我们正吃得欢，老刀赶到了，他看着只剩半边的鲤鱼，一把抢过盘子，放到自己跟前，不许我们再吃。我们不禁大笑，多年过去了，他还是读书时的模样。读书时，我们一起吃饭，他也是这个样子，碰到中意的菜就霸占，别人要跟他抢，他就往菜里吐口水。我们提起这茬，老刀就端起盘子，做出要吐口水的样子，我知道这是表演，年少时总有各种各样的恶作剧会停留在记忆里，一部分就凝固成了永久的友谊。

这顿饭吃得热火朝天，中途，蛋哥上了一趟洗手间，洗手间在外面的野地里，开门的时候，蛋哥还算淡定，回来时已经缩成了一团，他说："外面冷，比城里低好几度，好像要下雪了。"他的声音带着哆嗦，这让我们也跟着哆嗦起来。想想下雪天，为了吃一条鱼，受困于大樟树下，这顿饭忽然间就有了意思。

临近结束的时候，门被推开了一条缝，老板的头探了进来，他似乎很少主动跟客人打招呼，这让他看上去有些腼腆。蛋哥和老刀看到他，也愣了一下，连忙招呼他进来坐。气氛有点怪异，仿佛我们成了主人。他进来了，也不坐，看了一眼只剩一条骨架的鲤鱼嘀咕："吃得倒挺干净。"蛋哥说："今天我好朋友来，能不能破例再烧一条？"老板说："吃得不够是最好的，吃多了会倒胃口。"我们纷纷说，不会啊。老板却不松口，他说："今天不烧了，下次想吃了，还可以来。"我感受到了他的固执，打了圆场："老板说得对，吃成饕餮，图了个爽，其实未必真爽。"

老板看着我，突然很正式地说："我想跟你谈谈。"

我有些愕然，问："谈什么？"

他的神情一下子变得有些窘迫，支支吾吾了一阵，冒出一句："你是文化人，应该对吃的比较了解……"

我笑起来，说："别听他们胡说，其实我也是个俗人，为了一口吃的，专门寻过来，开了半个多小时的车。"

老板的脸上恢复了神采，他说："这里的好多人都是从城里特意赶过来的，那个房间里的也是，每次都讨添头，遇上好吃的，就想一次过足瘾，我给他们掐着量。"

"您做得对，其实任何东西，过头了就是不及。"我说。

老板点点头说："食物最早……是为了填饱肚子，往后才是为了吃好，吃好分好多种……你们大概吃的是情怀。”说着他自己先乐了起来，那颗像鸟窝一样凌乱的头缩在棉衣领子里抖动了半天。

屋子里的气氛欢乐了起来，老刀剔着鱼骨架上的肉屑说：“被你这么一说，这鱼的味道好像又好了一些。”他说着把鱼汤倒进了空碗里，盛了一勺子饭，拌起来说，“不能浪费，把每一滴精华都榨干净。”老板轻描淡写地说：“骨科医生动手术经常用锤子榔头，费体力，你多吃点，我不会说你。”

我看了看窗外乌黑的天，窗沿上传来簌簌声，好像真的下雪了。我问他：“为什么这么好的手艺要藏在偏僻的地方，而且定了规矩，只烧两桌？”老板笑了笑说：“不光你们吃的应该节制，我对烧鱼也是这个要求，烧多了难免失手，丢了门面，就违背了初衷。”我说：“懂了。”

蛋哥嬉皮笑脸地问：“听说你以前生活非常讲究？”

“听谁说的？”老板很警惕，他仿佛觉察到了这话背后不怀好意。

“据说你吃小笼包，一定要有一碟浸着姜丝的醋，炖鸡汤必须有几片火腿盖在上面，有这回事吗？”蛋哥笑嘻嘻地问。

“你跟我说是谁告诉你的，我就回答你，不然你得问说这话的人去。”

蛋哥笑笑，没有了下文。老板抹抹嘴巴，反击道：“记者这行当在以前也有，就是包打听，官方语言叫消息灵通人士。”我们都哈哈大笑起来。

本以为老板会拉开架势聊上半天，他却很快地离开了。我们又坐了一会儿，大概本来想聊一聊这个古怪的老板，可是终究谁也没说。仿佛在人家眼鼻底下，谈论人家，是件极冒险的事。

出来结账的时候，外面果然飘起了雪花，老板蹲在地上抽烟，安静得像个闲人。他看到我们出来，站了起来，蛋哥问他多少钱，他说：“老样子，付三百块算了。”我们会心一笑，老板接过钱，突然又从抽屉里抽出一张二十元，递给蛋哥说：“算了，看在你们这么远过来的分上，给你们打个折。”

一旁的老板娘正在清理水池，我看着她小心翼翼地把鲤鱼捞上来，养在旁边的水缸里，突然想起了我们那里的风俗，我说：“这鲤鱼我们那里叫元宝鱼，大多祭祀用，祭祀完了，就放生了，好像我们那里的人不吃这个鱼。”

老板愣了一下，蛋哥和老刀奇怪地看着我，那一刻很安静，我立马意识到自己讲错话了，装作没事地往外晃。老板尾随了出来，我注意到他的表情有点恍惚，仿佛怀了一桩重重的心事，他一直把我们送上了车。离开大樟树，车子在荒凉孤寂的乡村公路上行驶，车灯前的雪花恍如精灵，迎面扑来，又惊慌失措地躲开了，我突然之间感到狼狈起来。

过完年，天气略微转暖的时候，蛋哥给我打电话，他说节目已经做好了，最后还是做成了一期，工作量可想而知，他说我录节目的时候大概没有对着话筒说，单是调音就把他累垮了。他问我要不要先听一听节目效果，我说不听了，这本来就是个任务，完成就好了。我的不屑让蛋哥有点生气，他说我不尊重他的劳动成果，这可是他的心血。我说那就听一下吧。他说，那么勉强就算了。你来我往地相互数落之后，我们又慢慢地客气起来。

我说，下次再去大樟树，我请客，作为赔礼道歉。蛋哥说，得换个地方了，大樟树已经不灵光了。我一惊，问他怎么了。他说他前几天又约了几个朋友去那里，老板竟然不烧鲤鱼了，搞得大家都很惊讶。老板娘悄悄地跟他们抱怨，说不知道他哪根筋搭错了，突然决定就不烧鲤鱼了，怎么劝都没用。大家都图他那条鱼去，不烧鲤鱼了，很有可能生意都逃走了。老板娘说，不烧鲤鱼了，总得烧点别的鱼，味道在他心里，逃不走的，只要他肯烧，失去的客人们还会回来的。他说，那就烧花鲢吧。

鲤鱼自此在他饭馆里绝迹了。一个厨师，放着绝活不用，去搞研发，这多少有点冒险。不过他那个手艺，烧花鲢问题也不大，蛋哥他们也吃了，确实也比外面的馆子好，但蛋哥他们几个都是吃货，一般的菜不入他们口，而且他们也不喜欢跟外面的比，就跟他原来的红烧鲤鱼比，首先相貌上就逊了一大截，鲤鱼多漂亮啊！那花鲢就一段，身上还都是叮满了蚊子似的花斑，吃着吃着，就越来越觉得不及他原来的红烧鲤鱼。还有，老板娘原先的一团和气也消失了，那天厨房里两个人拌上了嘴，锅碗瓢盆拍得火星四溅，这吵吵闹闹的氛围让蛋哥觉得有点扫兴。

蛋哥说，原来开车半个多小时去吃鲤鱼，还兴冲冲的，现在要先在心里衡量一下了，跑这么远的路，值不值得。我心里一颤，想到了我之前说漏的话，会不会是我引起的呢？让一个厨师发慈悲，这不是要人家命吗？他烧菜是要谋生计的呀。

我跟蛋哥说，不管怎么样，有时间了还得去光顾人家的生意，至少我觉得在大樟树下吃饭，这种体验不是哪里都有的。蛋哥说，要去没问题呀，你多回来几趟，回来了就带你一起去。

这之后，我也回过几趟老家，和蛋哥、老刀联系，也常把“大樟树下吃鱼去”挂在嘴边，可仅仅限于过过嘴瘾，并不付诸行动。每次，他们两个都很忙，尤其是老刀，手机得二十四小时待机，经常有紧急的手术把他临时召唤回去。

到了五月的时候，我跟蛋哥说：“再忙也得去一趟了，夏天要来了。”当决定把一件事情搁在夏天去办了，我就觉得夏天会过得特别快，夏天一过，又得拖到下一年，而很有可能这之后都不会再发心去完成这件事。

蛋哥觉得我有偏执症，他总是希望老刀也能一起去。我说：“如果下次老刀还没空，就不管他了，一定要去。”蛋哥说：“好好好，陪你去发神经。”

随着大街上穿短袖的人越来越多，我挑了个周末回到老家。蛋哥已经等在火车站出口处，明晃晃的太阳让他眯起了眼睛，大蒜鼻尖上都是圆滚滚的汗珠，看到我出来，他嘻嘻笑着说：“你真会挑时间，这天气我对吃的提不起一点兴趣，不过大樟树下避暑纳凉，倒是个好去处。”我拍拍他的肩膀说：“别废话，走了。”

上了他的车，我问他后来去过大樟树没。蛋哥摇头晃脑地说：“没去过，花鲢哪里不能吃？”我说：“就不能再去看看那个老板？”蛋哥笑起来，他说：“老板又不是美女，美女我都看不过来，还有心思去看一个老头？”

到了大樟树，发现和前次来果然不一样，那棵巨大的古树刚换好新叶，阳光下鲜嫩的树叶泛着淡淡的光。樟树下的石板上坐着几个老人，清一色黑得发亮的皮肤，他们聊兴正浓。一个老汉说他老表的孙子最近得了国家科学家奖，而且是特等奖。他说，现在国家对科学十分重视，科学是最要紧的，没有科学，再多的钱都没用。

蛋哥冲我笑笑，他说："没事了来这里挺好，听他们吹吹牛，奇思妙想什么都有。"我的兴趣并不在这上面，扫视了一圈，竟然没看到那两张小方桌，心里不免有些失落。走近饭馆，那块写着"大樟树"三个字的木牌还在，推门进去，里面有点黑。一个声音从里屋传来："吃饭吗？"紧跟着，老板就从里面走了出来，他看到我和蛋哥，笑了笑说："是你们啊！好久没来了，我刚打算睡会午觉。"

蛋哥脸上有了些许难为情，他岔开话题问："怎么就你一个人，老板娘呢？"

老板迟疑了一下，开始刷锅，他说："哦，今年生意不太好，她去厂里上班了，我一个人也够了，管得过来。"

蛋哥坏笑着说："我知道生意不好的原因，主要你不烧鲤鱼了。"

老板停下来，看了我一眼，我感到浑身都不自在。他说："我就是这样，决定了的事不会改，爱吃吃，不爱吃拉倒，都这把年纪了，不想将就人了。"

我连忙打圆场："你的花鲢没吃过，来一份让我们尝尝。"

老板的脸色缓和了下来，他走到水池边，捞了一条花鲢上来，问："这条怎么样？"蛋哥说："太大了，吃不完。"老板说："这是最小的了，我可以两种烧法，鱼段红烧，鱼头炖豆腐汤。"蛋哥露出了为难的神色，我赶紧应承下来，又问："可不可以搬一张小桌到外面大樟树下？那里凉快，我们想去那儿吃。"

老板面露难色，他说："以前也没人提意见，今年生意不好后，有人出闲话了，说大樟树下垃圾成堆，赚钱归我一个人，环境得大家来分摊。我一气之下，就撤了那里的桌子，再也没去摆过。"

那天，我们只好又坐到了包厢里，老板亲自来开了空调，他说一会就冷了。过了好一阵，我们发现那机壳发黄的空调也不太管用，声音大得像风扇，吹出来的气也不冷。老板进来看了看空调说，可能氟利昂没有了。他又把厨房的排风扇拿了过来，那家伙劲太大，吹得桌上的塑料餐布狂舞不止。蛋哥笑得岔了气，他说：“这不行，台风里吃饭，谁受得了！”最后只好开了窗户，老板又找来两把破旧的麦草扇，说只能这么将就一下了。

他忙得满头大汗，对我们说：“以前她在，也没觉得她多重要，离开了，我相当于折了一只手，什么都得自己来。有时候想把她叫回来，可生意没以前好，叫回来又是负担，真是两难。”

我说：“你还可以烧鲤鱼啊，各地风俗不同，拿别人的忌讳来限制自己，也犯不着啊。”他愣了一下，然后坚决摇摇头说：“不弄了，放下的不会再要回来，我就是这么倔强。”

那天隔壁的那间包厢一直都没有人过来，蛋哥冲我眨眼睛：“说明不是我一个人口味挑，别人也挑。”我说：“味道不重要，我们吃的是情怀。”说实话，那天的花鲢端上来后，我也没有觉得味道很惊艳，可能是吃的人少了，花鲢不够新鲜，总感觉少了当初鲤鱼的生猛。蛋哥轻声说：“这家饭馆的牌子倒了，可能坚持不了多久就会关门了。”他唉声叹气地摇着头：“多好的饭馆啊，好端端的被自己折腾死了。”我也感受到了老板的艰难，他以前只烧一个菜，现在妥协了，什么都烧，洗菜也自己来，杀鱼也自己来，一个大厨师的架子都丢光了，约等于他的辉煌时代已经过去了。

我们潦草地对付完了那顿饭，从包厢里出来，看到老板在用抹布擦一个玻璃罐，玻璃罐是用来泡药酒的，器形还挺大，里面也没酒，灌了小半罐白色小丸。我们都见过人参、鹿茸、毒蛇啥的，这种比米粒大一点的白色小丸倒没见过，就问老板，那是什么好东西。

老板笑笑说，那不算好东西。他扶着那个玻璃罐说：“听说以前的刽子手每杀一人，都喜欢在刀把上刻一条纹路，杀到一定数量就收手了。我和那些杀人如麻的刽子手也差不多，不同的是，我是杀鱼如麻。”

我猛然间记起来，当时他烧的鲤鱼好像都被剜去了一颗眼珠子。我一凛，问道："那是鱼的眼珠吗？"老板点点头，他说："别看一天两条，时间会让人瞠目结舌。我有一天挪出这个罐子，想把发霉的鱼眼珠晒一晒，一倒出来，那数量吓到我了，成千上万的小眼睛看着我。我想，罢了，不烧了。"

回去的路上，我们沉默了好一阵，蛋哥嘀咕："没想到他还记这个账。"我说："可能换谁都纠结，不光是他，连我也感到为难，到底是吃还是不吃？"

我以为他的事情到这里就结束了，没想到过了几个月，老刀给我打电话，他说："你猜我遇到了谁？"我一头雾水，问："谁啊？"老刀说："大樟树的那个厨师，烧鲤鱼的那个厨师。"

事情是这样的。那天，老刀接到了急救室的电话，说送来了一个年纪很大的老人，摔了一跤，伤得蛮重的，让他赶紧过去看一下。老刀赶到急救室，发现那个老人躺在担架床上一直在哆嗦，他看上去真的挺老的，像一片挂在树枝上的枯叶，感觉随时会飘落到地上。老刀初步检查了一下，好像他的腿骨、盆腔都伤着了。他赶紧开了单子，让家属陪着老人去做全身 CT 检查。

结果出来了，盆腔粉碎性骨折，腿部也有两处骨折，得动手术。没想到家属说，老人家再过一个月就满一百岁了，这样的年纪上手术台，下不下得来都是个问题。他们建议老刀给他保守治疗，减轻点痛苦就行，能熬过去是老人自己的造化，熬不过去就这么认了。

老刀说，农村里的人都很现实，他们觉得这么大年纪是该走了。老人有三个儿子，两个都走在了他前头，再说自己长命百岁，活成了妖怪，膝下的人先走了，老人自己也厌世，不想再多活了。

说归说，老刀还是担心真出事了，家属会赖上医院，就让他们签了承诺书，家属们也都爽快，干脆利落地签了字。老人在医院里住了一个多月，并发症出来了，陷入了昏迷中，只能靠呼吸机维持生命。老刀开了出院证明，让他们把老人接回家。家属不放心，希望老刀能一起送老人回家。老刀当时就急了，在医院好歹还有单位护着，去了人家家里，这事要赖他头上，就真说不清楚了。他毫不客气地拒绝了，后来家属打了个电话，不久后，老刀就接到了院长的电话，说让他陪护一程。老刀想推脱，院长说，这户人家都是通情达理的人，你放心去，不会有事的。

老刀后来才弄明白，老人的一个侄孙在当卫生局局长，既然院长要求了，他只能硬着头皮去。临时充了一个氧气袋，挂在老人鼻子上。去了之后才知道老人的家就在大樟树，救护车拉着警报开进大樟树的时候，很多人都跑出来看热闹。

到了老人的家里，老刀说，氧气袋拔了，老先生就没了，你们自己决定什么时候拔，这个氧气袋也只能维持一两个小时。后来，他们商量着挑了一个时辰，老刀拔掉氧气袋，几个女眷象征性地哭了几声，还没热闹一阵就停了。

本来履行完分内的事，老刀也该回去交差了。没想到，老人庞大的家族都很客气，对老刀千恩万谢，非得留他吃晚饭。每一个人都对他说，难得有百岁老人这样的白喜事，这饭一定要吃。面对盛情相邀，老刀也被他们的热情打动了，就答应了下来。

老刀说，他也没事干，就坐在那里看大家忙忙碌碌，不时有人过来给他递烟，还陪他坐一会儿，聊几句无关痛痒的天。最有意思的是老人的家属都觉得气氛不够悲伤，喊来了一个专业哭丧的人。那个长得像一颗皱巴巴小土豆的人，问他们需要做为什么身份哭，他说什么身份都行，一个人一个价格，儿子女儿最贵，孙子孙女次之，侄子外孙表亲啥的，价格再便宜一点，后来一盘算，发现老人的家族过于庞大，一一哭不过来，就只好作团体哭的打算。

老刀说，那场景有趣极了，老人周围围满了亲人，但他们都在看热闹。那“小土豆”披麻戴孝，跟老人的家属说，我先哭几声给你们看看。结果一开口，气势恢宏，氛围搞得很浓烈，老人的家属都很满意。有人看到“小土豆”脸上挂泪，问他：“你真哭啊？眼泪都出来了！”他边哭边回答：“没有眼泪，我是哭不出来的。”就这样，双方很愉快地达成了交易。

老刀就坐在那里，听那“小土豆”一会儿装儿子，一会儿装孙子，句句催人泪下，哭的内容五花八门，条理都很清楚，仔细推敲，也不见明显的漏洞。

更绝的是，作为女儿身份哭的时候，他仿佛变了性，连声音都变得细细的，诉说衷肠的词凄楚婉约，唱得像戏文。

老刀本来想坐一会就走的，听哭丧入了迷，竟然一坐坐到了傍晚。

到了晚上，大樟树下摆了宴席，单是过来帮忙的人就凑了好几桌，老刀被家属安排在主桌，享受了座上宾的待遇。酒过三巡，不知道谁说了一声："应该让老庄来烧一条鲤鱼。"这个提议得到了大家的响应。有人说："老庄现在不烧鲤鱼了，不过今天是康太爷的大日子，应该可以破个例。"

有人跑去喊老庄，不久后，老刀看到大樟树的厨师被众人簇拥着过来，这次他穿得十分考究，簇新的厨师服，扎着厨师围揽，头顶上还戴着一顶崭新的厨师帽。他走进大堂，朝康太爷的遗体毕恭毕敬地拜了三拜，周围围满了会聚过来看热闹的人。

老刀说，听说大樟树的厨师要重新掌勺烧鲤鱼，大樟树的男女老少都出来了，感觉像一门失传的绝世武功重现江湖，大家都想亲眼一睹当年风采。

老庄还在做准备工作，有人就迫不及待地捧来了一条鲜活的大鲤鱼。他看了看，把鲤鱼接过来，抱在怀里还抚摸了几下。接下来发生了大家意想不到的一幕，老庄抱着鲤鱼一路小跑，在离大樟树不远的溪流里把它放生了。

众人纷纷错愕，老庄却回来了，他挽起袖子，问后厨有没有老一点的卤水豆腐。有人说，豆腐有的是，我们要看你烧鲤鱼，不是烧豆腐。老庄说："什么材料没关系，你们等着瞧吧。"

有人给老庄端来了豆腐，老庄说："太小了，得弄一版来。"马上有人给换了一版，老庄说："再弄一盆清水来，旁边放着。"大家这时候才注意到，老庄带来了一个牛皮套，解开来，里面都是精光闪闪的刀具。

老庄把端来的豆腐往跟前一放，闭上了眼睛，众人都屏住呼吸，瞪大了眼睛看着老庄，不知道他要干什么。老庄突然双眼睁得滚圆，眼眶中熠熠闪光，他的目光都集中到了眼前的这版豆腐上，只见他手握刀具开始在豆腐上停停走走，时而细腻婉约，仿佛于大山溪流深处，拨动琴弦，时而万马奔腾，如百川汇流，翻腾入海。

过了半晌，众人反应过来，他是以豆腐为原料，在雕刻鲤鱼。刀具在水盆和豆腐间来回游走，愈来愈疾，感觉刀锋处有热流倾泻而出。那版豆腐顷刻间仿佛有了生命，一条鲤鱼的形状出现在了众人面前。

老刀说，当时有种错觉，觉得这条鲤鱼就是从老庄心里游出来的。众人围着鲤鱼纷纷议论，说雕得太传神了，尤其是尾巴，仿佛还在划水。

雕刻完鲤鱼，老庄又调了藕粉，把它淋在了鲤鱼身上，开了炉火，热了油锅，把那条“鲤鱼”放进了油锅，片刻后，“鲤鱼”出锅，通体金黄色，形状也更加立体。有人高喊：“好！”众人纷纷开始鼓掌。

之后，老庄改用平底锅，把“鲤鱼”放了进去，“忽”一下，火苗蹿了起来，老庄身上的血液仿佛也跟着沸腾起来，他的勺子在一排调味料中穿梭，每一下都如蜻蜓点水，拍入锅中后，不时有火焰蹿起，但也转瞬就熄灭，那些火焰仿佛出自魔术师之手，一明一灭，任由他掌控着，那条“鲤鱼”在各种变幻中滋生出神奇的香味。一阵眼花缭乱的烹饪后，“鲤鱼”终于出锅了，它摆在一口清水瓷盘中，形象呼之欲出。

但这并没有完，老庄又调了番茄咖喱酱，他仿佛化身为神奇的画师，用那把已入化境的勺子往“鲤鱼”尾巴上轻轻一泼，红黄相间的色彩恰到好处，一分不多，一分不少。众人暗暗惊叹眼前的景象。老庄又调上了黑芝麻酱，转眼间，从牛皮套中抽出一支细毫，蘸了黑芝麻酱，点了“鲤鱼”的眼睛。

至此，他袖子一甩，扔了细毫，大喊三声，颓然坐于地上。众人纷纷去扶他，却见他已伏在地上，抽动着双肩。

那条“鲤鱼”被端上了桌，被无数双虎视眈眈的眼睛盯着，但大家仔细一看，都噤了声，因为那条“鲤鱼”仿佛活了，它的眼睛炯炯有神，在瓷盘中看着大家。这会儿，叫好声也没了，嘈杂的环境安静了下来，谁也不敢先动筷子，就这么静静地对视着。

僵持了很久，人群中有人嘀咕：“吃不得啊，太吓人了！”大家面面相觑，不知该如何收场。这时候，不知谁提示了一下，大家纷纷把注意力转到了墙上的康太爷，他正笑眯眯地看着大家，这一来一往，就把他和鲤鱼牵上了线。缓过神来之后，大家七手八脚地抬起那条“鲤鱼”摆到了康太爷的灵前。之后，人群才开始慢慢地活泛过来。

天　水

朱　辉*

一

青龙山绵延巍峨。初春时节，万物萌发，山坡上色彩斑斓。最绚烂的是油菜花，一开就是一大片，很汹涌的样子，好像要淌下来，铺满整个山坡。其实每一片油菜花都有自己的主人，泾渭分明，边界清晰。那些住在山坡上的人家，把房前屋后的地平整了，随意种些东西。更多的山地荒着，稀稀拉拉地长着灌木；间或有一些松柏，立在奇形怪状的岩石边。

山上有座宝严寺。山道弯弯，蜿蜒而上，香客络绎不绝。山道铺着石阶，陡而弯，像一条盘旋的长龙。慢慢爬上去，得要半小时，体力好的也渐渐开始喘气，不时有人停下来歇歇。路两边杂草丛生，鸟鸣啁啾，有人不声不响在地里忙活，这是日常的光景，游人们并不在意。

离寺不远的拐弯处，有个人在挖土。他显然不是在种地，也不像是在栽树，栽树不需要挖这么大、这么深。有人好奇，见人家忙得满身大汗，也不好意思开口了。沿途有不少算命打卦的人，面前摆块木板，或是挂一面旗子，高深莫测地蹲在路边，卖香的小贩们已经在前面热情地招呼。抬头望去，香云缭绕，

---

* 朱辉，男，1963 年生，江苏兴化人，现居南京，《雨花》杂志主编。出版有长篇小说和小说集多部。曾获汪曾祺文学奖、《作家》“金短篇”小说奖、《小说选刊》年度短篇小说奖、第七届鲁迅文学奖等。

宝严寺已露出了一角，于是鼓鼓劲，继续往上爬。

阿贵停下手里的锹，拄着，喘口气。这地一半石头一半土，挖起来吃劲。他身上汗津津的，山风一吹，一身鸡皮疙瘩。山上传来悠扬的钟磬声，和尚们在做晚课了。阿贵搓搓手，刚拿起镐头，小芸过来了。小芸是他女儿，正上高中，她放学回来了。小芸问：爹，你干啥呢？

阿贵扬起了镐头往下刨，没说话。

小芸说：这地方能种出啥呀？

阿贵停住手，说你先回家吧。

山道上，卖香的桂英笑着说：你爹挖金子哩。

阿贵笑笑，并不接话，让小芸先回家。自从开挖，就不断有乡邻问他，这是要干啥，他都说挖树根啦，取土啊，总之随口胡扯一句，搞得人家云里雾里，觉得他是发神经，吃饱了撑的。撑的就撑的吧，他要干什么，自己清楚得很。

镐头震得虎口都疼。太阳下山了，天色已向晚，阿贵把挖出的石头搬到一边，拎上大锹镐头回家了。他家就在东边不远处，两上两下的小砖楼。他擦把脸，朝桌子底下瞅瞅。那儿扔着个两尺多长的龙头，石头的，他拿脚踢踢，石龙头十分敦实，只稍稍晃一晃。

手机响了，是卖水泥和沙子的，他们约时间送货上门。小芸在厨房里煮饭，阿贵大声说：送水泥的人来了，别让他们摆家里，直接送到我那儿。小芸说人家要是不肯呢？阿贵说，不送到坑边就不给钱！又想起一件事，吩咐道：家里的零钱你不要花掉，你抽屉里那些钢镚，都给我留着。

二

阿贵看起来普通，和镇上其他人没什么不同，但他是见过世面的。他闯过江湖。

挖坑到底要做什么，他倒不是故意要瞒着女儿。他喜欢不哼不哈地做一件事，胸有成竹，出水才见两腿泥。早些年，大家都起了发财的心，各有各的路，各有各的招，但这地方人多地少，又全是山地，地里是刨不出钱的。阿贵是个心野的人，他不愿窝在山镇。人家到青龙山旅游，他跑到山外转悠，不承想也就找到了路子。

本来是想耍猴的，那个来钱快。但山上早就没有猴子了，有猴子他也捉不到，捉到了也没师傅教他。他在省城落下脚来，弄了十几个玩具猴子摆在地上，自己动手做了一大把竹圈，做起了套圈的生意。谁套到就把猴子拿走，他再补上。一大片猴子，重点是最远处的龙头，这是他最重的家什，从老家带来的，谁套到龙头就赢十块，套一次五块。这个最来钱，没有人不觉得自己很容易套上，你平平地摆上去确实也套得上，但阿贵做竹圈很有诀窍，要的就是你觉得手到擒来，却必定会输钱。

套圈的场子摆在省城最大的公园门口，大半年都没事，有一天却被人打跑了。隔三岔五来捣个蛋他也不惧，公园边混饭吃的小混混闹过，输急了眼的游人也吵过，甚至城管也来赶过，阿贵把猴子收收走开，一会儿再回来开张。龙头他都不带走，反正摆在那儿也没人要。但这次不行了，他撑不住了，先是输急了眼的一个小伙子开骂，然后很多小混混来助拳，最后城管来了，卡车一停，哗啦啦下来十几个戴大盖帽的，猴子被踢得乱飞，老龙头也被抄走了，连他都被逮上了车。他打躬作揖写保证，这才被放出来。放出来他不走，又在那里赖了一天，交了罚款才把龙头要回来。

这些事他回到镇上当然不说，吹的都是光辉事迹。在家蹲了多半年，还是闷不住。那时他老婆还在，小芸上学，他跟老婆说出去打工，在小芸床头放一个摆地摊剩下的猴子，又走了。这次他没有带上龙头，太重，他不是出去打工，是打拳，兼带表演气功。其实青龙山并不是嵩山，宝严寺就是建起来也不是少林寺，他有个鬼的武功。不过没吃过猪肉也见过猪跑，这地方民风彪悍，会武的人真不少，看得多了，花拳绣腿他也能来两下。就靠这两下子，套猴子那一回，那么多人一齐来，他才没有断胳臂折腿。气功是他自己琢磨出来的。气这个东西，看不见摸不着，说没就没，说有就有。

这样又在外面混了两年，还带了一个徒弟小龙。小龙也是山区的，老家离他们镇子百把里，老是到他场子边看热闹，他看上小龙骨骼清奇，脑瓜子灵，就带上一起干。也确实需要这么个帮手。他表演的气功很威武，劈砖。三块五块，最多六块砖头，他扎个马步，运运气，吼一声，一掌下去，砖头全断成两半。端着铜锣转一圈：在下功夫粗浅，初来贵地，有钱的捧个钱场，没钱的捧个人场……一圈转下来，铜锣总能增加点分量。小龙当助手，热场打锣，吆喝收钱他就不出面了，劈砖头还是他亲自上阵。小龙还管搬砖垒砖，他们用的砖头都不是现场捡的，城里干净，你也捡不到。要把砖头搬到场子，没把子力气还真不行。小龙也不白干，阿贵带他分钱。

确实是能挣到钱，回镇上就带回去。小芸抽屉里有很多钢镚，一抓一大把，都是那时留下的。不过武功这行当，他干了年把也不干了。原因很多，最主要的是老婆病了，拖了一年多，他不得不回去。这时青龙山的宝严寺也建起来了，据说不少人家找到了挣钱的新门道，他也想回去看看。其实他的气功做不下去，还有原因，但具体情况，他绝口不提。他也到宝严寺请过香许过愿，但老婆的病还是越来越重，终于撒手去了。他只得陪着女儿在家里住了下来。

他没事就在地里转悠，到宝严寺看看。宝严寺不大，也就是个大四合院。正殿里供着释迦牟尼和他的两个弟子，阿难、迦叶，两边有八大金刚护法。也有东西配殿和藏经阁，但藏经阁一年到头关着，透过窗户看进去，看不到有多少佛经。寺建在半山腰，前面是一块平地，立着大香炉。一面照壁，上写：度一切苦厄。

据说宝严寺始建于唐代，历朝均有修缮，几十年前，当然是彻底平掉了。这些年市井兴旺，才在原地建起来。住持带着几个和尚，暮鼓晨钟，井井有条。

虽说规模不大，但香火很盛。初一、十五人最多，主要是四乡八舍的本地人；其他的日子则游客居多，双休日更热闹。青龙山本就是风景名胜，山峰奇崛，外地人慕名而来，顺便也来敬香拜佛，求的无非是遇难成祥，升官发财，诸事顺心。阿贵也往功德箱里布施过二十块钱，两张，老婆死后他突然想起自己的钱来，他肯定自己塞进去的两张票子早已不在里面了。

小芸上学也要花钱，她抽屉里的钢镚都见少，阿贵岂能坐吃山空？他家在山脚，宝严寺就在半山腰，俗话说靠山吃山，靠水吃水，但那么多人靠着宝严寺，却只会卖香，挖笋采蘑菇卖山珍，开农家乐；还有的戴副墨镜，装瞎子算命打卦，都是老路子。阿贵的墨镜倒是现成，是玩气功时摆威武的，但他瞧不上这些营生——格局太低，高度不够！那些漫山遍野挖笋的，就是把山挖平了，又能挖出几个钱来？他思着想着，突然眼睛发亮，福至心灵了。他到自家那块地里转了一圈，呵呵笑了起来。回到家，找到了铁锹，又找镐头。没找到，他去镇上买了一把。

三

他天天不声不响地挖坑，心里很羡慕寺里的住持庭空。庭空有一天晚课后，出寺到下面看了看，他站了半天，阿贵不理他。他单手在胸前一立，没说什么就走了。阿贵挖的坑离山道也还有段距离，他不好干预。坑已有一间房子大小，也就半人深。阿贵还没有停工的意思。还是小和尚先发现了蹊跷，他到坑边去的时候，看见水坑已经用石头衬了里，阿贵正和一个帮手合力把一个石龙头往池壁上安。洞是留好的，大小合适，龙头一冲就顶进去了。阿贵仔细在龙头周围补着水泥。小和尚摸摸光头，忍不住问：这位施主你，你弄这个做什么？他想问是不是养鱼，却觉得不像。阿贵笑嘻嘻地接道：我养鱼哩。小和尚想：这不成了放生池吗？可这也太浅太小了啊，想再问，见阿贵笑得怪异，就匆匆走了。

他回去告诉师傅，庭空半晌没说话，只念了一声阿弥陀佛。

水池是傍晚完工的。第二天，上山的香客们路过这里，谁也没有在意这个水池；看到了，也没往心里去。赶早做生意的乡邻们，站在山道上指指点点，七嘴八舌。池子里已汇了半池水，龙头伸出池壁，龙口张开，上唇高抬，眼珠突出，十分威武。龙头映在水里，是个双龙戏珠的架势，一只青蛙在水里游得悠闲自在。这些人都不晓得阿贵曾做过猴子套圈的生意，他们当然想不出池子的用途。连算命打卦、号称能预知后事的李半仙也咂着嘴巴，说不出个所以然。

青山幽幽，虫鸣鸟唱。阿贵一天都没有到这里来。小芸来了一回，随你怎么问她都不应声，看了一眼就走了。

第三天早上，有个人在池子那里大呼小叫。他无意间发现，池子里龙头的下面，有什么东西闪闪发亮。仔细一看，是钱，一块钱的钢镚，好几个！他又惊又喜，想去捞起来，却不敢。宝严寺的檐角威严地伸向天空，他不怕身上搞湿，怕的是佛祖怪罪。他是个外地来的游客，见多识广，脑袋一转就懂了。他从口袋摸出几个钱来，隔着池子站好，瞄准龙头，手一扬，钢镚当的一声，掉到水里去了。再扔，还是不行。他稳稳神站好，又一扔，钢镚飞出弧线，落到了龙口里。他大喜，双手合十，嘴里嘟嘟囔囔也不知说了些什么。

很多人围着看。马上就有人学样。一对外地的小夫妻，他们的准头显然不行，男的扔到第五个才扔进龙嘴，那女的钢镚都扔完了还没扔进去，都要哭了。男的在她脸上亲一口，连哄带劝才把她拉走。

阿贵站在他家的平顶上看着这一幕，嘻嘻笑了。人家种田，他阿贵是在种钱哩。那第一个朝龙嘴扔钱的倒蛮帮忙的，他本来安排小芸去示范，丫头就是不肯。小芸示范的效果当然比不上游人自发，阿贵下了平顶，朝池子那边伸个大拇指，恨不得去敬那人一支烟。不过女儿也不是一点用没有，她抽屉里的钢镚就派上了用场。他拍拍小芸的脑袋，小芸头让一下，嘴里喊一声，以示不屑。

阿贵说：我这可是个聚宝盆哩！

四

小芸不怎么听话，她妈在世时母女俩还常常叽叽咕咕说私房话，她妈一走，小芸跟他爹没话说。一说就顶。功课原本就不算好，现在呢，不开心了，有时连学校都不肯去，整天抱着个手机，阿贵拿她没办法。今后她少不得要花钱，幸亏这池子终究是做成了。谁能想到，那个早年在山上捡来的龙头，还能派上这个用场？

龙遇水而兴，果然要和水配在一起才有灵性。龙嘴里，滴答滴答地往池子里滴水，这就是个细水长流的景象。流水账流水账，说的不就是流来的钱吗？他挖池子的时候就明白自己挖的是个聚宝盆，但不能朝外说，想不到，“许愿池”这名字倒传开来了。镇上人这么喊，外地客还有访着这个名字来找的。其实，哪里需要找呢，你到青龙山，宝严寺必去；要到宝严寺，只有山道一条；山道弯曲盘旋，你朝东随意张望，许愿池迟早会跳入你的眼帘。下山道往东一拐，十几二十步路就到了。

到宝严寺来的人，多少都带着点心愿。都说许愿池很灵。扔钱祝祷的人，不会注意到不远处的那栋两层砖楼上，有个人正朝这边张望。

阿贵现在最喜欢他家的平顶。他搬一把躺椅，惬意地在楼顶晒太阳。他眯着眼，扭头朝池子那边看看，太阳光金晃晃、银灿灿的，发出叮叮当当的声音，真好听。他基本上不要操心生计了，每天要做的就一件事：去捞钱。他做了个平头的抄子，人不要下水，贴着池底来回抄几趟，基本能做到一钱不漏；漏几个也不要紧，这是必然的，也是必需的，漏下来的正好做引子。

真是络绎不绝哩，有时候居然要排队。池子到山道的那一段路，常常站满了人。池水渗出来，地上有点湿滑，阿贵弄了些砖头来，把路铺平垫高了，这一来，许愿池就成了宝严寺的一部分——至少外地的香客是这么看的。池子里每天收获的钢镚都有斤把重，有时候有好几斤。他开始还用秤来称称，后来懒得称了，他有数。一块的，八十几个一斤，里面要是五角的多，那就是一斤一百个上下。他捏着个一元的钢镚，手指一弹，凑到耳边，想听到袁大头的嗡嗡声。他当然听不到，不过他不计较。

这是钱。是源源不断的钱啊。

有时也有点好奇，那些来许愿的男女，他们叽叽咕咕的，许的是些什么愿呢？人家当然不会告诉他，他只知道他自己去宝严寺，要的是“万事如意，心想事成”，这包罗万象，包括了老婆的病能好，自然也包括发财。他在佛面前绝不提发财两个字，在佛前露底不好。这不，他可不是心想事成了吗？当然了，其他的心愿他也还有，主要是关于小芸。他盼望着女儿出息，嫁个好人，有个好前程。就这一个女儿，他还指着她养老哩。

宝严寺他不再去了，总觉得瞒了佛，有点不好意思。突然又得意起来：连孙悟空都不能翻出如来佛的手掌心，他这不是在如来佛脚下翻了个漂亮的筋斗吗？

四乡八舍都知道阿贵发财了。邻居们很懊恼，自己怎么就想不出这般好主意。他们也有地离山道不远，但他们没有那个龙头，都说有神灵附在上面。谁有那个龙头，就是老天赏饭吃。阿贵去捞钱，都是半夜，没有人去看过，只看见池子那边有光亮，手电筒乱晃。渐渐地传得神了，说有人晚上抢在阿贵前面去捞钱，钱都捞到了，又起了贪心，站到龙头上跳，想把龙头偷走，突然眼前闪过一道金光，龙头一摇，一头栽下来，腿都摔断了。

谁也没有看见，也不知道摔断腿的是谁，但大家都信。这阿贵肯定是“放阴”了，池子动不得。“放阴”是他们祖祖辈辈的习俗，捉野物的笼子套子夹子之类，别人安好的，你动不得，看见野物在挣扎你也不能碰——人家是放了阴的，动了就要有灾殃。所以阿贵的许愿池，你只能眼馋。本地人遇到事，忍不住要许愿，他们也到这个池子来，只不过投钱时有点不甘心，扔的多是一角五角的，算是还了个价。

阿贵对别人许什么愿已经没多大兴趣了，唯一希望的，是他们不要学精了使坏，诅咒这个池子垮掉。那边，几个年轻人扔钱时嘻嘻哈哈地打闹，阿贵觉得他们不够严肃，有些不满。忽然，他眼睛亮了一下，心中一惊。他似乎看到了一个熟悉的身影。

五

转眼间就到了雨季。天晴一阵，阴一阵，得空就下雨。雨时大时小，山道湿漉漉的，发亮。许愿池里的龙头，滴水成了线，幸亏水池原本就有渗漏，漫不出。

阿贵心里隐隐有些不安。水池边的小伙子那天他没看真切，这让他有点没底。这池子怕不会就这么顺风顺水的，他担心有人打横炮。果不其然，怕什么来什么。中午时分，镇上的李副镇长到他家来了，开口就说他无事不登三宝殿。他把阿贵喊到池子边，说：你这是私挖山地。

阿贵说：这是我的地，我想挖就挖。

李镇长说：你没有手续，要取缔。

阿贵手朝山坡一舞说：人家满山挖笋采药你不管，乱圈山地养鸡养鸭你也不管，你管我个在自家地里做景观的！我这是美化环境哩！

李镇长瞪大眼睛：你这是景观？

阿贵笑而不语。池子里有几条小鱼，优哉游哉在吃水。一共四条，他放进去两条，另两条不知是生出来的，还是钻进去的。见有人说话，惊到池底去了。

李镇长说：你这是搞迷信，是截和！

阿贵说：搞迷信是搞迷信，截和是赌博，两码事嘛，我到底是个啥罪名？你不要乱扣帽子哎！

镇长说不出话。这时已有不少人围观，鼓噪起来，乱哄哄，但听不出态度。镇长面子下不来，气呼呼地说：你嘴凶，强拆！这不就是搞迷信吗？这时有人插话道：还真不能算搞迷信。众人都看他。他指着山上说：这是搞迷信，那宝严寺算啥？

镇长语塞。这个问题不好回答，他也怕触霉头。那插话的凑过去，小声说：人家就是个景观，外地人到这里随喜随喜，不也增加客流吗？没坏处。强拆你还要费工，这地方，挖掘机都上不来的。

这话大家其实都听见了。镇长不能㞞下去，说：反正我们要采取措施。你等着瞧——你是谁？关你什么事？

插话的笑道：我路过的。

宝严寺的小和尚也站在山道上看。他僧衣僧鞋，光头亮亮的，他大声说：这龙头是我们寺里的，要物归原主。善哉善哉。他文绉绉的，大家全笑起来。镇长说：这我们不管。池子要有措施。

镇长说完甩手走了。他何尝想管这种事？自古以来，民不举官不究，但既然出面说了话，总不能就这么拉倒。第二天镇上来了两个人，带来一段铁丝网，往岔道前一立。不过一天过后，就被人扯掉了。铁丝网有弹性，卷成一团，沿山坡滚出去老远，绞上了许多残枝败叶，像个大刺猬。

阿贵一眼就看见了那个插话帮腔的，他心里咯一咯噔。他回家，那人也跟来了。阿贵佯装看不见。师傅！那人拱一拱手行礼，阿贵耷拉的眼皮抬一抬，还是不理。是小龙，他徒弟。鬼精着哩。小龙说：师傅，你是师傅，大人不记小人过，我还是念着师傅的好。他正色说：有个事，师傅你要小心。阿贵斜眼看看他。小龙说：你不得不防着哩。阿贵说：你说镇上？小龙说：不是。他们不会掀大浪。

小龙还真说得不错。第二天铁丝网拦起，阿贵要去扯掉，被小龙拦住，说不要你动手，自有人出手，许愿的比你急。他还真说对了。他说麻烦还是在龙头上，龙头是宝严寺的，那小和尚嘴里善哉善哉，你不得不防啊。

铁丝网被拉掉不久，小和尚果真来了。阿贵跟着他来到池边。小和尚板着脸，双手合十，手一指那龙头道：这龙头是我们宝严寺的滴水。我要拿走。

那会儿雨住了，龙嘴往下滴水，滴答滴答，像是在说小和尚所言不虚。

阿贵笑眯眯的，看着他不说话。

小和尚说：这是宝严寺基台上的物件，一共四个，大前年重建，还少两个，有一个就在这儿。

小龙说：不对啊，你们寺里，不是四个全在吗？我们都看见的。小芸说：是呀是呀，四个，一个不少。她放学了，看见和尚来要龙头，也跟过来帮腔。

小芸长得很俏，小和尚脸一红，立即又沉下脸说：有两个是找人雕的，不是真的，真的是这个。

小龙说：你口说无凭，你说是你的就是你的啦？

小芸说：是啊是啊。

当面锣对面鼓的是小龙小芸，小和尚知道阿贵才是正主儿，对着他说：你不知道，这龙头不是龙，叫螭，这物件叫螭首。龙生九子，螭排第九。螭专管排水，这叫螭首散水……

小芸嘴一撇打断他道：你这小和尚，颠三倒四，又说是龙，又说是螭。我们不晓得什么螭不螭的，你叫它，螭！螭！——你把它叫应了就是你的。

阿贵没想到小和尚说起来一套一套的，本有些慌张，却发现女儿管用了，既贴心，又会说。不等他开口，小龙嗤笑道：小师父，我们都看见了，你叫它螭，它没搭理你，也不见得会跟你走；我们叫它龙，它倒是还待在这儿。情况就是这么个情况。

小和尚气得结结巴巴指着小龙。如果不是戒律不许“口出恶言”，他就要骂人了。阿贵也觉得小龙的话有点无赖，笑嘻嘻地上前说：你说是你们的，宝严寺我们也不敢得罪，这样吧，龙头我卸下来，拿到寺里比比，要是和你们那里的一样，那就留在寺里，这总行了吧？

小和尚大喜过望。他一个出家人，总不能动手抢，人家既这么说，他只能念着阿弥陀佛，合着掌表示感谢。小龙动手，阿贵帮忙，两人三下五除二就把龙头卸下来，搬上了山。住持庭空从殿里迎出来，手执念珠，站在一边。

他们围着正殿走了一圈。基台四角，四个龙头，翘首四方。两个是老龙头，另两个是新的，任谁一眼都能看出；两个老的和小龙手上的一模一样，这也一目了然。小和尚面有得色，不想阿贵突然问：这石梁都还是原来的，对不？

小和尚脱口道：对。

阿贵说：那我们得对一对。断口对得上，就是寺里的。他的意思是，对不上就不认。小和尚要反对，却觉得说不出理由。庭空一言不发，只远远望着。小龙腿脚快，片刻工夫就去把锤子凿子拿来了，还拎着半桶水泥。那新龙头用水泥接在石梁上，断口敷得平平的。小龙抄起家伙就开干，抬头说：放心，保证还给你弄好。片刻工夫，两个新龙头下来了，带来的龙头往上一比，不对；再比第二个，也是不对。小和尚丈二和尚摸不着头脑。他看着石梁两头乱七八糟，一片狼藉，皱着眉头嘟嘟哝哝地念叨：罪过罪过。小芸说：你瞎说八道，就是罪过。小龙笑道：我马上给你恢复原样，看都看不出。

他手脚真是麻利。两个新龙头又安回去了，水泥一敷，确实不容易看出。阿贵找来砖头，仔细在龙头下垫好，朝正殿拱拱手，带着龙头下山去了。

小和尚慢慢走近师父身边，低着头不敢说话。有山风掠过，松涛阵阵。庭空说：佛家说的三毒，你还记得吗？

小和尚说：记得。贪、嗔、痴。

庭空颔首道：世人皆痴，执念在心；贪，也在所难免；但你不该嗔。

小和尚红着脸点头。阿贵三人迤逦而去，下了山道，走向镜子般的水池。小和尚忍不住指着那条岔路说：师父，他们这不是旁门左道吗？他忍住了“歪路”这两个字。庭空看他一眼说：什么是嗔？嗔就是怒。

六

阿贵三人下去，就手把龙头又安好了。龙头比以前短了一截，不过没关系，谁会注意这个？小龙精壮结实，是个好劳力，他下水，阿贵站在池子边比画比画就行了。小龙已经管了用，但阿贵对他总有点心存狐疑。

寺里来讨龙头，若不是依了小龙的主意，提前把龙脖子敲掉一截，还真不好收场。他跟小龙本就是萍水相逢，并不知根知底，这小子满脑瓜子都是小聪明，害得阿贵气功玩不下去的就是他。阿贵会个屁功，砸的砖都是断砖，用胶水粘过的。那天他拉开架势，几掌下去，砖纹丝不动。他傻眼了。硬着头皮再劈，掌缘都破了，砖头也不理他。观众鼓噪起来，这小子站在一边讪笑。阿贵在哄笑中落荒而逃，还没忘掉带走一块砖头。回去一看他就明白了：砖头被换了，全是整砖！再找小龙，早没影儿了。

他算是被结结实实坑过一回，想来是为分钱。听说小龙后来去推销胶水，也不知道真假，恐怕混得也不怎么好。现在他又跑过来，贴心贴肺的，浑身像是涂了胶水。他们都绝口不提砖头的事。小龙又勤快又卖力，识相得很，阿贵不好赶他走，让他暂时住在院子里的小屋里。

阿贵有自己的算盘。他家需要个壮劳力，小龙各项农活样样上手，也不提钱，过了秋收再叫他走人不迟。另外呢，小芸也不反感他，他见多识广，时常逗得小芸咯咯笑，丫头还变文静了，很少再跟他这当爹的顶嘴；也肯去学校了，虽不知道成绩有没有长进，但至少不逃学了。小龙有一次还当着阿贵的面，说她要好好读书，男人怎么都好混的，打工耍猴打拳卖狗皮膏药都有饭吃，女人最好还要读书。阿贵心里暗暗点头。

池子的人流最近却不太旺。原因很明了，雨季。这雨你可以说是每天下一两场，也可以说是一场雨下了两个多月，时大时小，地上总也不干。山道湿滑，游人零落，许愿池自然也清淡。阿贵有些着急。必须想想办法了。

毕竟是年轻人，小龙有天把手机举过来让他看，原来是他的池子，上网了，还配了音！小龙拿腔拿调地说着普通话，这池子怎么走，多么灵；拍得也讲究，先是宝严寺，高大巍峨，然后是山道，一拐，就是许愿池；有不少人在默祷，扔钱。

年轻人的脑瓜子就是好使啊，他阿贵怎么也不会想到这一招。小芸也佩服地看着小龙，还四处转发。不过宣传的手段进步了，来许愿的人并没有增加多少。青龙山地处偏僻，连绵阴雨，来宝严寺的人少，许愿池也就不得兴旺。阿贵发愁，在家里摔锅打盆，发无名火。还是小龙，又出新招，也许小芸也跟着帮了忙，阿贵事先并不晓得。但传言比山风还跑得快，吹得远，他很快就听说，本县有人买彩票中了大奖，有说两百万的，还有的说是五百万，数字大得吓死人。阿贵不买彩票，也完全不懂，他只关心他的池子，只要细水长流，他也会有很多钱，彩票不关他的事。可这传言慢慢有点怪了，朝他这边聚过来了，很多人都说中奖的就在他们镇上，那人蒙了个猴脸去领的奖，他们在电视上看见了；还说中奖的人买了好几年彩票，一直不中，到阿贵的池子许了个愿，天上就掉了个大馅饼。有人狐疑地看着阿贵，说难不成中奖的就是你？阿贵一愣，说他瞎扯淡。

大家都在瞎猜。也有人说中奖的是小龙，小龙的回答是扯鸡巴淡。小芸更简单，谁到她家试探，她就叫人滚蛋。算命的李瞎子不好好去骗人，也来转悠，小芸说：你不是号称半仙吗？要中也是你中啊，你想钱想疯咯？最后还是两个字：滚蛋！

那一阵子镇上人彼此串门，互相打听，还探头探脑的。他们认为只要发现领奖时那人戴的猴子面具，那就真相大白了。他们还没发现猴子面具，阿贵的池子又开始兴旺了，不但尽复旧观，人比此前还要多。这是把池子暂时和宝严寺隔开了，许愿池专管发财。湿淋淋的天气，浇不灭发财梦。山道上人来客往，池子前许愿扔钱的人源源不断。阿贵喜出望外。他虽不知道这事的内幕，也猜出是小龙的手段。晚上喝酒，师徒俩对喝，小芸风摆柳似的端菜盛饭。她掏出手机给他爹看。是一段视频，升级了，更高端了。这次没有宝严寺的镜头，直接是好多人在排队许愿，扔钱扔得叮叮当当的。龙头在滴水，水池里钢镚落了无数，像是池子里刚杀过鱼，一大片鱼鳞。小龙这次不再配音，站在池边直接说：奖池懂不懂？这就是奖池啊！池子里水少，你中了，得的钱就少，等池子里水满了，你运气一到，水坝都兜不住，全是你的！这话很搞笑，小芸扑哧笑起来，手机里也笑了一声。这下阿贵知道，视频是小芸拍的。

阿贵平生不服人，可这会儿他有点服小龙。这小子鬼点子比鱼子都多。他当然看出小龙对小芸有意思，说不定他这次就是冲着小芸来的。但那砖头的事，就像胶水一样，一时洗不掉。他就这么个养老的女儿，小龙是个做上门女婿的人吗？他阿贵未见得弄得过他呢！

最上心的还是池子。只有这个，才山高水长。如果那龙头的水能一直就这么滴着流着，他何愁等不到个称心的女婿？雨歇时，他站上二楼平台，看着人往龙嘴里扔钱，有模有样地祝祷，心中不免暗暗发笑：你们就想一把几百万，真黑心，哪有这种好事？还是细水长流的好。

七

小龙的招数确有奇效，但考虑后果，阿贵认为，也只能算是中策。说下策当然过分，那是得了便宜还卖乖，阿贵捞钱的抄子确实是重了；上策呢，肯定说不上。镇上人对他的态度显然大不如前了，阴阳怪气的，皮笑肉不笑。唯一诚心夸他的，也就镇上那个独家卖彩票的，可他对那个视频还有意见，要是说明中奖的彩票就是在本镇买的，那才够意思。

李镇长已久不登门，那天忽然又来了。他是干部，他不东张西望，却有点东拉西扯。大家都没有提铁丝网的事，阿贵敬烟递茶，满脸是笑，但心里寸着劲儿。李镇长说起脱贫，说起旅游，说宝严寺贡献不小，顺嘴也说，阿贵的池子对提升本镇知名度也有贡献：往低里说，你这是拾遗补阙，另辟蹊径；往高里说，这也是对美好生活的追求嘛——亏你想得出这个主意！他说得高兴，反过来给阿贵递烟了。这是有史以来镇领导递来的第一根烟，阿贵装作无所谓，给李镇长也把烟点上。李镇长站起身，走到门口，看着山上宝严寺的飞檐说：你这池子和宝严寺是同生共存，没有寺，你这池子也谈不上，对不对？他唉了一声，说：这老和尚也是个死脑筋，有人撺掇，说宝严寺应该弄个许愿池，他还不肯，说宝严寺原本就有格局，千年不易，不能妄动，说什么妄动源于妄念，佛祖不许。阿贵心里怔一下，干笑着说对对。李镇长转脸看着他：对什么？你就想着你的池子！阿贵赔笑，心想什么有人去跟老和尚说，恐怕就是你去说。李镇长看着远处的山道问阿贵：有没有看见路被雨水冲坏了一段，不少石头塌下去了？阿贵摇头说没在意。李镇长说：你不走这条路吗？真要等石头滚下来砸到你头上你才看见？

阿贵说：我是真没看见。

哦哦，坏的是上面的路，李镇长说，不怪你，你不去寺里所以没看见。他话锋一转道，你就没想到做点好事，把山道修修？

阿贵说：我哪弄得动啊？奔五十的人了，身子骨不行了，干不动了。

干不动，出点钱也一样。李镇长说，要致富先修路，你是先致富，再修点路。散财布施嘛，这道理还要我多说？

这想必不是小钱，阿贵不吭气。小芸从学校回来了，已经站边上听了一会儿，插话说：我爹哪来那个钱？你别听他们瞎说，我家可没中奖。他们瞎放屁！

我说你们中奖了吗？镇长脸拉下来了，中奖不中奖，只有那人自己心里有数，国家也保密的。不中奖就不能做点公益吗？说完气哼哼地甩手走了。

外面雨大了些，李镇长大咧咧不惧风雨。阿贵拿把伞追在后面，但总兜不住镇长。虽然有雨，池子边也还有几个男女在许愿。风雨中扔钱，难免心慌手抖，一个一个都扔不进龙嘴，这居然让阿贵有点过意不去。李镇长倒来了兴致，停下来，站在边上看。看了一会儿，也掏出几个钢镚，朝龙嘴里扔。不愧是领导，手段高强，他第二下就扔进去了，边上人哇一声喝彩。李镇长摆摆手，叫打伞的阿贵走开，双手合十，低下头，对着龙头念叨起来。

阿贵心里突突地跳，发虚。他不知道镇长念叨的是什么。他无端觉得与自己有关，但也不敢问。他看见了小龙。这小子，镇长来挑事他鬼影子不见，这时不知从哪里冒出来了。小龙挤过去，跟在镇长身后，镇长祷告完毕，他立即也掏出个钢镚。钢镚在他手里掂几下，一抬手，一道弧线，他竟然第一下就扔进了龙嘴！周围一片叫好，小龙得意扬扬，他四周环顾，也一本正经地祷告起来。

阿贵大惊失色。他本来想悄悄问问小龙，听没听见镇长祷告的是什么，现在他倒更想知道小龙许了什么愿。这两人都像是身怀绝技，扔钱扔得如鬼神附体。他们先后出手，不像是什么好兆头。就怕许的是什么连环愿，算计的是自己。

脑袋正发蒙，阿贵听见了小芸的声音。小芸说：你给我几个钱，我也扔。她手伸到小龙面前。阿贵阴火顿起，一把拉开小芸的手，斥道：凑什么热闹！回家去！

他把伞往小芸手上一塞，马上又想起李镇长更需要雨伞。正迟疑间，李镇长已经往山道那边走了，好几个看热闹的人跟着。李半仙打着伞站在山道上，说镇长许愿，可不是迷信，镇长是要振兴村镇，造福乡里哩！卖香的桂英说：小龙许的愿我晓得，他要菩萨保佑他讨个好老婆，对吧？阿贵听得心烦，狠狠瞪她一眼。这一眼瞪坏了，桂英的破嘴突然歪了，吹出邪风：阿贵你好事不断啊，你就等着抱孙子吧！

阿贵心里一抖，忍不住看看小芸。小芸骂道：你放什么顺风屁！桂英正要回嘴，突然山上传来响动。山道上有什么东西轰隆隆作响，一路而下。众人吓得都怔住，只见山道边的灌木里忽然窜出一块石头来，蹦起老高，一头扎进了池子里。水花四溅，众人全都变色。

李镇长气场大，落石在他上面老远就拐了弯。他愣一下，哈哈一笑说：你个李半仙，天机不可泄露可是你的行话，这都不懂，不能乱说。李瞎子直点头。他的墨镜蒙了水，点头的方向不太对。桂英说：镇长肯定祝愿我们财源滚滚，阿贵家更不得了，人丁兴旺！

李镇长不扯老婆舌，手一撩下山去了。桂英的话怪腔怪调的，阿贵听起来不是滋味，他不由得又看女儿一眼。这丫头天天读书上学，倒还胖了。正愣着神，李瞎子又说：什么人丁兴旺，人家丫头要考大学的。阿贵要抱孙子，早哩。

小芸冲他说：我考不考大学关你什么事？你眼神不好，下山小心点！还要继续说，小龙扯她一下，两人打着伞走了。

人一下子就散了。阿贵也想在池子前许个愿，可心里太乱，找不到头绪，想想还是算了。他一跐一滑地回到家，一进家门就吵起来了。小芸劈头就说：爹，我不考大学。我考不上！

阿贵说：你不考怎么就知道考不上？

小芸说：就是考不上。我算过命。

阿贵说：你怎么能信这个？

小龙说：师傅，其实报名时间已经过了，小芸没报名。

阿贵大怒，血往头上冲。他抬脚对着墙角一个黑乎乎的什么东西踢去，嗷一声，大痛，原来踢的是敲下来的龙脖子。小龙过来扶住他，到椅子上坐下，说：我和小芸说好了，我带她出去打工。师傅，我喜欢小芸。

八

阿贵瘫在椅子上，呼哧呼哧直喘气。他早就看出些首尾。有天晚上，他去池子捞了钱回来，看见一个人影从小芸房间溜出来，当时以为是眼花，原来就是这小子。阿贵要跳起来打人，可脚实在疼得不行。他吼道：你们都滚！

此后几天，家里吵得不可开交。阿贵去学校问过，高考确实已报完了名，没办法了。他彻底泄了气，在家里骂天骂地，踢鸡打狗，小龙和小芸也不回嘴。阿贵指桑骂槐，骂小龙是个撩骚鬼，这次来就没安好心。小龙也是个伶牙俐齿的，却不犟嘴，实在忍不过了，就说师傅这一阵子心思也动得不少，他说中奖的事，本来是个宣传，也是为了池子，可这口锅全甩到他头上了。他老家无数人打电话来，跟他借钱，他简直是焦头烂额，苦不堪言。他说师傅你跟人家辟谣，只说自己家反正没中奖，别人那可不知道——这不是推死人过街吗？！这番话说得阿贵脸上发烫，骂小龙是小人之心。小龙说自己承认是小人，但当年你就是把我当小孩子，当童工使，挣了钱我连点点数你都防着。他不说这个还好，一说阿贵一蹦老高，说你人小鬼大，这次就不该让你上门！小龙冷笑道：终究是个外人对不对？我热心也焐不热铁石心肠，我走行不？阿贵没搭腔。那一瞬间他有点犹豫。这小子跟小芸是你情我愿，他隐约看出，小芸怕是已跟他做出事来了。他不敢一下子把话说绝。见阿贵似乎气消了点，小龙多乖觉啊，马上低眉顺眼去偏房。雨很大，他一蹿就跑到院子里了，回头说：师傅，这池子，你还得防着点哩。民不跟官斗，那李镇长可不是个善茬子。

他很体己的样子。但一提到池子，阿贵浑身的毛又奓起来。他吼道：滚！这不关你事！

这池子是他的创造，他的底气。可怜他没儿子，传都传不下去。小龙最后怎么样，要看他自己。他淋着雨跑到小龙门边，警告说：你离小芸远点，要不然小心你的狗腿。小龙好像没听见，楼上的小芸喊道：不吵死人你们不算完啊！烦死啦！

雨下得不依不饶。不知有多少水要浇下来，好像永远没个头。天黑沉沉的，已看不出云，铅灰色的天，笼罩四野。从上往下看，山坡上多了好多小沟小岔，好些人家的地淹了，水汪汪一片连一片，亮晶晶的，好像天上不光落雨，还落下了不少破镜子。

难得雨住了。庭空出来，站在香炉前朝山下看。他不声不响，一动不动，像个石像。雨已经成灾了，若是从前，乡里早就会来求龙王，祭神禳灾，现在人不信这个了。庭空双手合十，朝西方念叨着什么。正殿的四周，四个龙头朝向四方，龙嘴里都射出水线，哗啦啦射在地上，激起水花，煞是壮观。水铺开来，争先恐后地向下流。被无数人的脚磨过的石头并不全平，地面的凹凸让水起了线条和波纹，像是激动的绸缎。

庭空正要进寺，小和尚迎过来了。师父你看，他指着下方的山道说，有人在挖地哩。

五六个人，正在山道的东边挖土。这时候，他们不是在挖沟排水，也不是打坝，那只能是在挖坑，学那个阿贵。可也太急了，稍见点天光，就耐不住了。他们都穿着一样的雨衣，像有人指挥的队伍。那边有人朝上面摇手，是李镇长。庭空叹口气，宣个佛号，转身走了。

阿贵家里，是小龙先看到有人在挖地。他告诉阿贵时，一副终于不出所料的模样。当然他也替师傅着急，还问要不要去看看。阿贵看上去一副天要下雨娘要嫁人，随他去的样子，其实如百爪挠心。出面阻止，没有半点理由，也少个胆。他一根接一根地抽烟，把屋子弄得乌烟瘴气。

突然一声炸雷，窗户都震得抖了。雨大了起来。雷声一阵一阵地炸裂，闪电狰狞，天像是裂了，似乎失去了耐心，懒得再慢慢漏水，泼剌剌把所有的天水都倒了下来。小芸吓得从楼上跑下来，身子直抖。小龙靠过去，抓着她的手。阿贵斜眼横一下，没吭气。

暴雨下了个把钟头。这样的雨，阿贵这半辈子还没见过。那边挖坑的人早就不见了人影，想来也跑了。山风呼啸，像是鬼嚎。阿贵惦着他的池子，坐不住了，找件雨衣套上，拿上抄子和手电筒就要出门。小芸喊他：爹，你不要命啦！小龙拦住他说：师傅，这个天，没人敢动你的钱，要去也是我去。阿贵一把推开他，说没你的事，走开！

这件事他从来都是自己做，不让别人沾手。他知道没人敢动他的池子，平日里都没人敢起贼心，现在当然更不会。但有人又在挖新坑，今天不去，他觉得不吉利。雨虽小了点，但余威犹在，身上的雨衣啪啪乱响。手电劈出一道亮来，他一瘸一拐地往池边走。脚疼。冷。光圈里，路似乎都变了。满山的水响。他举着手电朝前扫射着，看见了水池。

池子里的水漫出来了，哗啦啦往外流。那龙头正喷着水，水线很急，差不多是平射，射出了池子，他从来没见过这种景象。龙头的样子很恶，他有点慌。

池水浑浊，手电筒照不透，看不见平日看惯了的闪闪银光。正迟疑着，一声炸雷，地动山摇，脚下似乎都在震颤。

地真的在抖。受惊了的那种抖。阿贵吓得不敢动。耳边嗡嗡的，声音越来越大，是地在吼。他颤抖着举起手电筒，微弱的光线里，山似乎在动。又是一阵闪电，他看见偏东的山裂了，有一大片山林倒伏下来，正慢慢往下流。

山动得不快，没有水快，但雄浑不可阻挡。阿贵狂喊起来。那片大山朝他而来，往他家和镇子的方向扑过去。他大叫一声想跑，但像被鬼定住了，迈不开腿。

夜莺湖

班　宇*

吴小艺想约我见面，但不直说，发了两天信息，第一天问我，最近过得怎么样。我说，一般化。她半天没回，估计是想等我问，你过得如何，但我就是不说。分手一年半，少扯犊子为妙。第二天晚上，她发过来一段视频，熊猫给饲养员开门，四肢蜷在把手上，缩作一团，轻松后仰，铁门顺势而转，我看了好几遍，想回点什么，但也不知说啥。后来半宿没睡着，始终在分析这段视频，琢磨出来两层意思：第一，你的心门，我来打开。并非自我感觉良好，主要是从某个角度看去，吴小艺长得的确有点像熊猫，上下一般粗，加上最近的种种反常举动，让人不得不产生这样的想法。第二，运用潜意识，向我推销。吴小艺在防盗门公司上班，干销售，其企业形象就是一只熊猫，1990 年亚运会的吉祥物，名叫盼盼，手持金牌，眼神飘忽，向前冲刺，仿佛即将跌倒，很令人担忧。所以我觉得，她发这个视频，也有可能想让我买一樘门，这么长时间过去，我仍记得她曾无数次纠正，卖门论“樘”，而不是“扇”，一樘门可以有两扇，三扇，四扇。量词使用要严谨。针对这两种可能，我也想了一下相应策略，若是前者，那就算了，好马不吃回头草，好男不跟前任搞，不是不行，而是没有必要。但若是想卖门，那我就支持一下，这个条件还是有的，盼盼到家，安居

---

* 班宇，男，1986 年生于沈阳，小说家。作品见于《收获》《当代》《十月》《上海文学》《作家》《山花》《小说界》等刊，曾被《小说选刊》《小说月报》《中华文学选刊》《思南文学选刊》《中篇小说选刊》等转载。有小说集《冬泳》出版。

乐业，口号喊了多少年了，也信得过。想清楚这两点，我心里就比较有底，睡到中午十二点，冲了个澡，把车开到卫工街，沿着路边停好，后挡风玻璃贴上“收车”二字，便去旁边饭店喝羊汤，一碗见底，又再填满，直至后背湿透，冒一身汗。买卖二手车这生意，我干了好几年，数今年行情最差，价格透明，普通轿车每台能赚一千五就不错，SUV 也就两千来块，而且一个月出不了两台，好几辆破车都压在手里，小半年了，来摸的人都少，说不急那是瞎话。

我吃完饭，回到车里，给我妈打了个电话，说晚上准备过去看她。结果她没在家，出门旅游了，报的夕阳红团，华东五市，加上扬州、镇江、宁波、绍兴、普陀山、乌镇双卧十日游，一路高歌猛进，全程自助早餐。不用问，肯定跟相好的一起去的。事先也没通知，可见我在她心里的位置。我妈这人，性情比较活泛，擅长分析事儿，总乱出主意，但就有人愿意信。一来二去，跟活动室认识的杨师傅走得就比较近。杨师傅以前是工程师，长得挺有派，常年披着风衣，退休金丰厚，一个人也花不完，我妈就帮着一起想办法。我挺支持他们的，明里暗里，提过好几次，但俩人也没在一起过日子，就是游山玩水，畅享自然风光，然后各回各家，不知道图啥。

其实我也不是想去看望我妈，主要是我家有个传统，每逢周五，必包饺子，夏天吃黄瓜馅儿的，冬天是羊肉，春天的韭菜嫩，就包三鲜的，里面还有虾仁，雷打不动。当年我跟吴小艺在一起时，我都怀疑她是奔着这个跟我好的。吴小艺特别爱吃我家的饺子，吃过一次，就上了瘾，个个礼拜都要来，不用筷子，煮好拎起来就往嘴里送，塞满三只，同时咀嚼。即便是我们吵架期间，赶上周五，她也一声不响地提着肚子来吃饭，饺子进了肚儿，关系就缓和一些。所以我俩处对象时，没大矛盾。我妈挺得意她，觉得会来事儿，说话好听。吴小艺有这个本领，跟谁都能唠到一起去，上天入地，无所不知。但我后来就有点烦她这点，觉得里外不分，没个亲疏远近，我说过几次，她也没太当回事儿，依旧我行我素，大大咧咧。分手之后，经人介绍，我又处一个对象，叫苏丽，小我几岁，在超市的调味品区负责理货，跟吴小艺的性格正好相反，内向，不爱说话，问啥答啥，多余的一句不讲。苏丽又瘦又矮，眼睛大，往外鼓着，像条小金鱼，性格温驯，一点脾气也没有。我俩头一次见面，约在超市里，她的头发焗成黄色，扎在后面，一摆一摆的，戴着永远洗不干净的棉线手套，拉一辆平板车，也不抬脑袋，怄气似的，车上摆着好几箱油盐酱醋，花里胡哨。我跟她打过招呼，不知说点啥好，就陪着整理货品，苏丽走路带风，干活细致，不仅讲究品牌摆位，还会注意不同的区域配色，方方面面，都照顾得到，是门学问。下班之后，我问苏丽，工作几年了。苏丽说，三年多。我说，累不。苏丽说，还行。我说，头发颜色挺时髦。苏丽说，白的多，挡一挡。我说，下班去哪。苏丽说，回家啊。我说，吃点饭去不，麻辣排骨串。苏丽说，也行。我们之间的交往差不多就是这样，任何要求她都没有拒绝过。有时好像也想说点什么，话到嘴边，又想了想，也没说出口。我性子急，遇到这种情况，就愿意多问几句，但这样一来，她反而更不讲了。

电台里播着情感栏目，一位女性在讲述自己的婚姻经历，语调悲切凄惨，一言蔽之，再婚家庭矛盾多，想方设法来耍我，好心当作驴肝肺，前妻招手就去睡。我听了都跟着上火，但还是没扛住困意，在车里眯了一觉，没几分钟，便被铃声吵醒，吴小艺的号码。我揉揉眼睛，接起电话，假装不知道对面是谁，客气地说，喂，您好。吴小艺说，像个人似的。我继续说，请问您是哪位。吴小艺说，猜。我说，抱歉，猜不到。吴小艺说，你爹。我说，我是你爹，操你妈的。然后就把电话挂了，来气。过了一会儿，她又打一次，我也没接，把收车的牌子取下来，掉了个头，速度七十迈，开车去了浑河西峡谷。这半年来，不忙的时候，我经常去那边，一坐一下午，比较肃静，景儿也好，放眼望开，一片浩荡，河水平缓漫延，消失在远处的荒草里。岸边总有人放风筝，各式各样，有燕子、老鹰，还有长虫、恐龙和猪，被地上的人们遥相牵引，风将其吹得鼓胀，烈日穿过，更显苍白，近乎透明，整片天空像是一个巨大的墓园，各守其位。还有民间乐团演奏，成员都是老年人，满脸斑点，表情僵硬，肢体动作丰富，摇头尾巴晃，压着嗓子唱苏联歌曲，三句一停，气力不足，但歌儿还是好，冰雪覆盖着伏尔加河，冰河上跑着三套车。我坐在台阶上，点了棵烟，想象着走在结冰的浑河上，浓云蔽日，老马只剩一把骨头，鬃毛覆雪，确实也有几分忧愁。中场休息时，乐团成员也坐过来抽烟，捧着保温杯，自说自话，边喝茶边吐碎末。有一次，其中一位跟我借了个火，对我说，家近吧，见你常来。我说，也不近，愿意过来歇会儿。他说，好听吗？我说，好听。他说，老了，年轻时可比这强。我说，专业搞音乐的。他说，不算，厂里文艺队的，我们这批总共九位，走了一位，还有两个在海南，一个在北京，带孙子呢，剩我们四个。我说，难得，还能聚在一起，但数目不对，差一位。他说，心思挺细。我说，做买卖的，对数字敏感。他说，确实还有一个，女的，以前主要负责演唱，没联系了，她那嗓子是一绝，长得也好，九四年，单位解散，我们跟工会恳求许久，在文化宫办了最后一场，十首歌，都带着家属过来听，她唱的压轴，俄语一遍，汉语一遍，麦克风不好使，基本是清唱，全场鸦雀无声，不敢喘大气，生怕错过一个音儿，演出结束了，还缓不过来，没人敢拍巴掌，我往下一看，底下无数个发亮的脑门，往外渗着汗水，什么原理。我说，不知道，人多，热。他说，兴许是，当天唱的是苏丽珂，格鲁吉亚民歌，第一句，为了寻找爱人的坟墓，天涯海角我都走遍，第二句，但我只有伤心地哭泣，我亲爱的你在哪里，问谁呢啊，没答案。电视上演过的，半导体里放过的，古今中外全算，没有一个唱得比她好，了不得，就因为这个，把自己名儿都改了，就叫苏丽珂。我说，本来叫啥。他说，苏丽，加了一个字儿。我说，我对象也叫这名儿。他说，不加还行，加上之后，越活越坎坷。我说，这我相信。他说，出了点意外，昏迷半个月，去北京做的手术，好几个月没说过话，再一出声，动静完全不一样了，精神有点受不住，就与世隔绝了。我敷衍着回了一句。过了半晌，他站起身来，我抬头向上望去，一只黑色的蝴蝶风筝飞过，正好将太阳挡住，光在减弱，周围泛起一层虚影。他继续说，但现在过得也行，安度晚年，不唱苏联的了，改唱耶稣，我前几天见过一次，就在十三路教堂，请我去拉琴，一天五十块钱，台上人唱一句，她学一句，都唱完了，她也不走，摇着轮椅过去，拦住领唱，问人家，我该往哪儿走，可笑不，大门朝西，你说往哪走，不回家还能干啥，耶稣也不供饭，但人家不这么回答，他说，你本来四十天就能走出去，由于常有怨言、不断犯错，神就罚你在旷野，来回逛荡，一直走了四十年，她点了点头，我听不下去，净扯犊子，没打招呼，收拾东西走了。出门后我就琢磨，四十年啊，神咋不整死我呢。我没回话。过了一会儿，他又说，你知不知道谁最爱听这首歌？我说，不知道。他说，斯大林，他有四句话，说得比神还好，人生最宝贵的是生命，人生最需要的是学习，人生最愉快的是工作，人生最重要的是友谊，慢慢品去吧。

吴小艺在小区里堵我，一袭花衣，十分显眼，像要登台唱大戏。她蹲坐在花坛上，旁边摆着一个布包，用手给自己来回扇风，腰间的肉直往下坠，看着心惊，好悬没掉地上。我想去麻将社避一会儿，还没来得及转身，就被她发现了，以前我俩处对象时，她就有这特征，眼睛尖，凡是干点啥坏事儿，当场就能发现，瞒不过去。吴小艺扯着嗓子喊我，像是准备要我命，接着又一路狂奔，周围空气化作一股热浪，扑袭而至，我吓得退后几步，稳一下精神，方才站定。她跑至近前，双脚急速并拢，摆出立正姿势，身体挺直，气喘吁吁，我误以为她要跟我敬礼，条件反射，提前先敬了一个回去，权当问候。她一脸不解，咽了口唾沫，跟我说，我打电话，你骂我干啥。我说，以为是黑社会要账。吴小艺皱紧眉头，稍加思索，问道，最近得罪人儿了？我说，是，正躲呢。吴小艺说，事儿大不？我说，说大就大，说小就小。吴小艺说，到底啥事儿，我看看我有朋友没。我说，宰了一只大熊猫，正逃案呢。吴小艺说，这牛逼让你吹的。

我买了两罐汽水，站在超市门口，一边喝一边听吴小艺讲，最近确实遇到一些麻烦，具体说来，具体就不说了，反正现在差十来万。我说，要不你还是说说？吴小艺没吱声。我说，借高利贷了？她摇摇头。我说，我姨生病了？她继续摇头。我说，又摇头儿去了？吴小艺说，多少年不去了都。我说，那到底因为啥呢？吴小艺说，离了，我想要房子，得给前夫找点儿平衡。我顿了一下，说道，吴小艺，你上我这儿来给前夫找平衡？吴小艺说，江湖告急，想来想去，就认识你一个做买卖的，很神秘，有实力。我说，给个车行不，水淹捷达，刚泡好没几天，开着跟喷泉似的。吴小艺说，能别闹不，哥，实在没办法了。我说，你是真敢张嘴。吴小艺说，跟你提怎么也比别人强，毕竟有感情在。我原地转了一圈，问她，哪呢啊，我咋没看见。吴小艺说，一句话，帮不帮吧。我说，对不起，真帮不上，我有对象了，她管钱。吴小艺说，超市那个啊？我听说了，你妈可老看不上她了，方方面面都不行，拿不出手儿。我一下子有点火大，叨逼半天，就为了说这个，纯他妈闲的。我捏扁易拉罐，抛到空中，飞起一脚，但没踢多远，落在路边的井盖上，发出一声空响。之后迈步离开。

我没走正路，钻进绿化丛里，绕着往家里走，柳树垂在面前，我薅了一枝叶片，团在手掌里，感受着它一点一点展开。吴小艺踮着脚尖，紧跟身后，不离不弃，游魂似的，行动飘忽，我总想往后偷瞄一眼，担心她要捅我，人一急了啥事儿都能干出来，防人之心不可无，况且有过教训。到了门口，我迅速掏出钥匙，本来想给她拦在外面，但没掰扯过，还是让她窜进来了。进屋之后，她也不脱鞋，假扮巡视员，背着手挨个屋视察，厕所也开灯看一遍。平白无故冲了一下马桶，水声阵阵，然后跟我说，没住一起啊你们。我没理她。她又说，关系还是不到位。我说，不是不帮你忙，实在无能为力，生意不好，要钱真没有。吴小艺说，你妈手里，是不是多少应该存了点儿。我说，操，你想啥呢，咋好意思的啊。吴小艺坐在沙发上，嘟着脸，一脸刚受完欺负的熊样，我懒得看，躺回卧室里，脸朝着窗外，一只灰鸟飞到窗台上，蹦了几下后停下来，与我对视。过了一会儿，忽然听见一声尖细的悲鸣，立体声环绕，开始还以为是防空警报，怕发生什么战争，内心有点慌，出来一看，原来是吴小艺在哭泣，声音从鼻腔里出来，还带着节奏，但就是不见眼泪，纯属干号，五官错位，满脑袋虚汗。我看着闹心，跟她说，打个借条，我给你拿。吴小艺立刻止住哭声，眨了眨眼睛，说道，还得是你，对我够意思。我说，卡号发我，这几天有空给你转，赶紧滚蛋。

送走吴小艺后，我盯着看那张借条。从桌上的新笔记本里撕下来的一页纸，字写得横平竖直：本人吴小艺，女，一九八三年生，沈阳市铁西区人，籍贯辽宁鞍山，现从事销售工作，因婚姻惨遭不幸，前夫纠缠不休，特借款十万整，处理未尽事宜。将来必定努力工作，争取早日归还，口说无凭，立此为据。底下是签名，还龙飞凤舞一下，像个领导似的。我将这张借条的边缘裁齐，认真折成一架纸飞机，打开窗户，使劲向外掷去。

夜里我做了一个梦，吴小艺过来找我，穿着工作服，胸前画着一只口歪眼斜的熊猫，面目狰狞，满脸是血和泥，黑红交错，好像刚摔过几跤，双臂抡着门板，虎虎生风，非要跟我拼命。我尽量保持镇定，跟她说，冤有头债有主，你来找我干啥。吴小艺说，不是你我能离婚？我说，跟我有啥关系，不该你不欠你的。吴小艺说，不跟你分手，我能遇到我前夫？我说，能不能讲点理，谁介绍的找谁去。吴小艺说，你妈介绍的，她有个相好，姓杨，我前夫就是他儿子。我说，我妈把我对象介绍给相好的儿子？吴小艺说，对。我说，你冷静一下，咱俩一起找她去，我问问到底咋回事，母子关系处到尽头了。吴小艺放下门板，坐在地上，两腿一伸，开始哭闹，这时，我才发现，我俩位于一座桥上，底下是深河，绿水涌动。天空下起雨来，我有点魂不守舍，因为忽然想起，在同一时刻，苏丽正在等我，我们之前有过约定，目前这个情况，我又脱不开身，心里很急。无计可施之时，水面上跃出一条金色怪鱼，体形极大，如四五个成年人叠加，长相奇特，头部是圆形，像小孩儿玩的布老虎，身躯和尾巴逐渐收缩，眼睛占据半张脸，龇着牙大笑，有点不怀好意。这条鱼跃起之后，在半空中翻腾数次，最后跳落在岸上，掀起几块砖瓦，尘雾弥漫，有人过去将其扑倒，死死压住，使其动弹不得。我看着非常惊讶，上前询问，那人说，这是龙舟开始的信号，大鱼既出，再无水鬼兴风作浪。话音刚落，河上有数只龙舟经过，头尾相接，秩序井然，与平日所见略有不同，所有划桨者均十分懈怠，没有口令，动作疲惫，没精打采。吴小艺也不哭了，起身探出桥栏，目光呆滞，观赏龙舟。我趁其不备，转身溜走，一路小跑，来到与苏丽相约的地点，但她却不在。我有些失魂落魄，掏出手机想要联系，说明一下情况，却收到她发来的一段视频，不知拍摄者是谁，时间应该是下午，苏丽顶着刚染过的头发，穿着一条松松垮垮的金色旗袍，对着镜头笑，斜阳散射，衣服上的亮片看起来近似鱼鳞，不断反光。她赤脚站在岸边的草丛里，又扎一遍头发，比了个手势，然后舒展身体，向前冲刺几步，跃入水中，消失不见，只荡开一圈波浪。一只灰鸟从远处飞来，速度极快，像弦上射出的箭矢，驶过湖水，最终栖于岸边。

醒来之后，我又将这个梦回味了一遍，心头发紧。饭也没吃，开车去银行取了个定期，把钱给吴小艺汇过去，又发信息告诉她，钱已转过去了，记得早点还，有用。我坐在大厅里等了半天，也没回复。出来之后，发现车又被贴了条。没办法，点子就是这么背。这十万块钱也不是我的，我妈前阵子刚给的存折，说留着以后结婚当彩礼用。我说，我跟苏丽还没到那步呢。我妈说，或早或晚，你俩有点缘分。我说，那是幻觉，我跟小沈阳还有缘分呢，走哪都能看见广告牌子，打开电视都是他演的小品。我妈说，苏丽比吴小艺合适，你俩能过长远，我看人很准。我说，苏丽有个妈，残疾，坐轮椅，家庭负担不小。我妈说，我都不在意这个，你还在意。我说，说得轻巧，反正以后也不是你伺候。

其实苏丽没妈，我也就这么一说，她父母很早离异，一直跟着爸过。有次喝多了酒，我俩去开房，鼓捣大半宿，完事之后，酒都醒了，也睡不着，就躺在床上说话。我问她，这些年来，见过你妈没？苏丽说，见过，但没敢认。我说，在哪？她说，超市里，她坐着轮椅，可能是骨折了，后面有人推，一个男孩，跟我弟差不多大。我说，没打招呼呢。苏丽说，她戴着口罩。我说，挺讲卫生。她说，挑挑拣拣，最后买了一瓶醋，搁在手里捂了半天，才去结的账。我说，还是应该走动走动，血浓于水。她说，后来又碰见过两次，我就想，别是奔着我来的，就一直躲在库房里。我说，不至于，娘俩儿有啥仇。苏丽说，没仇，也没感情。我说，你这人心硬。她说，对，我爸也这么说，你可想好。我说，没啥好想的。苏丽说，再想一想。我说，不用，我认准了，就不怕这个，前几天梦见你一回，伸胳膊蹬腿儿，非往湖水里跳，扎进去就没影儿，我也不会游泳，扯着嗓门去喊，但怎么都发不出声音，急得干瞪眼，醒过来时，心脏怦怦乱跳，半天缓不过来。苏丽挪了挪脑袋，顶在我的胳膊上，说，别想太多，我能下去，就还能上来。

给吴小艺汇完款的第三天，我头一次见到苏丽她爸，在超市门口，披着一件棕黄色外套，与季节不太相符，个子不低，驼背厉害，脸上很多皱纹，像用小刀刻过，嘴角往下耷。那天我等苏丽换衣服下班，准备一起去看场电影，票都买了。她爸站在门口抽烟，迎面看见我们，也没反应，只将烟头踩灭，双手插进裤兜里。苏丽拉了一下我的袖口，低声说，我爸。我有点措手不及，事先她没提，便问了声好，语气生硬。他点点头，又打量一下我，将苏丽拉去一旁说话，我不好打扰，独自走去停车场，发动好车子，拧开空调，过了一会儿，苏丽小跑过来，没拉车门，敲了敲窗户。我摇下玻璃，苏丽跟我说，今天不去了先，她弟出了点事儿，正在医院里，上班也没看手机，刚知道，得过去看看。我说，我陪你去，不然我也不放心。苏丽犹豫了一下，还是坐到车上，我绕到路边，看见她爸正在打车，冲着大街上招手，漫无目的，我停下来，将他一并接上，向着医院驶去。路上，车内温度有点低，苏丽打了好几个喷嚏，我想问问情况，但不知道要怎么开口，又觉得她也许不想回应，就先算了。后来开了窗户，风声很大，每过一个路口时，她爸都会跟我说一句，谢谢。语气相当局促。我听得隐隐约约，不太确定，刚开始还点头回应，后来苏丽开始啜泣，我也就没什么心情。虽然不是亲弟弟，跟她姨后来生的，但相处多年，总归有感情。她给我讲过几次，她弟从小体质弱，发烧感冒，总去医院报到，全家跟着操心。我给他们放在医院门口，又绕过天桥，找了半天停车位，才进到住院处，不好打电话问，只发了条信息，就在走廊里闲逛，差点撞了个老头儿。大半夜，他自己颤巍巍走出来，以为我是护工，先跟我要烟，我没敢给，又非要我搀着去上厕所，这不好拒绝，搀着他进去不说，还帮他解下裤子，仔细扶好，尿完又甩一甩，上下左右，心里倒也没多嫌弃。老实说，我伺候我爸都没这待遇，不怎么上手，但那天就想做点好事儿。方便过后，我又给他送回病房里，搬到床上，挺大的三人间，就住着他一位。我问他，啥病啊。他说，没病。我说，老干部？过来疗养？他说，王八犊子，给我拿棵烟。我说，你好好说话，我都给你把尿了，能不能有点涵养。他没吭声。我想了一会儿，没跟他一般见识，往床上甩了根烟，他拾起来，先用鼻子闻了两遍，又衔在嘴上，空吸几口，我转过来，凑到近前，给他上了火。他眯着眼睛，抽了半支，咳嗽数声，又跟我说道，快没了。我说，这儿还大半盒，够用。他说，不是烟，我说我快没了。我说，别想太多，我看你挺好，还能骂人呢。他说，我心里明白，就这几天的事儿。我说，家人没来？他说，撵走了，图个清静。我说，想开点儿，都得经历。他说，一辈子攒点儿钱，都看病了，最后给自己看没了，我图啥呢。

我没再回应，低头看一眼手机，还是没有消息。他叹了口气，也不再说话，闭着眼睛，又过了一会儿，开始哼唧，偶尔干呕。问他哪里疼，他摆摆手，问他需不需要找大夫，他也摆手。非亲非故，再多问不合适。我躺在旁边的床位上，闭目养神，那天半夜，温度骤降，屋里越来越冷，我忍不住拉起被子，盖在身上，一不小心就睡着了。直到凌晨，我感到有人往我身上拱，半睁开眼，发现是苏丽，正背对着我，脱了外衣，只剩白色胸罩，头发披散下来，身体缩得更紧，我顺势移开一点，从后面轻轻抱住，搂着她的身体，肋骨如柴，且有点往外翻，我像在抚摸一只营养不良的小狗。苏丽说了句什么，我没听清，就又睡着了。再醒来时，已是早上八点多，医生过来查房，房间里只有我们二人，衣衫不整，那个老头儿不知去向。一位医生用铁夹子敲着床栏，后面跟着一排实习学生，高声问我们，左卫武呢？我说，谁？医生说，三床的左卫武，不是你家人吗？我说，不是。医生说，那你是谁，在这干啥？我说，我来陪护别的病人。医生说，谁？哪个科的？我一下子答不上来。医生说，你们这号的我见多了，都不爱多说，跟动物没区别，俩眼一睁，干到熄灯，俩眼一闭，梦里继续，警告你们，以后别来了，挺大个岁数，也要点脸，干啥得分个场合。我说，不是，你误会了。医生没听我们解释，扭过头去，对着学生们说，过半个小时再来看看，左卫武要是还没在，联系家属。

一宿没睡好，我看苏丽也是灰头土脸，毫无精神，就让她跟我一起回家。我妈炒了俩菜，没吃几口，苏丽噎了一下，开始流泪，无声无息，完全止不住。我安排她在我的床上休息。睡了一个小时，醒来又洗了把脸，情绪缓过来一些。我问她，昨天到底咋回事？她说，弟弟没了，也不是昨天，前天的事儿，游泳池里过电死的，没在病房，太平间里看一眼，开始没敢告诉我。我说，游泳池里咋还能过电？她说，壁灯漏的，总闸没关，目前是这说法，具体还在调查。我说，多少能赔点钱，估计要打官司。苏丽说，人没了，要啥都没用。我说，在哪出的事儿，劳动公园的夜莺湖？苏丽说，是，你咋知道？我说，有过类似事故，许多年前，那次我正好路过，本来也想去游泳，但我爸没让，算是躲过一劫。苏丽说，听说这个事情，我就不信，做梦似的，看见我弟躺那儿，胖了一大圈，总觉得不是他，现在也这感觉。我说，接受现实，节哀顺变。苏丽说，接受不了。我说，人死不能复生，体面送好，风风光光，自己的日子还得过，谁都一样。

出殡那天，我闹表定的四点，头天晚上有点失眠，想了些别的事情，就没能按时起床。闹表也许响过，但让我给按灭了，再睁眼时，五点十三分，天放了大亮。我连忙穿衣下楼，闯了一路红灯，来到苏丽家楼下，当时所有流程已走完一遍，她家亲戚不多，就等着我来。我内心很愧疚，这么个事情还迟到，实在说不过去。我的车跟在灵车后面，从大润发往德胜殡仪馆开，这天早上特别堵，本来四十分钟的路程，硬是开了一个半小时，头一炉是烧不成了。苏丽坐在副驾驶座上，也不讲话，直勾勾地愣在那里，双目无神。我想放点歌曲，但切了几首，氛围都不太对，好不容易到了地方，往门里拐时，又跟一辆别克商务发生剐碰，右前脸蹭了几道痕迹，露出底漆，本来不是什么大问题，按理来说，责任一人一半，各修各车就好，在这种地方，谁也不是故意的。但对方不依不饶，大呼小叫，气势汹汹，我都回到车上了，又给我生拽下来，让当场赔付，我也不好发作。苏丽她爸先进入园内处理事情，我忍住脾气，给保险公司打电话，刚刚接通，便看见苏丽疾步走出，倒持一柄十字改锥，来到近前，谁也不看，反手握稳，干脆利索，将改锥斜着刺入别克商务引擎盖里。还没等我报完保险，对方便已一脚油门开走，连号码也没留。改锥还悬在车上，像一只刚长出来的小犄角，跃跃欲试，准备出门闯荡一番。我有点没反应过来，咬了几下嘴唇，苏丽扭头直奔隔间，去挑选骨灰盒。

我没跟进去，就在外面等，里面氛围太阴，我待不住，每次都起一层鸡皮疙瘩，很长时间回不过劲儿。殡仪馆的绿化搞得不错，四处葱郁，树枝明亮粗壮，早上刚下过一点小雨，地面湿润，味道很好闻。高炉已经废弃不用，但还没拆，铁质爬梯缠绕在外，像是一只庞大的多足纲昆虫，身子微微立起。我忽然想到，很多人的一生，最后都在这里度过，躯体化作灰尘与烟，跟汽车排出的尾气、植物吐出的氧气、所有的雾和霜，彼此交融，肆意流淌，沉积在旷野上。世上没有死者，但它却是由死者一点一点构成的。我又想起那个梦，也许是在说，既然人生的龙舟之赛中，金色大鱼已经现身，且被人按捺于岸，那么，所有的傀儡自然消失粉散了。

雨又下起来，我躲进展示栏的低檐下，读着玻璃窗里的文字，有历史概况，也有政策方针、服务口号，以及部分工作人员的个人介绍。图片泛白，字迹模糊。我在上面看到一张照片，有些眼熟，底下名字写的是左卫武，想了半天，才记起是在医院遇见的那个老头儿。他在照片里还很年轻，系着绶带，头部后仰，笑容质朴，颇有几分自信。实际上，现在的他也许并不老，应该没到退休年纪，但人一生病，很快就会垮下来，或者变得跟以前完全不同。这种情况我见过很多次，我爸当年就是这样，最后瘦得脱了相。刚认识吴小艺的时候，她也瘦，八十来斤，头发烫成大波浪，好几处文身，爱去夜场跳舞，一蹦半宿，水都不喝，活力四射，眼睛往外喷火光。后来生过一场大病，大概是基因问题，北京上海都去过，属于疑难杂症，没办法治，只能吃激素，价格不低，也不敢停，停药就犯病，还自杀过，被我拦了下来：骑在窗台上，晃着小腿唱歌，好容易劝住，又去厨房拿刀逼我，让我别管，我咋能不管，扑过去硬抢，被她划了好几下，胳膊上都是血道儿。我也难过，一点办法也没有。那阵子我们过得都很难，我刚上班，在 4S 店干后勤，一个月就两千来块钱，根本不够花，租了个旧房子住，冬天交不起采暖费，室内没办法待，脸盆里的水很快上冻。吴小艺实在太冷了，每天我上班后，她就去附近的超市里待着，至少能有个空调，晚上我再去接她。整个冬天就是这样过来的。有一次，我加班到很晚，超市关了门，吴小艺也没回家，就一直在外面坐着，缩进棉门帘里，那时她已经开始发胖，鼻尖冻得通红，呼吸紧促，眼睛也睁不开，迷迷糊糊，哑着嗓子跟我说，刚做了个梦，以为我不要她了呢，她也没地方可去，只能在这里等一等，也不知道我会不会来。我说，别乱想，梦都是反的。吴小艺抽了抽鼻子，站起身来，拉过我的手，放进她的袖管里取暖，笑着跟我说，哥，我俩快结束了，你知道的吧，我挺感激你的。我说，我不知道。吴小艺说，我知道，你会过得不错，我也许没那么好，但也还行。我说，纯扯淡。吴小艺说，我早就知道。我说，你还知道点啥？吴小艺叹了口气，说，我将来可能会变成一只熊猫啊。

想到这里，我在雨中给吴小艺拨了个电话，响了数声，无人接听。我有些低落，一时间不知该做点什么，便去服务部买了个花圈，五百块钱，写好一副挽联，挂在两侧。我举着花圈出来时，苏丽正坐在池塘边上，四处张望，我挥一挥手，然后走过去，她没打伞，雨水漫在脸上，看上去像是在哭，但我不太确定。我挨着她坐下，说道，买了个花圈，送你弟走，都是鲜花现扎的。苏丽看也没看，说道，退了吧。我说，没多少钱，我的一份心意。苏丽低着头说，我弟没了。我说，我知道，别太难受，他往好地方去了。她说，不是这意思。我说，那是啥？她说，刚准备遗体告别，工作人员一直没找到他，现在还在找。

我说，什么情况？她说，不知道，就是没了，原来记录的抽屉，刚一拉开，什么都没有，空的，旁边几个也都找了，都不是。我说，是不是还在医院里，做一些检验。苏丽说，打电话问过了，说也没有，那天半夜在医院的太平间，我看完一眼，就拉到这边来了。我说，这不合理。苏丽没有说话。我说，不行，得找他们领导去，怎么也要有个说法。苏丽还是没说话。我说，这样，我现在回医院，看看什么情况，实在不行喊几个人过来，今天必须弄明白。苏丽说，我知道，我都知道，我爸去医院了，你能不能先别说话，让我休息一会儿，我头疼。

我与苏丽并排而坐，心中充满疑惑，同时感到一阵眩晕，仿佛大地正在下沉，无休无止，我们跳入其中，要在茫茫无际之中，去寻找一个不存在的人，没有任何启示，更不会有答案。殡仪馆有钟声响起，也有鞭炮声、鸣笛声，迎来送往，一切按部就班。没人在意一具消失的遗体。

雨越下越大，落在身后的池塘里，响起一片沙沙的声音。这期间，我进去问过两次，没有任何消息。到了中午，殡仪馆的很多工作人员都已结束工作，换掉制服，相互道别。我的全身早就湿透，直打寒战，或许还有点发烧，偶尔能感受到心脏泵血，舒张与收缩，像伸开又握紧的拳头，蓄势待发，却不知要朝向何物。风将池塘里的水吹开，带来一片彻骨的阴凉，在我们身边积聚。苏丽捂住脸庞，茫然无措，仿佛沉入一场梦里，任人摆布，无法醒来。我始终在调整着呼吸，使其均匀，并向着她身体起伏的节奏靠拢。我们的周围到底是什么，我们所能掌控的又是什么呢。一个人在水中死去，最终会去向哪里。我想，如果我们能拥有一致的气息，也许一切就会清晰起来。

苏丽浑身无力，我替她接了电话，另一端是她爸，声音低沉无力，先问了苏丽这边的情况，然后跟我说，经人分析，目前有三种可能：第一，当天夜里，尸体并未送到殡仪馆，而是在医院或者路上被劫走，也许与公园那边有关；第二，殡仪馆方面，存在工作失职的概率，申请领取遗体时疏忽，以前也有过这种情况，还上了报纸，殡仪馆的回应是，烧错了，下不为例，目前正调查相关记录；第三，请了一位高人指路，他说，苏丽她弟没死，但也没不死，溺毙之人往往如此，睁不开眼，看着是往前游，其实没方向，在水里迷了路，久而久之，没有船来渡，变成水鬼，回头不是岸，只有汪洋一片。挂掉电话之后，苏丽什么也没问，我也没讲，只是想象着，在刚过去的那个夜晚，他会猛然苏醒，站起身来，像电影里演的那样，吐出全部的水，深呼吸数次，直至平静下来，也许还会走出铁柜，在树的搀扶之下，来到池塘边，坐在我们对面，面容安静，轻轻地喊起我们的名字，但却听不到自己的声音。雨停之时，我的手机震动了一下，我解开屏幕，是吴小艺发来的一张照片，她插着饲管，穿着病号服躺在床上，面色苍白，头发散乱，比着胜利的手势，像是刚做完一场手术。没有其他字。

劳动公园浸在暮色之中，我从侧门驶入，按了喇叭，栏杆自动抬开，无人问询。泳池就在眼前，但此刻，已被铁栅紧密围住，不得入内。池里的旧水尚未抽去，落叶、废伞与无数垃圾漂浮其上，塑料椅子东倒西歪，只停业几日，便呈现一片荒芜迹象。苏丽从后座上爬起来，头伸出窗外，望向这潭死水，开始呕吐不止。我绕着泳池开了一周，最终在售票处停了下来，其门窗被木板封死，没人看守，我踹开一道口子，进入其中，苏丽也下了车，步伐摇晃，紧跟在身后。泳池分为深浅两个区域，从中间通道行去，是两排低矮的平房，左边为洗浴间，右边为控制室，有只灰鸟落在池边，朝着天空啼鸣，声音剔透，清晰如哨。我对苏丽说，许多年前，我的一位朋友消失在这里。那天他约我一起游泳，但我在院里踢球，兜里没钱，就跟他说，你先游，在那边等着我，我爸下班回来，我管他要钱，然后过去找你。他跟我说，那你快点儿，我今天要早回家，感冒没好利索，得按时吃药。结果他自己来到这里，游了很长时间，我也没去。泳池关门时，他躲在水里，彩灯一闭，无所凭依，溺水身亡。没什么人知道这件事情，但我一直忘不了，这些年来，总能梦见他。他现在跟我一般大，有时在龙舟上划桨，有时在岸上擒鱼，他对我说，自己变成了水鬼，困在池中，永远上不了岸，除非有另一个人来接替。苏丽一脸困惑，并没听懂我的话。我也不再解释，只是对她说，我想去看看他们。之后转身进入控制室，拉开电闸，霓虹灯被点亮，红绿相间，时明时灭，拼成一条条泳道，我褪掉外衣，上身赤裸，扶着栏杆，一步一步，慢慢走入深水区。池水散发着温度，黏稠如油脂，死死裹住我的身体，我不会水，任由下降，双手向前扑去，奋力握向那些光线，却越沉越深，许多大鱼围聚在池底，窃窃私语，如同密谋。我觉得自己缓缓睡去，无数的梦纷沓而至，载着我向黑暗滑行过去。接着是落水的声音，灰鸟尖叫着割破水面，分开一道裂隙，暗流涌起，大鱼四散，我低头看见数道流动的影子，由远及近，我想那是我的朋友，苏丽，或者她的弟弟，我分不清楚，但他们正穿过光的深处，朝我游来。

我们倒在岸边的长椅上，筋疲力尽，苏丽埋在我身上，只是哭，一句话也不讲。在这样一个不恰当的时刻，我忽然很想跟她结婚，极其渴望。在此之前，我从未考虑过会跟她在一起生活，没有一秒这样想过，但现在，这个念头在脑海里奔涌不息，无法遏止。我的视线有些模糊，仿佛看见了一点点未来，并非多么美好，而是它的糟糕程度，我恰好可以完全忍耐。灯光射在她金色的头发上，炫人眼目。我有些激动，但不知从何说起。一条或者几条大鱼，在身后的池里持续跃起，争论不休，溅起无数水花，像一个调皮的孩子，藏在荷叶深处，一直朝着我们扬水。我不再回望，只将苏丽交织在一起的双手握住。我能感觉到，我的血液流向她的身体，畅通无阻，我们正融为一体。

晚风吹来更多的倦意，我擦去水滴，舒了口气，决定重讲一遍。一九九四年，有天傍晚，我爸浑身酒气，骑着自行车回来，我正在院儿里踢球。他将车停在一边，上前几步，给球断下来，卷起一层灰尘，问我说，作业写完没。我说，今天没作业。他说，吃饭没。我说，吃了，我奶炖的豆角。我爸扭过我的脑袋，指了一下自行车后座，跟我说，走吧。我很听话，拍拍裤子，转身上车。他一路骑得歪歪斜斜，总在咂嘴，原因不明。经过劳动公园，门口挂着一排彩灯，沥青路面上铺着一层细沙，游泳池正在营业，有小孩儿肩扛救生圈，光着脚走出来，步伐轻巧，像是行于水面。我说，爸，我想去游泳。我爸说，有水鬼，三上三下，连提带拽，能给你淹死。我说，他们都去了啊。我爸说，那你也别去。我说，咱们去哪。我爸没说话。到文化宫时，天已经黑下来，门口斜立着一座船锚石雕，环着生锈的锁链，从远处看去，整座楼像是一艘停泊在此的航船，搁浅数年，长眠不醒。路边是刚栽的矮树，未经修剪，我爸带着我从中间穿过，我的脸上总被刚结成的蛛网粘住，怎么也抓不掉。礼堂分为两层，前厅空荡，人影都没有，但进入室内，便是黑压压的一片，后排与过道挤满观众，密不透风，我们在入口处，什么也看不到。只听见琴声从头顶上传来，将静默的空气锯开，反反复复，时有时无。待了几分钟，我爸便拉着我离开，说要去楼上看。一般情况，二层不让进，演员休息区，我爸以前常在文化宫跳舞，一直是逃票，所以知道个办法。我们来到礼堂后面，爬上廊柱，从二楼的窗户钻进去，其中半扇没有玻璃，反手伸去，能把插销拔出来。我个子矮，骑在我爸的脖子上，撑上廊台，将窗打开，我爸找了几块砖头垫脚，翻身进入。走廊空旷，只能听到一些隐约的歌声。我们绕至侧方，俯身观看，舞台上空亮着几个高瓦数灯泡，紧挨着我，晃得头昏。我刚听了一会儿，便失去耐心，就问我爸，啥时候回去。我爸说，快了，快了。我望向舞台，乐队在底下演奏，一个女的站在新搭起来的楼阁上唱歌，与我高度接近，左手持麦克风，右手撑着木栏，穿一身金色长裙，袖口开阔摆动，如夜莺扑扇着翅膀。她唱的声音很小，即便我在二楼，也不能完全听清。一曲终了，没有任何掌声，她俯视左右，面无表情，又抬起头，有那么一个瞬间，我觉得她正望向我，我有点犹豫，不知是否应该藏在椅后。还没等我做出决定，她像是被什么提着，飞出栏杆，踏入半空，我伸出手去，想要隔空抓住，但距离太远，无济于事。她轻飘飘落在地上，悄无声息。如一张糖纸，缓缓展开。忽然间，我感受到一股莫名的力量，凭空而来，集成一束，拉紧我的手臂，极力要将我拖出，下面仿佛不是人群，而是深池，我不由自主向前跌去，眼看要坠入。此时，台下响起剧烈的掌声，仿佛浪潮一般，长久不息，将一切重新托起，我借势退后半步。一股带着腥味的热气，由下至上，逐渐抬升，很快又消散。我满头大汗，蜷起身体，不知所措，靠在我爸身上。虽隔着衣物，却依然听到他紧绷的心跳，强健而有力，像是来自古代的击鼓之音，唤醒所有湖底的长眠者。

讲完之后，地上的水渍不断扩张，仿佛有人从池中上岸，周身湿漉，立于面前。我低下头去，轻轻亲吻苏丽。她在怀里，闭着眼睛，始终沉默，分不清是睡是醒。而在身后，或者更远处，大幕正在收拢，光暗下来，灰鸟飞去，万物宁静，只有那动人的鼓声，一次又一次，垂直降落，荡开枯叶与池水，向我们环抱而来。

阳历年

孙　睿*

一

岳母这回蒸饭给电饭锅里放的除了大米，还有红豆，一掀盖儿，吓我一跳。

试想，新郎以为自己娶回个貌美肤白的新娘，也把自己和洞房收拾得干干净净，结果一掀盖头，看到一个麻子脸。会怎么样？

我正身临其境。

岳母不是第一次干这种事情了。前天她是把大米和小米放一起蒸的，说这叫二米饭。我知道。我在同学单位的食堂吃过。我喜欢吃纯的，什么就是什么。我还吃过白面和棒子面掺一起蒸出来的馒头，既没有馒头的松软，也没有窝头的芳香，整个一个猪八戒照镜子——两头儿不是人。

蒸二米饭那天，我媳妇告诉她妈，也就是我岳母，说任何东西，您姑爷都不爱这么掺着吃。很庆幸媳妇能替我说话。我凑合吃了一碗二米饭。

结果当天晚上，岳母熬粥，小米和大米放一块熬的。我媳妇说，中午不是告诉您了吗，他不爱掺着吃。我岳母说，嗐，我以为他只喜欢吃大米呢，所以

---

* 孙睿，男，1980年生，祖籍北京，北京电影学院导演系研究生毕业。自由写作，小说为主，也写剧本。文学作品见于《当代》《人民文学》《收获》《青年文学》《北京文学》等杂志，参与编剧有电影《一步之遥》，电视剧《我是你儿子》，导演电影《草样年华》。

熬小米粥的时候特意抓了两把大米。我又凑合喝了两碗二米粥。

岳母特意来北京给我和媳妇做饭。我是干等吃饭的，又是姑爷，没有发言权，做什么吃什么。我媳妇也是干等吃饭的，她是女儿，可以对亲妈指手画脚。她说，记住了，不是大米和小米的事儿，是别掺着吃。

我清楚地听到岳母说，知道了。

于是，昨天以为能吃到香喷喷的白米饭，打开锅盖，看到的却是“山河一片红”。

我问，妈，您蒸饭了吗？

岳母说，蒸了，下面呢，上面是我放的胡萝卜。

我扒拉开一块胡萝卜，看到下面白花花的米饭。

岳母说，胡萝卜是给孩子蒸的，大人也能吃。

岳母说的孩子，是她外孙子，也就是我的儿子，现在六个月大，母乳为主，刚添辅食。专家建议，刚一开始的辅食，可以是米粉、苹果泥、胡萝卜泥。所以岳母在蒸饭的时候，又往锅里塞进一层胡萝卜块——想来也是煞费苦心，在电饭锅工作的时候还要想着不能彻底把饭蒸熟，也不能在米上面还有水的时候就把胡萝卜放进去，那就成煮胡萝卜了。总之，在岳母的精心计划下，米饭和胡萝卜终于都蒸熟了，且没有烂。可是胡萝卜汤已经渗透到米饭里，我打小就不喜欢胡萝卜那味儿。

岳母说，吃点儿胡萝卜好，都建议小孩吃。

媳妇又替我说话了，他又不是小孩。

岳母说，大人更应该多吃。

媳妇说，从认识他那天起，你见过他吃胡萝卜吗？他比别人矮了吗？瘦了吗？——都跟您说了，蒸饭就是蒸饭，什么都别掺。

岳母说，行——知道了！

于是就有了今天的红豆饭。

媳妇又说，我都说三次啦——别掺！别掺！别掺！

岳母说，没掺呀，我就是想做纯豆饭！

岳母来了三天，没顺顺利利吃过一口白米饭。我可以忍，我的胃不可以。我说，我吃红豆过敏——我自己煮点儿饺子吧！

我打开冰箱，取出速冻饺子，进了厨房。

厨房吸油烟机的声音很大，我还是听见媳妇说，他吃什么都不过敏，他是不愿意撅你面子。

二

孩子三十九度二。脸蛋粉红。半夜去的医院。急诊大夫问最近辅食吃的什么，岳母说早上米粉加胡萝卜，上午一顿母乳，中午米粉加胡萝卜，下午一顿母乳，晚上米粉加胡萝卜，临睡前又喝了一顿母乳。

开了退烧药，还有小儿健胃消食片。大夫说，你家孩子是积食，吃得太多了。岳母说，每次没喂多少。大夫说，半岁小孩的胃才多大——小儿不怕饥和寒，就怕饱和暖。岳母问，吃多少算合适？大夫说，如果已经低烧，一点儿不喂都行。岳母又问，那穿多少算合适？大夫指着我说，他爸穿多少，他就穿多少。

回到家，先喂孩子药。六个月的孩子会吃奶，不会吃药，得用吸管灌。媳妇发明了一个方法。她抱着孩子，我在一旁载歌载舞，吸引孩子注意力，让他冲我笑，出其不意，媳妇把带药的吸管放进孩子嘴里，一挤，药水射入口腔。然后让孩子仰壳儿待着，药也出不来，自动流进咽喉。

几次之后，孩子知道我一扭腰甩胯就没好事儿，紧闭小嘴，不再看我。岳母及时掏出手机，播放洗脑神曲《小苹果》，孩子又笑了，药顺利灌入腹腔。烧退了。

这歌是岳母舞蹈队演出的曲目之一。她退休后参加了当地老年舞蹈队，每日排练，风里雨里，不亦乐乎。这次赴异地演出交流，途经北京，在我家逗留歇脚，顺便帮着带几天孩子。听说《小苹果》的创作者喜欢吃苹果，每天一个，对身体好，他一定想象不到，写出来的歌，丰富了退休妇女的生活，也有助于婴幼儿吃药。

药吃完，孩子折腾出一身汗。我说，把棉坎肩脱了吧？岳母说，不行，出汗了，不能着凉。媳妇说，大夫说了，他爸穿多少，他穿多少。我正穿着半袖。岳母说，冬天哪有穿半袖的？媳妇说，你得看屋里多少度。她扫了一眼温度计，显示二十六。媳妇说，夏天二十六度不光穿半袖，还得开冷风呢，把棉坎肩脱了。说着就要动手。岳母赶紧抱着孩子回屋了，好像我们要抢她孩子似的。

三

孩子姥爷要来，也就是我的岳父。这是计划好的事情。他会把今年剩余的两天年假用完，再加上周末和元旦，一共五天，来京欢聚。正好岳母也在北京，这将是我们全家人第一次聚齐。以前每年也聚，但没这么齐过，因为老二今年才出生。老二就是前面提到的那个发烧的孩子，是个儿子。老大是闺女。

姥爷买的是周六一早的动车票，头天晚上收拾完行李，想到马上就能见到外孙子和外孙女了，幸福地躺在沙发上就睡着了。半夜被冻醒，鼻子不通气，换到床上睡。我媳妇也就是他闺女怕他第二天睡过头，赶不上火车，打电话叫他起床，听他鼻音重，问是不是感冒了。姥爷实在，如实复述。闺女让他量量体温，五分钟后汇报温度。体温计上显示三十八度一。闺女说，票退了，先别过来了，别再传染孩子。

姥爷赶紧吃药、验血，给化验报告拍照，发到我们的家人群里，说C反应蛋白指数正常，体内没有病毒，只是受凉发烧，不具传染性，想订下午的票再来。

我媳妇说刚烧起来的验血数据不准，体内正处于动态变化中，现在不高，不代表一会儿还不高。昨晚着凉的时候，免疫力已经遭到破坏，病毒侵入，体内免疫功能启动，和病毒交战，导致体温升高。战斗才刚刚开始，谁赢谁输还不好说，万一病毒赢了，就会出现呼吸道发炎的情况，从嗓子到气管再到肺，越往下越严重，凡是呼吸道的炎症，都具传染性。这几年抚养孩子，去过各大小医院，我媳妇已经成了发烧感冒专家。

姥爷只得作罢，打开行李箱，把给外孙女买的烧鸡、酱肉、熏肝放进冰箱，狂喝白开水，加速排毒，等待病愈。还上了一个每小时提醒喝一次水的闹钟。

四

老大平时跟着爷爷奶奶住，在城里上幼儿园，接送方便，周末跟我们。她今年四岁半了，上中班。女孩懂事儿早，因为能吃又长得高，在小班的时候被选为班长，这个职位自动被带到中班。班长的主要职责是帮老师给小朋友发玩具。

每周我和媳妇会带老二回趟爷爷奶奶家，让爷爷奶奶跟老二玩会儿，我俩也能跟老大待待，陪她画会儿画，练练学校教的英语。这周没回去，老大不让，她说你们别来看我了，弟弟发烧了，别传染我和爷爷奶奶，我要是发烧了，就去不了幼儿园了，老师该让别的小朋友发玩具了，我就不是班长了。

姥姥是圣诞节那天到的北京，这趟还没见到外孙女，也没见到爷爷奶奶。虽然每年都见，已不见外，出于礼数，爷爷奶奶还是有必要接待一下，于是约定周日带老大来我家，到时候在外面吃顿饭，爷爷买单，谁也不用干活儿，能多歇就多歇一会儿，别弄得那么狼狈。

姥姥这几天累着了。老二发烧后脆弱，半夜必须抱着才能入睡，一放下就醒。姥姥抱了两个晚上后，眼眶发黑，鼻子开始不通气。第三个晚上，媳妇和她轮着抱，每人每班两小时，天亮后孩子的精神终于见好。

我半夜赶稿，一个网剧让我元旦前交头五集剧本，每晚只睡三个小时，感觉再熬下去，也离生病不远了。

媳妇那儿也不消停，在网上买了大麦茶，喝这个回奶。老二发烧后食量减少，吃不了多少母乳，而媳妇的奶水是按照孩子之前的食量分泌的，开始胀奶。胀严重了，听说会得乳腺炎，她还好，只是胀得有点儿发烧，脸红扑扑的。岳母问她，你喂奶怎么还喝酒呀？

媳妇开始每天猛灌大麦茶，以前都是吃烤肉的时候才喝，现在每喝一口，总感觉自己身陷已打烊的韩国烤肉店。

家里处处危机，媳妇没办法不对这个世界格外小心，这是千里之外的姥爷理解不了的。

五

周日上午有人敲门，以为爷爷奶奶带着老大到了，开门一看，姥爷正站在门外，咧嘴笑着。

媳妇说，这回真把奶气回去了。

姥爷说，我鼻子已经通气儿了！

媳妇说，您怎么不听从组织安排呀——现在老小都脆弱，被您传染了怎么办？

姥爷说，我都吃了一只烧鸡了，肯定是没病。

姥爷放下东西，自觉洗手洗脸，然后去抱老二。

姥爷说一共就五天假，已经过去了一天，哪怕争分夺秒，他和外孙子也只有四天相处的时间了。媳妇说您就那么着急呀，再有不到一个月过年了，到时候你们来，或我们回去，不就能见着了吗？姥爷说，你还不如一竿子给我杵到我外孙子结婚。

爷爷奶奶带着老大也来了。换鞋的时候，媳妇问老大，猜猜咱家谁来了？老大猜，圣诞老人吧，他给我带什么礼物了？媳妇说，给你带了烧鸡、酱肉、熏肝。老大说，圣诞节都过去好几天了，他怎么才来呀？

姥爷抱着老二出现了，老大扑了过去，姥爷以为老大要跑进他的怀抱，赶紧俯身迎接。老大正好够着姥爷胳膊里的老二，说，弟弟，听说你病了，奖励一张贴画。老大手里拿着一捆贴纸，揭下一张"乔治"的，贴在老二脸上，老二被戳疼，哭了。姥爷赶紧颠腾老二，哄他开心。老大给自己贴了一张"喜羊羊"。"乔治"是动画片《小猪佩奇》里的猪弟弟，老二属猪，老大属羊。

爷爷提醒老大，叫姥姥姥爷了吗？老大这才发现姥姥姥爷在这屋里，冲他俩笑笑，叫完，奖励了每人一张"超级飞侠"。

本来计划好了出去吃，姥爷带来的吃的太多，人聚齐的热乎劲儿还没过，不知道谁说了一句"不如就在家吃"，随后又有人附和，于是真就在家吃了。

爷爷炒了俩青菜。肉是现成的，姥爷带来的熟食。摆桌的时候不见奶奶，一会儿奶奶拎着一袋饺子皮儿和肉馅回来了，接风的饺子送行的面，要给姥爷接风。她爱包饺子，跟有人爱嗑瓜子一样。

开吃前，就白酒还是啤酒的问题，岳父和我媳妇又产生了分歧。媳妇的意思是喝点儿啤的得了，孩子爷爷平时也喝啤酒，不怎么喝白酒。岳父的意思是喝白酒才叫喝酒，欢快气氛的浓度这么高，酒精浓度也得高点儿。孩子爷爷对儿媳妇说，你爸到你家，想喝什么酒就喝什么酒，我陪着。我媳妇说怕姥爷又喝多了，上回老二满月酒，他就吐人家一车。岳父说今天喝完不坐车，吐不了，还有一个必须喝点儿的理由，之前不老说我有炎症吗，白酒才能杀菌！媳妇说，那都别多喝，就二两。爷爷说，我喝一两，那一两给姥爷。

入座，倒酒。老大看见了盘中食物，拍着手说，哇，圣诞老人，太赞了，给了我这么多礼物。

姥爷嘿嘿嘿傻笑。

老大把盘子往姥爷面前推了推，说，姥爷你吃点儿吧，这是圣诞老人给我的！

姥爷笑得更开心，说，你好好上幼儿园，明年圣诞老人还会来看你。

我媳妇突然想起什么，问，你不是吃了一只烧鸡吗，这只烧鸡哪儿来的？

姥爷说，我又买了一只。

我默默尝了一块，确实没有在冰箱放久了的那种味道。我知道媳妇在看着我，我没有迎接她的目光，冲那个方向轻轻点了点头。

老二只长了四颗牙，坐在婴儿车里，看我们七个有二十多颗牙的人吃饭——当然，他爷爷的真牙可能不到二十颗了。姥爷拿着鸡腿在老二面前比画，老二真的伸手去抓，全桌的注意力都集中到老二身上。老大说，姥爷，专心吃饭，别瞎逗。

自打老二出生，老大自动会用潜台词和人交流了。

老二不甘被冷落，把小车里的玩具往外扔，再度吸引大家注意。大人给他捡回来，他又扔，扔完还咯咯笑。

大人们说，这孩子，鬼头儿！

老大说，你们好好吃饭吧，我照顾弟弟，我给弟弟捡。

捡回来的东西刚放进去，又被扔出来。

老大撂下筷子，来到小车前，郑重对老二说，弟弟，不许再扔了，再扔姐姐就不喜欢你了！然后学幼儿园老师的样子，双手叉腰，居高临下。

大人们劝老大赶紧吃饭，不用管弟弟。老大重获大人的注意力，满意了。

一瓶一斤的白酒喝完，姥爷启开两瓶啤酒，先给爷爷倒上，又给自己倒。

媳妇说，您不说白酒杀菌吗，怎么还喝啤的？姥爷说，你不是让少喝白酒吗？老大也不让再喝，说，姥爷你少喝点儿！姥爷说，要不你明天别上幼儿园了，请假在家和姥爷玩吧！老大说那不行，她要好好上幼儿园，不让圣诞老人失望。

奶奶起身，去煮饺子。姥姥及时放话：瓶中酒，饺子马上上桌！

奶奶给老大捞了六个饺子。姥姥说，太多了吧，别积食。奶奶说，不多，里面都是馅儿。我说，多。我从老大的碗里夹走两个饺子。老大不干了，扔下筷子，要哭。我说少吃两个饺子能保持身材苗条，你不是还想学跳舞吗？老大又把碗里的饺子拨给爷爷两个，说，爷爷，你就吃吧，肚子都那么大了！

六

饭后，老大老二像往常一样，都要来个午觉。媳妇奶睡老二——一边喂奶一边哄他入睡，我陪着老大。爷爷奶奶和姥姥姥爷在客厅聊天，剥着姥爷带来的栗子。

姥爷说这栗子是他们那远郊区县山上的，哪儿的栗子也没有这个栗子好吃，爷爷说这栗子不行，个儿太小，比起北京怀柔的栗子差远了。爷爷问姥爷明年什么时候退休，姥爷说明年七月，六十岁生日的时候，到时候在当地就能享受去公园免费的福利了。爷爷说北京的老人坐公交车都能免费，姥爷说不可能吧，北京户籍人口四分之一是六十岁以上的，公交公司那不赔钱吗？爷爷说对呀，公交公司一直有政府补贴，等你在北京办了老年证，我带你坐车转转北京。姥爷说，我可不占北京政府的便宜，咱俩可以骑自行车转。爷爷说我骑不了自行车，前列腺不好。姥爷说，正常，老年人都不好。爷爷问，你的怎么样？姥爷说我还行，我还没到老年。

两人越聊不到一块却聊得越欢。

老二哭醒了。都说小孩有神通，能看见大人看不见的东西，所以睡着睡着觉经常哭醒，被吓到了。老二一哭，给老大也弄醒了，我也就跟着起来了，带老大去“寻找冬天”。

这是他们幼儿园留的作业，冬天来了，让家长带小朋友感受冬天，采撷冬天元素，做成手工，带到幼儿园。上季度做过“寻找秋天”，当时捡了几片小区里掉下的银杏叶，还有不知道什么树上的小红果，贴在纸上，拿到幼儿园。听老大回来说，全班做得都差不多。我说明年再做的话，爸爸带你去香山捡红叶做。老大说，香山吗，那树叶不都是香的啦？

小区位于东五环外，老二出生后，我搬离城里，住到这儿，生活成本变得更低，隐隐有点儿离群索居的意思。小区绿化不错，楼间距超大，种了各种树，但是到了冬天，都变成光秃秃的树枝，就像人老了，都只剩下老样儿。老大呼出白气说，爸爸，冬天真难找呀！

是呀，我总不能捡点儿雪花贴纸上，再说天上也没下雪。我带着孩子在小区转来转去，脑子里冒出一句歌词：春天在哪里呀春天在哪里，春天在那小朋友的眼睛里……那冬天呢？

七

我领着老大回家的时候，爷爷奶奶已经走了。本来说好了带老大一起走，明天好上幼儿园。不知道后来怎么聊成了：明后天给老大请假，多跟姥姥姥爷玩两天，等周三过完元旦，再送幼儿园。

媳妇很是气愤，说都是中午那点儿破酒闹的，以后再这样，别来北京。

老大劝她，妈妈别生气，如果老师让别的小朋友发玩具，不让我当班长了，我也不哭。

我和老大捡了几个蜗牛壳回来。这就是我俩寻找到的冬天。我把蜗牛壳用透明胶带粘在纸上，告诉老大，蜗牛在冬眠，等夏天来了，它就醒过来了。我想象着到时候蜗牛从壳里探出头和身子的样子，身上缠着胶带，寸步难行，不一定会像绑在十字架上的耶稣，倒跟我的现状很像。

媳妇喂着老二，突然一声惨叫，啊！——他咬我！

媳妇一张嘴，苦水直往外喷，似乎在向上帝申诉。

老二退烧后，不好好吃奶，上下各两颗牙，好像雪茄剪，卡住他妈妈的乳头——咔嚓就一下。

姥姥笑了，说所以当妈的才伟大。

媳妇说你这是无知，现在笑，就是鼓励他下回还咬，这时候应该掐他屁股，让他长记性。

已经打着酒鼾的姥爷从沙发上醒来，说谁也不许掐我外孙子屁股！

媳妇说，你俩就纵容他欺负你们闺女吧！

姥姥说，这可不叫被欺负，当年你咬我的时候，你姑她们就按着我，我想推开你的嘴都推不开。

媳妇说，她们愚昧，你无知。

姥爷说，怎么能那么说你姑她们呢？

姥姥说，她们就该说！

我在别的房间赶稿，听到声音走来客厅慰问被咬的媳妇，他们都闭嘴了。

八

我前年写的一个网剧今年刚播完，年底了，参选网站举办的年度十大剧集，我把投票链接发到朋友圈，岳母看到，转到她的朋友圈，帮我拉票，还转到她们舞蹈队的群里。我发朋友圈不是为了获得更多票数，只是表示这一工作到此结束了，做个总结，让大家知道我这两年不出门都在家干了什么。岳母发朋友圈则是为了帮我冲进十佳，不一会儿，她的微信就噼里啪啦响起来，都是问她怎样投票和告知已经投过票的。她们舞蹈队秩序井然，管理有方，她是队长，投过票的都向她汇报。一听到她手机响，我就紧张。我说妈不用拉票了，就是个意思，不用当真。岳母戴着花镜，瞄着手机，眼珠从镜框上方仰起，看着我说，刚才统计了一下，从我这儿过的，有三百多票了。

实实在在的数据。

岳母爱吃土豆，我从冰箱取出四个，晚上准备给她炒个土豆丝。

当土豆丝吃完，我准备刷碗的时候，岳母又掏出手机看票数，我的那部戏已经有二十多万票，位居第二十三,一共三十部剧参选。岳母看完没说什么，我想她现在应该了解什么叫互联网了吧。

九

晚上，老大又发烧了。病因不详，家庭内部总结，不外乎三条。一是下午外出寻找冬天的时候着凉了；二是午饭和晚饭吃多了，今天吃饭的人多，每人让她多吃一口，加一起就多吃了一碗；三是被传染。

姥爷说，肯定不是三，是也不是我干的，我没病。

媳妇咬牙切齿地说，真被我说中了！

姥姥说，你爸要能传染，他自己怎么不发烧？

媳妇说，他刚退烧，但体内还有病毒，非着急来，来了就裹乱！

姥爷说，也有可能是因为吃多了。

媳妇说，那还不是因为你带了那么多吃的，你一个劲儿让她吃？

姥姥突然说，要是下午出去的时候冻着的呢？

媳妇说，咱俩给她穿的衣服，那么厚，能冻着吗！

姥姥说，那保不齐，一刮风，凉着了，或风里正好有病毒。

媳妇又问我，在外面你给孩子脱衣服了吗？

我说，我有病啊，我脱她衣服干吗？

媳妇说，真没脱？

我说，你可以问孩子。

媳妇问老大，爸爸下午在外面给你脱羽绒服了吗？

老大扇动着长睫毛，有气无力地说，我是不是发烧了？我觉得我现在就是“寻找冬天”的作业，你们把我交给老师吧！

十

老二发烧开的药，老大也适用，加上老大以前发烧开的药，媳妇都找了出来，堆在桌上，分门别类，嘱咐出现什么症状吃什么药，然后带着老二去睡了。她必须让自己休息好，一旦老大高烧不退，到时候去儿童医院跑上跑下都是她的事儿，她不能让自己烧起来，得保证正常体温产生母乳喂养老二。二胎妈妈，步步惊心。

姥姥姥爷单独一间房伺候老大，时刻关注体温。我打开电脑，养家糊口，同时两屋跑，端盆倒水，车钥匙放在门口，做好再去看急诊的准备。

十二点左右，媳妇睡眼惺忪地过来看老大。老大头上粘着退热贴，摸手挺热，让人揪心，量了体温，三十八度四。姥姥姥爷建议吃点儿药，媳妇坚决不给吃，当妈五年，熟知小儿发烧三十八度五再吃药的准则。姥爷说就差零点一度，吃吧。媳妇说，考五十九分，就差一分，能算及格吗？姥爷说，看孩子这样我难受。媳妇说，怕难受你就别来。姥姥说你俩说来说去的，能退烧吗？我说，老大现在能睡着，说明不是特别难受，休息好了有助于恢复，咱们该干吗干吗，别打扰她，有劲儿留到需要的时候使。各自散去，各行其是。媳妇留下一条铁律：超过三十八度五吃药，超过三十九度去医院。

凌晨两点，我听到老大的房间有动静，透过门缝，看到姥姥姥爷正在擦拭昏睡中的老大，一股酒味儿飘出来。床头小桌上摆着一瓶“四特”，是朋友送的那瓶。

我急忙进屋小声阻拦，说不能用酒擦。姥爷笑嘻嘻地说，这酒可好了！

我关严门，说明为什么不能用酒擦。酒精会透过幼儿的皮肤进入体内，造成酒精中毒，严重可至休克或死亡。局部擦拭过多，还会造成皮肤烧伤。我悄悄接来一盆温水，再次关好门，姥姥姥爷重新擦拭温度并没有下降的老大。她浑身散发着酒味，被人摆布，浑然不知，俨然一个小酒鬼，醉倒在路边。

看着姥姥姥爷在台灯下笨拙地操作着，我没有叫醒媳妇，她若知道，必将大发雷霆。

凌晨五点，一片寂静。我去老大屋里看了一下，她正躺在姥姥姥爷中间睡得安稳，我轻轻关上门，也回屋睡觉。写了一晚上，头昏脑涨，一挨枕头便昏睡过去。

九点多的时候我被欢闹声吵醒，走出房间，老大老二和姥姥正在客厅的儿童围栏里玩。能笑得把我吵醒，说明风平浪静云散天晴。

老大见我出来，叫我快过去看看。她把昨晚为她准备的那些五颜六色大大小小的药盒当成积木，搭了一座房子，问我好不好看。我摸了摸她的脑门，比我手还凉。

媳妇说饭在电饭锅里保着温，随时可以吃。我问，老大退烧了？媳妇点点头，说烧起来得快，退得也快，应该就是积食，注意吧，元旦还一顿饭。

昨天说好了，元旦欢送姥姥姥爷离京，在外面吃午饭，吃完直接送他俩上火车。现在吃顿饭，跟排雷似的。

十一

我刚把早饭端上桌，门铃响了。孩子奶奶来了，很意外。

更意外的是，爷爷没来。姥姥姥爷率先问出这个问题，奶奶轻描淡写说，他有事儿。

奶奶心不在焉地抱了会儿老二，又浮皮潦草地跟老大亲热了会儿，然后揪着我的衣服说，去你屋，跟你说点儿事儿。

我早就等着这句话。她拎着包跟我进了屋。

关好门，我说，说吧。我妈说，你爸太为老不尊了，昨天回去后，有个卖保险的小丫头，她也不检点，上咱家卖给你爸保险，左一个叔叔右一个叔叔，叫得那叫亲，你爸还给她沏茶，气得我看不过去了，胸口闷，就去医院开药，大夫让我做个 CT，正好也年底了，都在医保里，我想那就做吧。今早去拿结果，片子上显示我有肝囊肿，离开医院我直接就来你这儿了，我有病了，你爸还这样！

我妈的这段话信息量有点儿大。我问她现在想怎么办。我妈说，管管你爸！我说，我怎么管，在家您不管她，还给他腾地方，您这不是傻吗？我妈说，我一管我俩就吵架，一吵架我胸口就疼，你说他能吃能喝的，买什么保险呀，就是被那小丫头鬼迷心窍了，现在该你出面了。我知道我不会袖手旁观，但不知道此刻该说什么。我妈捂着胸口说，又疼起来了，一提到你爸，我就有点儿上不来气儿，有时候带着后背都疼。我说，您先把检查结果给我看看。我妈从包里掏出 CT 片子和诊断报告，都是术语，我也看不懂。我说现在还疼吗，我妈说出门前还疼，她特意吃了心绞痛的药，现在好点儿了。我问这是哪家医院照的 CT，我妈说是社区医院。我问大夫怎么说，我妈说大夫建议她去更好的医院再看看。不用这个大夫建议，我也是这么想的，我妈平时没事就去社区医院看病拿药，跟去超市一样自如，感冒发烧也就罢了，真是肝脏的事儿，还得去三甲医院。

听说我要带孩子奶奶去看病，媳妇也要跟着去。路上，在车里，我妈又把经过跟我媳妇复述了一遍。再次听完，我获得一个新的信息点——我妈的胸口在一个月前就开始疼了。可她偏把“我爸”和“胸口疼”这两件事放在一起说，并人为制造出一种因果关系。这是她获得“被人重视”的一贯风格。

媳妇在车里挂上二环内的一家三甲医院胸内科的专家号。去哪个三甲医院对我们来说都差不多，只不过就这个医院还有专家号。专家看完我妈的片子说，没事儿，囊肿不到两厘米，这岁数的人常见，不耽误吃不耽误喝，回去吧。好不容易看一次专家，我妈不想刚坐下就走，指着片子上的小黑块说，那您说这个囊肿怎么去掉呀，它不会发展成别的吧？专家知道我妈的意思，说您放心，它变不成肝癌，我们临床这么多案例，肝癌患者基本都得过肝炎或肝硬化，您没这俩病吧？我妈说，没有。专家说那您就把心放肚子里，就当没照过这片子。我妈仍有不安，指着胸口说，可是我这儿确实疼呀！专家说，建议您去看看心内，我这儿敢肯定地告诉您，肝囊肿不会让您胸口疼。

媳妇又在自助机上挂心脏内科的号。第一次看，专家号已挂满，媳妇建议直接去问问大夫，能不能临时加个号。到了诊室门口，排队等着，媳妇又看了眼手机挂号，不知道是有人退号，还是两个终端放号不一样，竟然有号了。前面还有七位患者，我们坐在椅子上等。

我趁机给我爸发微信，问他买保险是怎么回事儿。他说需要买，于是就买了。还说打算夏天去趟西藏，这是他一直的愿望，都这岁数了，再不去就去不了了。我问他打算跟谁去，他说问过你妈，她不去，我打算自己去。我说，去那儿不怕出点儿什么事儿吗？他说所以才买了保险，受益人是你。我说怎么就想起去那儿了？他说他快七十了，明年夏天不去这辈子就没有去的可能了，等老二会走了，就离上幼儿园不远了，每天接送还得是他的事儿，再加上老大上小学也需要接送，到时候就更走不开了，而且去西藏的旅游团也不爱接待七十岁以上的老人。

我把这话跟我妈说了，我妈暂时没说话，她需要消化一下。前面还有三个患者就轮到她了。当前面还剩一位患者的时候，我妈对我说，你说，你爸不会为了把他和卖保险小丫头的事儿说得合理，就编了这么个去西藏的说法吧？我说，您要是什么事儿都这么想，哪科大夫也治不了您的病。

心内科大夫看完片子，又听我妈说完症状，也觉得我们挂错号了。这次我妈在描述病症的时候，又透露出新信息，就是当胸口疼的时候，换个姿势就能减缓疼痛。大夫说，您这跟体位有关，应该看胸外科。我妈不相信是外科的事儿，她认为心里憋屈就该看心内科，一定让大夫给好好查查。大夫说可以给您查，但医疗流程我得先跟您说清楚，先在这儿做个心电图，有事的话，就继续留在心内科往下检查，再查就比较麻烦了，要静脉注射心脏造影剂，对身体有损伤。如果心电图没事，大夫建议去胸外再检查，查不出毛病，再回心内，回来后接受的检查，依然是注射造影剂后做心脏 CT。我妈说，先看看心电图吧。

心电图做完，一切良好，只是有点儿供血不足，这年龄的人常见症状，也算正常。大夫说，那就去胸外吧。我妈仍不相信自己的病不应该不在这里解决，大夫说趁现在没下班，您抓紧看完胸外，如果那边也查不出问题，您再回来。

胸外科的候诊区已经空空荡荡，该看病的已经看完，号也没了。媳妇问大夫能不能再加个号，可能是没到下班时间，待着也是待着，大夫还真给加了。我妈坐定，边掏片子边讲述症状，大夫听她说完，接过片子看了看，微笑着问，您平时干什么重活儿累活儿吗？我妈认真地想了想，好像平时真干过似的，然后说没有。大夫说您这个，就是抱孩子抱的，肌肉拉伤。这一结论让我和媳妇也一愣，老二才半岁，按说没多沉呀，不至于的。大夫进一步解释，说您看您换个姿势就不疼了，这就是肌肉的事儿，养两个月，别抱孩子了，两个月后再疼，您再来找我。然后开了一管十几块钱的药膏，诊断结束。

折腾了六个多小时，拿着一管药膏走出医院，虽然没有成就感，心情倒轻松起来。冬至刚过，快六点了天还没有完全黑透。夜色温柔，路上车水马龙，街边灯火万家。

十二

一年的最后一天来了。今晚就要交稿，我去咖啡馆赶工，知道完不成，能赶出多少是多少。

中午，催问的电话准时响起，制片人问我写得怎么样。我说尽力了，写不完也没办法。他也知道我俩孩子。他说，他也要过新年，希望我能在新年到来之际不要给他带去“噩耗”，哪怕是有一丁点儿喜庆的消息也好。我说，顶多晚两天交稿，顺利的话，明晚给你。制片人说，这算个好消息，新年快乐！

我没说谎，我确实尽力了。每一分每一秒都没闲着，一刻也没停止思考那些准备要写下来的东西。现在，我需要的是属于自己的完整时间。

我在咖啡馆吃的午餐和晚餐。家人的微信群没有动静，说明一切正常，各司其职，各尽其责。我熬到肩膀酸疼，离开了咖啡馆。

还算顺利，这年的最后一天貌似平稳收尾。回家后，姥姥姥爷和孩子们都已经睡了，媳妇打破了这个平静的局面，她以一个近乎光头的形象出现在我面前。

我问怎么了？她的表情既有些得意，又透露着委屈。下午她和姥爷大吵了一架，起因是老二总哭闹，姥爷认为是孩子没吃饱，病一好，食量就大了，而我媳妇刚喝了几天大麦茶，奶少了，供不应求。姥爷要喂孩子辅食，媳妇没让，说宁可饿一两天，也别再积食上火发烧了，昨天从老大那得到的教训还不够吗？姥爷就一直抱着老二，哄他，这事儿就过去了。媳妇睡了个午觉，起床看到老二后——老二嘴边挂着没擦干净的米粉糊，火冒三丈。媳妇问姥爷，你是不是喂他米粉了，姥爷说没有。媳妇说那这嘴边是什么？姥爷看遮掩不过去了，只好承认，说不忍心看孩子挨饿。媳妇说现在什么年代了，哪儿还有挨饿的事情，不给吃是为了健康，你们挨过饿的人总觉得给肚子里塞满东西才舒服是吧，孩子要是再病了，你带着去医院啊！姥爷说我带就我带，这回我给孩子抱走，我提前半年退休，和她姥姥在家看他！老大闻声赶来，问那我呢，我跟着妈妈还是姥爷？姥爷说你妈不给你们吃的，你们都跟着我。媳妇说你就是头脑简单，以为给一口吃的就是对孩子好，落后！姥姥不愿意听了，替姥爷撑腰，说你不就是在北京上了大学留在北京了吗，我们怎么就落后了？媳妇说这不是北京不北京的事儿，是你们的观念，气死我了！这么大人，喂完孩子还撒谎！姥姥说你还气着你爸了呢，不让你爸来，来了不让喝酒，不让这个，不让那个，你爸喂个孩子还得偷偷摸摸，喂完了还不能承认，你看你把你爸都逼成什么样儿了！你小时候也是你爸这么喂大的，不也挺健康的！媳妇不理解做了错事的人还能如此理直气壮，说，你们就逼我出家吧！

说完媳妇摔门而去。听到老大还在身后问，姥姥，什么叫出家呀？

这一切，都是在我出门时发生的，我在不至于演变到这么激烈。

媳妇再回来的时候，就变成这个样子。我是除理发师外第一个看到她变成这样的人，姥姥和孩子们都睡了。

媳妇跟姥姥姥爷吵了这一架也挺好，总比跟婆婆吵要好。生老大的时候，我就听过如何疏导当产妇的妈妈的心理压力课，老师说刚当妈的都一时拧不过个儿来，心情压抑，何况是二胎妈妈。其实媳妇早就想剃个光头，老大吃奶的时候，总揪她头发，那时候就想剃，下不了狠心。现在老二吃奶，也揪她头发，男孩劲儿大，不管不顾，跟小牛犊子似的。她跟我说过不下三次，想把头发剃光，反正未来半年也喂奶，不需要社交。我支持她，但她自己总犹豫，有一次都坐在理发椅上了，理发师问她怎么剪，她说只剪短一点儿就好了。

我摸了摸媳妇支棱着青楂儿的脑袋说，这下满意了吧，他们帮你实现了心愿。

她说，小点儿声，别让他们听见！

我说，怎么没彻底剃光？

她说，那真成出家的了。

十三

元旦如期而来。我开着那辆已经跑了五年的七座车，去接爷爷奶奶。姥姥姥爷抱着老二坐在第二排，媳妇带着老大坐在第三排，副驾驶的位置给爷爷留着，第二排也给奶奶留着座位，人齐了后去吃那顿筹划已久的午餐。

餐厅早就订好了。是个十人的包间，订的时候接线员问我几位？我说八位。

她说那好吧，订给您吧。现在当我们落座后包间服务员问我人齐了吗？我说齐了，她数来数去只有六个大人的时候，显然有些失落——六个大人毕竟没有十个大人吃得多。

媳妇开始点菜，先点了一个猪手汤，下奶。老二病愈，食欲大了，她的奶又跟不上了。这让我想起了小学数学考试里常出现的那类题，单独开进水管，三十分钟能放满一池水，单独开放水管，四十五分钟能放掉一池水，问进水管和放水管一起开，池子里的水多长时间能满？

为了弥补昨天的不快，媳妇特意点了两个姥爷爱吃的菜，毛血旺和椒麻鸡，他口重。最后还点了一个很不搭配的土豆丝。媳妇只是对服务员报出这些菜名。姥姥姥爷听到后紧绷的神情也有所松缓。

今天早上姥姥和姥爷看到他们的女儿那一头长发在争吵后变得比他们外孙子头发还短时，似乎想起女儿昨晚出门前说的那句话，两人沉默了。除了出门前给两个孩子穿衣服时有些交流，到这时候基本无话。

媳妇的这个形象也给她喂奶造成一定困难，半夜喂奶，老二是迷迷糊糊吃的，早上老二睁开眼，刚要吃奶，看到是这么个人喂他，吓哭了。我抱着老二哄了很久，老大也安抚老二，说没关系，那人就是咱们妈妈，只不过她的头发没了。最终还是因为太饿，或者是婴幼儿对奶的味道有记忆，老二还是张开嘴，倾情地吃了起来。这时候老大问了媳妇一个问题，妈妈，你是女生，为什么要留男生的发型呀？媳妇说，没人规定男生女生必须应该什么发型，将来你也可以留短头发，弟弟也可以留长头发。老大说，啊，那不乱了套了吗？——“乱了套了”这个词，是她跟爷爷学的，爷爷看《国际新闻》的时候总爱说这句话。

爷爷奶奶不知道媳妇为什么弄了个“毛寸”，刚上车的时候还老问，媳妇说没有为什么，就是新一年了，有个新气象。爷爷说，蛮好，清爽！

上菜了，爷爷拿起白酒，开玩笑问儿媳妇今天白酒的指标是几两。姥爷说不喝了，再喝闺女头发就彻底没了。爷爷似乎明白了这个“新年新形象”背后的故事，故意说，彻底没了好，以后就能一直喝了。爷爷给姥爷倒完，又给自己倒，边倒边说，自己打算好好锻炼一下身体，入夏后去西藏玩一圈。我已经知道这个消息了。爷爷或许不知道，在座的大人们都已经知道了，或许他也知道，但还是要自己宣布出来。相当于通过这个形式，对我妈说：你不去没事儿，你就放心地让我去吧！

气氛过于严肃了，媳妇故意跟爷爷说，去西藏不用锻炼身体，身体越好越容易缺氧。我和媳妇去过西藏，回来后我俩结了婚。那时候我缺氧，头晕眼花，呕吐心慌，被送进医院，她一直守在旁边。

没有在推杯换盏中解决不了的事情。气氛很快恢复至媳妇有头发之前、老二发烧之前、爷爷买保险之前的样子了。——不喜不悲，不阳光灿烂，也不雾霾连绵，不浓酽，也不寡淡，像杯刚泡好的绿茶。

中途老二哼唧了几声，姥爷坐不住了，又去抱。我和媳妇接受的育儿理念是，不要在孩子刚发出需求信号时就满足他，长此以往，不利于身心健康发展，进入社会受挫后没人满足他，容易做出过激行为。正确的方式是延时满足，让他熟悉不被满足的感觉，然后再帮他实现。这个理念我们在老大出生后就强调过，快五年过去了，姥爷依然做不到。无所谓了，要不是姥爷这几天玩命抱着老二，我也没有那么多空闲时间赶剧本。也许姥爷走后，老二会有一段不适应，那是他需要克服的，一个男人，怎么总能让人抱着呢，虽然这个男人只有六个月。

奶奶站起来，接过老大，让姥爷踏实喝酒。她说撕裂的肌肉晚两天康复也没关系。老大指着桌上的手撕鸡说，你们说的肌肉撕裂是这个吗？爷爷给老大讲了什么叫肌肉撕裂，说这是奶奶总抱弟弟造成的。老大说不对，弟弟出生后，你们都抱弟弟，没人抱我，奶奶就每晚睡觉前抱我一会儿，奶奶的肌肉肯定是我给撕裂的，我比弟弟沉，还比弟弟劲儿大！老大觉得做了“好事”一定得留名。

姥爷夹了一块肉递到老大嘴边，说，好宝宝，吃一口。筷子没停稳，又改口，说，算了，少吃一口吧。筷子改变方向，最终伸进自己嘴里。

门开了，服务员端来白米饭。

十四

去车站的路上，老大问姥姥姥爷，下次你们来是什么时候呀？姥姥说，春天吧。老大说，行，等蜗牛露出头，春天就到了，我就告诉你们可以过来了。姥爷说，蜗牛不露头，姥姥姥爷还不能来了是吗？老大说，它不露头就说明春天还没到，你们得说话算数。

我看时间尚早，给姥姥姥爷留出取票进站的时间绰绰有余，便减慢车速，抵达车站前可以多聊会儿天。

姥爷问老大，车上几个男生几个女生，老大伸着已变得细长但依然像藕节的手指点了点，说男生四个，女生也是四个。姥姥问，那一共是几个人。老大掰着手指算了算，无法得出答案，又重新伸着手指数了数，说，八个！手闲着的人都给她鼓掌。

突然老大说，不对呀，爸爸的车是七座的，怎么能坐八个人呢？姥姥说弟弟没有占座位，他还小，在我怀里。老大说那弟弟也不能不算人呀，又告诉我，爸爸你小心点儿，别让警察叔叔看见。姥爷问警察叔叔拦住爸爸可怎么办，老大说，那就把弟弟扣下呗，谁让他是最后来咱们家的。姥姥问，那你不想弟弟吗？老大说，想，等警察叔叔下班了，让爸爸再来接弟弟。话音未落，我一个急刹车，前面有人闯红灯跑着过马路，大家都在责怪那人不守交规，只有弟弟露出四颗牙，笑了。

快下车的时候，姥姥不忘掏出手机关注网剧投票。今天凌晨已经锁票，姥姥说得了四十六万多票，排名十五。我说，挺好，稀里糊涂，中不溜儿。

不进站的人和准备进站的人道别，说来说去还是那些话，但每回还是要说。欢声笑语中，姥姥姥爷走出我们的视野。

下一站，送爷爷奶奶和老大回家，明天老大还要上幼儿园。到了爷爷家楼下，依然停在那个位置，依然是那些嘱咐的话，这回多添了一句："二〇二〇年了，你又大了一岁，更要听话哟！"

然后在老大"知道了，爸爸再见，妈妈再见"的童声中，车门关闭，互相渐远。

媳妇长舒一口气，解开衣襟，让老二叼住一乳，问我，将来咱俩又是爷爷奶奶又是姥姥姥爷，会跟咱家这四位一样吗？

我通过车内的后视镜看着她竖立的"毛寸"，笑了。她说，这没什么可笑的。

我说，我笑当初的选择怎么那么巧，买了这辆七座车。

玛瑙手串

张 柠*

一

七月中旬的一天下午，我坐在昆明飞往北京的飞机上等待起飞，右手握着一串彩色玛瑙手串，拇指和食指一颗颗地挨个儿数着。中间一颗略大，是带暗火焰纹的朱红色玛瑙，旁边十一颗略小，色彩斑斓。据说数数儿有催眠效果。可我也在数数儿啊，不但没有瞌睡，反而精神抖擞，清醒异常。

早晨还在丽江的一家客栈。回忆一周的泸沽湖之行，心里颇多感叹。我给远在宁蒗的摩梭导游阿罕·扎西打了一个告别电话。没想到扎西抓住电话不放，一直在说个不停，又来给我上人生哲学课。他说："大哥，欢迎你再到泸沽湖来洗肺啊，你的肺已经黑了，不信去医院照照。医生说我的肺也他妈的够呛……唉，人生嘛，就那么回事，也不要太在意……钱是个好东西，挣多挣少其实一样，也就那么回事，都是要死的啊。实实在在说，还是要对自己好一点嘛，可做人也不能太自私，也要多为别人想想……"

我的脑子被扎西毫无逻辑的言语搅得嗡嗡作响，后悔不该给他打电话，只

---

* 张柠，男，1958年生，学者，作家，北京师范大学教授，文学创作研究所所长。出版学术著作《土地的黄昏》《感伤时代的文学》《民国作家的观念与艺术》《文学与快乐》《枯萎的语言之花》等15部，小说刊登在《人民文学》《当代》《花城》等杂志。著有长篇小说《三城记》，长篇童话《神脚镇的秘密》，中短篇小说集《幻想故事集》等。

怪自己没忍住。我多次试图打断扎西的话，都没成功，他的话像牛皮糖一样越拉越长，断骨连筋。我看了一下手表，担心赶不上飞机，只好粗暴地挂上了电话。坐上出租车离开客栈不久，突然发现我的玛瑙手串落在了那家客栈。我让司机立刻返回去。司机说，一个玛瑙手串还要回去找？网上大把的啊。我说，不是一般的手串，必须回去找。等找到手串返回出租车的时候，司机说，你确定还要去机场吗？我觉得已经赶不上这趟飞机了。于是我只好改坐高铁到昆明。

飞机发出轰鸣声。加速。飞升。耳朵里嗡嗡作响，伴随着轻微的压迫和疼痛。我一直在数着手上的串珠，从第一数到十一，第十二就是那颗朱红色的大家伙。光滑圆润的玛瑙在我手心滑动，周而复始地轮回。这些天来，玛瑙串珠和我的手几乎是形影不离，如胶似漆，像比目连枝的情侣。我想起了李商隐的诗句，“沧海月明珠有泪，蓝田日暖玉生烟”，内心略略有些惊奇，千年前的诗句竟突然穿越时空戳中我心。

我沉浸在遐想之中，右手数串珠的速度愈加迅速。我注意到邻座一位正在读书的年轻女子，只见她猛地合上书页，揉揉眼睛，接着瞟了一眼我的手和串珠，露出不屑的表情。我有些尴尬。其实我并不喜欢玩手串，也不会将小拇指的指甲蓄得很长，不迷恋唐装，更没有用玻璃瓶泡枸杞水喝的嗜好。我觉得一个人干净利索、赤条条来去最好，无须更多累赘。但是，我无法拒绝这串从我梦中走来的玛瑙手串。为了不影响邻座女子的心情，我转过身背对着她，继续不断地抚摸着我的玛瑙串珠，一颗颗地数着。光滑圆润的玛瑙串珠，与其说来自格姆女神山下，与其说来自泸沽湖中央的里务比寺，不如说来自我的梦境……

二

入住的是一家民宿客栈，叫“筑梦居”，紧挨着泸沽湖水滨。我躺在客栈的大床上，身体沉陷在松软的席梦思中，散发着阳光腥味儿的洁白床单抚摸着我疲惫的身躯。湖水轻拍堤岸，发出哗啦哗啦的声响。偶尔听到空中传来湖鸥咿呀的鸣叫，像恋人絮语。高原的夜晚氧气有些稀薄，蒙眬的睡意很快就爬上了我眼睑，但我的眼前依然清晰地感觉到在西天边半空中照耀着的白光。

耳边突然传来熟悉的声音："你怎么来的？"竟然是我父亲的声音！没错，真的是父亲的声音。我没有看到父亲的脸。但我分明清楚地听到了他的声音，尽管有些含混不清，却能感觉到他语气中的惊讶和喜悦。我想转过脸去看他一眼，但脖子像上了锁一样，怎么都转不动。我觉得父亲问的问题很可笑："你怎么来的？"先坐飞机后坐汽车来嘛，北京到这里两三千公里，难道还能步行来不成？

有一次，父亲让我回老家村里去看奶奶。他命令我必须步行，不许搭乘班车。他说："不吃点苦头，人就会变修的。"从父亲工作的乡镇医院到奶奶家，必须横穿整个县。我要从南走到北，还要从白走到黑。天下着雨，我步行了四五十公里。见到奶奶后，我摸着起了水泡的脚大哭起来。奶奶一边帮我洗脚一边安慰我说："儿啊，你莫哭，你不会变成'修得'，'修得'是麻脸呢。"奶奶把"会变修的"，听成了"会变成修得"。"修得"是我们家的邻居，比我大几岁，满脸的麻子坑儿，那是他小时候得天花留下的后遗症。想象中的天花，就像夜空中的星星，在脸部的天空闪烁不定，泛着密如繁星的暗红色光斑。

夜晚的湖面泛着微弱的光亮。我极力要睁开眼睛，但眼皮很重。我心里疑惑，父亲怎么会出现在这里呢？他是不是来监视我的呢？我大声对他说："我怎么来关你什么事啊？"但我的声音在喉咙深处滚动，怎么也出不来。我在半梦半醒中挣扎，想伸出无力的双手，去帮助我的喉咙。但我四肢发软，不能动弹，越挣扎越无力。

我不确定喉咙里的声音是否从嗓子眼里传了出来。估计我父亲也没有听见。父亲继续追问："你来这里干什么？"声音浑浊含糊。不知道是他口齿不清，还是我的耳朵出了问题。我不敢相信这是口齿利索的父亲在说话。我试图转动头部，以免耳朵被枕头堵塞，但僵硬的脖子还是转不动。父亲对我到这里来干什么特别感兴趣。我怎么回答他？我想，说出来他也不懂：我是到泸沽湖来“洗肺”的！

我从丽江出发，搭乘开往宁蒗彝族自治县的旅游中巴，在崎岖陡峭的盘山公路上跑了四五个小时。开车的是一位四十多岁的彝族汉子。他一直在吓唬我们，说昨天刚下过大雨，山上的泥石都松了，随时都可能滚落下来。我一路上都在提心吊胆，害怕会被悬崖峭壁上滚下来的石头砸中。

年轻的导游是位摩梭小伙子，皮肤黝黑带茶色，半长的头发从中间分开，两颗门牙露出一点，让我想起了小松鼠的样子。他拿起话筒靠近嘴巴吹了几下，话筒发出刺耳的噪音：“你们听我说啊，今天我们两个为你们服务。开车的师傅叫拉黑路内，你们叫他拉黑就行，我早就把他拉黑了，你们不要拉黑他啊。哈哈哈哈。”拉黑转过脸来朝我们微笑了一下，算是打招呼。摩梭导游接着说：“我叫阿罕·扎西，就叫我扎西吧。我说话你们都要听仔细点啊，我好话不说两遍啊。我们摩梭人信藏传佛教，都是很严肃的人，实实在在说。你们肯定听说过走婚吧，那我要告诉你们，这也是很严肃的事情啊，你们不要想歪了啊，出了事自己负责啊。其实也就那么回事，实实在在说。旅游景点可以购物啊，但可买可不买啊，贪便宜吃了亏我不负责啊。舍不得花钱就玩不好啊，挣那么多钱不花干什么呢？其实就那么回事，实实在在说。听见没有？……给点掌声嘛！”

我很吃惊，没想到他这样贫嘴。有些人已经不耐烦了，把头扭向窗外，以示抗议。扎西也开始较劲儿，大声说：“不想听是不是？吃亏的是你们自己，我们说话实实在在。旅游越来越难做，这也不行那也不行，拉你们一趟也挣不了什么钱，还担心被投诉。”扎西突然指着我说：“大哥，你说是不是？”我笑着说：“是的是的。”因为我没有拒绝他，而是一边听他说话，一边直勾勾地看着他的嘴和脸。扎西以为自己嘴巴子很利索，以为我很喜欢听他说话，以为我很佩服他。其实我在把他当人类学对象。

开车的拉黑路内在剧烈地咳嗽，接着推开车窗玻璃，使劲地朝外吐了一口痰，看样子要开腔了。他大概觉得话都被阿罕·扎西说了，有些不服气似的，也开始耍嘴皮子。他问我们，你们知不知道去泸沽湖的山路有几道弯。我们不想说不知道，赶紧拿起手机来搜，然后说丽江与泸沽湖之间，隔着两座大山和两个山道十八弯。拉黑回过头来看了我们一眼，露出烟屎牙，咧嘴一笑说："哈哈哈哈，错了！只有两道弯，左转弯，右转弯。"说完又哈哈大笑起来。我们觉得一点也不好笑。

黄昏时分，火红的太阳悬在西山巅。中巴开进了一个紧挨着泸沽湖边的村寨。阿罕·扎西直接领着一车人去看火把舞表演。表演实在是乏善可陈，跟路边自由市场上卖的那种旅游纪念品一样单调乏味。好不容易挨到火把舞仪式结束，就入住了这家叫作"筑梦居"的滨湖客栈。

客栈房间里的陈设简洁素净，松木地板散发出浓烈的香味，原木搭建的阳台伸向湖边，巨大的落地玻璃窗正对着宽阔的湖面，躺在床上也能看到湖水在粼粼发光，还有鸟岛和蛇岛两座湖心岛的倒影。我头朝东仰面躺下，美景扑面而来，眼前是泸沽湖水与天际线之间的格姆女神山。神女朝西横卧在湖对岸，整个身躯倒映在湖水中，景色十分壮观。我有一种置身于梦境的感觉。当我半梦半醒地睡着的时候，我依然能感觉到湖面的光亮，仿佛依然醒着。

三

在泸沽湖边的梦境里，我与父亲不期而遇。父子俩的对话时断时续，好像难以为继。面对父亲的提问，如果我说我是来这里"洗肺"的，他会有什么反应呢？如果他听到这个古怪的说法，会大发雷霆吗？在梦里，我清晰地知道，父亲几十年前就去世了。那时候我还是一个少年。临终前，父亲躺在病床上，双眼直勾勾地看着我，大概想给我留下一个温柔的表情，但他怎么也做不出来，表情显得做作僵硬。他问我是不是恨他。我不知道怎么回答。

我那位在她哥哥面前总想表现得很能干的三姑姑，连忙走过来，拥着我走近我父亲。她拉着我的手，在我父亲的手上触摸了一下。这似乎是我唯一的一次触摸到我父亲的手，软绵绵的，还有温热。惮于父亲的威严，我吓得直往后退。自作主张的三姑姑，主动替我出面回答父亲的问题。她说："不啊，他不恨你啊，你打他也是为他好啊。"三姑姑之所以这样说，与其说是为了安慰弥留之际的人，不如说是为了讨好父亲。姊妹中最小的三姑姑跟父亲年龄接近，却是父亲的出气筒，从小屈从于父亲的暴力淫威，长大之后在父亲面前还是奴颜婢膝。

如果死亡就是生命的终结，那么我久病在床的亲生父亲，生命就终结在他人生的盛年。那时候，父亲跟我现在的年龄相仿。那么，我们俩不就像兄弟一样吗？我甚至比他还要年长几岁呢。作为"兄长"的我，为什么要怕他这个"弟弟"呢？他大发雷霆又能怎么样？难道我就不会大发雷霆吗？我完全可以对他放大声啊。

于是，我在梦中大声对我父亲说："你想知道我来这里干什么吗？告诉你吧，我来这里洗肺的，来这里玩儿的，来这里花钱的，来这里邂逅的，来这里鬼混的。"我接二连三地说了一大串事情，都是父亲不喜欢的。我试图用这些话来气他、刺激他，让他发作，然后我也可以对他发作。在梦中，我好像把这些话都说给父亲听了，心里感到前所未有的爽快。其实我已经感觉到了，这些声音依然没有发出来，依然在我的喉咙深处转悠，憋得我喘不过气来。我使出浑身力气，想伸出无力的双手，去帮助我被压抑住的喉咙，但我的双手却好像被沉重的铁链锁住，一点也动弹不了。

在梦中千言万语，我似乎说了很多，其实我父亲可能一句也没听见。在睡眼蒙眬之中，我突然看见了父亲的额头、双眼，还有挺直的鼻梁。在格姆女神山后面的光亮映照之下，父亲的半张脸出现在我眼睛的上方。他的眼神依然严厉，但皮肤红润有光泽，肤色甚至比我的还要好。看来他过得不错，我感到一丝欣慰。

距离上一次梦见父亲，已经十几年过去了。那时候我还在南方工作。在梦里，单位保安打电话到我办公室，说有人找。我乘坐电梯下楼来，只见父亲站在传达室的门前，有些落魄似的，表情颓唐，旧衣服皱巴巴的，关键是款式很土，一看就是乡镇干部的模样。父亲独自一人，来到这座巨大无比的迷宫一样的城市，竟然还能找到我工作的单位。阴阳两隔的父子在梦里相见，也没说什么，好像刚刚分手又遇见的熟人似的。我双脚跟着父亲移动，走出了单位大门。他转身向右拐去，在路边的半截砖墙上坐下来。看他熟门熟路的样子，好像事先已经勘察过地形。

我站在父亲旁边，跟他保持一定的距离。父亲从上衣口袋里摸出一包“飞马”牌的香烟，抽出一根，用火柴点燃，缓缓地吸了一口说：“新家刚刚安顿好，就要到北京去？我看还是不要去为好。”父亲不辞辛劳赶到南方来，难道就是想阻止我去北京吗？我有些恼火，停顿了一下，突然对他大声喊叫起来：“你懂个屁啊！”吓得他往后一仰，掉到半截墙下面的沟里消失不见了。为了发出这一声大叫，我花费了半辈子时间积蓄能量，终于把父亲的气势压下去了！

自那以后的十几年，我一直没有梦见过父亲。我跟父亲的关系很紧张，正如我母亲所说，我们不像父子像冤家，以至于在梦里都在较劲儿。其实我挺想念他的。有一阵，我因长时间不能梦见父亲而愧疚，希望他能再一次来到我的梦里。我心想，再见到他，我一定不凶他。但他一直没有出现过。日子过得平静如水，波澜不惊，我暗自庆幸，觉得是父亲保佑的结果。这一次，我们俩竟然在格姆女神山下的泸沽湖边，相遇在梦里，这真让我始料不及，就像我也让他感到意外和惊喜一样。

在梦中，父亲半张脸还在我眼前晃悠。我试图把枕上的头往后仰一仰，以便能够看清父亲的全貌。我用尽全身力气往后仰，可是，父亲的脸也跟着往后缩。我又把头放平回来，父亲的半张脸也跟着往前移了回来，一直保持着鼻梁以上的半张脸出现在我的眼前。我继续努力想要看到父亲的整张脸，但我觉得自己的颈项越发僵硬，动弹起来十分吃力，何况父亲还在故意地躲闪。我突然觉得，父亲好像是在捉弄我，怒从中来，便大叫一声："放开我！"

就在我大声喊叫的同时，我也听到了父亲的喊叫声："放开我！"

四个黑衣汉子出现在我的房间里。他们的长相都酷似我的导游阿罕·扎西。他们都留着"郭富城头"，半长的头发从中间分开，但好像很久没有洗过，油光发亮，皮肤都是黝黑且带茶色，两颗稍长的门牙露出来一截，结满了褐色烟屎。四个黑衣汉子，面无表情，像机器人，两个人分别抓住我父亲左右手，另两个人分抓住我父亲的左右脚，抬着往门口移动。房门边上预备着一个长方形的黑色木匣。

父亲好像是为让四个黑衣人抬他方便，将自己的身子紧绷着，绷得像一根僵硬且笔直的木棍。我这才看见完整的父亲，他穿着干净整洁的灰色中山装，脚上的黑色皮鞋锃亮。父亲的整张脸也露出来了，我发现他的牙齿掉得一颗都没有了，因喊叫而张开的嘴巴，像个大黑洞，显得老态龙钟的样子。怪不得他一直躲着我，不露出下面半张脸。我挣扎着，试图扑过去救他，却动弹不得，也发不出声音来。我心悲伤，噙着眼泪。父亲用眼睛盯着我看，接着又用他自己的目光引导着我的目光，移向他的右手。我看到了父亲的右手戴着一个彩色玛瑙手串。

转眼间，四个长得像阿罕·扎西的黑衣人，把僵硬的父亲放进了门口一个长方形的木匣，接着便要合上盖子。我大声喊着："父亲！父亲！"从梦中惊醒。

四

第二天一大早，阿罕·扎西就到"筑梦居"门前喊我，要带我去乘坐游览泸沽湖的"猪槽船"。他站在中巴门前，摸出一包软中华，递给我一支说："大哥，抽支烟再走吧……你是好人，实实在在说。昨天是不是有些冒犯？他妈的有人投诉我，说我专门拉客人去购物。自己贪便宜上了当，怎么能怪我呢？做人嘛，开开心心就好，是不是？”说着，扎西取下手腕上的彩色玛瑙手串说：“你看，这个手串值多少钱？你喜欢它，花一万也值，开开心心，是吧？你不喜欢它，花了一百也心疼，是不是啊？实实在在说，大哥。”我觉得扎西的语言策略就是强词夺理狡辩。但我被彩色玛瑙手串吸引了，跟我在梦中见到父亲手腕上的手串，几乎一模一样。我死死地盯着扎西的手串看。扎西好像怕我要图他的手串似的，赶紧将手串戴回自己的手腕上。

我回过神来，对扎西说：“手串很漂亮。一万元有点夸张，一百元又不止。”

扎西又把手串摘下来，在我面前晃了一下说：“那你认为值多少？”

我说：“我不懂，只是觉得它好看，很喜欢。”

“嗯，跟我好几年了，开过光的。喜欢的话就出个价呗。”

“不不不，我不能夺人所爱。”

“大哥，咱们一家人不说两家话，一口价，一千拿走。”

一千元？对我这个工薪族来说有些奢侈。我催促扎西赶紧出发。

扎西开着面包车，沿着泸沽湖岸朝西跑了一阵，在一个叫思娜雅的摩梭村寨停了下来。我们沿着小路朝湖边走去，远远见到一些小木船停在湖边，一群年轻的摩梭男女船主，站在湖滩上聊天、吸烟、候客。扎西把我带到一只小船边，用摩梭话跟女船主说了一阵，就招呼我准备上船。

扎西指着女船主对我说：“你跟着她走，她叫阿珠，看什么、玩什么、走什么线路，一切都听她安排，价格是统一的，跟我结算。你听我的没错，实实在在说，也没有什么可看的，就到此一游吧。不要乱来啊，掉到湖里没人救啊。”

阿珠就是扎西的姐姐，帮阿珠摇橹的另两个小伙子，是阿珠和扎西的弟弟，一个像扎西一样蓄着中分长发，另一个留着短发。阿珠和两个弟弟都穿着色彩斑斓的摩梭服装，比扎西皱巴巴的西装好看多了。阿珠的服装尤其抢眼：饰有大朵红花刺绣的对襟衬，彩色盘头上挂满了珠子，防晒的橘黄色丝巾遮住她脸颊，露出明亮的双眼，发辫中编织着各色银线，像仙女一样。阿珠朝我点头，保持着礼貌的微笑。

扎西转身朝自己的中巴边上走去。一位穿牛仔裤和黑色 V 领 T 恤的女子，站在湖滩上抽烟。女子丰乳肥臀，魔鬼身材，但妆化得有点重，嘴唇涂得猩红，假睫毛往上翘起，但睫毛膏涂得过多，假睫毛好像快要掉下来似的。扎西一看就傻眼了，停住脚步，接着就凑过去搭讪。扎西问女游客怎么是一个人，没有回答。扎西问她住在什么客栈，也没有回答。扎西接着问她今天晚上有没有约会，嘴唇猩红的女子盯着扎西看了几眼，依然不接话。扎西呼吸急促，不知所措，双手像苍蝇一样胡乱搓着。猩红嘴唇猛吸一口烟，缓缓地吐出来，飘散的烟雾把扎西的脸罩住了。猩红嘴唇突然猛地把烟头扔在湖滩的卵石上，用脚搓灭，接着仰天大笑起来，转身朝自己租的小船走去，一步三摇，如风摆杨柳。

扎西被红唇女子逗得浑身哆嗦，但他搞不懂女子笑什么，凭着一股子山野劲儿试图继续穷追猛打。这边阿珠姐姐突然收起了笑容，用摩梭话朝扎西喊了几句，听口气像是在批评弟弟。扎西只好停了下来，没有再去纠缠红唇女子，站在岸边发愣，张开的嘴巴半天都没有合上。扎西目送着红唇女子的小船渐渐离开岸边，这才慢慢转身朝自己的车子走去。

姐姐阿珠掌舵，长发和短发弟弟手持两边的木桨使劲儿地划着。阿珠像指挥官，端坐在船尾，安详而笃定，很漂亮。阿珠是一家之主，管着三个弟弟的劳动和生活。阿珠年纪不大，已经生育了二男一女。阿珠和三个弟弟的劳动所得，供养着这个家庭和阿珠的三个孩子。而阿珠自己的男人，则在他那边姐姐家里生活和劳动，养育着他姐姐的孩子。两个摇橹的弟弟年纪好像还小，嘴唇上毛茸茸的。扎西是大弟弟，已经有自己的女人，但扎西说，他已经很久没去女人家了。我问为什么，他说不为什么，只是按照自己的心愿行事，想去就去，不想去就不用去。

船桨用粗大的麻绳挂在船舷的短木柱上，摇桨的时候发出吱嘎吱嘎的声音。太阳穿过薄雾照在湖面上，水蒸气渐渐消散。湖水清澈见底，水草在水底招摇，游弋的小鱼儿特机灵，一晃就不见了。阿珠说，泸沽湖是泉水湖，水源来自湖底的涌泉，所以四季常温，从来都不结冰。阿珠把“猪槽船”停在湖心某处，说到了泸沽湖的泉眼所在，让我喝一些地心涌出来的水，是幸运水。我俯身掬水，捧着水往脸上浇，湖水清凉冰冷，有淡淡的水草腥味儿。

阿珠姐弟继续摇船前行。他们把船停靠在湖心里务比岛的台阶边，让我上岛去看一看。阿珠特别提醒我，要去喇嘛寺叩头，还要去许愿台许愿求平安，说很灵验。里务比寺是一座始建于明末的藏传佛教喇嘛寺，老旧的青砖建筑藏在树林深处。

走近寺门，见到一位年长的和尚，端坐在台阶边的小木椅上，灰色上衣、灰色绑腿、灰色布鞋，心灰意冷的样子，微闭双眼，睫毛在颤动，嘴巴里念念有词。小木椅边摆着一张四方小桌，桌上有各种首饰：项链、串珠、挂饰。我一眼就看到一串眼熟的彩色玛瑙手串。跟我在梦中见过的、戴在父亲手腕上的那串一模一样，跟扎西手腕上的那串也一样。我想问价钱，半眯着眼睛的灰衣长者睁开眼，朝桌子那边看了一下。我见到很小的价格标签，玛瑙手串标价二百八十元，门柱上有付款二维码。我买了一个色彩斑斓的玛瑙手串，接着又到许愿亭去许愿。我买了三四个许愿牌，为家人和自己许愿。其中一个许愿牌是为我父亲写的。四个黑衣人，为什么要抓捕父亲，是父亲犯了罪，还是有人在迫害他？我无法弄清楚这些。我写好许愿牌：“愿父亲平安康乐！！！”后面加了三个粗大的感叹号。我把许愿牌挂在许愿亭的梁柱上。许愿牌上悬挂的铜铃，在风中叮当叮当地响起来，清脆而悠远。

五

离开里务比岛回到岸上，我把那个彩色玛瑙手串藏在裤兜里。我不想让扎西见到我买的手串，免得他知道价格后感到尴尬。没想到扎西还惦记着手串的事情，问我为什么没有买纪念品。我说没有看到中意的。

扎西说："实实在在说，世上的好东西很多，但遇到自己中意的却很难。我就中意那个嘴巴涂得通红的长睫毛女人，唉，可是人家不中意我啊，实实在在说，这也没有办法啊。"扎西又褪下手腕上的彩色玛瑙手串说："遇到中意的不容易。你既然中意这个手串，那也算是缘分，我五折给你，怎么样？"

如果扎西一开始就出价五百元，也许我就买了。现在我只能说："不不不，这是你中意的东西，你自己留着吧。"

扎西说："大哥啊，我觉得你做事有些不痛快呢，是不是缺钱啊？"

我不知道怎么回答他。我说："是啊是啊，谁敢说自己不缺钱呢？"

扎西说："实实在在说，谁都缺钱。不过，见到自己中意的东西，想要又不能得手，那就有点憋屈，那就很难受。这样吧，大哥，这个手串送给你。"

我一只手在裤兜里捏着自己买的彩色玛瑙手串，一边对扎西说："不不不，我不能夺人所爱，你自己留着吧。"

扎西突然生气了，他把自己的玛瑙手串往我手上一塞说："大哥，你瞧不起我是不是？认识一场也是缘分，你就不能收下我这个小礼物吗？"

面对扎西的诚意，我只好收下他的礼物。于是，我就有了两个样子差不多的彩色玛瑙手串，一个戴在手腕上，一个藏在裤兜里。

接下来的几天，扎西陪我绕着泸沽湖游逛，烧香拜佛，吃肉饮酒。扎西还不时地提醒我，说手串需要放在手心里盘，盘出包浆才好。

离开泸沽湖的头天晚上，扎西请我去他家吃饭。饭桌安在厅堂正中的火塘上，冬天的灰烬已经清空，能看到火塘底部的青砖。这时阿珠坐在火塘边张罗饭菜，跟她坐在小船后面把舵一样，从容笃定，很漂亮。那是种在大都市里很少见到的美。我差一点被她迷住了。

两个弟弟早早地吃饱了回自己房间去了，厅堂里只剩扎西、阿珠和我三个人。姐弟俩陪我喝自酿的谷酒。我抵御不了热情和酒香，喝得有点过量。扎西很放松，几乎是开怀畅饮，话也很多，几乎在包场，说着说着，就靠在椅背上开始打呼噜。阿珠控制得很好，脸上刚开始泛红就打住不喝。我把扎西送给我的玛瑙手串转送给阿珠。我对阿珠说，谢谢她做的美味饭菜。我说在里务比寺门前买了好几个玛瑙手串，希望她能收下一个。阿珠说手串很漂亮，但她几乎每天都去里务比岛，想要的话很方便。我执意要她收下，说不只是手串，也是我的一点心意。阿珠收下手串，随手放进了自己的口袋。我从裤兜里取出我自己买来的玛瑙手串，戴在手腕上。

第二天一早，我搭乘扎西的中巴回到丽江。我们加上了微信，约定保持联系。阿罕·扎西让我明年夏天再到泸沽湖来度假。

回到北京的当晚，我坐在出租车上给阿罕·扎西发微信报平安。我说我返回客栈找落下的玛瑙手串，耽搁了飞机，改走昆明，直到现在才到北京。

阿罕·扎西回短信说："大哥真是有福的人，玛瑙手串也在给你赐福。我的另一位客人，在早晨那趟飞北京的航班上，飞机临时降落在中途的一个机场，不知什么时候才能到北京呢。"

白昼天空的星辰

李骏虎 *

他小心翼翼地生活着，能少说一句就少说一句，尽量避免擦枪走火。那个二十多年前总是用交织着爱和崇拜的目光仰望着他的漂亮售货员，如今已经具有狮子般的高傲和狰狞面孔，冷不丁就是一声断喝："何新之，你少在我面前摆你校长的臭架子，有本事住在办公室别回来！"每当此时，他就很羞愧，为自己这么多年读过的书，也为自己的博士文凭，更为自己是个管理着四万多名师生的大学校长。

今天他比往常早半小时起床，沐浴在餐厅的晨光里，轻松地陪儿子吃早餐，朝晖从落地玻璃窗射进来，把餐厅照得像一个大鱼缸。他像一条适宜水温里的鱼一样心情愉悦地微笑着，慢慢用小勺舀着粥喝，用调整到高低适中的嗓音，故作随意地说："小况啊，不要有太大的压力，把平时的水平发挥出来就好。你们现在比爸爸那会儿的高考容易多了，基本上都能考上个差不多的大学的。我们当年考大学，那是千军万马过独木桥啊……"

"狮子"出现在厨房门口，怒吼一声："放屁，一点儿都不会鼓励孩子，怎么当爸的！考到你那个破大学，跟没上过大学有什么两样？小况，不要听他的，咱就算上不了清华北大，怎么着也要进个985、211吧！"

他不想看她的脸，可越是不看，那张脸在眼前愈加清晰。此刻那张脸就在

---

* 李骏虎，男，1975年生，山西省作家协会驻会副主席。曾获第十二届庄重文文学奖、第五届鲁迅文学奖等。出版有《李骏虎作品集》（八卷本）等。

他的粥碗里，目露凶光，眉头那里因为常年皱着已经出现一道刀刻般的竖纹。他的眉头也皱了起来，他努力不使它显现出来，依旧和颜悦色地望着儿子说：“爸当年就是个学霸，你要相信遗传。”

可惜儿子并没有遗传他的幽默感，头也不抬地低声说：“我们生物课上说人都是交叉遗传的，我遗传自我妈。”

这句话不知道怎么就逗笑了“狮子”，她咯咯地笑出了声，好不容易直起腰来，走过来亲昵地摸着儿子的脑袋。“乖儿子，好好考，妈妈相信你！”她的笑点总是很奇怪，但这一次何新之读懂了——她就是喜欢儿子和她一条战线，并肩站在何新之的对立面。

何新之把上升到喉咙的苦笑和着最后一勺稀粥咽到了肚子里，六点半不到，外面已经温度很高了，从开着的窗户吹进来的风混杂着清晨的凉爽和城市的燠热，就像他此刻哭笑不得的心情。他露着半截门牙，保持着微笑，放下粥碗望了一眼窗外朝阳照耀下的楼群，它们明暗错落，立体感很强，湿漉漉的，像泡在水里。他不想激化战争，他从昨晚就请缨要亲自送儿子去考场，又特意提前半小时起床，就是为了不落口实——万一儿子成绩不理想，“狮子”不会迁怒于他，拿他当替罪羊。

父子俩出门的时候，“狮子”居然没有提出来跟他一起送儿子去考场，他暗暗松了一口气。偷眼看了一眼儿子，看到儿子原本忧心忡忡的眼神一下子就变安静了，整个人都放松下来，知道儿子比自己还要担心那件事的发生，他不由搂住了儿子骨感强烈的肩膀。孩子背着双肩包，轻轻动了动甩开了他。他回味着“狮子”扶着门把手无限温柔地目送着他们父子的目光，感到毛骨悚然，拐过楼道的拐角时不易觉察地打了个寒战。

这幢高层住宅楼里的考生不少，这个时间段正是高峰期，应该会在电梯间或者电梯里碰见。出乎意料的是，直到电梯来了，电梯间就他们父子两个。电梯门打开时，也没有预想中的问询目光和打招呼的声音，里面空空如也，还是他们父子俩形影相吊，沉默地望着电梯壁镜面里的彼此。一直到走出单元门，都没有碰上任何一个人，何新之恍惚觉得时空倒错了，今天根本不是什么高考日，而是暑假里的某个清晨出去旅游，他和儿子正要去往超市买水，而“狮子”在家里收拾垃圾桶，她很快就会提着巨大的垃圾袋从单元门里出来，先奔垃圾站，然后匆匆追上他们父子俩。这个想象让他不由回头望了一眼单元门，还好，门关得好好的，没有人要出来的迹象。

是校办的电话把他拉回了现实，他已经把车开出了小区的大门，看了一眼车载显示屏，又看了一眼后视镜里沉默地望着街景的儿子，没有接听。校办这么早打电话来，有可能是又有学生出事了，手机连着车载外放，他不愿意让儿子听到。现在的大学生，尤其是他们这样二三线城市的大学生，跟他上大学那时的充满激情和整齐划一不一样。每个学生都有个性，就像世界上没有两片同样的叶子，他们不热衷组织篮球队，也不热衷读书沙龙，他们是把手机屏幕当作看世界和人生的窗口的一代，玩得也是分外出奇。

他不想让儿子听到这些，小况是个内向听话的孩子，脆弱敏感，他怕儿子胡思乱想。他想先把孩子送到考点，然后尽快赶去学校处理，但是车载电话铃又响了起来。

“爸，接电话。”儿子柔声提醒他。

他又从后视镜里看了看眉清目秀的孩子，笑着说：“没事，送了你我就去学校了。”

“但是这是我妈的手机号码。”

他这才看到是“狮子”的来电，按下了方向盘上的接听键，满轿厢立刻充斥着吼声：“你自己开的车吧？没有坐小陈的车吧？我告诉你公车上都有卫星定位，你要用公车送儿子去考场，小心把你这个烂校长撤了！”

“我开的自己的车。”他轻轻地说。

很长时间的沉默，他下意识地调整了一下自己的坐姿，就在他认为“狮子”已经挂了电话的时候，那边仿佛换了一个人在说话：“儿子，你能听到妈妈说话吧？”

“妈你说。”

“儿子啊，考试的时候不要喝太多的水，上厕所浪费时间，也影响发挥，另外……”

“妈，我不是小孩子了！”

“好的好的好的，妈不说了，好好考啊儿子，妈等着你的好消息，妈支持你！”

就在他觉得只有他一个人在送孩子去高考的时候，车从立交桥下左拐上了双向八车道的新建路，立刻像进入了沸腾着蝉鸣的树林。眼前的四车道马路，已经变成了巨大的停车场，几乎所有的车都在打着喇叭，几辆闪着警灯的摩托车勉强把最里侧的那条车道隔离出来，避免形成交通的肠梗阻。警察们对送考生的车辆网开一面，没有拍照，也没有驱离，他们耐心地和家长们交涉着，劝说他们不要随意变道，排成三行有序往前走。何新之抬头望了望天空，作为考点的中学的教学楼上空，阳光越来越强烈，贴着瓷砖的楼体正竭尽全力地把阳光反射出去，顺着两排行道树的树冠望去，在街道遥远的尽头，天边已经暗了下来。他知道最多再过一个小时，黑云就会笼罩这座城市，酷热和雷雨，跟每年高考季的家长心情是标配。

何新之尽量贴着辅路跟在车流后面，慢慢往前蹭，校办的电话多少让他心里有些急躁，因为两颗门齿稍大，他使劲抿着嘴。但儿子还是敏锐地感觉到了。“爸，我就在这里下吧，走过去也用不了两分钟。”儿子开始往胳膊上套双肩包。

“别着急，再往前走走，外面晒得厉害……”

“没事，这才几点！”

“你妈妈……”

“你就说把我送到了。”

他扶着方向盘扭过头来，看到儿子背着双肩包推开车门下去了，关车门的时候，像个姑娘一样冲他动了动手指。

他摇下车窗，探着头喊：“小况，一会儿考完你妈接你啊！”

“不用了，我骑车子回去！”儿子头也不回地从汽车排成的迷宫里绕到了人行道上。

剩下一个人时总是会突然轻松下来，他摇上车窗，准备夺路去学校，这才发现前后左右都是车，已经陷入重围寸步难行了。看看前面和两边，再从后视镜看看后面，白的车黑的车红的车还有其他颜色的车，车门次第都打开了，像涨潮时沙滩上纷纷张开壳的贝类，吐出一个个男的女的、胖的瘦的年轻人，孩子们如同刚钻出沙子的小海龟一样逃命般冲向大海的怀抱。交警开始引导放下考生的车辆从最里侧贴着绿化带的那条空车道离开，何新之拨通了校办的电话。

电话被接起的一刹那，他稍稍屏住了呼吸，校办罗主任缓慢的语速像一条蟒蛇缠绕着他的心。轿厢里清晰地回荡着小罗沉静的声音，这使得何新之有一种不祥的预感——小罗是从团委书记转岗过来的，少年老成，他越是沉静越说明有意外的事情发生了。

“您好校长，您大概几点到学校？要不要我打电话让小陈去接您？”

“不用接，我自己开的车，已经在路上了。”何新之顿了一下才问，“出什么事情了？”

“没什么大事，还是谢向南，闹着要见您。”

何新之肆意地皱起了眉头，打着方向盘努力往那条唯一的畅通车道上靠，一边用校长的口吻说：“告诉他不要再闹了，他这个博士学科带头人是学校多年全力培养出来的，怎么能说走就走？人是要讲良心的，再说，这件事情是校委会定的，我个人说了不算——就这么告诉他！”

“您来了再说吧，他现在不在校办。”

“他在哪里？”

“您安心开车，来了再说。”

高考日公交车可以免费乘坐，看来只是方便了去菜市场的老头老太太，还有那些热衷于去公园喊嗓子的退休人员，而家长们为了表现隆重的态度，基本都选择了开车送考生。何新之好不容易冲出了重围，跟着车速越来越快的车流一路上了立交桥，抬眼望，高耸的斜拉桥桥弓仿佛是路面的延伸，像一条通往云际的天路，错觉产生了严重的眩晕感，他赶紧闭了闭眼睛。

何新之让小罗主任和分管副校长留在楼梯口，他拉开半开的门，一个人走上行政办公楼的天台，两股热流立刻顺着裤管上升到大腿，汗水几乎同时开始顺着两腿往下淌。两名穿工衣的师傅从空调机房的阴影里迎上来，叫了声“校长”，用饱含委屈的目光望着他。何新之已经从小罗那里知道谢向南是趁着他们检修空调时上到天台的，点点头，示意他们先下去。他看见头发紧贴着头皮的年轻博导谢向南穿着一件粉色的 T 恤站在天台那边，肩膀略微倾斜的背影印在蓝灰色的天空上，正仰头望着天的西边。那边的虚空中有些黑点在飞，阳光过于强烈，看不清是些什么鸟。何新之踩着楼顶的铝箔隔热膜慢慢走向他，泡沫铝箔在阳光下散发着粼粼银光，他觉得自己像是在海面上行走，心里逐渐澄明，等到走到谢向南身边，一肚子的懊恼早就随水波而去。何新之走到谢向南旁边三步远近的地方站下来，没有搭话，也没有看他，也学着他的样子去望天。良久，他望着虚空悠悠地问：“谢老师，你说白天有没有星星？”

谢向南身子没动，把目光从天上收回来，望着楼下广场旁边一团团雪松树冠和铺着弯弯的石子路的草坪，左手插进裤兜里，右手指着十层楼之下，有些口吃地说：“要么让我走，要么我现在就跳下去！”

何新之看他一眼，又去看天空。“你先回答我的问题吧。”

“什么？”

“白天有没有星星？”

“何校，您玩我啊？白天怎么可能有星星！”谢向南把一只脚跺了跺，抹了一把脸，不知道是汗水还是泪水，紧包着高颧骨的浅粉色脸皮在阳光下亮晶晶的，像是镶了满脸钻石般的小星星。

何新之露出小半截门牙微笑了，望着远处天际逐渐涌起的乌云，叹口气说：“星星白天晚上都在那里，只是我们在白天看不见而已。”

“您什么意思？”

“你看不见的不等于不存在。”

谢向南望着他，良久，冷笑了。“何校，您是博士，我也是博士；您是教授，我也是教授。您把我当小孩子逗啊？我没心思跟您玩脑筋急转弯！”

何新之看看他，笑着说：“谢老师，你误会了。其实我们都是小孩子，人的成长，就像装套娃，从幼年、少年、青年，一直到中年、老年，肉体的壳一个比一个大，一层套着一层，但最里面的那个还是孩子的心灵。我记得你去过俄罗斯，没给孩子买俄罗斯套娃？”

“我不是搞心理学的，我不懂！”谢向南把脸扭到一边，半晌不说话，阳光使他们脸上泛起油光，头发快成了一点就着的麦秸。再次开口时，他带着哭腔哀求：“何校，您就放我走吧，我不为我自己，我为了家里人，尤其是我父亲，您知道我有多难！”

“那边给你开了什么条件？”

谢向南眼睛张大了，瞳孔里燃起希望的光芒，上前一步，咧咧嘴想笑没笑出来，却做出了一个很难看的表情，急促中多少有些难为情地说：“年薪七十万，四十万的科研启动费，给一套商品房……何校，我不是冲钱，我是我们家的梦想和希望，您不知道，我爸……”

“大手笔啊！”这回轮到何新之无话可说了，他连着眨巴了几下眼睛，收敛起笑容，饶有兴味地看着谢向南，用校长的口吻缓慢而清晰地说，“谢老师，咱们确实给你提供不了这么优厚的条件，但我不同意放你走，不是因为你这个博士加教授的双料学科带头人是本校培养出来的，我还没有那么小气——我个人和校委会都不同意放你，是因为我们不能把学校辛辛苦苦建立起来的唯一的博士重点学科废了，我们无法向全校四万多老师和学生交代，希望你也能明白我的难处。”

谢向南仿佛一根正被晒化的粉色雪糕，他努力地往上挺了挺身子，却更加地矮了下去，斜视着何新之，颧骨上的肌肉在颤动，嘴却没有张开。

“先这样吧，天越来越热了，上完课的学生们也要出来了。”何新之伸出手掌拍拍他发烫的肩膀，“你要么跳下去，要么到我的办公室来谈。”

他转过身，在隐隐的雷声中向着天台的门走回来，在粼粼波光的那边，风已经拂动了谢向南粉色的 T 恤。远处，一块块大小不一的铅色云团互相推搡着升到了城市上空。

小罗跟风较着劲，终于关上了细高的玻璃窗，其实风还不是很大，他矮胖，要踮着脚尖肚子贴住窗台才能够到把手。为安全计，何新之让把学校所有的窗户都改造成了只能开到二十五度，保证通风，人钻不出去。司机小陈在半开的门外探头看看，走进来递给何新之一块热毛巾，放下泡好的茶，对罗主任点头笑笑出去了。何新之擦着头上、脖子上的汗，小罗也在茶几上抽了一张纸，擦着自己的鼻尖，有些忐忑地望着何新之。何新之握着毛巾反复擦着自己的手，听小罗汇报情况。“没想到他会这么早就来等您，我让他在会议室等，转脸工夫他趁着工人维修空调上了天台，打电话给我说让您、让您到楼顶去见他。平时天台的门都是锁着的，有防盗门，一般人打不开。对不起校长，是我的工作疏漏……”

何新之在办公桌后面坐下来，右手拍在叠好的毛巾上，沉着脸问：“没有报警、打消防电话吧？”

小罗抢上一步手扶在桌沿上。“还没有……”

“那就好，等他下来了把天台的门锁好，记得以后有施工必须封闭场所。”

“好的好的，我马上去安排！”

小罗虚掩上的门被敲响了，何新之刚打开传阅文件夹，低着头说：“请进！”有人推门进来，在他办公桌对面的两把椅子靠外的这把上坐下来，不是谢向南，是附小的校长来汇报被微信视频曝光的事件的处理结果。何新之把整个背部和后脑勺都贴在椅上，手肘搭在两边的扶手上，用一个放松的姿态听着附小校长的汇报。他有些失落，刚刚以为进来的是谢向南，有两股心血涌向双臂，造成轻微的肌肉酸麻感，他需要用沉默来稳住心神。

他若有所思地望着附小校长身后那盆葳蕤的吊兰，用低沉的声音跟下属说话。雷声由远及近，窗外的上午时光已经接近于黑夜，仿佛一件巨大的黑色斗篷罩住了天地，办公室里的灯光忽然变得分外明亮，这让他觉得附小校长的脸有点儿陌生和滑稽。

那天他从村小学放学回到家，刚把书包扔下想出去疯，爷爷用拐杖敲敲水桶喊住了他："新之，别顾着跑，跟爷爷出去一趟。"他的名字就是爷爷起的，爷爷是清末的秀才，起的名字老百姓都不懂是什么意思，小伙伴里有好几个"新峰""新建""新平"，就他一个"新之"，他们就给他起个外号"新芝麻糖"。直到后来出村去上了初中，那个中师毕业的语文老师才看着他作业本封皮上的名字，瞪起瓶底厚的镜片后的眼睛大惊小怪地问："何新之，你爸爸是干什么工作的？"得到的回答让他很失望，年轻教师大惑不解地说："不可能吧，你爸是个农民？怎么可能给你起这个名字！"何新之说明他的名字是爷爷起的，老师马上问："那么你爷爷是干什么工作的？"

"我爷爷什么也干不了，他太老了，连半桶水都倒不进水缸里去。"何新之回答。

那天爷爷把自己舍不得喝的一瓶"北方烧"揣在怀里，何新之胳膊上挎着爷爷专门让爸爸摘下的半篮子苹果，爷孙俩顺着村街从村头走向村尾，一路上不断有人问他们去哪里、做什么，爷爷拄着拐杖不紧不慢地迈着步子，含混地答应着。何新之也不知道这是要去哪里，出院门的时候，奶奶大声地埋怨了一句爷爷："你也不看看什么时分了，饭也不让娃吃，娃吃了饭还要上学哩！"

直到走进班主任家摆满木工家具的院子，何新之也没搞清他们来干什么。班主任仰头坐在地上，他儿子居高临下踩在木马上，父子俩大眼瞪小眼，正在拉大锯。他们匆匆把锯条卡木头里，别别扭扭站到地上拍着身上的木屑，招呼爷孙俩坐下来吃午饭。爷爷说不坐了，就一句话的事情，吩咐何新之放下篮子先回去吃饭。何新之走的时候，看到爷爷把怀里那瓶酒放到了木匠班主任家的小饭桌上——之前，那张饭桌上只放着一小碗腌咸菜。

“你知道第二天发生了什么吗？”何新之笑眯眯地望着附小校长，半截门牙在 LED 灯光照射下亮晶晶的。

附小校长笑了。“不会是让您学木匠活儿吧？”

何新之大笑起来，曾经烟熏火燎的两排牙暴露无遗，笑完了卸下眼镜，拿起毛巾擦擦眼睛，然后戴好眼镜，直起身来说：“第二天我在课堂上调皮捣蛋，班主任气势汹汹走过来，二话不说就给了我一个大耳刮子，打得我眼前金星乱冒，我差点儿晕过去！”

“啊？”附小校长智商明显不够用了。

何新之苦笑着摇摇头。“后来我才知道，我爷爷是听说了因为我爸是村支书，学校的老师谁家孩子都打，就是不打我。他老人家那天把自己珍藏的烧酒拿出来，还把我家院子里种的苹果挑最好的摘了半篮子，送到班主任家，就是去央告班主任不要对我特殊对待，该打的时候一定要打。老人家说，树要成材就要砍削掉乱枝，不砍不削容易长歪了。我还傻乎乎帮他提着篮子去的，哈哈哈！”

“好好好！”附小校长跟着笑起来。

“我看我们都不懂他老人家的真正用意。”何新之摇摇头。

“老人家要知道您做了大学校长，也不枉费他的一番苦心了！”

何新之拽拽左边的耳垂。“就是那个木匠师傅下手太狠了，直到现在我这左耳朵都不如右耳朵好使！”他逗附小校长，“所以我现在不管别人说什么，好听的不好听的，都是左耳朵进右耳朵出，大概就是被木匠那一巴掌把耳朵打穿了。哈哈哈……”

两个人正笑得欢，窗外一道打闪照亮了天地，紧接着一个炸雷，雨点像一把石子扔向了窗户，发出清晰到能数得清的声音。几乎就在同时，何新之的手机响了，他探身看了一眼来电显示，停顿了两秒钟才从桌面上拿起来接听——是“狮子”的来电。

“你快来接我，迟了我就淋死了！”没听过“狮子”发出这样的声音，慌乱、压抑、含混，让他想起小时候那只掉到井里的小猪崽的嘶鸣。

何新之的第一个猜测是她开车出了事故。“你在哪里？”他平静地问。

“狮子”喊：“我就在十四中孩子考场南边这个建筑工地门口，你快点儿，别废话了！”

“你这么早就去接儿子了？为什么不开车？”

“真烦，你接不接吧，不接算了！”

何新之看了附小校长一眼，对方正目光炯炯地盯着他，已经进入了待命状态，握着椅子扶手随时准备站起来。

“我正开会，马上让附小张校长去接你，你先找个地方避避雨！”“狮子”没有回答就挂了电话，“你嫂子在十四中南边建筑工地门口，找小罗拿两把伞，你俩一起去！”

“是孩子的考点旁边吧？我马上和小陈去！”

“可以，开你的车，别动我的公车。”

附小校长刚跑到门口，何新之又叫住了他：“等一下，还是我去吧。”

“我跟您一起去。”

两个人快步通过楼道，小罗闻声赶上来递过两把伞，望着何新之的脸跟上紧走。何新之边走边说：“小罗你留下，我和张校长出去一下！”路过会议室门口，谢向南从里面出来，眼睛使劲地盯着何新之的脸：“何校，我一直在等您！”何新之脚步没有减速，伸出手掌拍拍他的大臂，微笑着说：“下午，下午你来找我。”

谢向南要跟着走，被小罗拉住了。两个人站在那里，看着前面一高一矮两个背影消失在楼道拐角处。

雨势并不是很猛，风也不像高楼的窗户外面呼啸得那么可怕，就是天阴得厉害，半上午时分街上的车都开了大灯。再次路过儿子考点那个中学的教学楼，何新之抬头望去，它早上还在朝阳里金碧辉煌，眼下矗立在晦暗低垂的云团下经受着风雨的吹打，在街上就能看到窗户里的日光灯管都亮了。暗淡的楼体、明亮的窗户、阴沉的天空、飘洒的风雨，那情形倒像是一座过去历史中的古塔。何新之竟然想起上小学时课本上的一句农谚：六月天，孩儿脸，说变就变。那会儿在路上，他跟开着车的附小校长开玩笑说，你这个小学校长比我这个大学校长牛多啦，要不是有一所全市排名第一的重点小学，谁把我这个三流大学的校长当棵葱啊！附小校长嘿嘿地笑，居然没有反对。考点南边不到一百米就是建筑工地，何新之拨通了“狮子”的电话，一边指挥附小校长慢慢往边上靠。

“你往前开，上辅路，我们都在旁边这家肯德基避雨……”出乎意料的是，“狮子”听起来很开心，连说带笑的，好像正跟什么人聊得起劲。

“你们？还有谁啊？”

“哎呀你别问那么多了，快点儿吧，衣服都是湿的！”

“肯德基，就是这家肯德基！”何新之指着街边，车子停靠在肯德基的门口。他摇下副驾驶座的车窗玻璃，看到肯德基的玻璃门被推开了，“狮子”和另一个只有她的体形二分之一的中年女人冲出来，互相搀扶着下台阶。何新之赶紧下车给她们撑起伞来，“狮子”拉开后排的车门，先让那个黄瘦的女人进去，她跟着钻了进去，两个人嘻嘻哈哈的，像一对开心的少女。何新之给她们关上门，收了伞回到车里，几个人互相打着招呼，附小校长探身把仪表台上的纸抽拿给她们擦胳膊上的雨水。刚要驶离，“狮子”叫着“等一下，等一下”，摇下车窗来，和瘦女人欢笑着向肯德基的玻璃门窗招手。何新之诧异地看到很多人在玻璃窗后面对着她们挥手，他们站在明亮的灯光里，像是一群电影里的人在对着观众致意，多数是女人，也有几个上年纪的男人，他们都显得很开心，仿佛刚参加完一个 Party。

“你们在肯德基搞同学聚会？”何新之望着后视镜里两个喜不自胜的女人，

逗她们。

附小校长也笑着说："接考生的话来得也太早了吧，十一点半才结束，这还不到十点。"

两个女人先咕咕地笑了一阵，"狮子"才说："你们都没猜对，我们是'保护者联盟'知道吗？"说完又笑，那个瘦女人看看她问："怎么，你没有告诉何校长啊？"

"他是个老古板，告诉了他啥也弄不成了……""狮子"居然像谈恋爱时一样斜眼看着何新之的侧脸，何新之警惕地转过头来审视着她。

"你就告诉何校长吧，多大点儿事儿！"瘦女人表现出跟身体不成比例的大气。

两个女人互相补充着讲起真相，何新之笑而不语，附小校长嘴里不断地发出牙疼一样的赞叹声。事情是这样的，高考考点公布后，一位望子成龙的家长来"踩点"，他徒步考察了附近的环境，震惊地发现毗邻着考场的建筑工地在日夜不停地施工，发出各种刺耳的噪音。这些声音在作为考场的教学楼上听得很清楚，一定会干扰考生的发挥，这可怎么得了！他赶紧打通了市民热线进行反映，得到答复是市政府已经通知施工方在高考期间停止有噪音的施工作业，但只有在外语考试时才要求全面停工。

"这也不行啊，关系到孩子们一生的关键时刻，一定得绝对安静的环境才行！"瘦女人一脸正义地对着何新之大声嚷，何新之笑眯眯地说："往下讲，往下讲。"那个焦虑的家长这个时候想到了"人多力量大"，他通过家长群联系到了在这个考点的考生家长们，结果一呼百应，大伙儿都认为这是个相当严重的问题。为了解决这个问题，他们拉起了一个新的微信群，你拉他他拉你，拉来拉去基本上把这个考点的考生家长都拉了进来，公推最早发现问题的那个家长为群主，大家一起来讨论解决办法。

"我们这个群的群名就叫'保护者联盟'，好名字吧？""狮子"乐得什么似的，只要事关儿子她总是全情投入，这一点常常让何新之觉得很惭愧。

瘦女人朝着“狮子”挥一挥她的瘦手，示意她不要插话，何新之惊讶地看到“狮子”乖乖地闭了嘴，仿佛瘦女人那只手具有驯兽师的魔力。“真是人多力量大，我们很快就商量出了一个好办法。大家每人出几块钱，发红包到群里，让一个家长统一收取，做了几面锦旗，每科考试前一个小时，大家一起去给工地送锦旗……”

“啊？好几百人一起去？”何新之紧张起来，目光在两个女人脸上来回晃。

瘦女人看了一眼“狮子”，“狮子”居然有些难为情。“我就是跟着他们去，都是为了孩子……再说，人多了，谁也不知道谁是干啥的。我脑门上又没有刻着‘何校长的老婆’。”

“这有啥！”瘦女人把手在自己的脸前晃一晃，“咱干的又不是违法的事，就是作为考生家长给建筑工地送锦旗，感谢他们为孩子们的前途考虑，这是天经地义的事情啊！”

“狮子”忘记了她的警告，接话说：“开考前半个小时，两百多个家长一声不吭地相跟着走进了工地。工地负责人以为是业主来闹事，吓得说话都结巴了，等到弄明白是考生家长来送锦旗，高兴得只会说：‘谢谢谢谢，应该的应该的……’”

瘦女人大度地原谅了她的插话，接着说：“我们就跟工地管事的交涉，希望他们能在考试时间内全面停工，知道他会推托，就把准备好的锦旗展开，隆重地送给了他。”

“锦旗上都写的啥？”附小校长忍不住笑着从后视镜里看看两个得意的女人。

两个女人异口同声地回答：“农民工静音一分钟，将来孩子都是大学生！”

何新之也被逗笑了：“现在的家长，为了孩子什么招都想得出来！”

“停工了吗？”附小校长对结果更感兴趣。

“当然停了，我们把锦旗举得高高的让所有人都能看见，不等工地管事的打电话请示领导，干活儿的农民工就都停下来看热闹了！”瘦女人极力让别人领悟她是领导者。

何新之收敛了笑容，扭头认真地看着她说："你们这么做，如果跟工地起了冲突，很可能会给孩子们帮倒忙。"

"不会不会，"瘦女人紧着摆手，"送完锦旗家长们就在工地上找地方静静地坐着，谁也不吭气，商量事情也都只在微信群里打字。下雨前我们一直在工地里凉快的地方坐着，工人们也都坐着喝水聊天，没人干活儿，一点儿噪音也没有了……"

"雨下这么大，他们也没法干活儿了。""狮子"乐滋滋地补充。

瘦女人威严地看看她，下命令："一会儿再到群里约一下其他家长，下午要是雨停了，咱们还去工地上坐着，一直坐到孩子们都考完！"

何新之半开玩笑地说："你们这么做，小心人家报警！"

他招来了"狮子"的呵斥："就把你吓死了，一点儿也不为孩子着想，什么事都是我这个女人出头露面，你还好意思替人家说话！"

她被瘦女人一个坚定的手势制止了，后者郑重地告诉何新之："考点门口就有负责治安的警察，他们还到工地里转了转看了看，也没说什么就走了——谁家能没个考生呢？"

何新之不再说话，看着前面雨中灰蒙蒙的天空和亮着红色尾灯缓缓挪动的车流，远处十字路口，有个穿着雨衣的交警在不停地摆着手示意司机们快些通过。附小校长看看他问："校长，找个喝茶的地方坐一会儿吧，还有一个多小时就考完了。"何新之抬腕看看手表："办公室还有人等着……"

"不用了，过了前面红绿灯就进商场地下车库吧，我的车在下面停着，把我俩放下，你们去忙你们的。反正关键时刻总是指望不上他！"

何新之习惯性地忍气吞声了。"就这么办吧。"他吩咐附小校长，马路边被雨水打得抬不起头的冬青树叶让他想到了谢向南贴着头皮的黑色短发，他想起一位诗人的话：男人的头发一定要立起来，不能贴在头皮上。他终于想通自己为什么看着谢向南有点儿别扭了。

为了方便过红绿灯后进辅路，附小校长把车开上了最右边直行带右拐的车道，恰好在斑马线前第一个等红灯。后面有辆出租车不停地打喇叭，附小校长看了看后视镜：“他大概想右拐，可咱是直行啊。”

出租车还在打喇叭。“有病，我下去看看他想干什么！”“狮子”怒了。

“别理他，马上就变灯了，闹起来耽搁了接孩子！”何新之皱起眉头扭过身来。可是“狮子”已经推门下去了。

“拿把伞！”瘦女人喊她。

“狮子”冒着雨径直走到出租车跟前，敲敲车窗，司机摇下车窗瞪着眼睛问：“干吗？”

“干吗？你问我呢？你有病啊不停地打喇叭，看不见是红灯吗？”

“你才有病，我要右拐，客人有急事！”司机尽力地怒视着她，被溅起的雨水眯了眼，把头缩了回去。

“狮子”在雨中怒视着他：“你下来！”

“我有病呀这么大雨下去！”

“真丢脸！”何新之咬牙切齿地说。

附小校长拿起扶手箱上的折叠伞。“我下去看看，别真闹大了。”他推开门下车，瘦女人探身拍一下何新之的肩头：“快下车，是个男的，别叫她吃了亏！”她也抄起一把伞推门跳了下去。何新之的肺都鼓成了个气球，他一把推开门，几步赶上去，分开前面的附小校长和瘦女人，走到出租车跟前一把扯住“狮子”把她拽回去，塞进车里，关上车门，对着打伞的两个人喊：“上车，走人！”直到回到车里，他都没有看那个司机和车里的客人一眼。

那个穿雨衣的交警已经走到了车跟前，这时候绿灯亮了，他打量了一下起冲突的两辆车子，摆手放行了。“狮子”依然气愤得像个刚烧开的锅，但她留意着交警的脸色，没有说话。

下了地库，何新之一言不发地坐着，“狮子”推开门下去了，瘦女人对前排两位男士说了句：“谢谢啊，大校长！”

“回学校吧？”附小校长微笑着问。何新之嗯了一声，脸色青着。

几分钟后，他笑起来：“对不起，让你看笑话了。”

附小校长赶紧说：“没事何校长，女人都这样，嫂子也是因为孩子高考着急。”过会儿，他担忧地说：“也不知道出租车上的司机和那个客人有没有拍视频，您可是正厅级干部，他们要发个朋友圈胡说八道就麻烦了——不过好像没有拍，没看到他们举手机。”

何新之答非所问地说：“你读过鲍勃·迪伦的诗吗？”

附小校长手扶在方向盘上，扭头看他一眼，摇摇头：“外国人？”

何新之笑着说：“是个美国摇滚歌手，去年的诺贝尔文学奖获得者。他有一句诗是这样的：有些人能感受到雨的诗意，而其他人则只是被雨淋湿……”

“很有哲理！”附小校长赞许地说。

雨住了，人们马上出现在街上，一群一伙，三三两两，他们的交谈被湿透的城市吸收，世界沉寂又嘈杂，造成一种古怪的氛围。这让何新之感到耳膜处于一种巨大的高压之下，他摇下了车窗，看到云层正在散去，蓝灰色的天空越来越亮。

车子开进学校大门，停在行政办公楼前，何新之让附小校长走了，一个人拾级而上，脚步稳健而轻快——这是个神奇的台阶，每次他踩上它进办公楼的同时，总是会原谅“狮子”给他造成的困扰和不快，变得一身轻松，像个校长。

“‘放下包袱，开动机器。’毛主席的话就是真理啊！”他感叹着轻轻跳上最后一级台阶。

谢向南正在跟保安聊天，保安突然甩开他上来问校长好，谢向南也迎了上来，居然有些谄媚地笑着。

“来！”他脚步没停，走向电梯，谢向南疾步跟在他后面。

保安抢上一步去按电梯。

“坐！”他没有坐到办公桌后面的椅子上，而是在放着一盆君子兰的高几下的单人沙发上坐下来，示意谢向南坐在对面的双人沙发上，他们中间隔着一张大理石茶几和一张三人沙发。小罗倒水的时候，何新之端详了谢向南几秒钟，眼神沉静。谢向南跟小罗客气着，小罗给他面前放了一个白瓷茶杯，又把何新之的玻璃杯放到跟前，看看何新之。“校长，学科评估工作调度会下午三点在六楼会议室。”何新之微微点头，小罗就出去了。

“何校，您真是忙！”

“没办法，看着我是个校长，其实我就是头被‘学科’这根绳牵着鼻子走的牛。又要有一个研究性学科被砍掉了，剩下的都是实用性学科，好处是学生毕业后好找工作，坏处是有创造力的人才越来越少……”何新之突然发现谢向南在饶有兴味地望着自己，又小又黑的眼珠后面掩藏着笑意，就住了口，端起玻璃杯来跷起二郎腿慢慢喝着水。

“其实，我个人对学科的贡献并不大，主要是团队，没有我，他们照样能……”

何新之放下杯子打断他：“我不是说你负责的学科，我是泛泛而论，发几句没用的牢骚。”何新之咧开嘴笑，门齿稍大的一排白牙露出一半。他笑着打量谢向南，发现此人初看上去其貌不扬，交谈一会儿就能从他的眼神深处看到心机折射出来的光芒，让你知道他能被名校看中自有不平常之处。

“你眼睛一直不近视啊？”何新之从镜片后面望着谢向南黑亮的两颗眼珠。

“啊？”

“我说你搞完博士后都没有近视，是遗传吗？”

谢向南望着笑眯眯的何新之，曲起右手食指来用指关节揉了揉眼角，接着用手背去抹顺着鼻梁淌下来的一颗眼泪。“何校，不怕您笑话，我出身农村，为了供我上大学，我爸一咬牙去了西山下矿井……”

何新之有些愕然，探身从茶几上拽出一张抽纸，隔着茶几递给他，然后把屁股放回沙发上说：“我也是农村出身啊，我多次在全校师生大会上说过，我就是个放羊娃。”

谢向南擦干眼泪，把纸巾团起来握在手心里，咧咧嘴说："刚才您问我眼睛为什么不近视，让我想起我爸来……他今年过世了……"

"哦……"

"我爸常年在山里下井当矿工，我妈一个人没白没黑地种地，供我们兄弟三个上学。我两个弟弟为了让我能上大学，老二上完高中、老三初中毕业就都辍学了。我是我们村有史以来出的第一个大学生，大一的暑假，我们宿舍的七个兄弟相约到我们村里玩，他们都是城市孩子，第一次在山里游野泳，开心得不行。

"第二天一早，我们走到公路边，搭一辆拉煤车去矿上找我爸。一路上我给他们讲述父母的辛劳，他们都听哭了，不停地摘下眼镜来擦着。到了矿上，我们在调度室门口等着打电话喊我爸升井，一会儿我爸抱着安全帽走过来，驼着背，头发沾在头皮上，眼白显得特别大，因为满脸都是煤灰。我把同学介绍给我爸，他开始还笑眯眯地问长问短，不知道为什么突然就甩了我一巴掌，打得我半拉脸跟着了火一样，晕头转向，幸亏同学扶住才没栽倒。

"我捂着脸问他干什么打我，我爸把我同学指了一圈儿说：'上你娘屁个大学，不给老子好好学习，你看看你同学都戴上了眼镜，就你跟个猴屁股一样光着，不嫌丢先人！'我同学都劝他，说全宿舍数我学习最用功、成绩最好，不能用戴不戴眼镜判断学习态度。可我爸就是不信，他认准了戴眼镜的才有真学问，戴上眼镜才是大学生该有的样子，吼我说：'你要戴不上眼镜，就不要回来见我，少回村子里去，我和你妈丢不起这个人！'

"暑假里，我帮着我妈下地干活总带本世界名著，歇着的时候故意在阳光直射下看书；天黑前回到家里，我妈做饭，我抱着书看，专门不开灯。我妈不停地说我，别把眼睛看坏了。我说我就是想把眼睛看坏呢。我没告诉我妈我爸的话，她不知道我的心思。

"一开学我就跑到校医室去测视力，结果还是双眼一点五，视力根本就没有下降！"

何新之露出半截门牙来笑着说："你是个孝子！"

"冬天下雪，我们宿舍八个人一起去食堂打饭，掀开棉门帘进去，他们的眼镜上立马就是一层白雾，都把饭盒夹在两腿间，卸下眼镜来撩起衣角笑着擦眼镜。八个人，七个都在擦眼镜，何校，您不知道我心里有多么失落……大二的前半学期，我天天都在想办法让自己近视起来，可是放寒假前去校医室一测……"

"还是双眼一点五？"

"还是双眼一点五！"

"你父亲那辈人对知识分子和国家干部的想象过于神秘，你该找人劝劝他。"

"劝了，没用，他没什么文化，就是个认死理，去世前还跟我妈说，咱家老大啥都好，就是脸上缺副眼镜，看着不像个当教授的。"谢向南用黑豆般的两颗眼珠看定何新之，何新之双臂环抱，身子往后靠靠说："有意思，老人家很有意思！"

谢向南站起身来，居高临下地说："何校，耽搁您太长时间了，我调走的事情您再考虑一下，不行我过去重新建档也可以。"

"我考虑一下，你不要着急。这事要上校委会研究，我一个人说了不算。"何新之也站起来，笑着伸出手去。

谢向南握了握。"那我先走了，祝愿孩子高考好成绩。"

何新之愣了一下，露齿一笑说："谢谢谢谢！"他没动脚步，看着谢向南走出办公室，又坐了下来，摸着下巴上若有若无的胡楂，望着窗外的天空出神。因为外面是学校的广场，没有楼群的切割，天空显得很空旷辽远，在广场的中心位置，有一尊大理石的塑像，此时云开日出，他知道那被淋湿的雕像一定在闪着光。

叫了一声

潘　灵*

挨了领导一顿训，说我恍兮惚兮，干工作像梦游。领导的话像一梭子弹，击中了我的痛点，让我哑口无言。我低着头走出领导办公室的时候，领导在背后又补了一梭子——你过去可是科室里的先进，过去干工作的那股劲儿哪儿去了？

哪儿去了？我边走边心中暗自嘀咕，过去，我没想过要二胎呀。

这时手机就响起来。

电话是妻子打来的，语气仿佛是天塌了下来。光贵，妻子在电话里喊，你还不赶紧回来，家里出大事了。

我握手机的手禁不住一阵哆嗦，就问出啥大事了。

你妈，她语气比先前更急促了，你妈把玉佛弄丢了！

还以为是天大的事。我舒了一口气，镇定而从容地对妻子说，丢了就丢了呗，大惊小怪的。

你说啥？电话另一端的妻子提高了嗓门，我的话显然是让她怒火中烧了。吴光贵呀吴光贵，你哪儿来的口气，丢了就丢了，那可是两万多块钱的东西！

---

* 潘灵，男，布依族，1966年生，云南巧家人，1988年毕业于云南师大教育系，中国作家协会会员，云南作家协会副主席。全国文化名家暨四个一批人才，享受国务院特殊津贴专家，云南省委联系专家。曾获第十届全国少数民族文学创作“骏马奖”、云南文学奖一等奖、2018年度《民族文学》大奖、《小说选刊》第三届中骏杯中篇小说奖。

我知道是两万多块钱的东西，那是我前几个月出差去边境小城瑞丽买的。两万块钱对我一个小公务员来说，是不吃不喝不花销一个季度的收入。但自己母亲弄丢了这两万多块钱的玉佛，不是丢了就丢了，还能怎么样呢？

两万块钱咋啦？二十万,二百万又咋啦？我心中突然冒出一串火来，对着电话冲妻子吼道，东西都丢了，你让我妈生一个出来？东西又不是我兄弟！

你……振振有词的妻子突然哑了火，啜泣声撞痛了我的耳膜。我有些后悔自己的冲动，正欲赔个不是，妻子却挂断了电话。

人这辈子，会犯大大小小的错误。小错好纠，大错难补。我活了四十年，算是活了半辈子。这后半辈子会犯什么大错，我不知道；但这前半辈子，我太清楚自己犯的大错：那就是冲动地让老婆怀上了二胎。

我现在身上还背着一个月几千元的房贷，再养个孩子，断是请不起保姆的。但国家二孩政策出台，我们的同事都把它当成了福利。科长是“60后”，他总是对我说，小吴呀，现在政策好了，“60后”也老了，我是不行了，你可要把握好机会。我们科长和我一样都来自农村，养的都是女儿，这农村出来的人，尽管受了高等教育，也知道了男女平等，但在这生男生女的问题上，还是不坦然，还是看不开。回乡下去，面对亲戚，就会有压力。科长姓林，他老父亲总在他面前叹气，说你这辈好不容易让林家进了省城，但下一辈，省城就没我林家了。

我父亲不会这样说，在我才十岁的时候，他就抛下我母亲和我，以及我的二弟三妹撒手人寰了。我和妻有了女儿娇娇，母亲说，女儿好！女儿是父亲的小棉袄。我和妻都很感激母亲的深明大义和洒脱。但后来二弟家养的也是一个女儿，我母亲就有些失落了。她由此觉得自己亏欠了父亲，常一个人去父亲的坟头，要父亲不要责备她。

去年春节我回老家过年，妹妹对我说，哥，你得努点力，二哥家虽怀上了二胎，但妈请人卜算了，说还是个丫头。你回来，妈脸上的笑是刻意堆上去的，她一点也不快活。

我说我不能因为让妈心里快活，就生二胎。这可不是我这当大哥的一人说了算的，还得征求你大嫂的意见。你大嫂是知识分子家庭出身，最讨厌的就是封建余孽。

我话是这样给妹妹说了，但春节过后回来还是鼓起勇气给妻子说了生二胎的想法。妻不置可否，说要找她父母商量。我于是就准备了挨批，陪妻子回了趟娘家。正在专心看报的岳父听我说想要二胎，放了报纸一拍腿站了起来，说好，好呀！这世上什么才是最可宝贵的财富？他看着我问，我答不上，他又看着他女儿问了一遍，妻子依旧没答上。他于是就揭晓了答案，人呀！人才是最可宝贵的财富！你们想生二胎，我举双手赞成！

岳父将双手举过头顶的样子很滑稽，仿佛不是赞同，而是投降。

岳母看岳父这样子，就摆摆手说，得得得，你赞成，孩子生了你带？娇娇就把我这把老骨头折腾得够呛了！我得把丑话说在前面，你们想生二胎我不反对，但要巴望我来带，那是不可能的。我要趁还能走得动，出去走走，我也有我的诗和远方，就像现在网上最火的那句话一样——世界那么大，我想去看看。

妻子听岳母那么说，就道，孩子生下来不劳二老操心，我们请保姆带。

岳母撇了撇嘴说，请保姆？你们那点收入，又欠着房贷，你们请得起吗？

妻子看着我，眼神中有求援的意味。情急之下，我脑洞大开，援军就跃出了脑海。我说，妈，有办法的，我让娇娇的奶奶来带。

这样的事，最好的援军，自是自己的母亲。岳父岳母听我这么一说，也就没有了意见。胜利地与妻子班师回朝的路上，妻子说，一说生二胎，光贵，你这榆木脑袋咋一下就灵光了呢？

我说，我这是超强大脑。妻子撇撇嘴说，光贵，你这人咋这样？说你胖你就喘！现在我们只是解决了生二胎的后勤保障问题，要生二胎，还要你这个先锋能冲锋陷阵，你看你这油肚。她拍了拍我的肚子，警告说，回到家，不准蔫鸡样！

妻子边说边冲我暧昧地笑了笑。

我现在骑着电动自行车往家赶，脑海里出现从前妻子那个暧昧的笑容，依然觉得是如此妩媚。

一切美好和妩媚，都是昙花一现吗？我苦笑了一下，骑在电动自行车上的我，又陷入了回忆里……

带着吹糠见米创造一个人的任务去过夫妻生活，对我来说绝对是个苦活计。为了生二胎，我和妻子顾不得白天上班的劳累，在夜里兢兢业业地耕耘，直让我对夜幕一低垂就充满恐惧。当近六十个恐怖的夜晚过去，胆战心惊、弹尽粮绝的我，终于从妻子的口中获得了犹如救命稻草的捷报。那真是一个用任何美好的形容词来形容都不过分的傍晚，去医院做了检查的妻子一手拿着化验单一手骄傲地拍着肚子说，光贵，有啦！听了妻子的话，我像一个陷入拉锯战的将军听到前方传来捷报那样激动地将妻子抱了起来。我的冲动马上被妻子的惊叫止住。妻子戳了一下我的额头说，你这毛手毛脚的样子，弄流产了咋办？吴光贵，我可告诉你，从现在开始，我不是肉做的，是瓷做的，你要小心轻放，还有，从今以后，一切家务活，你得三包。

我头点得像鸡啄米，嘴里吐出一串是是是，脑子里又出现了我永恒的援军——我的母亲。

我说，老婆，我马上通知娇娇的奶奶，让她尽早从乡下赶我们这儿来。

招之即来的母亲，背上背着一个大包，大包里除装了她的换洗衣服外，就是她认为孕妇要吃的补品——几乎全是我故乡的土特产。我去长途汽车站接她的时候，她已在长途汽车站的门口等着我了。她佝偻着身子的样子显得既矮又小，她背上的背包显得既大又沉。她干瘦的两只手也没闲着，左手提着一筐易碎的土鸡蛋，右手在胸前搂着一个易碎的瓷观音。

我把她的背包和土鸡蛋放进从朋友那儿借来的马自达轿车的后备厢里，示意母亲把她搂在胸前的瓷观音也放进后备厢。母亲后退了两步说，娃儿，你这车厢不保险。她边说边把观音搂得更紧了。

我开车接母亲去家里的路上，母亲都紧紧地将瓷观音搂在胸前，那样子，就像一个母亲小心呵护着一个婴儿。

妻子早就在家里恭候母亲了。我按响门铃，妻子就迅速开了门。一脸笑容的妻子亲热地唤了一声妈，本能地伸手去接母亲怀里的东西。但当她看见母亲胸前怀抱着的是一个瓷观音时，就像遭了电击一样缩回了手，脸上的笑容荡然无存。她定了定神说，妈，你大老远的，抱这么个东西来做甚？

妻子的话，让也是一脸笑容的母亲大惊失色。她呸呸呸地冲我家客厅的地板夸张地吐了三口唾沫说，媳妇，说啥混话？做甚，没有这观音菩萨，能有你肚里的孩子？

我赶紧给妻子递眼色，并大声说，娇娇，还不快来叫奶奶。

在卧室写作业的娇娇，嘴里亲热地喊着奶奶就手握铅笔跑了出来，然后整个人往母亲身上扑。母亲笑得一脸都是深深的皱纹，抚摸着娇娇的头说，孙啊，长这么高了。小心点小心点，别弄坏了菩萨。

母亲用眼扫了一遍我家干净整洁的客厅，用不可思议的眼神看着我说，光贵，你这家咋连个神龛都没有呢？

我无言以对。

娇娇看着我说，爸，神龛是啥？

我说，桌子吧。

娇娇于是就松开抱奶奶的手说，奶奶，我有张不用的电脑桌，我给你搬去。

娇娇将电脑桌搬出来，我示意她把它放在墙边。母亲将瓷观音恭恭敬敬地放在电脑桌上，又转身看着僵在客厅里的我。光贵，有香炷吗？我摇了摇头。那……有蜡头吗？母亲又说。

我又摇了摇头。

光贵，母亲长叹一口气说，你这日子是咋过的呀？

我说，妈，你别忙活了，这么远的路，你也累了，赶快洗个热水澡吧。

母亲听了我的招呼，我把她领到妻子特意为她准备的房间。她从背包里拿出一套换洗的衣服，就去卫生间洗热水澡了。

好奇的娇娇站在白得耀眼的瓷观音面前，一边端详着瓷观音一边对我说，爸，菩萨原来是这个样子？我明天去学校要给同学说，我家有菩萨了，我还要请要好的同学来家里看。

你敢！

妻子冲娇娇暴喝道。

妈，咋啦？

娇娇不解。

这有啥好看的？还不嫌丢人吗？做你的作业去！

妻满腔怒火。

娇娇冲我伸了一下舌头，做一个鬼脸，躲进屋里去了。

好在卫生间都是哗哗水声，要不，被母亲听到妻子的话，后果就严重了，我心里想。

我劝妻子，至于吗？

吴光贵！妻子用手指着墙前电脑桌上的瓷观音说，就算我能容忍你妈的迷信，也容忍不了它的恶俗，你看这是啥玩意儿！

我这才开始细细打量这瓷观音。

它的做工确实太粗糙了，釉上得极为马虎。塑像观音的比例也不对，看上去头重脚轻，形象显得臃肿，观音的脸也太胖，像是满脸横肉，眼睛竟然是斜视着的。观音的头上、脸上、嘴上都上了彩，那彩，艳得就像妻子说的那样——恶俗。

毫无疑问，这瓷观音一定出自乡间拙劣工匠之手。

我对妻子说，妈才来，别因为这，惹她生气，包容包容吧。

母亲洗完热水澡，我和妻子安顿她睡下后，就自顾自上床睡了。

我刚进入梦乡，就被妻子摇醒了。我有些恼火说，又发啥神经呀？

光贵，妻子说，我真的无法包容，我一想到那瓷观音，就犯恶心。

我安慰妻子说，睡吧，明天我去工艺品市场转转，买个做工考究点的来把它换了。

妻子吃惊地从床上坐了起来。

吴光贵，你还有点原则没有？在我们这家里供个观音，你觉得合适？朋友们上家里来，看了会怎么想？

我说，那你让我咋办？把妈惹生气了，她一拍屁股回山里乡下去，你肚里生下的孩子，哪个来带？

我的话终于起了作用，意识到严重后果的妻子沉默了好一阵子后说，那就让它摆放几天，但你得说服你妈，至少得说服她摆她住的卧室去。反正我看不得那东西，一看就恼火。我怀着你的娃，我不开心，你娃能长好吗？

这威胁的话，被妻子说得入情入理。

我却犯了难。

妈每天起来的第一件事，就是冲瓷观音又是作揖又是磕头，嘴里还念叨着观音菩萨保佑。

有天母亲要出去买东西，就让娇娇领她去，但被妻子说娇娇要做作业给阻止了。母亲又是独自出了门。看见母亲脸上不快的表情，我就责备妻子过分了。妻子委屈说，吴光贵，你认为我对你妈过分，那你去问娇娇，她要是把娇娇带坏了咋办？

我不解，母亲咋会带坏了娇娇？我于是把娇娇叫来问话，娇娇说她跟奶奶出去，奶奶见啥都拜，见小区里的大榕树，就跪地上拜，还要她也拜，还对她说那是神树；娇娇带奶奶去城市最大的万达广场，看见巍峨的万达双塔这两座高楼，在众目睽睽之下她就跪下去了，还惊恐地说这俩都是神物。

我对妻子说，拜棵大树，有啥好大惊小怪的，小时候我在山里也拜，山里人都相信万物有灵。

妻子说，那她拜高楼做何解释？

我一时无言，迟疑了一会儿对妻子说，妈没见过如此高的楼，她兴许是被吓着了。

妻子说，愚昧。

我嗔道，不准这样说我妈！

如果不是妻子肚子里怀着个未出生的孩子，一场嘴仗肯定不可避免。

妻子说，是可忍，孰不可忍。

我没再吭声。

母亲来到家里一周后的一天，我被领导安排去瑞丽出差。瑞丽是个美丽的边陲小城，我履行完公干，就想起了我大学的同学胡鸟。他当年大学毕业后主动要求去了边疆，好像就是去的瑞丽。我于是发微信给了好几个大学同学，终于通过女同学王曼获悉了胡鸟的电话。

我打电话给胡鸟，他没接。我又打，电话依然是通的，但他还是没接。我原本巴望着联系上他，让他陪我去瑞丽周遭转转。现在既然联系不上，我就只好找旅行社，参加“瑞丽一日游”。就在我准备打电话咨询旅行社的时候，我的电话响了，显示的号码是胡鸟的。

谁呀？刚才是谁给我打电话？

一个语气冷硬的男声。

我说，你是胡鸟吗？

没有回答。电话里这么说，你先告诉我你是谁。

我说，我吴光贵。

吴……电话另一端肯定是停顿了一下，像是在检索记忆，接着就响起一阵惊呼，光贵，老同学嘛，今天太阳从西边出了，想起给我这老边疆打电话了？

我说，我在瑞丽。

啊，太好了！从声音中能听出胡鸟的惊喜，快告诉我，您住哪里，我现在就过来看您。

我说，景成宾馆。

十多年不见的老同学，邂逅的亲热劲猝不及防，惊叫，拥抱，大声叫着彼此的绰号。一阵寒暄后，我提出了我的请求。

一听说我想在瑞丽转转，胡鸟就一拍大胯说，你找对人了，来瑞丽看啥？看翡翠，瑞丽是翡翠之城。不瞒老同学，我毕业这些年，别的一事无成，但在玉文化研究上有些许成就，也算是半个专家，今天我就带您开开眼界。

我本来想告诉胡鸟我不想看翡翠，我这人，你让我看木头还凑合，看石头，我自己就成了石头。但我也知道客随主便的道理，就顺了胡鸟的心意。

路上，胡鸟问我，光贵，你知道古人为何要佩玉吗？

我摇头，说不晓得。

因为他们要做君子！胡鸟手一扬说，君子以玉比德。

我笑说，我虽不是小人，也就一凡夫俗子，比德，累不累呀？我们今天是去看玉还是看翡翠？

我的话让胡鸟惊诧了，他肯定没有想到他的老同学竟然如此无知。不会吧，光贵？这你都厘不清？翡翠是玉的一种，又叫硬玉。今天，我得给你好好普及一下翡翠知识。

胡鸟说到做到，他带着我出了东家玉行，又进了西家翡翠商号。胡鸟没吹牛，在瑞丽城里，他是名副其实的专家。他每进一家店，店主都要热情招呼他，恭敬地称他胡老师，接着就是为他端茶倒水，有人还要拿出宝贝，让他品头论足。他的话在那些店主听来，就是一言九鼎。

我说，行呀，胡鸟！

知识就是力量嘛！胡鸟的口气中充满了得意。

说真的，跟一个内行领略和感受一种文化，就是不一样。我跟着胡鸟在这翡翠商城里转悠一圈，确实有些收获。面对翡翠，我再也不像先前一样是块冥顽不化的石头，也感受到了翡翠之美。我的微妙的变化自然逃不过胡鸟犀利的眼睛。

你这次来瑞丽，我得让你放点血。胡鸟半开玩笑半认真地说。

放点血就是破费的意思。我对胡鸟说，老同学，我可是穷光蛋。这翡翠我承认很美，很迷人，但价格对我来说是穷小子面对富家小姐，高攀不起的。

什么东西，并不是越贵越好的，翡翠这东西，讲的是缘。当然，还得看你有没有独到的眼光。今天，我就小试牛刀给你看。胡鸟拍了拍我的肩膀，语气相当自负。

进店，看货，选；出店，再进店，再看货，再吹毛求疵，如此重复了不知多少回合，胡鸟终于有了意外发现。

是一个手把件，雕的是一尊佛。

胡鸟将嘴凑近我耳边低语，材质虽然一般，但雕工堪称一流，很有艺术性。

我虽然不太懂翡翠，但却看得出雕工。说玉不琢不成器，看这个手把件就明白了。这个手把件确实是好工，造型端庄，比例匀称，线条自然流畅，细腻而圆润，一眼看上去，就给人一种舒适感。

我于是点头认同。

那就它了。胡鸟说。

我想说不。但我这时想起了母亲，同时脑海里也出现了母亲抱着的那尊瓷观音。我于是生出一个想法，用它去换那尊瓷观音。

胡鸟认为我是默许了，就开始跟店家砍价。店家是认识胡鸟的，就说胡老师来，就半价了。他边说边伸出一个巴掌。

胡鸟摇摇头说，这把件，我觉得雕工尚可，材质我是看不上的，棉多，就这个数。

他边说边伸出两个指头。

店家犹豫，说胡老师，这肯定不行。

胡鸟一脸高深莫测的微笑，说肯定行，不吃亏的。

店家还是迟疑不决。

胡鸟说，我老同学来瑞丽看我，买个手把件做纪念，你得给我面子哦。

店家想了想，在心中计算了一下，说胡老师，我就卖你个面子。

两万元成交。

银行卡刷得我心疼。

出得店来，胡鸟在我后背上猛拍一巴掌，差点没把我心脏给拍跳出来。

今天，算是捡漏了！他要咬定五万，我也会让你买下。

想起花去了两万元，我怎么也不能像胡鸟这般手舞足蹈，怎么也高兴不起来。

出差回来，我把玉佛作为礼物送给了母亲。母亲自是欢喜，她捧着玉佛，一边端详，一边喃喃阿弥陀佛。一阵兴奋过后，母亲问我，说这么精美的玉佛，多少钱呀？妻子正欲说两万，但两字才出口，就被我制止了。不贵的，我对母亲说，八百块钱。

母亲还是觉得八百元钱多，她说，光贵，做了城里人，咋就变得大手大脚了呢？给妈买礼物，用得着花那么多钱吗？几十块的东西，妈就欢喜了。

妈，我说，给你买这玉佛，我可是有条件的。

啥条件？母亲笑眯眯地问。

换你的瓷观音。我说。

瓷观音？母亲抬头，看了一眼摆在墙边电脑桌上的瓷观音说，本来就是送给你的，还说啥换不换。

我犹豫了一下，说妈，我的意思是，这瓷观音就不要摆在客厅里了。

母亲有些惊讶地看了我一眼，继而脸上就有了不悦的表情。她把玉佛重重地往茶几上一放说——

吴光贵，你小子这是黄鼠狼给鸡拜年啊！

听她愤愤的语气，我知道母亲的气生得不轻。看母亲生气，妻子就赶忙倒了杯开水，双手捧给母亲，劝说您老别生气，喝口热水平复心情。

母亲冲妻子翻了一下白眼，狐疑地问，是你的主意吧？

妻子一脸委屈。

这事与她没关系，我认真地对母亲说，是我自己的主意。妈，这瓷观音摆在客厅里，不合适。你过去不是一直告诫我入乡随俗吗？我回故乡去，哪次没听您老的话？城里的人要入乡随俗，这乡下人进城，也得遵守城里的规矩不是？城里人不兴在家里供观音供菩萨，是移风易俗，我们得遵守。要不，来个客人啥的，会说这家人封建迷信哩。

母亲低着头，马着脸想想，起身去把瓷观音抱进了自己的卧室。

我也赶忙起身，将电脑桌端进母亲的房间去。

我放下电脑桌，母亲厉声说，出去，你给我出去！

我悻悻地出了母亲的房间。身后响起了愤怒的关门声。

玉佛孤零零地端坐在光滑如洗的茶几上。我把它捧起来，看着它庄严的脸上，那丝意味深长的笑意，越看越觉得这笑意里充满了对我的嘲讽。

我把玉佛装进盒子里，把它放回了自己的房间。

翌日清晨，我正准备出门去上班，母亲却唤住了我。她摊了手对我说，吴光贵，送我的礼物呢？泼出去的水你也能收回去？

我顿时觉得一阵轻松，母亲开口跟我要礼物，说明她内心里已经原谅儿子了。我长舒了一口气，说——

妈，好嘞！我马上拿给您！

母亲爱死了这个玉佛。每天，她天一亮起床，洗漱完后，就要把玉佛摆在茶几上，恭敬地作三个揖，然后再去忙家人的早餐，忙完早餐，她就捧着它，一边细细打量，一边念念有词。母亲来我家不到一月，就跟小区的大爷大妈们学会了跳广场舞。跳广场舞，母亲也要带着它，把它跟放音乐的放音机摆在一起，玉佛每天都合着那些节奏感强的旋律，看她笨手笨脚地起舞。就是上午或下午去农贸市场买菜，她也要带上它，边走边阿弥陀佛。

她这一切，来得轻松自然，却紧张坏了妻子。妻子总在我面前唠叨，说妈都七十多岁的人了，记性又差，把个玉佛拿出拿进的，弄丢了咋办？两万块钱的东西呀！

我看一脸都是担心的妻子，就安慰她说，放心，这么贵重的东西，母亲是不会弄丢的。我还给妻子讲了一个小故事，在我童年的时候，我跟母亲上街去卖菜，总共卖了五块多钱。母亲用两角钱给我买了一碗凉粉，剩下的钱，母亲一直死死攥在手心里，那是炎热的夏天，母亲把一把零钞攥得湿漉漉的，回家后不得不把它们放在筛子里拿到太阳底下晾晒。

母亲跳广场舞的舞友，听说八百块钱能买如此漂亮的玉佛，都很羡慕我母亲，并夸我好眼力，会买东西。有几个小区的大妈，每人都掏出八百块钱塞给母亲，要她将钱转给我，也帮她们都买上一个。母亲把钱带回家，待我下班时交给我，把我弄得哭笑不得。我说，妈，你把你儿子当批发商啦？妈听了我的话，很不快地说，都是左邻右舍的，这个忙你得帮，做人不能太自私。

自私？这都上升到了道德层面，我心里那个苦啊！我说，妈，这个忙我可帮不了。

母亲说，你让你瑞丽的朋友再弄几个来不就成了，能花你多大力气还是精神？

我知道不能告诉她这玉佛不是八百块钱而是要两万块才能买得到，但又要说服她我办不到这委托，确实伤透了脑筋。我苦苦思索后想起了胡鸟的话。

胡鸟说玉与人讲的是缘分。

我于是对母亲说，妈，玉这东西，讲的是个“缘”字，这缘分，是要碰的。这忙，我真帮不了。

母亲后来把钱退给了她的舞友，不高兴了好几天。

我骑着电动自行车，把速度开到最大，像一个落荒而逃的不要命的莽汉般急急向家赶，脑子里想着这些，还是不太愿意相信我谨小慎微的母亲，会把玉佛弄丢。

我急匆匆地扑进家门，看着妻子挺着肚子，一脸无助地站在屋子中央。我的母亲，一个人跪在茶几前，那长跪不起的样子，让人心酸。

茶几上，赫然摆放着她从老家带来的那尊瓷观音。

我上前，强行将母亲扶起来，让她坐在了沙发上。

母亲的一张老脸上，全是泪水。

弄丢就弄丢了吧，用不着如此伤心。我安慰她。

我没弄丢它。她摇头说。

那你还哭啥？我说。

我哭那娃。她说。

娃？

我一头雾水。

说到娃，母亲不只是流泪，而是呜呜地哭开了。

一直等她哭累后，我才从她口里，知道了事情的原委。

今天下午，母亲像往常一样去我家附近的农贸市场买菜。买完菜后，她一手提着菜，一手握着玉佛，依然像从前一样念着阿弥陀佛往家走。走到离我家住的小区还有几百米的地方，从附近的电玩室里走出来一个少年。少年输光了身上的钱，被电玩室的老板赶了出来。这个沮丧而狼狈的少年，出电玩室后跟我母亲撞了个满怀。就在他窝火着要对我母亲爆粗口时，少年的在电子屏幕前熬得通红的眼睛一下就亮了，他看见了我母亲握在手上的玉佛。少年顿时变成了一条疯狂的狼，他手一伸，就把母亲手上的玉佛抢了过去，撒腿就往马路对面狂奔。

就在这时，一辆卡车开了过来。

措手不及的司机，赶忙制动，刹车声尖叫而起。看见向少年扑过去的卡车，母亲叫道——

小子，当……

母亲想说小子当心，但她的心字还没冲出喉咙，就见少年突然停了一下，仿佛是遭了雷击，随即，整个人就飞升起来……

母亲吓得一屁股坐在了地上，身子一歪，就昏了过去。坐靠在一棵行道树旁的她，仿佛是睡着了。

没人注意到昏厥过去的母亲，人们的注意力都集中到了那个被撞的少年和那辆撞了人的卡车上……

母亲自个儿苏醒过来的时候，不见了被撞的少年和肇事的卡车，但她还是看见了马路中央暗红的血迹。

母亲断断续续给我说完事情的经过后，突然抓了我的手问我，光贵，那娃他到底是死是活呀？

我不置可否。站在一旁的妻子说，妈，你管这干啥？他就是撞死了，那也是活该！罪有应得！

媳妇！母亲突然大喝一声说，混说啥？

我也在妈旁边坐下来，继续安慰她，妈，你就别胡思乱想了。

光贵呀，我怎么会叫那一声呢？我为什么要叫那一声呢？我要不叫，娃兴许就跑过去了。母亲边说边扑到我的怀里。她悲伤的样子，不像一个老人，倒像是一个婴儿。

晚饭的时候，我和妻子怎么劝说母亲，她也不吃不喝，自个儿坐在沙发上，看着面前茶几上的瓷观音发呆。

晚饭后的黄昏，我家里响起了敲门声。我打开门，看见了两个表情严肃的警察。我把警察让进屋，其中一个警察从公文包里拿出一个东西，我一眼就看出那是母亲的玉佛。警察说，老人家，物归原主。

母亲向警察打探少年的安危。警察告诉母亲，少年经医院抢救，已经没有生命危险，但依然伤得不轻。

听了警察的话，母亲凝重的脸松动了一下，她冲那个将玉佛递给她的警察摆手说，就把它送给娃吧，他那么喜欢它，差点连性命都搭上了。

警察愕然，说，您老可想好了，这可是挺贵重的东西。

不贵不贵，就八百块钱。母亲开心地说。

跑　风

黄咏梅*

年三十夜饭散席后，高富春喝大了，坐在冰凉的晒谷坪上，开始骂："高茉莉，你个神经病，为了一只畜生，年夜饭不吃你回来干卵啊……"

老大发酒疯是保留节目，就好像在东莞厂子里积攒了一年的怨气，窝成一泡稀，拉在光秃秃的晒谷坪。这种时候，谁都不会当回事，照旧把饭桌清理好，稀里哗啦搓麻将，即使他坐在月亮下号哭起来，都没有人去拉他一下。疯过了，酒醒了，他拍拍屁股坐到桌边，指挥人家怎么抱着砖跑风，嗓门比哭的声音还粗。

直到高富杰在屋里喊："大哥，老娘跑风。"

高富春从地上弹起来："老娘，跑三圈，整死他们。"他边跑边哇哇叫，像被一串鞭炮驱赶的年那只鬼。

高富春刚挨近桌子，老娘一推牌："家家五十。"

"糟掉了糟掉了，跑三圈，家家一百五……"看见高富春肉痛的样子，桌上的人笑得更开心，好像家家都赢钱了似的。

---

* 黄咏梅，女，1974年生，广西梧州人，现居杭州。在《人民文学》《花城》《钟山》《收获》《十月》等杂志发表小说，多篇被《小说选刊》《小说月报》等转载并收入多种选本。出版小说《一本正经》《给猫留门》《少爷威威》《走甜》等。曾获《人民文学》新人奖、《十月》文学奖、《钟山》文学奖、林斤澜优秀短篇小说家奖、汪曾祺文学奖、第七届鲁迅文学奖、第十八届百花文学奖等。小说多次进入中国小说学会年度排行榜。

往后备厢塞满在超市买好的年货，玛丽才有一点过年回家的兴奋。雪儿待在猫包里，隔着黑纱盯着她，她从满满当当的袋子里，找出一只罐头，朝雪儿晃了晃："知道了知道了，妈咪没忘你的罐罐。"雪儿始终歪着脑袋，它的智商多数来自习惯，对于这只猫包，它只习惯去宠物医院打针或美容。

四五个小时的旅途，雪儿大概被吓傻了，不吃不喝不拉不撒。玛丽每一句自言自语，对象都是它，跟在家的时候一样，但一路上玛丽没听到它应答一声。

这是玛丽带雪儿第一次出远门。她在那个萌宠公号，花 79 元咨询在线医生，关于一岁四个月布偶猫出远门的各种注意事项。"宠物猫是家庭性动物，出门会使它严重缺乏安全感，造成烦躁不安，必要的时候，可以喂食少剂量安眠药。"在线医生职业地称她——雪儿家长。她带了一粒安眠药，不过，似乎用不上。

在服务区，玛丽停车，试图把雪儿抱出猫包，放放风。它拼命挣扎，世界这么大，它只想占住这个小地盘，窝在里边，一声不吭。玛丽找个空旷处，做几个伸展运动。高速路上没几辆车开过，一眼能看到路尽头洁白的云朵，就像雪儿蹲在那地方。服务区的垃圾箱一片狼藉，可以想见前两天的拥堵。玛丽朋友圈里各种直播，平时三小时的路程，昨天足足开了十三个小时。要是堵在路上十多个小时，雪儿说不定会被憋死。她跟老娘说，今年不赶年夜饭了，初一一早回。老娘丝毫不能理解，最远的儿子都已经从广东回来，高铁上站一程坐一程。玛丽离得最近，年夜饭竟赶不上。但老娘也不敢多问。四个小孩中，三个都在工厂打工，只有玛丽穿着高跟鞋坐办公室，走路的的笃笃有威有势。

车子碾着铺满鞭炮屑的山路，一颠一颠停到了晒谷坪上。

高富春耳朵比谁都尖，从西厢房跑出来，后备厢一翘起，他就忙着把东西一趟一趟搬到屋里。

玛丽下车只做一件事，抱着猫包，跟屋里走出来的人打招呼。

"我的个乖乖，像抱小伢。"姐姐高迎春穿一件嫩粉色羽绒服，肯定是她女儿淘汰过来的，脑袋快被帽子一圈夸张的人造毛淹没。老娘应该是在准备祭祖的猪头肉，厚棉袄外罩件油渍渍的围裙，双手油腻，她凑近猫包去看，里面黑乎乎，只看到一团白影。如果这会儿老娘要伸手进去，估计雪儿会张大嘴巴，发出嘶嘶的威胁，一旦猫包被打开，它就会惊慌出逃，挣脱所有人，像风一样，跑得无影无踪。在线医生说，猫咪到了陌生环境，必须跟家长在密闭的空间待一段，慢慢适应后，才能独处。

玛丽抱着雪儿直接上二楼自己的房间。带来的猫砂盆、食盆、猫窝，一应摆好，把所有门窗锁得牢牢。单独相处了一会儿，雪儿的好奇心才恢复过来，身子压得低低的，开始用鼻子东嗅嗅西嗅嗅，在房间小心翼翼地"探险"。它对墙角那只褐色的酸菜坛子很感兴趣，嗅半天，嘴巴半张，狐疑一下，将这些新奇的气味通过上颚收进犁鼻器，继而传递到大脑里，进行辨别和保留。玛丽查过百度，知道这叫猫的"裂唇嗅反应"。买了雪儿之后，玛丽认真学习了很多育猫知识。

待了半个多小时，玛丽才下楼。厅堂里早已坐满了人。她警告那几个吮着棒棒糖的小屁孩："不许开我房门啊，听到没有？"她的手朝天花板上指了指。屋里人不约而同朝天花板上望一眼，好像楼上住了个不能打搅的神经病亲戚。

这些人多半是过来看猫，算起来都是七拐八拐的亲戚，玛丽不好意思拒绝，分批带他们进房间。看到陌生人，雪儿又缩回那只黑乎乎的猫包，只有玛丽把它抱在怀里，人们才能看到它。他们都恭维玛丽，说从没见过那么漂亮的猫，两只眼睛像湖里面的水。来看的人越来越多，高富春开玩笑嚷着要收他们的门票。

其中有个堂嫂，在南京给人上门做钟点工，一眼就认出了雪儿。"我的个乖乖，是布偶猫。"她每周四下午给那家搞卫生，有只一模一样的，说是布偶猫。毛比人的手指还长，还没入伏，就给它在卧室开冷气。这是她最难搞的一家卫生，所有地方得先用吸尘器吸上一遍，再用湿拖把拖。主人强调每个角落都要擦干净，因为那只胖猫专挑角落旮旯睡觉。好几次，那个不用上班的女人指着阳台上挂得高高的热水器说，要重点擦这顶上，肉松这段时间特别喜欢跳到上边睡觉。害得堂嫂的恐高症发作。

堂嫂不断抱怨着那家。玛丽的弟弟高富杰听不得唠叨，从椅子上一蹦老高，龇牙咧嘴打断她："要是我，就把它毛一把烧掉。"其他人也跟着起哄，皮一剥，老酒辣椒青大蒜，红烧老猫。

"烧掉？你赔得起？一万多哩。"堂嫂话一出，所有人都静下来了。高富杰转头问玛丽："高茉莉，你这猫一万多？"他一根食指伸向天花板，半天都没放下来。

玛丽眨着眼睛，蹦出两个字："乱讲。"公司里坐在她对面的特蕾莎，划拉着雪儿的照片问，这种母的布偶要多少钱呀？玛丽毫不犹豫告诉她一万八。现在，这些人一只只眼睛盯着她，她死都不敢承认。姐夫在山里收购蜂蜜，亏本欠下一万二的债，玛丽没借给高迎春。高富春想跟人合股做茶油生意，借三万本钱，玛丽也没借。玛丽上班领薪水之后，老爹曾在某一个年夜饭桌上，以一家之主的身份立下过规矩，除非救命，一律不能向玛丽伸手。十来年，玛丽借出去的钱没救过谁，零零星星地给了出去，给了出去就没指望能要回来，只是赢得了他们对她的宽容，比如说回家从不进厨房烧锅，饭后从不洗碗，家族炮旗日吃饭的时候，她是允许上桌同吃的唯一女性，甚至，为了一只猫缺席年夜饭——高富春发酒疯对着月亮骂她的话，玛丽回到家并没有再听到半个字。

很快，他们从猫讲到了钱。搞钱越来越难。人堆里最显眼的那个堂妹，搽着厚厚的粉，粘着长长的假睫毛，因为裙子太短的缘故，一刻都不愿离开火桶——只有她没上楼看猫。堂妹代替雪儿成了话题的中心。她才去杭州两年多，就能挣到一辆车子，弄得高富杰几个心痒痒的。他们围着堂妹问来问去。电话里卖卖保健品就能搞到钱？

闲扯到下午四点，高家出发祭祖的时辰就到了。屋里的人陆陆续续散去。这时，玛丽才见到老爹。跟每一年回来所见的形象一样，穿着那件"万年防水棉服"，棉服的几个兜永远鼓鼓囊囊，好像他把重要的家当都背在身上，随时可以到处去——菜园、鱼塘以及后山那片杉树林，让人怀疑他在这些地方似乎还有一个家。老爹手上拎着一只湿漉漉的鱼篓子，大概是从鱼塘回来。玛丽觉得，老爹越来越像爷爷了。

高富春和高富杰熟练地拿上母亲备在门背后的几个篮子。晒谷坪外，已经等着大伯、小叔那几家的男丁。一行男人往后山走去。玛丽忽然想起什么，小跑几步跟上老爹，从羽绒服的口袋里掏出两包烟，让他捎给爷爷。黄鹤楼1916，她公司的老板只抽这种，她在公司楼下烟店买的。

屋里只剩下了高迎春和老娘。玛丽脱了皮靴，将脚伸进火桶里的隔板，底下的炭是老娘刚加进去的，热度适中，就像冬天把脚放到雪儿肚子上。

其实玛丽特别想跟他们去看爷爷。但上山祭祖的规矩，绝不能为玛丽打破。女人要是上了坟山，带去阴气，祖宗便没法好好保佑后代。事关命运的纪律，哪一辈也不敢乱来。

没几句，老娘又提到结婚生伢的事情。玛丽三十六岁，要是在农村，儿子都准备出门打工了。

高迎春认为玛丽养猫，是因为想结婚当娘了。“养猫不如养伢。”她女儿在横店卖奶茶，儿子高中读不下去了，准备春节后跟高富春到东莞打工，年前她特意到县城超市给他买了新鞋子。

玛丽低着头，有一搭没一搭地应。她们看看玛丽的脸色，也不敢跟她讲重话。

身子一暖，玛丽瞌睡就浓了，靠在椅子上打了个盹，模模糊糊还听到她们讲话的声音，忽然就看到爷爷了。驼背，脸色蜡黄，还穿那件四口袋的灰色中山装，站在山坡拐弯的地方喊玛丽：“三儿，烟好吃，就是太少喽。”讲完，转过坡去。玛丽一急，醒了。

“离婚是为了躲债，还是住在一起的。”高迎春朝老娘挑了挑眉毛。玛丽瞌睡之前，她们就在讲这个表弟，赌博输了二十来万，债主天天来家里堵，表弟媳索性跟表弟离婚，催债的人一上门，她就拿出离婚证给那些人看，表弟的债表弟自己背，跟她半毛钱关系没有，表弟就算死在家门口，她都不会开个门的。那些人就不再上门了。表弟东躲西藏，隔三岔五敲门回家，过年一家三口也回娘家。就是离婚不离家的。

“十个穷鬼九个赌，越穷越要赌。”老娘长叹一口气。

“梦到我爷了。”就这么醒来，玛丽很不情愿。

“你爷讲话了？”老娘生怕备的东西少了哪样。

“嗯，我爷说，烟好吃，就是太少了。”

“这个老烟鬼，一箩筐都不够他抽。”老娘一颗心放下来。

她们又聊起了爷爷奶奶，还有村里旧年过世的几个亲戚。

玛丽跟爷爷最亲。爷爷去世的时候，玛丽工作招聘面试，没能回家送。谁都知道，爷爷是最想等她的。最后那几天，瘦剩一把骨头的爷爷，肝腹水，肚子撑得滚圆，就连一口水都难吞下，还拼命要喝粥，并且要喝那种黏稠的硬粥，三九严寒天，他却吃得衣服湿透，好比三伏天挑一担稻谷。家里人以为他是在攒力气等玛丽。死后给他抹澡，裤子上沾着零星几粒屎。老爹抹着眼泪说：“他是拼老命要给这个家留福。”乡村里有一个讲法，家里老人去世时，留尿是贫，留屎是富。一个月后，玛丽顺利进入了上海这一家外企，成为高家第一个领洋工资的人。老爹说，玛丽的福气，都是爷爷留给她的。大家都这么认为，这样，他们向玛丽借钱的时候，思想负担不至于重，他们在麻将桌上合力赢走玛丽的钱，同样心安理得。

后山上传来一阵集中的鞭炮响。老娘像收到信号，将手上嗑剩的瓜子一把揣进口袋，拍拍手，往厨房去了。高迎春跟在后面。因为玛丽，年初一晚饭才能算是高家真正的年夜饭，高迎春破例初一留在娘家，帮忙张罗。玛丽想着是否要上楼看看雪儿，但火桶实在太舒服了，她的屁股舍不得挪走，就拿起一片芝麻糖，边吃边看微信。

又过一阵，男人们从后山回来了，说说笑笑。玛丽一眼看过去，每人两边耳朵上都夹着烟，金灿灿的烟屁股，黄鹤楼 1916。玛丽一阵心酸。如果再坚持几年，她把爷爷接到上海治病，现在他应该还可以坐在火桶上，眯着小眼睛抽黄鹤楼 1916，谁都不敢抢。

比昨天晚上多出了好几样菜，酒重新开。高富春眼看又要多了，他大着舌头问玛丽，你那屌猫真有那么贵？一桌的人都不响。高迎春左右看看，干笑几声。“大哥，你伢贵不贵？你说贵不贵？”高富春酒杯往桌上重重一放。“你讲什么鬼话，我伢是畜生？我伢畜生都不如？你讲什么鬼话……”玛丽觉得高富春都要哭出来了。她很想逃跑，跑上二楼去抱雪儿，让它的蓝眼睛温柔地看着自己，就像过去那些日夜一样，在上海的那间出租小屋里，四目相对，相依为命。

老爹碗一推，从凳子上站起来，他那一贯含着痰音的话里，仿佛挟着雷声滚过来：“不准喝了。”

饭桌换成麻将桌的时候，高富春酒劲儿轻了些，他第一个坐到东边椅子上，高富杰、高迎春也自觉坐到他两边。对面那个空位置，明摆着是留给玛丽的，其他人就趁机散到隔壁家凑牌脚去了。等了一会儿，玛丽还没下楼，高富杰敲着桌子一直喊高茉莉。过年回家打麻将似乎是玛丽的一种义务。不从玛丽身上赢个一两千，他们会觉得这个年没过好，像去做客酒没喝好一样不爽。

玛丽只好把怀里睡得暖乎乎的雪儿抱回猫包，即将脱手的那一瞬间，手上感觉到一阵刺痛。雪儿软绵绵的肉掌，有意识地抻出了爪子，紧紧地钉进玛丽的掌心。一万个不情愿。

疏于操练，玛丽的麻将技术不是很好，但也不至于白痴。高富春刚丢出的一个幺鸡，如果她一推，就吃和了，她懂，但是她饶了他。总之，输钱就是了。

几圈之后，老娘端张椅子坐在玛丽旁边指导。高迎春那只九万刚送出来，老娘就喊，和！喊出去了，玛丽想不赢都不好意思。农村里有句老话，“技孬牌旺”，玛丽果然总是能摸到顺牌，一上手就有天地胡的迹象。如此，在老娘的监督下，玛丽轻松赢回几番。他们就开始抗议老娘，嘿嘿，老娘，五人一桌麻将，还真稀得见了。老娘厚脸皮稳坐军师位，笑着说，你们合起来欺负妹妹，还不得了了。高福杰一听就嚷，高茉莉是我姐！又朝坐在火桶边抽烟的老爹投诉老娘偏心。老爹原来一直都在那边听牌，心里有数，他不搭腔，只是笑出了一口痰，朝炭火堆里吐去，刺啦一声响。

这几圈玛丽觉得挺来劲的。打麻将果然要赢钱才有意思。不过，她不太能理解，老娘为什么要帮助她，在她工作之后，他们习惯了向玛丽寻求帮助——准确地说是资助，他们自然地认为玛丽是不需要帮助的。

第四只发财抓到手上时，玛丽心跳不已。才摸两轮，她就凑齐了四只发财。这一局庄家翻到的钻是发财，现在她手上拿了四只钻，如果她愿意，下一秒就可以和任何一张牌。她看一眼老娘，老娘面不改色，一把从玛丽手上夺过那只发财，紧紧握在手心，像跟谁宣誓般大声喊出两个字：跑风！三人被老娘的大嗓门吓了一跳。牌没摸满两轮，就跑风？高富杰探过脑袋来要看牌："老娘几个砖啊？"他被老娘狠狠地推了回去。

如果跑风者不叫停，在没有一家和牌的情况下，可以一圈一圈跑下去。赢三家，按圈数算钱。

玛丽跑了三圈，分别扔出三筒、二条、八万，一个个竟然都接不上，搓着手上刚摸起的那只牌，干着急。跑到第四圈的时候，玛丽感到不好意思，当然更怕夜长梦多，她跟老娘说，和掉算了。可是老娘死死拽住那只发财，只顾继续喊"跑风"。玛丽从来没看到过老娘那样的表情，倔强，笃定，甚至有着豁出去的大义凛然。那表情，让玛丽觉得她手上握住的不是一只麻将，而是一件自卫反击的武器。

邪门的是，一圈一圈跑下来，他们几个摸牌又扔牌，居然没人能成功截掉玛丽的和。桌上的气氛有些严肃。玛丽的手心开始出汗，同时暗暗地感到刺激和兴奋。高富春站起来对老娘说，有本事跑个十圈看看。

第六圈，玛丽刚摸进一只五万，老娘迅速把那只发财往桌上一敲，和！就像士兵听到了命令，玛丽顺势将胸前的牌一推，长出一口气。

尘埃落定，他们哇哇叫。高富春不甘心，又顺手摸起一只牌。“他妈的，等的就是这只屁眼。”说完，瘫倒在椅子上，手上一只大饼甩落桌上，真是只白底红圈的屁眼。

“家家三百。”老娘得意扬扬。高富春他们开始打赖，说牌是老娘打的，不算。高迎春甚至栽赃说老娘起先搞小动作，偷偷从桌上换了只红中……各人都不认账。高富杰干脆把火桶边的老爹拉了过来当裁判。老爹没下结论，在身上几个口袋里摸索，大家以为他要代为付钱，谁知最后摸出部手机，说，你们哪里打得过老娘？你们不在家，她天天在这里面打，机器都能打赢。

于是大家开始讲老娘玩手机看抖音的各种笑话，又讲老爹打麻将当“总支书记”的笑话。麻将就算是结束了，大家围到火桶边坐，嗑瓜子，吃冻米糖，默契地赖掉“家家三百”这笔债。在日后，玛丽的“家家三百”仅仅成为嘴巴上赢去的钱，高家村家家都传遍了。

玛丽把雪儿从楼上抱下来。暴露在那么多人面前，雪儿惊慌得想要挣脱。高迎春急急将前后门窗都闭了，嘴里碎碎念：“我的个乖乖，跑出去，一万多就飞掉了，我的个乖乖。”也怪，雪儿被高迎春一抱，竟然就没有挣扎的意思了。高迎春坐得离火桶最近，一暖和，雪儿连打几个呵欠，喉咙里发出惬意的咕噜咕噜声，眼睛迷离，慢慢放松了警惕，睡去。

老爹看着雪儿说，没见过这么好看的猫。

他们都过来要摸雪儿身上的毛。真的有手指那么长。高富杰拿自己的手指比过去。

“这屌猫会抓老鼠？”高富春问玛丽。

玛丽说，它哪里见到过真老鼠？倒是买过电动老鼠，玩两天就腻了。

玛丽给他们讲雪儿各种好玩的事。说有一次在屋里抓到只臭屁虫，臭屁虫放屁，把它熏得干呕，很长一段时间见到虫子就逃。

高富杰刮刮雪儿的鼻子，骂它胆小鬼。雪儿就势把脑袋一歪，不明就里，只睁大眼看着高富杰。那无知的呆样，看得大家欢喜。

后来玛丽又讲到雪儿第一次去宠物店洗澡，好不容易洗好，还没擦干，就拉了一泡稀在人家手上。高富春趴到高迎春的膝盖上，拍着雪儿的后脑勺，骂这个金贵的家伙。雪儿被拍得舒服，在高迎春怀里打滚，肚皮朝天。高富春顺手拿根棒棒糖在雪儿眼前晃晃，雪儿用小短手去扑。玩了几个回合，高富春嘻嘻笑。“嘿，真像个小伢。”

因为门闭着，谁也没留意，外边开始飘起了细雪。

第二天早上，玛丽还在被窝里，就听到楼下老娘不知道在跟谁说，裤子都站起来了。昨晚的雪落在忘记收进屋的裤子上，一夜结冰，裤子自己站起来了。玛丽脑子里想象着那两根光棍一样的裤子，硬邦邦地站在雪地上。是高富杰的牛仔裤吧？她笑清醒了，伸手在被子上一把摸到了还在睡觉的雪儿。

“雪儿吃鱼不？”老娘指着桶里那几条活蹦乱跳的鱼问玛丽。鱼是清晨老爹到湖里，敲开薄冰，用鱼线钓上来的。她不知道该拿去红烧还是清蒸。村里流窜到灶头的那些猫，她杀鱼时顺手从肚子里掏一把内脏，擤鼻涕一样甩在泥地上，猫边吃边嗷嗷地谢人。

雪儿只吃猫粮和罐头。

老娘从玛丽手上拈起一粒猫粮，放嘴里嚼两下，吐出来。一点味道都没有。老娘摇摇头，走进厨房，将桶里那几条餐条鱼杀好，放锅里焙干水，喷酒抹盐，用草绳穿好，挂在二楼阳台窗外风干。

那些过来拜年的亲戚，刚踩进晒谷坪，经知情人指导，多半能抬头看到一只雪白的胖猫，蹲在二楼窗台上，仰起头，盯着头顶上那几条鱼。雪儿对这些鱼的热情保持了很久，只看，不吃。玛丽将这个镜头拍下，又将雪儿的蓝眼睛做特写放大，放在朋友圈。特蕾莎在下边留言：妈咪，这是什么鬼？辛迪更搞笑，留言说，猫被鱼吓蒙逼了。

玛丽抱着雪儿在窗边看风景，就像在上海那扇窗，夜深人静，一起看街上还没打烊的霓虹灯，星星点点。她看过一本宠物护理书，说二十米以外的东西，在猫的眼里只剩下一个模糊的形状。就算这样，雪儿还是乖乖陪她看。

玛丽指给雪儿看西边不远处那座馒头一样的小土山。雪儿在她怀里，安静，看着远方。估计只有小土山动起来，它才能得以准确看到玛丽的所指。可是小土山周围就连一只鸟都没有飞过。她猜，从雪儿的眼睛里看出去，小土山就像只快融化掉的香草味冰激凌球。

玛丽眼睛里的小土山像什么？这么看过去，简直就像拱出地面长出萋草的一座坟。玛丽被自己这个想法吓了一跳。二十多年前，小土山可是他们这些小孩子开心的游乐场啊。海拔不到 200 米的小土山，只修出一条上山的小路，但小孩子们进山从不走小路，野路探险，爬爬跌跌，没有路的林子里往往能找到好东西吃，地捻子、红叶李、金钩钓、牛串子……当然，不止这些。这小土山还藏着玛丽和爷爷共同的秘密。初中毕业那个暑假，玛丽没考上县重点高中，老娘说，不读了，攒下钱留给高富杰试试，总之高家从来就没出过读书人。玛丽哭闹，绝食，离家出走，钻进小土山，躲在一个隐秘的泥洞里，哭到睡过去为止。蒙眬间听到好多人在喊她的名字，看到灯火在林间远远近近。她被吓傻，知道闯祸了，怕钻出去会挨打，没敢应，闭着眼睛躲在里面，心里盼望这座小土山能一下子飞起来，带她飞得远远的，甩掉这些愚蠢的大人。等到人声和灯火逐渐消失，她借着月光走上小路，在出山口的地方，远远看见爷爷提着防风灯走过来。原来爷爷其实已经发现这个躲在泥洞里的小人儿，人散后，再折返回来接她。爷爷对老爹说，是在瓦塘村同学家玩得忘记了时间。

说服了老爹和老娘，依靠爷爷去腾龙山采野灵芝、养蜜蜂之类的帮补学费，玛丽读完了高中和大学。爷爷让玛丽努力学习，别担心钱，他说，腾龙山就是储蓄所，进去就能取到钱。腾龙山玛丽只去过一次，离高家村三十多里路，人走到山边就已经精疲力竭，不要说爬上山。爷爷背着箩筐消失几天，又在某个傍晚带着一身寒冷的水汽进家门，这印象灰扑扑地充满了玛丽整个读书时代。现在，再也没有人去腾龙山“取钱”，有力气不外出打工搞钱的人，会被耻笑没屌用。

盯着小土山看了好一会儿，玛丽想起前几年跟特蕾莎去万达影城，看《哈尔的移动城堡》。一部日本动漫竟然能把她看哭。苏菲眼看亲爱的哈尔受难，驱赶移动城堡去追寻哈尔，根本不知道哈尔变成了怪鸟，保护在自己周围。玛丽哭得有点难为情。特蕾莎说，她小时候看到这里也哭，现在重看倒没那么要紧了。特蕾莎第一次看《哈尔的移动城堡》是十五岁。十五岁，就是玛丽躲在小土山里哭的年龄，她那时什么都不懂，只希望这座小土山能飞起来，帮她脱身。如果不是爷爷的坚持，她可能到现在都不懂这世界上有一座“哈尔的移动城堡”，就像高富春他们一样，到现在都不懂高茉莉在这世界上还有一个名字叫玛丽。

怀里的雪儿一阵骚动，两下挣脱玛丽的手臂，像发现什么猎物，敏捷地蹿向桌子。那面墙上不知从哪里来了一块小光斑，引得雪儿上下乱扑。顺着光斑的来处，玛丽看见隔壁佑生伯家的晒谷坪上，坐着一个女孩，正借着阳光反射手机屏幕。她应该是想把光射到雪儿身上的，没控制好，光进屋，雪儿也跟进屋了。

女孩是生面孔，被玛丽发现后，羞涩地笑笑，手机收进口袋。玛丽朝她挥挥手，她又笑笑。女孩不怕冷，坐在一张小板凳上，长长的羽绒服像披了被子在身上。放下手机，她就剥跟前的棉花，白色的棉花放进篮子里，褐色的棉花壳则放在簸箕上。看起来，倒不像是来佑生伯家做客的。如果换掉那身被子，她不会比走在淮海路上的女孩差。玛丽头一回发现村里还有这么好看的女孩。

刚想下楼去看看那女孩，玛丽就听到了大舅进屋的声音。年初三，外甥们按惯例要提着礼物到瓦塘村给大舅拜年，今年，大舅给老娘打电话让他们不要去，他要来看猫。

外公外婆相继去世，大舅的地位甚至比老爹还高，如果不是因为表哥前年聚赌被拘留，玛丽出钱到县公安局给打点了回来，他说话还会更响。老娘让玛丽把猫抱下楼给大舅看，并吩咐高富杰把门窗都闭上，将屋里的灯拉亮。大舅看这阵势，嘲笑说比接皇后娘娘回家还隆重。老爹难为情，让高富杰把门打开一点。“过年闭门，不像话。”高富杰只好又留出巴掌宽的门缝。

“就这猫？好几万？”大舅的手在猫的背上、屁股上不断拍打，如果不是雪儿躲闪后退，他估计会把雪儿那条粗壮的尾巴拎起来看看，就像在集市买活鸡，鸡脚朝上一拎，一口气吹开屁股的羽毛判断是不是绿便病鸡。

“大舅，纯种的布偶猫，市场上根本看不到。”高富春骄傲地说。

“给三皮家那只配个种，生一窝，不要多，几千块就够了。”大舅笑着点起了烟斗。

“母的，早阉掉喽。”

“糟掉了，糟掉了。”

看起来，雪儿很不喜欢大舅。它被他拍得极其不爽，生气了，往桌子底下、门后，甚至暗绰绰的厨房蹿去，高富杰和高富春两个负责前后堵截。玛丽也不敢说什么，只暗暗期待大舅早点转移对猫的注意。

大舅开始和老爹聊医保的事情时，雪儿忽然一阵狂癫，往墙上蹦了好几下，又跳到桌子上。那只光斑又出现了，像穿窗而入的蝴蝶，一跳一跳，从墙上落到柜门上、神龛上，最终又落到窗边。雪儿忘乎所以，追追扑扑，但每次都落空。“蝴蝶”迅速跳动，来无踪去无影。被戏弄一番，雪儿竟恼羞成怒，冲着四壁嚎叫，像一只被囚禁多时失去耐心的兽。在人们还没完全反应过来的时候，它追随“蝴蝶”跑到门缝边，脑门一拱，四肢一跃，跨过门槛，像一道影子，消失在门外。这些动作如此连贯，毫不拖泥带水，仿佛这门外的世界已被它觊觎多时。

一层残雪铺平的泥地，洁净、明亮，这大概是雪儿跑过的最辽阔最平坦的世界了。没有门，没有窗，没有墙，它跑得像风一样，没有半点约束。它的胡子放弃了丈量空间的功能，翘得高高，它粗壮的尾巴像旗杆一样竖起来，它身上的白毛随着风速耸动，像将军骑马抖动的披风，这耸起的毛发使它看起来比平时壮大了一倍多。很多次，玛丽回忆起雪儿这个奔跑的场景，认为当时它一定是发出了银铃般的笑声。

雪儿仿佛将身后一声声尖叫和追赶的脚步声当成了战鼓，催促它跑得更奔放。一下子，它就跑到了那个女孩旁边，不过，这场刺激的跑风已经让它彻底遗忘了光斑之类的低级游戏，它被羁绊下来，只是为了女孩脚下那一团团毛茸茸的棉花球——它一贯对与自己毛发相类似的东西无法抗拒。它压低身子，试图朝一团雪白的棉花探索而去。

“抓住它，抓住它！”他们边追边大叫。

女孩并没有起身，坐在小凳子上，双手往前做了个扑的姿势，就像雪儿扑向墙上的“蝴蝶”，扑向了虚空。雪儿被这个姿势以及越来越近的脚步声吓到了，它舍弃了那堆棉花，重新跑起来，脚步有些凌乱，朝左边跑一忽儿，又偏往右边，像在耍计谋甩掉身后的追兵。

高富杰跑在头一个，他的嘴里发出些不伦不类的叫声，喵喵喵……撮撮撮……嘿嘿嘿……最后，化成了一声长长的惨叫。

等玛丽他们赶到，雪儿已经从一片矮灌木丛钻进去，那里，通向那座从地面拱起来的小土山。

玛丽的脑子一片空白。

这座小土山还是跟过去那样，走进去才知道远比窗前所见的要大许多，相对于 60cm 长，重 5.2kg 的雪儿来说，它应该等同于整个上海那么大了。

玛丽边哭边唤，祈祷雪儿能像一个真正的小伢，能听懂并理解一个妈咪焦急的声音。然而，只有残雪从树枝间跌落时发出些声响引起过他们的一点希望之光，大部分的时间，山林冰冷沉寂，跟时间一起加深着玛丽心底的绝望。

四处搜寻一阵，高富春决定回去搬救兵。很多年前，有人沿着足迹在小土山找到了那只专门拱鸡圈的山猪，村里几乎所有壮年都出动了，也就一小时不到，山猪就被抬出了山。

“这屌猫胆子小，跑不远。”高富春劝玛丽跟他们先回去，找人，关键是拿诱饵，他断定猫一定还藏在附近，饿了，自然就钻出来找吃的。

玛丽想起有一次，不留神雪儿蹿出阳台，沿着狭窄的墙沿爬到空调外机顶，九层楼高，玛丽想起腿还会发软。最后还是用它心爱的罐罐，一点点地把它引回了屋。

他们急急回家搬救兵。路过佑生伯的晒谷坪，那女孩还在，没坐小板凳了，站着，一直朝山那边张望。玛丽想起她那个聊胜于无的扑空手势，如果不是她那只“蝴蝶”，雪儿怎么会发疯跑掉？她泄愤地朝她吼：“屌人，找不回要你赔！”没想到女孩一下就哭了出来，好像早已经准备好了似的，又好像跑丢的是她的猫。

玛丽愣了一下，不再多说话，赶紧回家取罐罐。

带回来的猫罐头都打开了。高富春和高富杰很快张罗了一个队伍，都是附近的亲戚以及正好来串门拜年的乡邻。他们几乎都上楼参观过雪儿。出发时，他们还拎了好几只鱼篓，好像要到湖里打窝捞鱼。队伍浩浩荡荡，老爹说，比上山祭祖的人还多，猫跑不掉。

“馋猫馋猫，只要有吃的，它肯定就会回来。”见玛丽哭，老娘像安慰小伢。

一直到吃晚饭的点，雪儿还不饿，影子都没一只。其他人耐不住了，生怕错过了酒局和牌局，说起来，丢失的终究只是一只牲畜，又不是小伢。他们三三两两，陆续收兵回家，冷得一路直跺脚，擤擤鼻涕，说这屌猫莫不是被野猫吃掉了喽。

剩下高富春和高富杰以及几个玩得好的老表，尽职地守在几个放置罐头的点。

天黑下来的时候，玛丽已经彻底不抱希望。她熟悉这种过程，就像她过去经历的有些事情，加薪、升职、找男人结婚，有戏又没戏。不抱希望会让每一种细微的获得都放大到喜出望外。下意识里，她甚至认为等这些人都散开之后，雪儿会施施然从某个树丛里钻出来，就像那一次，她躲过大人，从泥洞爬出，迎面见到了来接她的爷爷，这一幕并不是幻觉，是记忆。

玛丽回到屋，还没脱掉已经湿透的皮靴，就听到晒谷坪外一阵喧闹。

高富春双手抱着一只鱼篓，一路小跑过来。他跑得小心翼翼，像怀里抱的是一坛随时会溢出来的酒。鱼篓紧紧贴在他凸起的大肚腩上，正好起到了稳定的作用。高富春从夜色里跑出来，一近，玛丽就看到鱼篓里那团白色的影子。

抱着这只冻得簌簌发抖的猫，玛丽哭得完全不受控制，连高富春也被她哭得不好意思了，他犹豫了一下，一只手举起，在玛丽的脑门上敲了一个栗子。“你这屌妹，给你找回来还哭。”大家都笑了，拢到火桶边暖身，围着那只毛发又脏又湿的猫看。“你看看，这个样子，跟野猫有什么区别？”高富杰伸手想敲它脑袋，又缩了回来。

雪儿大概是跑累了，或者是惊吓过度，脑袋低垂，眼皮虚掩，四肢蜷缩在肚皮底下，挨着火桶，像揣着双手打盹的老汉。老娘凑过去，手指点点它的鼻子说，你把你老娘急死了。玛丽忽然觉得尴尬起来。

后来，玛丽想起那个被她骂哭的漂亮女孩，问是谁。老娘说，是佑生伯的儿媳妇，过年前娶过来的。玛丽印象中，佑生伯的儿子好吃懒做，一直赖在家里，顺手给人干点泥水活，做一季歇一季，四十岁，娶媳妇的钱都没攒下来。

“光辉还是命好，娶那么好看的老婆。”那女孩的面相，笑起来好看，哭的时候也不难看。

“没钱才娶个小儿麻痹。”

玛丽一惊，回想起女孩朝着空气的那一扑，的确像用尽了整个上身的力气。那么漂亮的女孩啊。玛丽鼻子酸酸的。

年初五，赶在返程高峰到来之前，玛丽带着雪儿回上海了。高富春他们几个要过了元宵节才出门打工。跟玛丽的车子挥手告别的时候，没有谁对这个来去匆匆的妹妹发一句牢骚，就像她在执行某种很有道理也很正确的决定。“明天就开始堵车了，十几个小时都开不到上海。”就连老爹也晓得这样跟亲戚解释，当然他并没有提到雪儿。

回到那间熟悉的公寓，很奇怪，雪儿一直在舔身上的毛，不知道那毛发里是否还保留着高家村或者小土山的味道，也不知道它如此频繁地舔舐，是出于对那些味道的留恋还是嫌弃。总之，除了吃饭睡觉之外，它就一直在舔，舌头上细密的倒刺摩擦着每一处毛发，发出了“沙沙沙”的声音。

刚冲好一包速溶咖啡，玛丽就收到特蕾莎的微信，问她给薇薇安凑单买“海蓝之谜”，到底凑眼霜还是爽肤水？薇薇安是她们部门经理，逢节假日海购网有活动，不管她们几个是否需要，都邀请一起凑单，赠品自然都归薇薇安，识相的人，连快递盒子都不拆，转手送到她办公室。玛丽心里冒出一股无名火，又一下子决定不下眼霜还是爽肤水，干脆手机一关，上床。

辗转到半夜，玛丽还睡不着，事实上舟车劳顿，她又累又困。熬不住了，想起回家时准备给雪儿路上用的那颗安眠药，一杯温水将其吞服掉。药物发作之际，蒙眬间听到雪儿仍在枕头边上舔毛，“沙沙沙，沙沙沙”，好像下起了春雨，这空白的噪音把玛丽跟窗外的城市渐渐隔绝了开去。

后　弄

薛　舒*

一

穿红色羽绒服的女人又在后弄里跺脚，鞋跟撞击地面，发出“咚咚咚”的顿挫声。老张直起身，朝窗外看了一眼。

大冷天，在屋外蹦，她这算取暖还是乘凉？老张对床上的母亲说。老张说话的时候并没有张嘴，也没有发出声音，他在心里完成了与母亲的对话。

老张刚喂母亲吃过午饭，准确地说，那不叫“饭”，也不叫“吃”。母亲已经不会吞咽，命还在，一根细细的橡胶管子，从鼻孔插进去，流质食物通过细管直接灌进胃里，这叫鼻饲。

母亲这间房，玻璃窗已经很久没擦，油腻和灰尘凝结在一起，不知道经过多少次雨水的冲刷，划出一缕缕带冰碴的乳白色道痕。老张在玻璃窗里面，红衣女人在外面，他们之间的直线距离大约三米。

没有太阳，阴沉沉的天。红衣女人手上戴着半截绒线套，挺着厚实的胸，在晦暗的天色下转着圈子蹦跳。羽绒服大约是尼龙材质，随着身躯的颠簸，发

---

* 薛舒，女，1969年生。中国作家协会全委会委员、上海市作家协会副主席。出版长篇小说、小说集十多部。作品曾获《人民文学》中篇小说奖、短篇小说奖，《上海文学》奖，《中国作家》新人奖，《北京文学·中篇小说月报》奖等，多次入选《收获》文学排行榜，中国当代文学最新作品年度排行榜，城市文学排行榜等。部分小说被译成英文、波兰文。

出“沙沙”的摩擦声。

老房子是单壁，形同虚设的墙，让老张感觉自己正和门外的女人共处一室，他几乎能闻到她身上散发出地摊香水的浓烈气味。她蹦跳了三圈，圆脸盘三次正面朝向老张，红嘴唇微微张开，湿漉漉的艳丽，口里呼出的白气都要被染红了。老张站在离窗户大约一尺的地方，他没有躲闪，他确定，她的视线无法穿越肮脏的玻璃落到自己身上。他却可以看见窗外的她，很清晰，清晰到细节。

一如既往的红衣，一如既往的浑圆，后脑勺上吊一把油黑肥沃的马尾辫，脸上敷着厚厚的粉，像一只白刷刷的大瓷盘，两轮眼圈又分外浓黑，显然画了太深的眼线，眉毛亦是粗肥，茁壮的两条，让老张想到营养过剩的毛毛虫。然后，老张的注意力就会不由自主地从她脸上移至胸口，真是非同一般的丰厚，符合微胖女性的普遍特征，并且，是紧绷绷的，体态不松懈，说明还年轻。

老张是男人，他不知道别的男人在注意一个女人的时候，是先注意到她的脸，还是她的胸？当然，红衣女人不是一般的女人，老张一直这么认为。看她的身形和脸蛋，里里外外透出一股强壮的无聊感，仿佛，浑身充满了取之不尽、用之不竭，却又无处施展的精力。

年纪轻轻的，也不出去上班？老张对着墙外的女人问了一句话。红衣女人是听不见的，因为老张依旧没有发出任何声音，他的嘴巴已经闭了一上午。

红衣女人在弄堂里蹦跳到第四圈的时候，一个穿棕色皮夹克的男人骑着自行车从她身后滑过来，链条“嗒嗒嗒”一路响到老张窗前。男人单脚撑地，对红衣女人说了句什么话。她回答，语速有些快，老张能听见她说的每一个音节，嗓音脆亮甚至尖锐，可是，一个字都没听懂。老张无数次听过她说话，隔着墙听得也清楚，可是每次都这样，听清了，却没听懂。老张断定，那是一种他无法懂得的方言，来自比上海更北，比北京更南的某个不怎么发达的省区。

红衣女人和男人一来一回，三言两语，男人把自行车靠在老张这边的墙上，跟着她进了对面的屋。老木门“咔嗒”一声关上时，老张的心脏跟着揪了一下。

对面的房子也有玻璃窗，与老张这边的玻璃窗面面相觑，大概也是许久未擦了，斑驳、模糊，全没了透明度，却可以看见始终闭拢的土黄色窗帘。窗内的把手上挂着一条三角内裤，也是红色，宽大、松弛，显然被一个壮实的臀部撑大了，又洗过很多次，失去了弹性。

她喜欢红色，没错，什么都是红色的，老张想。她总是把她的红内裤晾在窗帘与玻璃之间，窗帘闭着，她自己在屋里是看不见的，外面的人却一目了然，仿佛，她把内裤挂在那里，就是为了给窗外的人观瞻。老张是固定的观瞻者，或者叫“回头客”。

其实老张完全可以回避，不去看对面窗户，但他做不到。每次给母亲喂饭、擦身、换纸尿裤……忙活完，直起腰，老张就会站到窗前，看一看后弄的景致。

弄堂很窄，老张从小在这里长大，推开自家的门，跨一大步，就是对面大毛家的门槛。大毛和老张同岁，小时候，他俩就是窗户对着窗户闪镜子发暗号，约好的，闪两下是抄作业，闪三下是溜出去玩。后来他们同一年去了安徽插队，又是同一年回的城……那时候，弄堂里住着几十户人家，从早到晚穿梭着忙碌的街坊，炸油条的、倒马桶的、生煤炉的、打儿子的、骂娘的，一早一晚最是热闹。后来，一家家都搬走了，买了商品房，住进了设施齐全的公寓楼。老房子空关着，等拆迁，或者像大毛那样，租给外来打工的短期住户，一两千元租金，权作零花钱。

老张没有大毛命好，老张走不了，母亲还活着，他不能把一个瘫了好几年的八十九岁老太太搬去公寓里住，送护理院又太贵。好在老张退休了，有大把时间，就常年住在老房子里照顾母亲。

现在的后弄，完全不能和早年比了，荒凉、凋敝，没几个门里有人住。老张常常站在窗前往外看，有时候，半天也没一个人走过。一眼看见的，就是对窗的红内裤，隔着玻璃，端正而又壮阔地挂着。

老张没有别的东西可看，只能看看后弄里的风景，如果红衣女人和她的红内裤也算风景的话。看得多了，老张都能区分红内裤与红内裤的区别。今天这一条，显然与昨天晾的不是同一条，昨天的裤腰更紧致一些，颜色更鲜艳一些，说明今天这条更旧，穿的时间更久。这么想着，老张觉得下腹有些燥热，大冷天的，怎么会呢？

老张去了一趟厕所，并没有多少积尿，只放了几滴，淅淅沥沥，不干不净。回到母亲房间，视线首先抵达的还是窗外的后弄。对面的屋门正好被打开，只开了半扇，穿棕色皮夹克的男人从里面闪出来，带上屋门，跨过弄堂，推起靠在老张家墙上的自行车，骗腿儿上车，一蹬脚，骑走了。

老张看了一眼墙上的挂钟，自言自语：二十分钟，也太快了。

红衣女人没有跟着男人出来，每次有人来，她总会在弄堂里把人家迎进门。人家走，她却不送出来。

二

母亲患上阿尔兹海默症后，老张日渐像个医生了，插胃管的手法，比护士还熟练。年轻的时候，还是小张的老张在安徽农村做过几年赤脚医生，会打针，会包扎伤口。后来回城，进街道工厂，做的是纽扣加工的活，赤脚医生那两手，荒废了。直到母亲发病，又重新捡了起来。

老张要给母亲插胃管了，一根胃管顶多用六天，今天已经是第七天，该换新的了。老张看不见母亲身体内部的骨骼和器官，他只能看见一层纸片样的皮肤，灰白色，薄得几近透明，却并不柔韧，而是坚脆的，一碰就破的样子。就是这层薄脆的皮肤，包裹着一副依然存活的躯体，每个星期，老张都要通过一根胃管进入躯体内部探视一次。母亲的体内构造，老张太熟悉了，闭着眼睛，他都知道她的鼻咽腔、食道、气管口、会厌处长什么样。

母亲是个矮小的女人，在床上躺了几年，越发萎缩得像个还没发育完全的少女。橡胶管插入的长度，以身体外部距离估算，从鼻尖，到耳垂，再到胸膈剑突，四十五厘米足够。老张抽掉母亲脑后的枕头，头颅呈后仰状态，然后，他想象中探险的脚步，随着橡胶细管，从鼻孔进入，一点点深入母亲的身体。

那是一条狭窄而又幽暗的隧道，道壁上排布着阡陌纵横的血管，缓慢的脉动带着红色的微光，波纹一样流经，对，就像照片洗印房里的那种红光。老张在红色的微光中小心前行，十三厘米，会厌部到了。这是一个关键部位，气管和食管的分界点，活瓣样的会厌阻隔了胃管的继续探入，老张的脚步紧随着暂停。走到这里，是万万要小心的，倘若把胃管插进气管，岂不是要了母亲的命。

幸好母亲已经昏迷，昏迷的人不会有咳嗽和恶心反射，当然也不会有吞咽反射，所以，老张必须托起母亲的头，让她的下颌靠近胸骨柄，然后，躯体弧度显然，活瓣挡住气管，食道随之展露。老张跟随着胃管，得以继续前进，小心翼翼地穿过会厌、食道，最终到达胃部。

老张直起身，松了一口气。吸气的时候，他一如既往地闻到那股气味，来自一副持续进行着缓慢的新陈代谢的躯体。这是专属母亲的气味，蛋白质和汗腺分泌物混合而成，老张从小闻着长大的，他不喜欢，但习惯了。

老张倒了一碗水，把母亲体外的胃管开口端插入水碗，没有冒气泡，很顺利。老张很少会把胃管插入气管，失误率比医院里的护士还要小。因为他只护理一个人，每星期一次，一年五十三次，三年就是一百五十九次。一条走了一百五十九次的路，能走错吗？但他每次还是要测试一下。

老张撕了块胶布，把胃管固定在母亲的鼻翼上，随后按程序，用针筒往胃管里注十毫升温开水，接着，再慢慢注入牛奶、苹果泥、菠菜汁、蛋白粉和溶化的药混合的流质食物。母亲瘦弱，饭量小，一般人需要两百毫升，老张给母亲喂了一百五十毫升流质。喂完饭，老张又注了十毫升温开水清洗胃管，最后用一把止血钳夹住管口，以免空气流入胃里。一顿饭算是完成了，现在，轮到老张自己吃饭了。

老张给自己下了一碗面，捣烂的菠菜，菜汁喂了母亲，留下的筋筋脉脉，加了盐和胡椒粉，拌在面条里，毕竟，筋筋脉脉也有营养。老张吸面条的时候，好像故意要弄出很大的声响，一阵“哧溜、哧溜”，一阵“呼噜、呼噜”，忽而激烈，忽而悠长，居然有回声，仿佛，他是在一间空旷的大厅里吃面条。

这一间房，其实只有十五平方米，两张单人床，一横一竖，母亲日日夜夜躺在竖的单人床上，老张入夜睡在横的单人床上。三只樟木箱按大小叠成宝塔，墙角的五斗橱上堆着十来包纸尿裤，窗下是一张八仙桌，上面铺排着各种医药用品：搪瓷盘、纱布卷、没拆封的新胃管、止血钳、压舌板、五十毫升注射器、棉签盒、胶布、听诊器……窗户左边，是通往后弄的门。

老张很少打开门，他更愿意隔着玻璃窗往外看，看看足够了。现在，老张端着面条站在窗前吃，臀部靠着八仙桌。他不想坐着吃饭，就一碗面条，一个人，有什么必要坐下来吃呢？坐着吃饭，是必须要一家人围在一起，有饭有菜，那才像样。

后弄里静悄悄的，没有一个人走过，跺脚的女人也没出现，对面的门户紧闭着，土黄色窗帘照旧没撩开，居然，也没有红内裤，黑色塑料衣架倒是挂在窗把手上。老张看着光秃秃的衣架吃面条，肚子几近饱胀，心里却空空的，好像，没有了红内裤，窗外的风景，整个都失色了。

老张喝掉碗里的最后一口面汤，脑门上沁出一层细汗，这表示他的生命力还很旺盛。老张其实还不太老，才六十三岁，虽是退休了，可他时常感觉到，自己的身体里还会涌动着某些不明所以的情绪。比如，天气暖和的时候，他就有种冲动，想骑着他的破自行车，出去逛一圈，看看街上闲逛的女人。就好像，在农村插队的时候，背着药箱走在田埂上，那些插秧的女人，双脚踩在水田里，露出小腿肚子，污泥斑驳的，像刚从河里捞起来的一段段莲藕，肥瘦色泽，也能比出个优劣。

这么想的时候，老张会忽然眼眶潮红，心里却并无怨愤。老张是十七岁那年去的安徽插队，照理他是独子，可以留在上海，但他瞒着母亲报了名。出发那天，母亲追到火车站去送他，瘦小的女人在月台上号哭，呼天抢地，甩手跺脚，眼看着要哭晕了，却始终屹立着，只倔强地把身体扭曲、拉直，反反复复，不倒翁似的。父亲死得早，也没有别的亲戚一起来送，号哭的女人没人劝，只能自己和自己过不去，演绎着一场生离死别的独角戏。

还是小张的老张没哭，对母亲的哭戏，他甚至有种不忍卒视的尴尬。他的座位靠走道，和车窗之间隔着两个女同学。两个女生扑出窗口和家里人拉着手说话，堵住了一大半车窗。那简直成了他的庇护，他躲在她们身后，正襟危坐，目视前方，任凭母亲在月台上对着车窗上蹿下跳。火车启动时，哭声轰然响成一片，送行戏到达高潮，他终于扭头看了一眼窗外，火车在移动，瘦小的母亲早已淹没在人群中，他没有搜寻到她，如释重负。

那时候，他想，他总算可以不用闻着家里的气味过日子了。家里的气味，就是封住的煤球炉溢出的煤气味，隔夜剩粥的半馊味，刚晾的衣服滴下的肥皂水味，杀蚊子的DDT药水味……还有，母亲身上那种专有的、令他每每闻到就莫名抗拒的气味。他没有兄弟姐妹，甚至没有父亲，没人与他一起分担母亲充沛到满溢的爱，也没人和他共同消受母亲身上时刻散逸的气味。他过腻了那样的日子，像一只困兽，只想逃离。

火车在移动，车窗外的人群在闪退，他感觉到家里的气味正离他越来越远，火车驶出站台的瞬间，他听见邻座有人带着哭腔轻喊：再见了，上海！

他居然鼻子一酸，差点没忍住眼泪，然后，他也大喊了一声：再见上海，我自由了！他没喊出声，他是在心里喊的。

他没想到，自由的日子，也是很容易过腻的。

现在的老张，与母亲几乎是寸步不离了，老太太用自己的身体绑架了六十三岁的儿子。老张的自由，只剩下窗口的一方天地，自由这东西，再一次变得有悬念起来。

面条吃完了，老张准备去厨房洗他那只空碗，转身，听见窗外有“轰隆隆”的声响，由远而近，是摩托车的引擎。后弄里很少有这么大动静，老张把空碗放在八仙桌上，他决定等一会儿再去洗，现在，他要等着摩托车开入他一方窗户的视野。这个声音他认得，自从红衣女人住进大毛的房子，他听到过三次。

轰隆隆的引擎声越来越近了。

三

下雪了，才六点半，天光已经亮得晃眼。屋里并不冷，墙上的温度计，红色标记停留在16℃上。这种天气，老张照理是二十四小时开着空调的，给母亲擦身换纸尿裤，不能冻着她，只不过电费，这个月肯定要破三百元了。

老张起床，穿衣，套上棉拖鞋，站起来，第一眼就是窗户。玻璃上积了一层薄雾，老张走到窗前，手掌张开，贴住玻璃，薄雾瞬间融成水，流出五道水痕。真冷啊！老张咧咧嘴，把手掌拿开，巴掌清晰地留在玻璃上，五根手指滴血般往下淌水。

老张凑在巴掌印上往外看，后弄的老屋房檐上挂着几个冰锥，小拇指般的尖儿。屋顶上，黑瓦的凹槽里积了雪，突出的地方依然是黑瓦，整个屋顶，就像雪后犁过的农田，一畦白一畦黑，没有顶着积雪的瓦楞草，一棵都没有。奇怪了，老房子还是几十年前的老房子，不知道哪一天开始，就再也不长瓦楞草了。还有，小拇指样的冰尖尖，也比不上他小时候的冰锥。老张记得，很多很多年前，大冬天的早上，他和大毛拿个丫杈戳房檐上的冰锥，尺把长，刺刀似的。戳下来的冰锥大多摔得粉碎，偶尔接住一根，捏在手里，当冰棍舔。

大毛已经很久没来了，他住在别墅里呢，他的娘老早死了，他没必要回来。老张看了一眼床上的母亲，努了努嘴，想说什么，声音却没从嗓子眼里冒出来。

前些年，老张伺候母亲时，会和母亲说说话，当然是没有回音的，可他还是会说：姆妈，吃饭了，奶粉是进口的，豆豆去新西兰旅游，给你买回来的……

老张对着永远不会给他答复的母亲说话，把所有能说的都说过了：儿子豆豆升职涨薪；儿媳晴晴不生养，做了三次试管婴儿都失败了；自己患了前列腺炎，撒尿淅淅沥沥，不干净、不爽利；还有，和老婆已经很久很久没在一张床上睡了，老婆住在豆豆的公寓里，没有孙子带，天天去跳广场舞；要是老房子拆迁了，我们能得两套公寓房，可是说了好几年都没动弹，不拆也好，要不然老娘你怎么办呢？大毛的女儿嫁了个富二代，把大毛两口子接去住别墅了；租大毛家房子的是个年轻女人，天天在弄堂里跺脚，也不出去上班，喜欢穿红色的衣服……老张没说对面的女人连内裤都是红色的，这话不适合说给母亲听。还有，对面的女人做的是什么营生？不上班也能过日子？这话，老张对自己都不曾说过。

老张把肚子里的话说了个底朝天，有的话，颠来倒去说了好几遍；有的话，终归不能说出口，哪怕是说给自己听。最后，老张发现，他已经无话可说了。

一个长期说话的人，远比一个长期不说话的人入不敷出。老张觉得，现在的母亲，就是一个最富有的人，她肚子里肯定藏着很多很多话，憋闷着、沉淀着，积了厚厚一层，像粘在紫砂壶内壁上的茶垢，没法洗干净，就干脆不洗了。要是茶壶一直在，茶垢就会随着年代的更替，一起变成古董，越来越值钱。只不过，后人永远不会知道，那些茶垢里究竟藏着什么样的故事，真是可惜了。

玻璃窗上的巴掌印越融越大，五根水痕融汇成鸭蹼状，手指与手指连在一起，窗外的一切看得更清楚了。对门还是紧闭着，上午十点前，红衣女人肯定不会出现。老张有经验，不用上班的人，又何必早起。自然，土黄色窗帘也是不会打开的，起床了也不打开。只是，一大早的，窗帘和玻璃之间，已经悬挂着一条三角形红内裤。兴许，是昨晚挂上去的……

昨天午饭后，老张连碗都没洗，就守在窗前，等着引擎的轰鸣声由远而近。果然没让他失望，一辆风尘仆仆的枣红色摩托车冲进他的视线。骑摩托车的男人戴着大头盔，穿着黑色羽绒服，粗壮的身材，背上还驮个大红包袱。摩托车停下，大红包袱里抬起个脑袋，是红衣女人，整个趴在黑衣男人的身上，两条红手臂环绕着黑衣男人的腰。

引擎熄了，红衣女人跨下车，大圆脸整个露出来，红彤彤的，身材一如既往的厚壮，看着就是干农活出身的女子，只是平日里总亮着一张白脸，身上的乡土气被掩盖了。上海人都说，一白遮三丑。可她那白脸，是涂出来的白，冷风一吹，一脸农民红，土得要死。老张咧嘴笑了，嘴角不自禁地流出三个字：乡下人！说完，心头滚过一丝快感，很有些解气的意思，又不知道哪儿来的气，到底气什么。

就是这辆蒙着灰土的枣红色摩托车，就是这个戴大头盔的男人，老张见过两三次。只是，男人从没在后弄里摘下过头盔，老张没见过他的脸长什么样。

黑衣男人跟着红衣女人进了对面的屋，头盔照旧没摘下。老木门“咔嗒”一声闭上时，老张的心脏跟着揪了一下。

整整一个下午，老张时不时地凑到窗前去看一眼，可是对面的屋门一直没打开，直到天黑，一天结束，后弄里再没有别的动静。

他在她屋里过夜了，老张很肯定地告诉自己。其实，来找红衣女人的男人不止这一个，但大多是进屋，关门，二十分钟，或者半个小时，门就会打开，这人就会出来，独自离开。老张看见过的，进了屋再不出来的，就是这个开摩托车的人。

这会儿，天已大亮，老张站在窗前，看着对面紧闭的门，以及门边上土黄色帘子遮住的窗。昨晚天黑前还没有挂出红内裤，此刻倒有了。那么，黑衣男人到底是什么人？昨晚他走了没有？老张不能克制地要去想这件事，心里同时涌动着各种各样的感觉，一些羞耻感，一些好奇心，一些蠢蠢欲动、愤愤不平，以及，意犹未尽。

手机响了一记短信提示音。老张从枕头下摸出儿子淘汰的“苹果 5”，是豆豆的短信：老爸，今天下雪，路不好走，我们就不去看奶奶了。

老张的日子过得有些混沌，他忘了今天是星期六。每个周六，儿子都要带着他的老妈、老张的老伴一起来一趟老屋，看看奶奶，也是来看看老张。

不来了，不来也好，省得他们指手画脚。

四

给母亲喂过早饭，老张看挂钟，九点半，再看窗外，对门依然紧闭。

接下来，做什么呢？老张环顾四周，堆满医疗用品的八仙桌，要不要整理一下？母亲床头的屋角上，一张蜘蛛网已经挂了半年；卫生间的水龙头关不严，滴滴答答漏水；冰箱里的存货不多了，要去一趟菜市场……其实，医疗用品每时每刻都要用，摊在桌上更方便；蜘蛛网一直没刮掉，是因为没有三角梯，够不着；水龙头垫圈老化了，要去专业店买，可也并没有漏得很厉害，还能顶一阵；下雪天，路上湿答答，去菜市场不方便……豆豆和老婆不来，不用打扫卫生，一间十五平方米的旧房子，没有外人来，费什么劲呢？当然，儿子和老婆不是外人，但他们来了，看见屋里乱七八糟，会皱眉头、唠叨、指责，会一脸嫌弃地捂住鼻子……母亲刚瘫下来时，老婆跟着老张一起在这里住了几天，单人床上挤挤，一个礼拜，老婆的脸色变得不太好看，摔锅摔碗，或者不理不睬。两个礼拜后，两口子统一了意见，儿子媳妇要做试管婴儿，为了给老张家传宗接代，老婆有必要回去照顾小两口。老张则留在老屋里继续做他的孝子，毕竟，老太太名下的这所房子，往后的拆迁补偿，都是儿子儿媳的。

老张夫妇用分居的方式换来了基本的皆大欢喜，应该，老太太百年的日子不会太远吧？不想还很顽强，一躺就是三年。儿子媳妇的试管婴儿一次次失败，干脆放弃了。老张却发现，自己越发喜欢一个人待着，好像，回不去了。老婆和儿子每个周末来一次，周五他心里就会生出隐隐的烦躁。和一个永远不说话的人在一起，远比被迫听别人说话要自由。似乎，老张因了几乎失去人身自由，而尤其珍惜起了精神的自由。

老张扭过头去看床上的母亲，厚厚的被子严严实实地捂着她的躯体，只露出苍白的脸，那张小脸，只有拳头大，几乎没皱纹，不是返老还童了，而是，皮肤太薄太脆，皮下又没了脂肪，经不起折叠，连皱纹都生不出来。

老张决定给母亲擦一下身，屋子可以不打扫，人不能不打扫，要不然会生褥疮，接下去，溃疡、发炎、发烧、挂水……一连串的麻烦就会接踵而至。老张已经一个多星期没给母亲擦身了，他想等一个暖和的晴天，可是天气根本没有转暖的意思，倒是一天比一天冷，没办法了，再不给她擦身，要发臭了。

老张给母亲擦身，冬天一星期一次，夏天一天一次。平日里，母亲屙屎撒尿，老张给她换纸尿裤时，也会给她洗屁股。老张不愿意收拾屋子，却把母亲收拾得挺干净，可是再怎么干净，屋里总归还是弥漫着某种复杂的气味，与早年家里的气味不太一样，不是煤球炉、隔夜半馊粥、肥皂水和 DDT 药水的气味，而是，充斥着换下来没有扔掉的尿不湿、医用酒精棉、中成药以及未及挥发的排泄物的气味。然而，虽与过去不尽相同，却还是有相似的质地，宿古的蛋白质，混合了汗腺分泌物的奇特气味，主体依然是母亲。

老张把空调定到 25℃，又插上油汀电源，半小时后，墙上的温度计显示 22℃。老张烧了一大壶开水，倒进盆里，兑入一点点凉水，用手试了一下，有点烫手，正好。

老张掀开母亲的被子，只上半身，熟悉的气味随着体温暖乎乎地扑面溢出。

母亲身上的气味，老张从小闻着长大的，书面语叫狐臭，后来不知道从哪里传来一种说法，叫“美人臭”，据说杨贵妃身上就有这种气味。老张觉得并不可信，母亲不是美人，瘦小的一个，颧骨过于突出，鼻子过于尖锐，嘴唇扁薄，眉毛疏淡，一副苦命相。母亲没瘫下之前，一直有个习惯，每次睡前脱下外衣，都会举起胳膊，把脸凑到腋下，吸两下鼻子，然后半眯住眼，好一会儿才睁开，脸上的表情，类似于陶醉，又好像吃了榴梿或者臭豆腐之后的生理反应，亦爱亦嫌的样子。看起来，她喜欢闻自己身上这种天长日久的气味。

如今的母亲，早已没有能力把自己的脸凑到腋下去闻一闻了，可是，只有半条命的人，身上还会散发出这种气味，真正顽强。好像，狐臭这种东西，就是人的灵魂，只要人还活着，它就会附着在身上，甚至，还会传染给接近它的人。

中秋节那天，老张没法去豆豆的公寓吃团圆饭，老婆给他送糯米糖藕和烤鸭，一进屋，刚靠近老张，就捂住鼻子倒退了两步：你……你身上怎么有股老人味？

趁老婆转身的当口，老张偷偷举起手臂闻了闻自己的腋下，没什么味啊！老婆走后，老张又在屋里四处闻了一遍，也没闻出什么。老张知道自己没有遗传到母亲的狐臭，可是从那以后，他总怀疑，是不是长期生活在这种气味中，这气味就缠扰在身上，变成了自己的气味？

老张开始给母亲擦身，滚热的毛巾拭过脖子、肩膀、肩胛骨、腋下，还有，小布袋一样的乳房，几乎没有乳晕，乳头的颜色很淡，与别处的肌肤连成一片。毛巾擦拭过的所有地方，老张都轻车熟路，不仅仅是动作，还有，心理上的熟视无睹。

给母亲擦身换尿不湿的活儿，老婆干了最初一个礼拜。老婆回去后，他以为他会度过一段艰难的日子，他要目睹母亲赤身裸体的样子，一如他无以阻挡地闻着母亲的体味长大。然而，他尝试着给母亲擦了一次身，竟不觉得丝毫尴尬，好像，这副不会说话的躯体失去了感知羞耻的能力，他不需要替她羞耻，自己便也没有了羞耻感。现在，他甚至不放心别人来给母亲擦身，每次给她擦干净，等到第二天，掀开被子，那股气味又扑面而来的时候，他会有种成就感。一副持续散发出体味的躯体，代表着生命的机器依然在运行。偶尔闻着不明显，老张会不甘心，要凑到她身体近处，掀开被子闻个究竟。奇了怪了，小时候，只要母亲靠近他，他都忙不迭地躲；现在，他怎么就不讨厌那种气味了呢？

老张给母亲擦完身，用被子严严实实地捂住母亲。那一副少女样的小身躯，就这么干干净净地躺在那里，老张心里感觉踏实了。

老张端起盆要去卫生间倒水，却听见对门“吱呀”一声，随即“嘭”一下。老张一激灵，回头去看，只见后弄对窗的玻璃内，土黄色窗帘的背景前，红内裤随着塑料衣架晃悠了几下。关门太用力，震动了整个门框和窗框，连对门的老张都感觉到自家的墙抖了抖。可是，谁出去了？还是谁进去了？

老张觉得有些遗憾，错过了精彩镜头似的，盆还在手里端着，眼睛却斜向床上的母亲，嘀咕了一句：都怪你！

五

雪融化了，天却越发地冷。穿红色羽绒服的女人又在后弄里跺脚，鞋跟撞击地面，发出“咚咚咚”的顿挫声。

老张贴着玻璃窗，看窗外兜着圈子蹦跳的人，马尾辫甩啊甩，隔着墙老张都能感觉到，那一把茁壮的辫子几乎要飞起来，他只要再往前凑一厘米，辫梢就要撩到他脸上了。每每那捆黑色飞掠过窗前，老张的脑袋就要晕一下，鼻子随即一阵发痒，憋了好一会儿，终于没忍住，打出一个巨响的喷嚏。

红衣女人猛地缩住脖子，仿佛老张的喷嚏直接打进了她的衣领，她停下跺着的脚，扭过头，看向老张的窗户。

老张迅速收回紧靠窗户的脸，转过身，把后背对着玻璃，手里胡乱摸着桌上的东西，一会儿抓起听诊器往脖子里挂，一会儿又去抽棉签，拿纱布卷，也不知道自己要干什么，脑子里的场景，却是窗外的后弄，和后弄里看向他的红衣女人。

她肯定循着喷嚏的声音找到了声音的来源，她正在看这里吗？她能看见他吗？即便她通过斑驳肮脏的玻璃看见了他，那也只是看见了一个背影，老张想。可是接下去，他想象的目光立即看见一副佝偻的身躯，虽然是背影，可还是一眼看出来，那是一个老年人，有着委顿的脖子和松弛的肩膀，还有，垂向桌面的花白的后脑勺……老张没见过自己的背影，但他见过大毛的背影，六十多岁的老男人，不都应该是那样的吗？

老张的鼻子酸了一下，他摘下脖子上的听诊器，走到母亲床边，俯首冲床上的人说：现在这样子，你是不是很高兴？嗯？

母亲闭着眼睛，平静地躺着，她没有回答她的儿子。老张俯瞰着床上的人，太安静了，安静得像死了一样，没有喘气的声音，没有打鼾的声音，没有咳嗽的声音，也没有器官运转发出的哪怕是卡壳的声音。倘若有人撞进门，一眼看见床上的老人，会不会认为她是死的？

这么想着，老张又细细地盯着母亲的腹部看，平薄而寂静，连些微的起伏都没有。老张冲着床上人喊了一声：姆妈？

他知道母亲不会回答他，可他还是喊了第二声：姆妈？

那副少女般的躯体安静得一如往日。老张感觉心脏跳得有些快，同时，窗外又传来一阵跺脚声，“咚咚咚”，还有，羽绒服的摩擦声，“沙沙沙”。老张没有抬头，也没有走到窗口去观望。老张强按越来越快的心跳，一把掀开母亲的被子。温热的体味扑面而来，蛋白质和汗腺分泌物混合而成的，甚至带点孜然抑或咖喱之类西域香料的气味。是的，没错，就是这种气味，它会使老张情绪突然亢奋却又莫名厌烦，这气味来自母亲的身体，此刻依然。

老张重新给母亲盖好被子，心跳平缓下来。灵魂般的气味缠绕在母亲身上，她活着，他放下心来，随之而来的，是隐隐的愤怒。他抬头看向窗外，红衣女人还在后弄里站着，大概天太冷，没人来拜访她，跺脚的节奏比刚才缓慢得多，“咚”一下，隔几秒，又是“咚”一下。原本强壮的无聊，变得有些虚弱。

也没人来拜访老张。倘若没有必需的理由，老婆和儿子是不会来的。半年前大毛倒是来过一次，不是来看老张和老张的母亲，而是老房子租出去三个月了，后两个月的租金没到账，他是来问租客讨钱的，顺便跨过弄堂到老张这边来看看。

和老张的老婆一样，大毛一跨进门就往后退了两步：什么味道？

老张擤了擤鼻子：什么味道？没有啊！说完搬一张凳子摆在门口，叫大毛坐。那时候天还暖和，开着门不会冻着母亲。大毛坐在门口，和老张有一搭没一搭地说话。大毛说，东市街上的茶馆里来了一对唱评弹的男女，那女的，年纪轻，嗓子好，啥时候你有空，一起去听听？老张指了指母亲的床：我哪里有空？

大毛又说，上个礼拜去老饭店吃饭，女婿请客，本帮菜，正宗，下次我请你去吃。老张说：谢了，不过，吃上这一口，不知道要哪年哪月了。说完又扭头去看床上的母亲。

大毛替老张叹了一口气，摇了摇头。又说，上个月他和老婆去泰国旅游，女婿出的钱。然后摸出手机，翻出一张照片：看看，这个女人，漂不漂亮？

老张找出老花镜戴上，凑过去看了一眼，吓得缩回脑袋。手机屏幕上，大毛被一个浓妆艳抹的女人搂着，那女人，穿着挤出乳沟的低胸装，大毛在照片里张着大嘴笑，露出满口邪淫的牙床。老张说：胆子这么大？照片留在手机里不怕你老婆看见？

大毛笑说：你没见过人妖吧？老张顿时明白过来，也跟着笑起来，先还要掩饰，藏不住，就“呵呵”地笑出声，还说：你，被一个不男不女的东西搂着，不难受？大毛说：不要太适宜哦！然后，两人你看看我，我看看你，一起张开嘴“哈哈”大笑了一通，不晓得有啥好笑的，话也说得并不幽默，事情也不见得有多搞笑。笑完，老张问大毛：那你讲讲，人妖到底长啥样子？

大毛说：你没看见照片？和女人一样，两只奶奶……母亲床上忽然传来一记闷响，显然发自被窝内里，天气热，一条薄被子，没捂住。大毛问：老太太放屁了？

老张不敢肯定：偶尔会放屁，可也没这么响啊！

大毛说：她是在骂我“放屁”吗？厉害，话都不会讲了，还能骂人。

老张的母亲会骂人，早年弄堂里出了名的。孤儿寡母，不凶悍一些，怎么能把日子过下去。大毛从小不怕自己的母亲，倒一直怕老张的母亲。大毛站起来，拍拍屁股准备走：不坐了不坐了，我要回家了。临走关照老张，替他多注意一眼对门的女租客，看看她到底是干啥的，要是有违法犯罪行为，立即赶她走，我宁愿不挣这两千块租金。

就是从那一回开始，老张把观察对门的女租客，当成了伺候母亲之外的第二项日常工作。老张观察得很仔细，他发现女租客喜欢穿红衣服，连内裤都是红的；他还观察到女租客喜欢站在后弄里蹦跳跺脚，尤其是入冬后，每天都要蹦跶好久；老张还见过一些男人来拜访女租客，他们都是单独来的，在女租客的屋里待一会儿就会离开，这些人看起来就是最普通的男人，没有杀人越货的容貌，也没有发生过打架斗殴的事情，更没有听见争吵骂人声。老张觉得大毛的担心有些多余，一切都很正常，有什么不放心的呢？

年轻的女租客至今还住在对门，半年多了。老张的观察任务还在持续，他抬起头，看了一眼窗外。红衣女人还在，只是没再跺脚了，她挺着胸，站在后弄中间，看着远处。远处有什么？老张在屋里是看不见的，但是老张听见了摩托车的引擎声，正越来越近。

她要等的人来了，老张想，红内裤都挂着呢。

对面的玻璃窗里，今天挂的是一条崭新的红内裤，颜色很鲜艳，腰口很紧致，形态也还没撑走样，端正而小巧地挂在塑料衣架上。老张甚至有些担心，这么小，她穿得下吗？瞧她那敦壮的样子。这么想着，老张的注意力，从红内裤移到红衣女人身上。可惜，羽绒服是中长款的，遮住了她的臀部。可是胯部饱满鼓胀的样子，还是让老张轻易回想起一个浑圆宽阔的臀部。半年前，她穿着紧身牛仔裤和红色吊带衫，推着一个拉杆箱走进后弄，停在老张的窗外。然后，她从背包里摸出一把钥匙，打开了对面的门。老张隔着敞开的窗户看出去，满眼白花花的肉，中间一小片红布。

老张想到了不能生养的儿媳妇，做了三次试管婴儿都没成功。窗外的女人，倒是有生养潜力的样子，只不过，她不是一般的女人，不适合结婚，更不适合养孩子。

六

开摩托车的黑衣人又来了，这一天，来了三趟，每一趟都是空手进对门，五分钟，捧着大包小包出来，然后“轰”一声，载着大包小包绝尘而去，大头盔始终没摘下过。看样子，像是要搬家。老张忽然想起，自己是身负重任的人，他有责任监督他们，大毛屋里的东西，别叫他给搬走了。

老张长时间地站在窗前，数着男人载走的东西。他看见黑衣男人从屋里捧着个大纸箱出来，不知道纸箱里装了什么；他还看见黑衣男人把两个大塑料包载走了，透明的包里塞满五颜六色的衣物；第三趟背着一个大袋子出来，袋子鼓鼓囊囊，袋口露出个绒毛熊的脑袋，婴儿一般大。老张忽然咧开嘴笑起来，女人呀，真是长不大，喜欢这种没用的玩具。笑了一会儿，忽然感到有些伤心，幸好母亲已经失智失能，要不然，老太太会不会骂她的子孙“不孝”？

这么想着，他扭头去看床上的母亲。老太太与任何一天一样躺着，死一样安静，她已经不会发出唠叨的声音，世上已经没有人能指着老张的鼻子骂他不孝了。其实，就这么活着也挺好，除了她的儿子，她不会打扰到任何人。快过年了，母亲马上就要满虚岁九十了，真是长寿啊……可是，为什么要搬家呢？老张继续把脑袋转向窗外。

现在，老张差不多确定，对面的租客就是要搬家。东西正一样样被转移，从摩托车来回的时间看，新住处不会太远。不过以后，老张就听不见后弄里的踩脚声了，也看不见窗外那副壮实而又生动地蹦跳着的红色身影了。老张不是大毛，大毛随时可以走出家门，去茶馆听书，去老饭店吃正宗的本帮菜，去泰国看人妖……老张不可以，他不能丢下母亲超过半个小时，不可以走到比菜市场更远的六百米以外，哪怕只是去听听一个喜欢穿红衣服的女人的踩脚声，也不能。可是为什么要搬家呢？这个问题，老张已经问了自己好几遍。难不成是房东大毛发现了什么，要赶她走？

老张开始感到愤愤不平，那些来拜访她的人都是自愿的，她这样活着，并没有打扰到别人。就像老张照顾母亲，也是自愿的，母亲这么活着，没有打扰到别人，没有人可以剥夺她活着的权利。大毛又凭什么要赶她走？老张越想越气愤，他想打开自家的门，走出去，跨过后弄，敲开对面的门，然后，他要对那个喜欢穿红衣服的女人说：大毛不租给你，我租给你。

老张当然没有跨过后弄去敲开对面的门，他想象中对红衣女人说的话，其实是没有资格说的，母亲还活着，他怎么能把房子租出去呢？老张只能持续看着窗外，通往后弄的门始终紧闭。

一整天就这么过去了，红衣女人一直没出来，后弄里没有响起她蹦跶跺脚的声音。她肯定在整理东西，半年前她来的时候，只有一口拉杆箱，现在要走了，三口拉杆箱都不够。做个人，真是越活拖累越多。

老张看了一下挂钟，下午四点半，要准备母亲的晚饭了。吃什么不重要，重要的是，得给她吃。老张站起来，看了看床上的母亲，眼睛一如既往地闭着，平薄的一副躯体，一点儿起伏都没有，鼻孔里钻出一根胃管，管口夹着止血钳，管内壁似乎沾着些许糊状物，用过几天了，要不要换一根？老张想，照理可以再用两天，可是脏了，换一根吧。

老张在八仙桌上找到一根没拆封的新胃管，按一贯的程序开始操作。拔掉旧胃管是最容易的，撕开胶布动作轻柔一些，拔出的速度慢一些，不要扯伤咽喉和鼻腔黏膜。新胃管准备插入，老张掀开母亲身上的被子，温暖的体味扑面而出。他吸了吸鼻子，一切正常，好了，现在他要跟着胃管再次进入母亲的身体了。从鼻孔开始，弯弯曲曲的通道呈现在眼前。

窗外第四次响起摩托车轰鸣声，老张一手托着母亲的头颅，另一只手捏着胃管，可他还是忍不住抬起头看向窗外。黑色庞大的身影不出意外地出现在窗口，只是老张整个人是俯向母亲的姿势，视线不够高，只能看见一个移动的大头盔。很快，大头盔不见了，随后，是“吱呀”一声和“咔嗒”一声。黑衣男人进了对面的屋，老张想。

胃管继续探入，鼻腔过了，接下去就是会厌。老张扶起母亲的上半身，现在，她几乎是坐着的姿势了，拳头大的脑袋耷拉着，老张用自己一边的肩膀垫住她的后背，持着胃管的手稍稍用力，感觉有点受阻，他想象中的视线到达三岔口，看见了，粉红色的活瓣在蠕动。

窗外又有声音，是男人闷闷的说话声，像罩在瓮中，显然没有摘掉头盔。然后，是脆亮甚至尖锐的回答声，每一个音节都那么清晰。老张竖起耳朵，还是一个字都没听懂。

老张有些生气，胃管往活瓣上戳得更用力一些。母亲的头颅像木偶的脑袋断了线，几乎垂挂到胸口，这是正确的姿势，气管紧闭，食道展露。与此同时，他听见外面脆亮的说话声：明天再搬吧。

他居然听懂了，这是他第一次听懂红衣女人说话，她果然要搬家了……老张手一抖，通了，胃管的前行路途顿时顺滑，再往前走几步，好了，留下体外一截胃管，长度合适，完成了。老张把母亲的脑袋放回枕头，动作有些急，或者，手臂托住母亲的时间有点久，没力气了，母亲的小脑袋落到枕头上，发出“扑通”一声轻响，把老张吓一跳。可是，那也没什么要紧，枕头，又不是砖头，老张想。然后，他像一只终于从猎人手里挣脱的兔子，从母亲的床上跳起来，一步跨到窗口。

老张看到的是红衣女人和黑衣男人的背影，壮大的两副。男人手里拎着头盔，他终于露出了脑袋，只不过是后脑勺，大脑袋上顶着乱糟糟的头发，耳鬓边有一撮倔强地扭曲着，是被头盔压得变了形的样子。老张依然没有看见男人长什么样，他只看见一红一黑两个黑影，几乎是挤着进了对面的门，然后，老木门“咔嗒”一声关上了。老张的视线移向对面的窗户，土黄色窗帘和玻璃之间，塑料衣架光秃秃吊在那里，没有红内裤。

天色昏暗下来，冬天，太阳总是很早下山。老张回到母亲床边，新胃管插好了，接下去要给母亲喂晚饭了。一百五十毫升流质，由蛋白粉、橙汁、米糊和肉汤混合而成，用针筒注入，有点慢。老张几次想要去拍母亲的胸口，又想起拍胸口是没用的，就住了手。老张的耐心不如以前好了，给母亲鼻饲，他已经做了三年，没人催工，也不是计件计时的活，急什么呢？可是今天，不知道为什么，他就是有点急。

一百五十毫升流质终于全部注入母亲体内，老张又注了十毫升温开水清洗胃管，最后，用止血钳把胃管开口夹住。母亲平静地躺着，自始至终，好像，她很享受六十多岁的儿子对她这般无微不至、皮肉相触的孝顺。

老张没有给自己做晚饭，他不饿，他不想吃饭，他就站在窗前，看安静的后弄。后弄里没有声音，也没有人迹走动，直到天完全黑下来。

这一夜，老张睡得不太踏实，迷迷糊糊刚睡着，一个抽搐又把自己惊醒。他想不起来有没有做噩梦，只是，感觉屋里的温度正在下降，他想，他是被冻醒的。可空调一直开着，“嗡嗡”声持续不断，大概坏了，明天要打电话叫人来修。

直到凌晨五点，温度计上的红柱已经跌到 7℃，老张再也无法入睡，干脆开了灯，穿戴好，下床，他要看看母亲有没有被冻着。

老张走到母亲床边，白炽灯微黄的灯光下，床上的人平坦坦躺着，被子盖得好好的，一截微微隆起的躯体，拳头大的脑袋露出被子，鼻翼上贴着胶布，一根细管从鼻孔里拖出，细管顶端，止血钳拦截住无孔不入的空气，床上的人，没有起伏，没有鼾声，睡得很是安然。

老张习惯性地吸了吸鼻子，一股冷气钻进鼻腔，干干净净的，很是清爽。没有煤球炉、隔夜半馊粥、DDT 药水的气味，也没有新陈代谢作用下半发酵的蛋白质和汗腺分泌物混合而成的、带点孜然抑或咖喱之类西域香料的气味，连惯常的医用酒精棉、中成药，和未及挥发的排泄物的气味，都好像被渐冻的空气凝固，任凭老张用力闻，也闻不到了。

老张的心跳开始加速，他要掀开母亲的被子仔细闻闻，只有闻到那股代表着生命机器依然运转的温热气味还在，他才能放心。他犹豫了五秒钟，伸出手，很轻很轻地拔开围着母亲脖子的被口，然后，把脑袋凑到母亲枕边，用力吸了吸鼻子。依然是一股凉薄的冷气，像早年他在农村插队，冬天的早晨，醒来后吸进的第一口空气，没有食物的油烟气，没有暖意，没有欲望，没有香或者臭的人间百味，什么都没有，真空般纯净。

熟悉的气味消失了，来自母亲身体的气味，几十年来总是让他情绪突然亢奋却又莫名厌恶的气味，一丝都闻不到了。老张只觉胸口一松，仿佛有一把剪刀在他捆绑已久的心脏上挑了一下，绳子断了，心脏松绑，血液刹那间流动起来。

老张深深地吸了一口气，想象中，他完全打开了自己胸腔里的肺叶，通透感顿时涌遍全身。

七

天已大亮，老张已经在窗前站了三个小时。听见警笛声在后弄里响起的时候，老张回头看了一眼床上的母亲。一切还是老样子，拳头大的脑袋，脆纸般的灰白皮肤，脸上没有皱纹，一根拖出鼻腔的胃管连接着她的身体，微微启开的嘴角边和贴着胃管的鼻孔边，糊着一些凝结的白沫，远看，却是洁净的样子。

屋里很冷，空气干净而纯洁，没有任何异味。老张等待着越来越近的警笛声，他没有想过要怎么向警察解释，那根细细的胃管是如何进入气管的？他已经记不清过程，他只记得，插完管子，他没有像往常那样拿一碗水来测试一下开口端是否冒气泡。他自己也不知道，那究竟是失误，还是谋杀。他只是准备好了，他们来了，他就跟他们走。

玻璃窗像一面电影屏幕，老张站在屏幕前静静地等待。一辆蓝白色警察专用摩托车飞驰而入，在屏幕里戛然停下，两名警察飞身下车。老张咬了咬牙，准备开启他那扇通往后弄的门。然后，他看见警察转过身，把后背对向他，一步跨到对门，在那扇老旧的木门上狠敲一阵，同时高声喊叫：开门开门！

对面的老木门启开了，刚开了一条缝，老张忽然转过身，似侥幸逃脱的罪人，隐藏起自己的脸，把后背朝向窗外。

老张听见警察的声音：接到举报……跟我们走一趟……

警察说得太快，老张没完全听清。老张还听见那个熟悉的脆亮尖锐的声音：是我男人……孩子在老家……过年了……

老张居然听懂了好几个词，太奇怪了，虽然断断续续，但他听懂了，声音的确是她的。可是，到底是不是她啊！她可不是一般的女人，怎么可以有男人、有孩子呢？

外面一阵嘈杂，男人辩解的声音，女人哭求的声音，警察呵斥的声音，隔着一堵单壁墙，就像发生在老张屋里。他很想回过头去看一眼，看看女人是不是穿着红衣服，看看男人到底长了一张怎样的脸。可他始终背对着窗户，直到二十分钟后，后弄安静下来。

老张再次看向窗外时，后弄里已经没有人了。对面的玻璃窗里，土黄色窗帘背景下，一条红色的内裤壮阔而端正地挂着。

老张没有心思研究红内裤的新旧成色，老张的脑子里闪过昨天下午看见的那只毛绒狗熊，婴儿般大小，塞在塑料袋里，被黑衣男人载走了。快过年了，老张想，他没有孙子，一直没机会买那样的玩具，真是遗憾。

这么想着，老张拿出手机，犹豫了一会儿，给儿子豆豆发了一条短信：奶奶没了。

发完短信，老张像是脱了力，浑身软绵绵的，眼睛望出去，竟是两泓眩晕。也许是缺氧，或者低血糖，他拖着两条腿挪到窗前。他要吸一口窗外的新鲜空气，便伸出手去拔窗户的插销，然后，在窗框上轻轻推了一把。那扇整个冬天没打开过的玻璃窗忽地崩开，冷风砰然刺入。老张只觉脸庞一阵裂痛，仿佛小时候不当心摔了父亲留下的那只骨瓷汤盅，被母亲狠扇了一耳光。老张下意识地收手去捂脸，却捂了一手湿漉漉，他没发现，眼泪早已爬满了他的脸颊。

初 开

包 倬*

半山温泉酒店真在半山上，离县城五公里。四海用智能手机订了房，并且给酒店前台打电话，说需要接送服务。然后，他立即关机。这个十八岁就在外流浪的人，这些年来，像个漂流瓶一样，心里装满了各种想法，不时将自己扔向茫茫人海，不时被人拾起又扔出去，周而复始。

“怎样？”叶开花问。

“啥？”四海反问。

“电话。”

“没啥。”

十分钟后酒店派来一辆国产轿车。在等车的过程中，四海一直牵着叶开花的手。牵手，叶开花既不反对，也不回应，就像这手不是她的。其实，自从到了县城，叶开花整个人就显得六神无主。四海说去买几件衣服，她说好的。四海说去看场电影，她说嗯。四海说我们坐下来休息一下，她说好。

新修的柏油路在下午的太阳下闪着光，像条闯入城郊的黑色巨蟒。那些已经初具规模的农家乐站在路边，餐饮、停车、棋牌之类的字样不时闪现。公路尽头，便是这家刚开业的酒店。门前的喷水池里还没有水，两条铜铸的龙干涸

---

* 包倬，男，彝族，1980 年生于四川凉山，现居昆明。2002 年开始发表小说。有作品见《人民文学》《十月》《钟山》《江南》等刊。出版有中短篇小说集《路边的西西弗斯》《风吹白云飘》《春风颤栗》。

地张着嘴，眼巴巴地望着对方。大厅里飘着淡淡的油漆味。叶开花打了个喷嚏，她压抑的声音听上去有点滑稽——啊糗。

前台服务员要他们出示身份证。叶开花犹豫了一下，蹲下身在大厅里拉开蓝色牛仔包的拉链，将布鞋、旧衣服、梳子、毛巾以及一个装着方形不明物的红色布包拿出来，摊放在地上。她清楚记得离开阿尼卡时，是带了身份证和户口册的。四海就那么站着、看着，嘴上叼着香烟，说慢慢找，不急，不急。叶开花翻遍背包里的衣物，站起身来，沮丧地望着四海。

“老了，记性被狗吃了。”叶开花自嘲道。她四十五岁，外貌和岁数相称。如果人这一生活到六十岁算及格的话，她还差十五年。

“你确定肯定自己真的带身份证了？”四海的语气中流露出怀疑，“难道它长翅膀飞走了？”

叶开花惊慌地点头，同时将手伸向衣兜和裤兜，像是要证明自己所言非虚。但过了一会儿，她的脸上浮现出一丝抱歉的笑容，从牛仔裤的右后兜里摸出了身份证和户口册。

“今早走时好紧张，总觉得有人盯着我看。”

登记住宿信息时，叶开花的心一直在跳。但工作人员并没有多问。电梯下行，数字跳动，叮咚一声门打开，叶开花抢先进了电梯。服务台后面传来了笑声。

房间很大。除了一张大得可以横着躺的床外，还摆了一张自动麻将桌和四把椅子。左边床头柜上放着一本地方文人出版的古体诗和酒店宣传册，右边放的是付费避孕套和同样需要付费的其他成人用品。

四海进了卫生间，玻璃门缝里传出飞溅的尿声。叶开花默默坐在麻将桌前，红着脸，手上不知何时捏了一只麻将。

“是哪样？”四海一身轻松地走出来，潮湿的双手在叶开花的肩上捏着，仿佛她的双肩是两张饼。他确实是这样说的，是“哪样”，而不是“啥子”，叶开花听出来了，也听懂了。这些年，四海走南闯北，除了收获一些半生不熟的谋生技艺外，还收获了一些南腔北调的外地方言。阿尼卡人把四海嘴里的腔调当笑话讲，但至少现在，叶开花觉得这正是四海的过人之处。

叶开花偷瞄了一眼手上的麻将，笑着说："二筒。"

"二筒像什么？"四海进一步引导。

"想不出来。"叶开花红着脸说。

其实，叶开花也想上厕所，但她憋着。尿意和血液让她身体肿胀，仿佛轻轻一按就会爆裂。她站起身，来到了阳台上。山下是县城，叶开花的心里涌起一丝怯意。这是她所能亲眼看到的城市的样子，至于更大的城市，她只在电视里见过。她看着那些楼房，竭尽所能地想象它们：那个升起国旗的地方，应该是学校；那片低矮的红色建筑应该是老小区；那个耸立着烟囱的地方，可能是个工厂。这时，四海在床上喊："哎，我说姑娘，你打算在那里做一棵电线杆吗？"

他又换了一种腔调。他叫她姑娘。

"我都快要当奶奶的人了。"有次她不得不指出他的油嘴滑舌过了头。

"但在一个应该当爷爷的人眼里，你就是姑娘。"他说，"人呢，心态决定一切。"

叶开花扭过头，见四海正在床上向她招手，满脸诡笑。

"进来，"四海勾了勾手指，"进来让你看个东西。"

"你想让我看啥？"叶开花边走边问来到床前。

"看我嘛。"四海说着，出其不意地抓住了叶开花的手。

她仍然和先前一样，不拒绝，也不回应。她低着头，耳畔嗡嗡响着，像是有一只蝉在顽强地鸣叫。四海用力一拉，叶开花跌进了他的怀里。他抱紧她，像是抱着一只受了惊吓的猫，她连动都不敢动一下。他估摸着她已经没那么紧张了，开始吻她。他们的亲吻像是在胡乱吃对方的嘴唇，甚至发出了吧嗒声。但接下来更进一步的动作，叶开花坚决制止了。她像掐断一棵刚冒土的豆芽，掐断四海心里的那种念头。短暂的僵持后，四海放开她，并且帮她扣好了衬衫纽扣。楼上有一把该死的电钻啸叫起来，那尖厉之声钻进耳膜，钻进他们的骨头缝里。

“没关系的。”四海在噪音中说。

“啥？”

“没啥，我们该下楼了，吃饱了才有力气。”

“真没啥？”

“真没。”

四海的回答比叶开花期待的似乎迟了那么一点点。

山林是个隐秘的世界。现在的人们不再上山砍柴、割草，只在蘑菇冒土的季节才会去打扰鸟兽们的清静。所以，在山林里约会，是个不错的选择。他们曾在树林里亲吻。他张嘴的时候，像是打开了一个封闭已久的香烟盒子。她不太习惯亲吻，她死去的丈夫没有这个习惯。那时，四海将叶开花揽入怀里，头顶的树梢上有只喜鹊叫了起来。她受了惊，想挣脱，但他却搂得更紧了。

“啊么，连喜鹊也来祝贺我们啊。”四海夸张地高声说。

确实，如人们所说，他能够把天上的飞鸟哄下来，落在肩上。那时，她对他的油腔滑调心存反感，甚至感到了某种屈辱。不能让他得逞，她想，她甚至想扇他一耳光，或高声叫喊。但是转瞬，她产生了一种奇怪的同情心。“他像个孩子，”她心想，“他饿了，像头发情的驴子，哭喊了那么多年。”

每一次拒绝他，她心里都隐隐不安。但看到他并没有因此而放弃，这不安又变成了一种微妙的幸福。也许他并不像别人说的那样，她心想。

酒店的大厅里有一个卖银饰的柜台。四海问柜台小姐，这是不是葡萄村的银？对方说是。他跟她讲起葡萄村，那里最有名的是银饰、葡萄和赌博。他买了一只银戒指。

“黄金的，我买不起，只能送你这个了。”

他有送女人礼物的习惯。不刻意，就地取材。他俩在山上见面时，他送她一把山茶花。她拿回去插在两个空酒瓶里，摆放在神龛上。她丈夫的遗像在墙上微笑。茶花还是骨朵，至少要十天才会蔫。她从茶花想到了人。人生一世，草木一春。

死亡像只巨大的秃鹫，躲在看不见的树后面，但总有一天它会俯冲而下，要了人的命。叶开花的丈夫一年前死于车祸，享年四十五岁。他俩是同年生人，他比她大七天。他们一起生活了二十七年，生有一男一女。如果丈夫不死，她现在最关心的事情应该是自己的身体和儿女的婚事。

丈夫的死像一道闪电划过夜空，短暂而不可更改。生与死，像白与黑。叶开花想起死去的丈夫时，总觉得死者坠入了冰冷漫长的黑暗里，而自己还活在这充满光和热的人间。

她在丈夫的葬礼上号啕大哭，出于一种本能。那种感觉就像陪伴在身边多年的某样东西，突然丢失了。她看到丈夫被洗净、入棺、盖棺、抬走、火化，变成了山林中的一堆黄土。

“他一生为温饱奔波，就这么死了，真可怜。”

丈夫死后，叶开花的脑袋木木的，整个人被掏空了，心空得泛着回声。儿女们不再让她下地干活，只做些家务事。可哪有那么多家务事需要她去做呢？她整天待在空荡荡的家里，连走路和咳嗽都变得小心翼翼。她独自轻声慢语，和桌子、椅子、公鸡、大门……或墙上的照片说话。

“你说这人啊，一眨眼就老了，我总觉得自己还是个小姑娘，可是，就已经四十五岁了。”

“唉，你这只该死的公鸡，比人还可怜，人想要你死，你就得死。”

……

有时候，叶开花也去村里走走。但是，除了那些丧失劳动能力的老人和学龄前儿童，她很少遇到别人。她走在空荡荡的路上，像只空瓶子，被风吹得呜呜响。“让我下地干活吧，”她哀求儿女们，“这样闲着，我全身的骨头发痒。”但她的儿女们以一种诧异的表情看着她，告诉她，劳累了半辈子，该休息啦。于是，叶开花除了发呆、自言自语，就剩下看电视剧。她跟着电视剧哭，跟着电视剧笑，哭笑累了，她就睡一会儿。有时候她梦见死去的丈夫，也梦见自己的死。

电视机是二十年前买的，像只笨重的大箱子。但在那个时候，这不叫笨重，而叫气派。丈夫生前一直想换台液晶电视，但又舍不得扔掉旧的。某天中午，叶开花按下电视开关，荧屏上不再显示图像了。

叶开花给儿子打电话，让他问问四海这段时间在不在阿尼卡。大约过了一个小时，四海肩挎蓝色帆布包推开了叶开花的门。他穿着干净的西装和衬衫，脸和手肥嘟嘟的。叶开花上次见四海，是在丈夫的葬礼上。这个在别人眼里好吃懒做的家伙，在葬礼上忙前忙后，搬桌子、端菜、杀鸡，到处都有他的影子。在抬棺的队伍里，四海走在最前面。叶开花一直记得他汗流浃背、咬牙切齿的样子。遗憾的是，在丧事后的答谢宴中，却没有四海的影子。

阿尼卡人说四海的修理技术并不高明，只能勉强糊口，他之所以搞修理，完全是为了逃避农活。此外，由于此人长期在外游荡，父母留下的老宅已在风雨中倒下，他已经居无定所。人们只在家用电器坏了的时候想起他，但他经常不在村里。

“真巧，昨天刚回来，今天你家电视机就坏了。”

他嘴里的话总带着一种夸张的不实之感。他身上散发出淡淡的洗发香波味，胡子刮得很干净。叶开花轻轻朝一旁挪了挪身子，那香味一直在她鼻尖前萦绕。

“电视机不会显示图像了，但声音还能出来。”她说。

“显像管坏了，我改天来给你换个新的。”

“你不打开看看吗？”

“不用看。我修过的电视有几卡车了，一听便知问题所在。”

四海的自信让叶开花有点失望。她以为，四海很快就能修好电视，但现在看来，今晚的电视剧是要错过了。她问他换显像管要多少钱，他淡淡一笑，说钱是王八蛋。他抽着烟，喝着茶，举手投足刻意与众不同，就像在他们的周围布满了摄像机，或者台下坐着万千观众，他必须把每一秒都做得准确到位。如果此时身边有面镜子，他一定对自己的每一个动作都满意极了。而那个坐在他身边的，唯一的观众，此刻心里涌起了几分尴尬。

“你这一年都去哪里潇洒啦？”她无话找话。

“潇洒？”他的脸上随即浮现出一丝冷笑，声音低沉，“我知道自己和一条流浪狗没啥区别。但是，不四处走，又能怎样？上无一片瓦，下无一寸土！”

“房子被雨淋垮了，那你的土地呢？”

“被我打牌输掉卖了。”四海笑了笑。

叶开花噎住。好在四海似乎很快忘了刚才的话，将目光投向了神龛上笑盈盈的遗像。那其实是一张合照，另一半是叶开花。丈夫死后，翻遍家里只找到这张照片，只能遮住一半翻拍。

“哎！你说，人死后真会收脚印吗？”叶开花问。

“我又没死过，咋知道？”四海瞄着叶开花，然后不失机智地继续说，“不过，我想这要看死后是怎样去收脚印，坐飞机？火车？汽车？还是走路？如果是走路，像我这种走过二十个省，收脚印比活着还辛苦。”

叶开花被四海逗笑了。

“像我这种，最远只到过县城的，就不会有这样的担忧。”她说。

她由此想到丈夫活一辈子，最远去过昆明，还被小偷划开了衣兜，在天桥下睡了一晚，然后一路搭货车回阿尼卡，并从此开始诅咒外面的世界。想到丈夫，叶开花整个人又萎靡了。

“我儿子和姑娘就快回来啦。”她说着，拿眼睛看四海。

“啊。”四海知趣地故作惊讶地叫了一声，“我该走了，还有好几家人等着我呢。”

他走到了门外，又折回来，留了叶开花的手机号码。

叶开花的儿女对四海嗤之以鼻，他们称他为“那家伙”。吃饭时候，他们谈起四海，把他当作开胃小菜。

“那家伙就是个混饭吃的，听说他会故意拖延时间，一台电视修一个星期。”

儿子说。

“听说他欠人赌债，被打断过肋骨。”女儿说。

“听说听说，耳听为虚，眼见为实。”叶开花像个母亲般提高了声音，“多扒口饭塞住嘴，少管别人的事。”

儿女同时愣了一下，对望一眼，正欲开口，叶开花又像个母亲般地转变了态度。

“其实，他也挺可怜的，无依无靠，像个孤儿。”

第三天中午，门外响起摩托车的声音。四海在狗叫声中，抱着一台电视机走进了院子。

“你干啥？”叶开花问。

“给你换个新电视，”四海说，“那个旧电视，不值得修了。”

他将旧电视撤下，换上新的，调试一番，画面比以前清晰多了。然后，抱着旧电视往外走去。

“你站住，你到底在干啥？你得给我说清楚。”叶开花急了。

“以旧换新啊，”四海笑着说，“现在的家电生意都是这么干的。”

“那我要补你多少钱？”

“不用补钱，”四海说，“旧电视的零件比新的还要好呢。”

四海迅速把旧电视绑在摩托车后面，突突突地骑走了。他那样子，不像是送电视，倒像是在偷电视。

儿女们干活回来，叶开花说旧电视不值得修了，换了个新的，补了两千块钱。儿女大呼上当，骂四海是骗子。叶开花没有争辩，只在心里同情四海。她想，真得找个机会给四海两千块钱，不能让他吃亏了。

半山温泉酒店附近的小餐厅刚开业不久，生意清冷。四海带着叶开花走进餐厅时，服务员们分成两组，一组在玩扑克，一组在玩手机。叶开花有种打扰别人的感觉。一个穿深蓝色衣服的服务员应声而起，提了茶壶和杯子走来。她大概二十几岁，个子不高，在脸上缀着几颗雀斑。

“两位吃点啥？”那姑娘微笑着倒茶。

“叫你们老板来。”四海说。

“老板不在，需要帮您打电话吗？”

“那倒不用，”四海说，“有什么好吃的推荐？”

“我想吃一碗面条。”叶开花抢先说。

“别听她的，”四海说，“快说，有什么好吃的？”

服务员推荐了野生菌、鳝鱼、辣螃蟹和驴肉。但她每说一样，四海就否定一样。野生菌山上多的是，我们吃腻啦。鳝鱼是用避孕药喂大的。辣螃蟹除了壳已经没肉。而至于驴肉，四海唱了起来，我有一头小毛驴，从来也不骑，你看，骑都舍不得骑，怎么忍心吃呢？

“那就回锅肉、小炒肉、蒜苗牛肉、黄焖鸡，这些都卖得好。”服务员被逗笑了。

“听你的，回锅肉、蒜苗牛肉，白菜豆腐汤，再加一碟花生米，一斤白酒。”

服务员退下。打牌的那一桌，因为某张牌而争论起来，拍响了桌子。四海看了看周围，目光重新落到叶开花身上。

“真的得感谢你家的旧电视，”他说，“如果它不坏，我还找不到登门的机会呢。”

现在，叶开花已经习惯了四海的花言巧语。很多平凡的事情从他嘴里说出来，都有一种庄重感。他反复强调天意，就像老天真的有空管他们的事似的。有时候，她也附和他几句，因为她宁愿相信，事实真如他所说。

“我还没给你电视机的钱呢。”她说。

“我有你了，还要钱干什么？”

叶开花又羞得低下了头。四海总是出其不意地说出甜言蜜语，让叶开花脸红心跳。她跟丈夫生活了二十几年，她没有听到过一句好听的话。他总是板着块脸，像块沉默的石头。即便是要她的时候，也是一言不发，伸手就脱。

自从抵达了县城，叶开花觉得自己变成了一团乱麻。她的脑袋不够用了，一半要用来想象没有了她和四海的阿尼卡，一半要用来接收汹涌的人潮。

“你一整天都魂不附体的样子。”四海端起面前的酒，轻呷了一口，淡淡地说。

“也不知道他们现在怎么样了。”叶开花如实回答。

“管那么多干吗，离了你地球就不转了？”四海说。

手机关机了，在她的裤兜里。她的儿女不难猜出，她是跟他走了。根据以往的经验，阿尼卡人必定会四面八方寻找他们，并且形成一段时间的话题。

身份证和户口册，在她牛仔包的夹层里。（这一次，她记牢了）按四海的计划，明天他们就去民政局登记，然后造成不容更改的事实。

那天他牵了她的手，她没有反抗。他拥抱了她。他亲吻了她。他伸出抹布样的舌头，在她嘴里搅。她快被他搅晕啦，只能狼狈而逃。她在森林里奔走了一阵，才想起扛在肩上的斧头。她顺手砍下路边的一棵树，截了一段扛回家去。她以为瞒过了儿女，这事就成了秘密。哪知没过三天，阿尼卡的人都知道了她和四海的事。叶开花想不明白，两人在山林里约会，怎么会被人知道了？难道是虫鱼鸟兽花草树木告的密？

“妈，我们听到了一些不好的话。”女儿说得直截了当。叶开花浑身哆嗦了一下，尚不待她镇定下来，女儿又接着说，“我们尊重你的选择，但你也要照顾我们的脸面。”

“你难道没有听到关于他的传言？”儿子试图尽量用一种委婉的语气谈母亲的感情问题，但刚一出口就失控了，“整个阿尼卡，有谁会看得上他呢？”

那时，叶开花想找个地缝钻进去。她像一个未被捉住但被认定的小偷，抵赖已无济于事。

“是的，”她支吾着说，“我们在谈……”

虽然她始终没有勇气说出“恋爱”二字，但她承认了。她浑身轻松了，像片羽毛，就要飞翔起来。她在飞翔中恢复了做母亲的威严。

“他究竟怎么了？是杀人放火，还是坑蒙拐骗？全世界的脏水都往他头上泼，你们真的了解他吗？”叶开花振振有词，但这威严的火苗很快就被女儿的一盆冷水给浇灭了。

“你对他的了解，不也只是通过他那张天花乱坠的嘴吗？”女儿哀其不幸怒其不争，已经顾不上母亲的面子了，“妈，你虽然四十几了，但你没谈过恋爱，你明白吗？”

这话像一根针刺在了叶开花的心尖。她颤抖、愤怒，又心生悲凉。

“老娘正是因为没谈过恋爱，所以才要谈一次。”她再次反击，“否则，这一生白活了。”

“如果他骗你呢？”儿子问。

“那我也心甘情愿。”叶开花说。

女儿和儿子对视一眼，沉默了。接下来的几天，那个家里像是生活着三个哑巴。他们相互之间不打招呼，各做各的事。再后来，女儿和儿子将叶开花当成了一团空气。他们加强对她的监视，不再让她单独待在家里了。兄妹俩甚至想去找四海谈谈，但后来又觉得这事实在谈不出口。怎么谈呢？难道告诉四海，不准跟他们的母亲往来？

那几天，叶开花的身后就像长出了一根尾巴。儿子和女儿不但有意无意地跟着她，甚至，她掏手机、打喷嚏、掏耳朵……一举一动都牵扯着儿女的目光。特别是叶开花的电话响时，所有人都紧张成一团。

四海似乎意识到出事了。他的电话催命似的打来，但迫于儿女们凌厉的目光，叶开花只好挂断。她不是怕他们，而是不想把关系闹僵。有几次，门外响起摩托声和狗叫声，屋里的三人沉默着打开耳朵听外面的动静，直到摩托声渐渐远去，消失。屋里，哑剧继续上演。

但老虎也有瞌睡之时。第十天，儿女们放松了警惕。四海半夜打电话来，叶开花在被窝里接听。她对他所有的提议，全盘接受了。从那时起，她决定将自己的脑袋交由四海来掌管。

趁菜还没上来，她起身去了洗手间。她在那里偷偷打开手机，看到了二十个未接来电，有儿子的，也有女儿的。她赶紧关了手机。洗手台上的镜子很脏，这让她看上去像个没洗脸的人。上午的时候他给她买了口红，她不好意思用。但此刻她想，如果把嘴唇涂一下，也许会好看一点。反正，这里是县城，不像阿尼卡，人们会对涂口红的女人说三道四。

自从有了四海，叶开花的生活就成了一团乱麻。特别是到了县城，她更是像一株深秋的稗子，东风是四海，西风是儿女，北风是那死去的丈夫，摇啊晃啊，晕头转向。

等服务员上菜的时候，叶开花看着四海的脑袋走了神。几绺白发叛徒似的显露出来，像积雪尚未化尽的林荫处。这个去过很多地方的男人，见识过高山湖泊、飞机高铁、高楼大厦、雪山草地……但是现在，他和她一样，连头上的白发也相似，不是雪白，而是正处于由黑变白的灰色中。

“真的不用管他们。”四海突然打破了沉默说，“等过了这一阵，我去跟他们说。”

“嗯，”叶开花在喉咙里哼了一声。

菜上来，最后上的是酒。叶开花又想起了死去的丈夫。这个嗜酒如命的老实人，跟很多乡村酒鬼相比，他喝醉后，就呼呼大睡，不打她，也不在她身上折腾。

“再加个酒杯吧。”叶开花说。

四海反应过来，高声叫服务员再加一套碗筷。叶开花盛饭菜，四海倒酒。酒菜摆好，四海碰了一下亡灵的杯子，一口干了。叶开花眼圈红了。她不确定人死是否如灯灭。如果真有另一个世界，那个和她一起生活了二十几年的男人会恨她还是祝福她？在他死后，在四海出现以后，她梦见过丈夫。严格说，是梦见一只伸向她的手。她没有看见他的脸，但她无比熟悉那只手。

“大哥啊，生前没和你喝过酒，今晚，我们就喝他妈个痛快吧。”四海又倒了一杯酒，朝那个杯子碰了碰。

“我替他喝。”叶开花端起了亡灵的酒，却被四海按住了手。

“这是两个男人的事，跟你没关系。”他说，“我和他喝几杯，再和你喝。”

叶开花将杯子放回原位，先前的饥饿感已荡然无存。她的丈夫因酒而死。她活到四十五岁，没有沾过一滴酒。她想，如果自己的第一杯酒是为死去的丈夫而喝，那也算是对他的某种补偿。但四海的话里听出了某种醋意。她停了嘴和手，静静听着四海对着那个空座位絮絮叨叨。

“大哥啊，这人活一世，真他妈的没有意思，是吧？”四海越说越动情，仿佛那座位上真有一个看不见的人，“你一辈子在阿尼卡，我一辈子在外面漂，最后都他妈的一无所有。”

正在四海跟亡灵喋喋不休地说话时，餐馆里进来三个客人，坐了叶开花他们隔壁桌。那是三个年轻女人，穿着暴露得令叶开花不敢多看。她们抽着烟，菜没上来之前先点了啤酒，边喝边划拳。她们的拳法娴熟，声音洪亮。四海猜出了这三个女人所从事的行业。他忘记将目光从她们身上撤回来，也忘记了手边的酒杯。

“好看吗？”叶开花低声问，她放下了筷子。

四海回过头来，朝叶开花笑笑。他给她倒酒，但她拒绝了。

“我不想喝了，”她说，“你继续看吧。”

四海一时语塞。又听隔壁桌的女人们相互无所顾忌的调侃、嗔骂，语言放肆。

“听听，听听！”四海低声说着，朝叶开花撇嘴皱眉。但是，叶开花的脸上没有任何表情，她叫服务员送来一碗米饭，默默吃了起来。

四海笑着抿一口酒，发出意味深长的咂嘴声。他的左耳还留意着隔壁桌的话题，右耳的注意力集中到了叶开花身上。

“生气啦？”他痞笑着，夹了一颗花生米放进嘴里，美滋滋地嚼着，“你一生气我就高兴。这说明你在乎我。”

叶开花听了这话，瞪了四海一眼。她在他面前已经变成了透明人。她知道自己的妒意是那么不合时宜，但是，在那一瞬间，她决定任性一回。

她默默放下了碗筷，看着四海。那沉默的眼神，如暗流汹涌的深海。四海紧张起来，脸上渐渐失去了笑容。他放下酒杯，眯着眼睛看向隔壁桌，却没想到其中一个女人对他笑了笑。

“看见没？你要喜欢，可以过去喝一杯。”

叶开花说完这话，站起身走了。她听到四海在后面大叫服务员结账，然后紧跟着追出来。她加快了步伐。天已经黑了，街灯昏黄。四海气喘吁吁追上来，一手提着吃剩下的花生米和半瓶白酒，另一只手想来牵叶开花，但被她甩开了。她快步朝前走去，四海在后面追着，喊叫，心急如焚。她不但没有停下，反而越走越快，怒气冲冲。她想起了他刚才看向隔壁桌时那垂涎三尺的目光，她越想越气，一路小跑回了酒店房间。四海紧随其后，气喘吁吁地赶到，他涨红着脸，已经没有了嬉皮笑脸的神色。

“真生气了？”他不甘地说，放下手上提的东西，想拥抱她，但她像条泥鳅似的溜走了。叶开花来到阳台，她看向夜晚的县城。她卑微的灵魂对那些灯火产生了某种恐惧，她觉得自己像一只潜藏在暗处的蚂蚁。

四海癞皮狗似的跟了上来，把叶开花堵在阳台上。这次她无路可逃了，被他从后面紧紧抱住。她没有拿开他的手，但这并不代表她已经原谅了他，而是一种无视。那双手，此刻正在她的小腹处，十指交叉，她无动于衷。

“亲爱的。”四海说，那热乎乎的气息游走在她耳畔，她不由得浑身战栗。

“明天我们就是一家人了，”他哀求说，“不要再生气了好吗？”

叶开花感觉身上像被人用针扎了一下。“一家人”这三个字像三记重拳，一下子击中了她的软肋。她清楚记起了身份证和户口册所放的具体位置，如果一切顺利，天亮后他们的照片就会出现在同一个红色小本上了。现在，叶开花紧绷的身体松弛下来了。她转身面对着四海，甚至笑了笑。

“我们说会儿话吧。顺便把那半瓶酒喝了。我也要喝。”她说。

叶开花从玻璃壁柜里取出倒扣着的两个玻璃杯，把剩下的酒一分为二倒了出来。两人对坐在麻将桌前，摊开了塑料袋里的花生米。四海朝叶开花举起了酒杯。

“来，宝贝，喝一口，为了我们的明天。”他说。

叶开花的身上起了鸡皮疙瘩。她端起酒杯，和他碰了一下。她喝下一口酒，心里烧起来。她想跟他谈谈，但又一时不知该如何开始。倒是他又讲起这些年的经历，滔滔不绝。看得出来，这些话在他心里憋太久。他说他有好几次差点死了，一次是生病，一次是跟人打架，一次是喝酒，还有一次是想自杀。他说他爱过三个女人，她们全都无一例外地离开了他。

“为啥？”叶开花问，“她们为啥要走？”

“因为她们要把我留给你啊。”四海哈哈大笑。

“四海，你别笑，我认真问你，我是个坏女人吗？”叶开花抿了一小口酒，含在嘴里，一脸痛苦地难以下咽。

“那你是怎么想的呢？”四海反问道。

“我就觉得，人活一辈子，需要谈一次恋爱。”她说，“我这样的想法会不会也很不要脸？”

四海坏笑着，把头从麻将桌上凑过来，亲了她的额头。

“你喝一口，我就告诉你答案。”

叶开花单独喝了一口。这一次，她似乎有点适应酒的味道了。

“你是我见过最好的女人。”四海说。

“我哪里好？”叶开花红着脸说，“来到县城，我觉得我啥都不是。”

“重要的不是你哪里好。”四海说，“而是我觉得你哪里都好。”

四海站起身，关了屋顶灯，只留床头灯照明。叶开花感觉轻松了一点。她第一次主动朝四海举起了杯子，两人喝了一口。

“四海，”叶开花认真说，“你别骗我，我不值得你骗。我只是一个死了男人的老女人，我只想爱一次，就像一个困了的人要睡觉，不要叫醒我。”

“我骗你，图什么呢？”四海问。

叶开花想了想，似乎也确实不图什么。那就是因为爱吧，她在心里告诉自己。

“你名声不好，大家都看不起你，但我还是跟你走，你知道这是为啥吗？”她独自喝了一口酒壮胆，不等他说，又自己回答了，“因为我想知道我是不是真的爱你，敢不敢跟你走。但我们这样，就真的算是爱吗？”

“当然算，”四海说，“我们比阿尼卡那些活了一辈子，而不知道爱是什么的人强多了。”

“那就好。”叶开花带着哭腔说，“这样，我就啥也不害怕了。”

“你不怕缺吃少穿？”

叶开花摇了摇头。

“不怕没地方住？”

叶开花摇了摇头。

“为什么你不怕？”

叶开花说：“我现在还没想那么远。”

四海一口喝干了杯中酒，站起身，向她伸出手。两个人抱着，亲着，滚到了床上。她在忙乱中关了灯，听到他发出两声轻笑。黑暗中，她感觉自己全身长满了触须，像春天的柳树，婆娑，柔软，随风荡漾。如疾风，如骤雨，如电如雷。她已经融化成水，无能为力。当她感觉到风中的凉意，她已经一丝不挂。她闭上眼，在心里告诉自己：“这是我爱的男人。”

窗外又传来歌声，男女对唱《死了都要爱》。除此，再没有别的响动。叶开花平躺着，闭着眼，尽量放轻呼吸声。像一个梦，她心想。如果此时她伸手一摸，身边空无一人，她也能接受。但是，这不是梦。她听到四海从烟盒里抽出香烟，点燃，空气中有了烟味。她咳嗽了两声，他摁灭了香烟。

窗外的歌声还没消停，声嘶力竭还在唱。叶开花沉默着。她不合时宜地想起死去的男人。这回忆让她难过，因为她刚才根本没有想起他来，就像他从来没有来过这世界。她的手机放在床头柜上，一直关机，所以也不用充电。

“睡吧，”四海说，“明天还要办事呢。”

关灯以后，叶开花还在想着床头柜上的手机。她伸手就能够到。她决定，明天再开手机。她就这么躺着，睡意全无。其实睡不着的还有身边的四海。

“你睡着了吗？”他问。

这是个好笑的问题。难道她应该回答：是的，我已经睡着了？所以，她选择了沉默。

然后，她听到四海起床，裸身走进了卫生间。手机的开机音乐声不大，但她听见了。那个突然打进来的电话，一定吓了他一跳，但是想拒听已经来不及了。于是，叶开花听见了一个女人叽叽喳喳的声音。她确定电话那端是一个女人。

“明天再说！”四海压低了声音，用一种集愤怒、无奈、妥协于一体的语气说了一句，挂断电话，关了机。他重新回她身边躺下，不一会儿就发出了鼾声。她有一种被人抛弃在荒岛的感觉。明天？明天会发生什么事？叶开花心里掠过这么一个念头，但是，仅是一闪而过。

小铃铛的算法人生

文　珍[*]

整个十一月份小铃铛都在买买买。

她甚至从九月份就开始加购物车了，倒是不太用亚马逊或者网易海淘，基本只光顾某东某宝，最近两年还加上微店和小程序。没办法，消费诱惑实在太多，方方面面无孔不入。世界充斥着各色广告，哪怕看自媒体娱乐八卦，读着读着画风也急转直下，不是卖包包口红，就是卖吹风机减肥仪，要么就是对东亚女性永恒有效的美白护肤广告，也不知道那些网站怎么就能根据大数据精准算出一个人想要什么，又最可能对什么动心——在上班、开会、出差高铁上，随时随地可纵身投入一个人买买买的战役。铃铛妈有一次十一月下旬从老家来北京小住数日，被家门口每天川流不息的快递包裹惊呆了：自家女儿，真没看出来长大后有这么强烈病态的购物欲！

小铃铛听后只笑笑，暗想自己只是小巫，她妈还没见着大巫呢。她有个闺蜜基本每年都要在各大网站豪掷十几廿万，不光自己买，也美其名曰帮全家买，说网购最省钱。小铃铛有一次“6·18”后去她家里玩，进门就差点被一个巨大的纸箱子绊一跤，打开才发现里面全是没拆开的黑胶快递袋，活像发货仓库。

*　文珍，女，1982 年生于湖南。本科就读于中山大学金融系，研究生就读于北京大学中文系“文学研究与创作”方向。出版有小说集《夜的女采摘员》《柒》《我们夜里在美术馆谈恋爱》《十一味爱》，散文集《三四越界》，诗集《鲸鱼破冰》。曾获老舍文学奖、十月文学奖、上海文学奖、华语文学传媒最具潜力新人奖、茅盾文学新人奖、华语青年作家奖等。

她问这些都是些什么好宝贝。闺蜜看了那纸箱子一眼目光就飞快地收回来，像被什么烫着了：不过就是些……网购的衣服。

怎么不打开袋子试试？

太多了有点拆不过来。先放那儿搁着吧。

对于一个如假包换的购物狂而言，购物乐趣仿佛仅限于挑选和决定下单的那一刹那。而之后是否能用、好不好用以及退换不合用货品的麻烦则全然不在考虑范围之内。倘若说都市青年女性普遍都被广告洗了脑，中了消费主义的圈套，似乎又太强化性别刻板印象了。事实上，明明男性剁手党也不少，只是血拼领域不同，男性显然更中意名表、电子玩具乃至于汽车用品，消费金额总数也未必就比不上女性。还有一点，就是男性总是偷偷下单，并不习惯狂欢得那么明目张胆；否则闲鱼上也不会挂满了卑微又搞笑的“老婆不让买急售”系列。

而小铃铛历经双十一、返场屠城以及黑五狂欢后，终于短暂发泄完了购物力比多，一天晚上——在没日没夜的下单中赫然发现时间已快进到十一月最后几天，突然在办公室抽屉里发现一张单位老早前发的超市购物卡，小小的荧光不干胶标签写着两千元。以小铃铛在金钱方面惊人的记忆力，她记得里面的钱还没用完。先上网站查明余额——竟然还有四百多块钱。说多不多，也可以在天猫超市买整整一箱日用品了。但购物卡不能线上使用——那么，就再去一次实体超市？可是最近想要买的东西都已经网购了，一时之间也想不出到底需要什么。

就因为这事先筹划的线下购物，小铃铛对学生时代的复古之幽情油然而生。当年刚到北京，她还真的曾把逛学校附近的超市当过娱乐项目。虽然花不起什么大钱，最常购买的东西不外乎广合腐乳、四川自贡盐菜、绿豆和安徽老奶奶花生米——但超市琳琅满目满坑满谷的货架总让她有一种物质极大丰富、共产主义预备提前实现的错觉。学校食堂的北方菜吃腻了，她就在宿舍里熬点绿豆粥放点盐和腐乳，让自己的南方胃得到最廉价温暖的安慰，因此这两样东西消耗得总是最快。

有次她好不容易得了一笔外快，正预备去超市大肆采购一番，在校门口偶遇同班某君：我陪你去吧，帮你拎袋子也好。

时隔多年小铃铛差不多忘记了那热心某君的名字，却清楚记得那天自己多出风头：在巨型超市如图书馆博物馆一般应有尽有的各种货架间昂首阔步，看到任何想要的东西就直接往购物车里扔，逛完不假思索直接推去收银台结账，等快结完了，一路亦步亦趋跟着她的某君才后知后觉指着收银台上方的招牌提醒道："购物满 99 元送一盒鸡蛋！"——话音未落，就听收银台的大姐说：99.05 元，姑娘你用现金还是刷卡？喏，这是送的鸡蛋。

小铃铛这才回眸对某君一笑：一进门就看到那告示了。

某君站在一旁叹为观止，但见她一路闲庭信步随逛随扔貌似不假思索，不料竟运筹帷幄心算如神全然成竹在胸。小铃铛笑得像个不世出的高手：我小学四年级心算竞赛得过全国总冠军。

原来如此。因此学外语外贸的小铃铛在各种买买买的大比拼中，永远能轻而易举地薅尽店家有限的羊毛。——这同样也解释了小铃铛超凡入圣，从不畏惧任何错综复杂的满减优惠政策，甚至有棋逢对手正中下怀的喜悦。比起翻译的本职工作而言，当一名职业买手显然是她更擅长的领域，同时是店家最怕也最爱的那种消费者：每次为了实现跨店满减组合利益最大化，她总不惜花大量时间精力在好几家心仪的店里精挑细选，而下场越久，当然消费数额越高：买家永远不如卖家精。这点小铃铛自然也心知肚明，只是依旧乐在其中：一方面也是因为一个人一旦拥有一项出众天赋，总舍不得藏诸名山，弃而不用。

早先还不怎么流行网购的时候，小铃铛的天赋异禀还只在商场购物计算如何使用返券时初露头角。大学四年下来，经过若干次在收银台前彷徨踌躇运筹帷幄之后，她终于练就每次去商场就能把前一次的券正好用光的独门绝技。也正因为此，后来同班甚至包括邻班外院慕名而来排成长队哭着喊着求跟小铃铛一起逛街的女生越来越多：那种锱铢必较一分钱优惠都不肯浪费的快感，没试过这种高潮的人永远不会懂得。

至此，小铃铛心算冠军的声名算是无远弗届。可惜她机关算尽，却始终没给自己算到一个适婚伴侣，视之为人生大憾。那位陪她去超市的某君虽对她的心算能力啧啧称奇，从此有事没事常在MSN上找她神侃，研二也曾对她半真半假地暧昧过一阵，但小铃铛嫌他专业成绩差又身无二技，一直还在考察考虑阶段，不料他毕业前夕却闪电般追求到了系里党委书记的千金，果然得以顺利留校。小铃铛得知此事后紧紧咬住下唇：没看出来啊！一直还以为是个千年备胎，竟然也是一个算盘打得啪啪响的隐藏同道！

当晚宿舍门口便赫然贴上手写对联：找称心工作，嫁如意郎君。

也不知是不是小铃铛的符箓大法起了作用，舍友们最后的对象和工作当真都找得不错。四个人中倒有两个在毕业两年内相亲结了婚，分头请同学喝了喜酒，连请客档次都差不多：一家在中关村的江南赋，一家在三里屯的张生记，都是那两年炙手可热的高级餐厅。剩下舍长虽然不声不响，却一直在隔壁理工大学有个青梅竹马，毕了业共赴美利坚深造三年后，双双归国领了证，也没请客：说是把摆酒的钱用在了去瑞士希腊蜜月游，正是时下最时髦的旅行结婚。

只除了贴对联的小铃铛一直茕茕孑立顾影自怜。就仿佛月老给她系绳时开了小差，算来算去没算清绳子那端该系在哪位才俊身上。

她们宿舍毕业五周年聚会选在光棍节当天其实是个巧合。那一年某宝还没有一统江湖，各地小店也并没有争相挂出“马云逼我上绝路，亏本跳楼大清仓”的血泪控诉。出国的俪影双归，没出国的两对也分别要了二胎。小铃铛只影来去，在席间笑容分外矜持——是《围城》里大龄剩女苏文纨在归国轮船甲板上的矜持。

她毕业后在一家外企，虽然工资月月光，但也还算基本够花，不至于寅吃卯粮——业余爱好仍旧是逛街购物，后来就习惯了网购——也好在没结婚，不用养孩子，而且也从来不怕折腾，不间断地买买买，东西放不下了就设法攒钱换大一点的房子，旧的家什出让，又从头开始买家具家电和各种装修材料，如此周而复始几套房产过手，十年之后竟然也积攒了不小的家当，一个人住在市区上百平方的高档小区里，过上了人人称羡的金领生活。

毕业第十年，舍长 A 又号召大家聚会。时间仍沿袭往日传统，定在双十一。

然而今时不同往日，十年之后这一天早已变成购物年终盛典，所有人不买点啥都对不起荷包。小铃铛差点以要留在家中大肆购物为由拒绝，转念又想，这借口太 LOW，太精打细算，显得毕业这么多年还没混出来，不好。而且刚买的一身杨幂同款小香风礼服还没机会上身，同学聚会倒是难得的展示机会；以及刚买的那个限量铂金包也正可考考舍友们的火眼金睛——就算有人认出是高仿 A 货，她也留了后手：大可从容不迫报出一个举世无双的低价，同样足以让所有人惊呼一片——就还是答应了。不料打了老远的专车款款而来，刚落座就闹了笑话：她习惯性地问服务员今天有没有优惠，小姑娘翻了个天大的白眼：咱们餐饮业不过双十一。满座粲然，小铃铛倒落了个大红脸，连高仿 LV 都忘了第一时间供上桌了。

一顿饭间，大家都在嘻嘻哈哈地说怎么花钱，不提怎么省钱。小铃铛让她们赏鉴自己的新欢，看了立刻有人说：“假的吧？”她还没接话，另一人立刻报出一个比她买的还低三成的价，足以让她急火攻心，当众喷出一口老血。看来舍友们时隔多年，对她的武功路数已了然于胸，早想好了用什么招数化解她满腔喷薄欲出的购物攻略。更可恶的，是以前自称丁克的她们此刻注意力全在各种无聊的婴幼儿产品上。海淘奶粉，严选童鞋，符合国际安全标准的 PU 玩具，男士服饰，老人保健品。人家的购物车俨然藏有整整一个家庭宇宙。比起来，小铃铛的个人购物经不免就显得落伍、幼稚且自私，仅仅达到一人吃饱、全家不饿的消费主义初级阶段。想想看，买那么大的房子有什么用，她甚至没有可以为之花钱的男人和小孩！

聚会结束后她又叫了个车。刚上车，撑了一整晚的巧笑倩兮立马垮台，望着窗外的繁华夜景车水马龙一阵发呆。几分钟后，她拿出手机，打开 App 先给外甥女买了一双比卡丘毛绒运动鞋，又给远在海南老家的爸爸买了件长款羽绒服。给不化妆的闺蜜和自己买了一模一样的韩妆——因为两套满减折上折。路程遥远，还没到家小铃铛已百病全消周身通泰：生活中没什么烦恼是买买买化解不了的。如果还有，那就再买。

紧接着她想起当高中地理老师的表弟可能需要一个进口发光地球仪。常年神经衰弱的二婶收到买二送一的进口褪黑素一定感激涕零；外婆用来按摩腿脚的活络油不必再去香港买了，网购才是店里一半的价，只不知真假；鬓角微霜的妈妈没准想试试据说日本销量第一的纯植物染发膏？美国深海鱼油对爸爸的心脏病有莫大好处；小铃铛热爱的广合腐乳现在实体超市不好找了，上网也能轻易搜到旗舰店——双十一最后一小时，她在脑海里地毯式反复搜索了几遍所有能想起来的亲朋旧友有可能喜欢或需要的东西，一一下单买之。有地址的直接填地址，没问到地址的先寄回自家或爸妈家，再让亲戚们逐一上门认领：爱心普照雨露均沾慨当以慷，既烧了钱，又对双十一的购物数据做出了自己的充分贡献——最后一单是给姑婆买的治疗便秘的澳洲百花蜜，买五赠三，一瓶五百毫升，如果无人可送，保守估计足够她吃六年。

当月小铃铛被自己的花呗账单吓一大跳。往常每月账单金额也不小，但这次格外夸张，是往常的五倍多。看来献爱心刷存在感也不是那么容易的——太费钱了。但她乐意用一次性消费偶尔占据亲友们的心——哪怕只有收到礼物的那一刻念句好，也值了。

一晃到了毕业十五周年。这一年刚过春节，全世界就遭遇百年难遇的疫情黑天鹅，在这样严峻的情势下，国内外网购数字不降反升，物流股价一再创下新高。街道空空荡荡的，城市道路上最早重新出现的身影，就是各种送快递、送外卖的小哥。毫不夸张地说，正是他们使得小铃铛和其他所有人居住的人类城市仍得以高效有序地运转。他们就是这个时代真正自由流动的血液，水，空气。

在这样全民网购的狂欢氛围中，小铃铛当然也不例外。因宅在家里做饭，她首先网购了一大批足以囤到明年冬天的食材和够用到下辈子的各种进口锅具；其次因为看到朋友圈人人学会新技能，遂又购入一大批至少能用到十年后的文体用品，毛笔字帖篆刻工具水彩颜料，连飞镖盘都买一送一；最后，她再次奋不顾身地跳入了家居改造的大坑，短短数月时间，差不多把家里能换的家什全换了一溜够，旧家具再在闲鱼上出清，这次虽然没换房，也胜似搞了一次全新大装修。现在铃铛妈要再上京，估计连女儿家门都认不出了：连门都换了，从之前的数字指纹锁，换成了最新科技的瞳孔锁。

这一年的宿舍聚会改成了七夕——宿舍姐妹淘一起乞巧倒也应景，尤其经历了上半年国内外疫情，下半年牛市强劲反弹之后，大家都有劫后余生之感，地点也变成了某私房菜馆。席间小铃铛先滔滔不绝介绍了自己家居改造、购买古董家具保值的各种经验，随后听大家闲聊才知道，这大半年所有人都家里蹲，听说班上倒有好几对相看两厌，疫情一解禁就火速预约离婚了。留过学的舍长 A 老公常去硅谷出差，年前最后一次滞留美国回不了国，光自费住酒店的钱都快刷爆信用卡，回航机票涨到近八万，还一票难求——A 笑道：这么贵，我劝他干脆就别回来了，反正他在家也没什么用。他会做饭吗？能辅导神兽上网课吗？肯帮做其他家务吗？他不在家，我落得轻松不说，他也能少听几句唠叨——但想不明白的是他还是疯了一样想方设法买了高价票回来。我就纳了闷了，至于这么离不开我们母子吗？还是被“黑人命也是命”的全美大游行吓坏了？

大家聊着聊着，还从“庆渝年”的当当大瓜说到了之前争论得沸沸扬扬的离婚冷静期。女人们一阵唏嘘，争相用异彩纷呈的范例佐证“男人没什么用”的单一观点。这时候不知谁目光突然转向小铃铛：还是心算冠军有远见，压根就不谈什么劳什子恋爱结什么婚，一切麻烦都省了——

小铃铛笑了笑，没说话。

然而那天聚会结束唯一有人来接的，竟然是小铃铛。

包厢门口的高大男生穿着日式青年服，看上去像是个二次元的Cosplayer走错了门。昏暗灯光看不真切面容，他自我介绍："我是来接铃铛小姐的。"

所有人惊诧莫名，还没搞明白状况就纷纷尖叫起来：这狗粮撒得太有创意了，小铃铛是盖章认定的购物狂，男朋友就故意打扮成宅急送快递员！

小铃铛早有准备，笑着起身，仪态万方地走过去：你怎么来这么晚？

我骑平衡车过来，路上遇到六个绿灯、十个红灯，不好意思让铃铛小姐久等了。

哎呀这么危险，没出事就好。

没关系的，只要能够顺利找到你。

啧啧啧啧。大家啧声一片。不过刚才在门口没太听清，进屋之后却不太对劲。怎么说呢，那男生说话有点瓮声瓮气，让人想起来某种……人工合成的汽车导航仪声音。莫不是感冒了？但明明疫情暂告一段落，这个男生也并没戴口罩。当然脸是好看的，如刀削斧劈一般的英俊轮廓在昏暗灯光下，比公交车站广告牌上那些流量小生还好看得不像真人。

小铃铛！你什么时候找了这么帅的男朋友竟然没和我们一个人说！舍友B脱口而出。

天哪这都是在哪找的小鲜肉啊，咱们那届校草也不过如此吧？舍友C紧随其上。

舍长A怕小铃铛面子挂不住，赶紧说：小铃铛也是美女啊，这么多年了，总算有人懂得欣赏她啦，恭喜恭喜！

吉吉，稍等片刻，我和她们道个别。

小铃铛羞涩地回头笑着对惊掉下巴的众人道：他不是人。

啊？惊呼声又像水烧开一般此起彼伏地响起来。但这些惊呼声中，飞快掺杂了“原来如此”的释然，以及等着进一步解释的安心。

刚忘和你们说了。这次装修房子之所以能这么快这么省心，还多亏有了吉吉——他比我更擅长大数据分析，帮我把好些用不着的闲置包括旧家具都在闲鱼上卖了好价钱。

你刚才说他……舍友 B 欲言又止。

你们这还看不出来？

小铃铛轻笑起来，伸出右手食指轻点了一下男生前胸——或许因为涂着最新裸粉色钻石指甲油的缘故，这个小动作看上去既性感又俏皮。他的胸口亮了。

我把房子抵押贷款，倾家荡产换了这款最新机器人买手男友，硬盘里存的全是网购大数据，随时能联 5G 网，简单地说就是专门帮我买东西的——能告诉我同一商品不同卖家的最低售价，如果是大牌过季打折产品，还会根据以往价格变动趋势画出可变曲线图，给我最合理的建议购入时间。自从有了吉吉，买东西更划算了！再也不用想方设法凑单了！反正根据他的算法，只要我想买的，绝对能找到全世界最低价。

舍友 B 瞪圆眼睛听了半天，感慨道：果然男人都是没用的，好不容易来个有用的，还是个机器人。

只有这一种型号吗？舍长 A 好奇地问：如果我网购需求并不那么强烈，那么还有什么型号可选择？有专门辅导孩子做作业的机器人吗？

舍友 C 笑得邪性：作为老司机，我比较在意有没有舞男机器人，像《人工智能》里帅破天际的裘·德洛那种。

据说真会有。小铃铛笑着说：这是第三批推出的加强款，帮忙做作业的和恋爱梦幻型还在研发期间，上半年疫情期间用户留言需求量激增，据说已和疫苗一样加速研发过程，今年内计划全推出。我回头给你们他们公司的网站地址，你们上去不时留意下新品信息。

那像吉吉这样的一款多少钱？

这是最新款，推广期满百万打八折，再加上活动期间购物券，实际到手价七十三万，保修五十年。除了会帮我尽可能开源节流之外，还有问必答，体贴温柔，嘘寒问暖，会在我下班到家前把热水器、地暖、香薰加湿器、空气净化器统统打开，大脑——也就是机械硬盘里还存储有全世界上千家博物馆的名画奇珍、上万部中外电影和上百万本经典书籍，凝视他双眼时可选取图像门类自动投影到最近的幕布或墙上，一旦开启这个功能，我眨一下眼就代表按键一次，眨两次眼进入下一级菜单，眨三次眼代表确定选择，闭上眼则彻底黑屏。主机连线我手机，一旦发现我打算进行不理智消费立马启动远程规劝程序：同款白衬衣您已经有八件了，分别放在一号柜子第三层最右边，二号柜第四层最左边，和床底第十三号储物箱里……倘若我一意孤行，他则会迅速放弃阻止，默认进入下一步程序，自动帮我寻找最合适的穿搭图片，以及之后闲鱼可卖出的价格波动区间。不购物时，他随时可以陪我聊天，天南海北包罗万象，从证券行情分析，到中美贸易战前景展望，再到最新中外明星八卦，还能直接搜索我想看的电子书并比价——也就是说，我小铃铛终于从消费主义的陷阱爬出来啦！从此以后再也不用考虑怎么买，去哪买，买什么了！反正只要下单，绝对全网最低！

举座皆寂。又过了一会儿，大家都回过神来，说小铃铛不愧是前心算冠军。这真是她买过的最划算的大件，比找任何经济适用男、暖男、多金男都可靠，还能保证永不出轨。

要不要试试让他帮买你们最想要的东西？今天可是七夕购物节。小铃铛笑道。

一下子哪能想到买什么。大家纷纷遗憾道：早知今天凌晨不清空购物车了。

说大的品类就成。吉吉还有一个功能，就是能帮你盲淘。只要告诉他想要什么大类就成，其他个人信息不用填，只需输入自己的手机号码，他能自动搜索到你曾经买过的所有订单，迅速了解你的个人偏好和性价比需求，提供可选择方案。

舍长 A 将信将疑按下了一串数字：最近刚好想买个新包，看你家吉吉猜不猜得到我想要哪款。

吉吉胸口的灯亮起，随即发出轰隆隆的声音。少顷，答案出来：最适合您的包是2019年秋季款爱牛仕拼色鳄鱼皮限量手包——不过您可能买不到了。国内特供的最后一个孔雀蓝撞明黄限量版，有位先生五个月前已经买走了。

哎呀真的太准了！这个包包我种了好久的草，但没有放进任何购物车里。舍友A花容失色：这个机器人是怎么知道的？那我能不能再多问一句，那个该死的购买者究竟是谁？为什么他会买下全世界我最想要的包包？

吉吉的机械合成声音透出无辜：也许那位先生想送给同样喜欢这个包的另一位女士。

那男的是中国的还是外国的？能看看他长什么样吗？——啊，我真嫉妒那个收到包的女人！

可以。吉吉说：近年爱牛仕限量版因为一包难求，都会留存六个月完整的销售记录，收银台的摄像头甚至还会记录线下购买者的付款视频——当然脸部会打马赛克处理——以防其他顾客不相信包业已卖出继续纠缠店员。而这个视频信息在后台数据库都是公开流动的。稍等片刻，我给您调出影像。

一个男人影像随即出现在包厢的墙壁上。大家看后都震惊得久久不能说话：即便打了马赛克，所有人依然能够一眼认出那张脸就是A的丈夫，之前曾羁留在美有家难归的D先生。

舍长A的声音突然变得苦涩了：怪不得有天他突然问我，像我这样的轻熟女最想要什么礼物。我就开玩笑地说了这个包，心想他反正也不知道在哪买，知道肯定也舍不得买下来——但他竟然买了。而且，并没有送给我。

小铃铛同情地说：会不会……他想哪天给你一个惊喜？

不会的。我刚才留意购买时间了，他是出国前三天在国内专柜买的。那时我生日早过了，情人节还没到，他那么多天和我们视频，直到回来也从没提过他买了这个包，只是一门心思地想早点回国——估计和那个收到包的女人一直隔着太平洋见不了面，他回不来人也过不去，急眼了吧。呵呵。

舍长 A 是宿舍公认的高才生，心算虽比不过小铃铛，逻辑推理能力却是一流的。她的声音由苦涩迅速变得冷静客观，大家一时间都不知道说什么好。

终于舍友 B 打破了僵局：换我说吧。我最想要的——是全北京性价比最高、离重点中学最近的学区房。这几个月研究得焦头烂额，已经快黔驴技穷了。

电话号码一个个输入了。吉吉这次用的时间比上次更长，也许是为了安抚 B，他一边搜索一边开口道：您之前已经在二十七家中介公司看了超过五十套房并都留下了自己的联系方式……但这么多套房子您并没有看中一套，第一因为能买得起的房子条件太差，第二是另一些符合您心目中居住要求的房子都超过了您目前的预算。近三十名房产中介短时期内持续给您打了超过两百个电话。

没错，打过来的电话确实多。但那些房子真的都不太行。B 烦恼道：不是太贵，就是太小太旧。找个合心意还能买得起的学区房，太难了。

吉吉胸口的灯黑了很久，终于重新亮起。他清晰地说：最适合您的学区房，是樵乐路丽都花园 7 号楼 3 单元 602。

搞错了吧？这分明就是我家现在的地址！ B 震惊地转向小铃铛：你的机器人男朋友是不是出故障了？

还没等小铃铛回答，吉吉就说：我没弄错。您家东东的成绩虽然谈不上特别拔尖，但目前您居住的区有四所普通中学，只要不过度补课和发生概率极低的摇号意外，按学区分配上其中任何一所都不成问题。我刚才根据您的手机号，从后台数据库调出了您孩子从小学到现在的所有成绩单，各科成绩均衡，德智体美全面发展，您是根据什么得出他读普通中学没有前途的结论的呢？

B 面露喜色随即将信将疑，本来早站起来了，此刻重新跌坐回之前的座位：你们不知道我们朝阳区的鸡娃老母压力有多大……

舍友 C 说：轮到我了——吉吉，吉吉，我想要世界上最爱我，而且不求任何回报的男人——我猜你一定会推荐贵公司的另一款恋爱型新品，不过我要有血有肉有灵魂的，机器人可不行。

其他人听了相视一笑。所有人都知道 C 的丈夫虽然和她是相亲认识的，却一直非常爱她，导致她一大乐趣就是在班级群里疯狂撒狗粮，晒她老公给她和孩子做的各种烘焙点心，包括最复杂的牛角包和马卡龙。

吉吉沉默片刻，胸灯也随之熄灭。大家都以为机器人生气了，不料灯又很快亮起，脸转向墙壁，投出一张老人饱经沧桑的脸。

C 捂住脸哭了，那是她的父亲，前年已经在养老院得胰腺癌离开了这个世界。

那第二爱我的男人呢？她不甘心地问。

墙壁上很快出现了她儿子幼年的照片。吉吉降低音调，平静地说：一般到了十岁以后，小孩子的想法就变了，变得没那么无条件依赖、崇拜、信任母亲了。

那么第三爱我的呢？

第三张出现的脸依然不是她那位热衷烘焙的丈夫——墙壁上是一个看上去心事重重的中年秃头男士。吉吉在一旁说明：这个人每月都会固定一到三次匿名访问您的微博主页，浏览最新动态。我猜想他自从十五年前和您分手后，至今还没有完全忘记您。当然他也已经结婚多年了。

钱小南呢？——这是舍友 C 丈夫的名字。

叫这个名字的用户几乎没有打开过您的主页。吉吉用毫无感情的机器合成声音答道。

现在三个舍友终于每一个都涕泪涟涟地坐在自己的座位上。大家看上去都经历了某种小型的人生崩溃。终于舍长 A 红着眼睛开了口：好了亲爱的，现在你终于知道我们各自不完满的人生了，你也问你的机器人一个问题吧。

小铃铛为难地说：可今天我真的什么都不想买。

不行。B 说：我们都这么丢人了，你一定得说一个。

小铃铛说：不是你们丢人，是每个人问这种看似有正确答案的问题，也许都会得到意想不到的结果。

C说：哎你就问吧，有点娱乐精神嘛——既然所有答案都是薛定谔的猫，那问什么又有什么关系呢？

吉吉在一旁无比忠诚地站立着。小铃铛皱着眉头深思熟虑了半天，终于问：吉吉，你知道我最需要什么吗？

这其实她在家就问过一遍，是个安全问题。不过和上次问的稍有不同，上次是："吉吉你猜我此刻最需要什么？"而吉吉的回答则相当令人满意："主人您此刻最需要我。我来到这世上的使命，就是为了更好地服务你，给你提供万物的答案，让你感到安心与快乐。"他十分了解她需要爱，陪伴，安全感，和无微不至的体贴温柔。

但今天的问题问完后，吉吉胸口的灯突然亮起，持续发出刺耳破碎的声音，终于彻底熄灭了。

他对这个问题报以了最永恒的缄默——他宕机了。

所有心碎者都回到家中后，小铃铛打电话问客服才明白，都怪她没有仔细看说明书，这是一个被严格禁止的问题，因为机器人永远无法代替人类思考人生的终极使命。而根据她购买过的成千上万种产品，他实在无法得出她真正需要什么的结论。是的，她极度匮乏爱，而机器人也能提供某种爱的替代品，但"需要"和"此刻需要"仍然有本质区别——"此刻需要"，可以根据这个人历年来习惯购买什么、最近又浏览过哪些网站得出精确答案；而问及"需要"，则必须要提供一个解决问题的终极方案。

小铃铛到底需要什么呢？豪宅，华服，靠谱的男人，形态完整的家庭，一两个聪明健康的孩子，众人歆羡的目光——或曰爱，友谊，事业与虚荣——还是仅仅是一个最新款机器人？

但吉吉到底只是机器人而不是神，无法提供终极方案，回答不了这些难题。他由此只能得出最直接的结论：小铃铛其实并不需要这样一个自己。

他的算法系统彻底瘫痪了。

小铃铛后来对女友们说：我就是那一刻真正感激吉吉的。他如此认真地替我思考究竟需要什么，甚至不惜为之付出系统崩溃的代价。他永远不会骗我，也永远不会对任何人撒谎。

但一个月后她还是在闲鱼上把一键恢复出厂装置的吉吉转掉了。才两个月就折旧七万，成交价六十六万。因为这笔巨大的损失，她好一阵不再网购，只在家附近的小卖部买广合腐乳、绿豆和自贡盐菜。

六合街上

吴　君*

董咏根本不是在槐荫树下遇见的这个女人，而是在我们深圳的六合街。董咏所遇之人也绝非人们想象中的那种花痴女，她只是一名职业女性，名字叫周仙桥。平时我们文化站里的人多数随着站长喊她为小周，如小周麻烦你把垃圾倒掉，小周我有个快递你帮忙取了。周仙桥听了则会面带笑容地说，好的，好的。与此不同的是，电影公司的一个叫老文的家伙却称呼周仙桥为周老师。

有次她端着午饭回办公室，经过二楼时，遇见了吃饱喝足伏在阳台栏杆上的老文。这一刻的老文眯着一对看不到人的近视眼对着台阶上的周仙桥说，你不该舍下那么好的条件来我们六合，我敢断言，这条街根本不配有你。

周仙桥听见空中飘来的这一句，差点把手里装着白米饭、梅菜五花肉、半块咸鱼的搪瓷盆跌落在地。在此之前她正全神贯注地大脑空白。这是她喜欢的一种状态，原因是前些年，在各城市间穿梭累了，再也不愿意装事，只想过一种纯朴的生活，像六合人那样。此刻，周仙桥站稳了脚跟，望向不远处的老文，发现对方也正盯着她看，只是对方像看个孩子那样，软绵慈祥没有欲望。洗尽

---

* 吴君，女，1969年生。中国作家协会会员、广东省文学院签约作家。现居深圳。著有小说《我们不是一个人类》《亲爱的深圳》《皇后大道》《万福》等。出版小说专著10部，根据小说改编并公映公演的影视作品、舞台剧4部。作品入选中国百年百部中篇小说正典、中国改革开放40年文库、新中国70年70部优秀作品文库及各种选本、排行榜。部分作品被译成英、俄、蒙等国文字。曾获中国小说双年奖、百花文学奖、北京文学奖、广东省鲁迅文艺奖等。

铅华，隐居六合，下半生重新过回一个普通人的生活，这是周仙桥的理想，却被老文一眼看穿。

矮个子老文的工作是新安影剧院的放映员，他的上班时间全部在晚上，白天除了吃饭，其余时间都用于睡觉，所以大楼里没有几个人认识他。因为常年见不到阳光，老文的皮肤白得瘆人。这样的脸配上这样的笑，让很多人不敢与老文对视，而文化站的李鹏程对这种来历不明的笑容更是恨得咬牙切齿，因为老文有次叼着牙签望着李鹏程的背影说此人早晚进去，刑期不会少于五年。当然，很多人撇了嘴说不信，没可能啊，这种单位除了门锁值几块钱，连桌子椅子都是烂的，真没东西好贪。

老文对周仙桥说的那些话初听起来像表扬，其实是泼冷水。周仙桥听了，不仅后背发冷，更感到人生无望，她害怕最后连这个希望也破灭了。要知道她小小年纪凭着独特的嗓音进了剧团，收获无数鲜花掌声奖励，享了太多世间的繁华，这样的日子终于被她厌倦，周仙桥希望改变自己，去过一种平凡亦平静，没人打扰的生活。这是她从大城市来到我们六合的原因。

老文喜欢盯着别人的印堂看，然后微笑或是叹气。周仙桥当然也被盯过，她生怕这个老文对自己产生什么想法，除了老文的眼神，周仙桥更害怕老文那双手。因为老文还是一个画家，新安影剧院门前的广告是他的作品。他经常把自己喜欢的女人画出来，可是你又不能对他怎么样，因为他会慢悠悠地问对方，这是你吗？你认为自己是明星吗？这样一来，本分的女人不好意思再往下说，开始结结巴巴，语焉不详，不再敢看老文。湖滨路上倒是有几个风骚的女人，她们每天描眉画眼洒香水，故意在他眼前一次次飘过，目的非常明确，就是要进入老文的法眼，被他画出来，然后升到半空，供人欣赏。

周仙桥有恐高症，她怕老文把自己的照片放置高处，于是她特意把两侧的头发垂下，希望老文看不到，或者记不起她的相貌。可是，这样不仅没有阻挡到老文，反而令他如同发现了新大陆，人还在远处，便开始连连点头道，对对，就是这样就是这样，这种发型非常适合你的身份。

切！还身份，什么意思，难道她将来可以当歌唱家吗？听到老文称呼周仙桥为老师并且提到了玄妙的身份问题，伏在三楼阳台栏杆上的两个女同志气得发抖并渗出冷笑，她们同时转回头，眼睛掠过几间办公室的门，故意发出尖锐的声音，什么玩意儿，都不知道自己是谁了，我们唱了一辈子都还没名没分，而她一个新调过来的竟然还成了老师，真是可笑至极！

六合文化站多是些从波罗、五花、南雄、海康剧团退役下的演员，演出的时候，趁机留在了深圳，并进了文化站，结婚生子上班，日子过得自由自在。他们有的做了会计，有的当了出纳，当然，每个人还有另一个身份那就是艺术指导，只是逢年过节的时候才会全部上阵，在广场上面组织人猜猜灯谜，或是搭个临时小台子，上去唱些《帝女花》《分飞燕》《十五的月亮》之类的粤曲和经典老歌。

做会计的故意挑起话头，你不是讨厌这条女吗？她想好了，下午咩都不做，专门聊此话题，直到出了这口恶气为止。

做出纳的顿了下，气呼呼地问，是呀那又怎样，不可以吗？

做会计的说，别忘了，你办公室的地可是她拖的，午餐也是她帮你打上来，除非以后你不用她。

做出纳的不解，那又怎样，我还记得你讲过她的那些八卦。

做会计的听了，马上缓和说怎么会呢，不是讲好了吗，我们要团结一致让她明白，她那把声不算什么，骗鬼可以，哄我们不行，那是一种连老鼠都会发出的叫声，再讨好我们也没有用，看见她的笑我就想呕。

李鹏程这时走了过来，显然他只听到了这一句，却忍不住停下脚，伸出食指分别点着两个女人说，那女人就是个癫婆，请记住，你们谁都不要再理她，只有这样，她才会觉得没趣而早早地离开。他说的当然是周仙桥。眼下他是被激怒了，因为领导没有按资排辈便调来一个新同志，参加八月半的演出活动，使得周仙桥在舞台上出了风头。这样一来，便打乱了原来的秩序。

听他这么讲，两个女人顿时浑身舒畅，扑哧一声捂着嘴笑出了声，原来苦闷的不只自己。其中的一位用兰花指在李鹏程的肩头轻轻地点了下，带着热度和淘气的手指意味深长。女人嗲嗲地说，谁想理她呀，是气她把我们站的脸都丢尽了，想起来便会难过。

“难过屁呀，她那把声就像个老鼠成精。”其中一个故意模仿着周仙桥的声音夸张地尖叫了两声，然后两个人互拱肩膀，弯了身子笑成一团。此刻她们和解了，虽然不久前，两个人曾经大打出手过。

李鹏程倒也不笑，已经失眠多日的他神情严肃，他瞪着一双布满血丝的眼睛，绷着脸说那叫硕鼠知道不，你们两个应该好好学习下古文。

两个女人急着点头说对啊对啊。见俩人这样顺着自己，李鹏程沉思了片刻道，划清界限是必须的，你想想她唱的那都是咩嘢鬼哭狼叫。讲完，李鹏程拎着茶杯昂首挺胸去了茶水间。中国士大夫是他最推崇的一种形象。年轻的时候他在采茶剧团做过演员，到了深圳之后，竟然只能辅导声乐，可惜总是招不到学员，他这辈子的理想就是当站长，可是一直排不上他。所以两个女同志如果单独见到他，都会嗲嗲地叫他一声李站。

听到这句，李鹏程的心里已然乐开了花，可脸上却故意绷紧，低声道，不好给外人听到啦，反正我没所谓，不提拔我损失的又不是我本人。

听话的女人脸配合着声调道，唉，是啊是啊，一帮有眼无珠的家伙。

话说周仙桥是在三月份来到的六合街，这个时候天气仍有些清冷，周仙桥还没有搞清楚该穿什么衣服。看见窗外天空下起了小雨，她便会裹紧了被子想再多睡一会儿，可是楼里已经热闹起来，排练室有人练声了。从小到大，周仙桥只要唱歌，便会受到关注，也因此获得了许多机会，有个专家说过她是老天爷赏饭的那种人。六合人并不知道，除了睡觉，其他时间，周仙桥都会努力控制这种所谓的天赋，而只是需要它保证自己有份工作即可。因为她受够了那种大红大紫的名人生活，尤其是年过三十岁的时候。她甚至对自己的声音感到恐惧，她越发担心暴露出这些与众不同的特点，而失去了平静的生活。所以只要不是必须的排练和演出，她会尽量选择留在室内，不与任何人打交道。每次听到有人提到唱歌或者唱戏这类词，她会深感不安，甚至生出焦虑，怕对方再问些什么，似乎她怀揣着一个不可告人的秘密。见到有人与她打招呼，她只会嗯一声，然后迅速躲回房间，把各家在走廊里炒菜的声音全部隔在了外面。

为了实现自己的理想，周仙桥一度想要放弃这样的声音，如果不是因为工作难找，她都想离开这种单位，让这个声音永远不被人发现。她曾经跟在别人后面学习了很久，可最终还是见效不大。试过了喝酒、熬夜、吃辣椒等方式也都不行，这种特别的声音如同她身上的脂肪一样，黏着她，令她欲罢不能。用她老师的话说，你是天然的美声，几百年才出半个，所以你不要自轻自贱，一定要加倍爱惜。听多了老师的话，周仙桥开始逆反，我自己的身体，我自己的嗓子，还用你们管啊。

每年的两次晚会，是六合人非常期待的。他们愿意看见文化站那些高矮肥瘦子们在台上表演，这种亲近感让他们感到安全，踏实，他们没有愿望去看北京上海等地剧团的演出，更不会进到市区去浪费时间。而作为站里的新人周仙桥自然也需要登台，不然她凭什么拿全额工资，凭什么把文化站作为自己的落脚点呢？虽然周仙桥并不缺钱，可是她也不能表现得太特殊吧。最初有人不服气，找到导演说不许她上，周仙桥听到了像是没长心一样，点头表示愿意。可是没过多久又被找了回来，说凭什么她搞特殊化啊，是不是五音不全啊。

周仙桥不过唱了一首旧歌，只是那忧伤的旋律让她想起了往事。一曲唱完观众竟然安静得像是沉睡过去，无半点声响。她的确怠慢了，也似乎忘掉了还有这么多的人在听。此刻周仙桥被这种局面吓坏了，正想着应该鞠躬谢幕还是什么也不做就快速离开之际，她听见了狂风暴雨般的掌声。随后有几个观众竟然从后排跑到前面，并爬上舞台，大声喊着周仙桥的名字。

接下来观众开始热闹了，有个人说周仙桥的歌，特别符合自己此刻的心情，唱出了她的心事。另一个人想夸周仙桥的声音却找不到词，只好说，也不知道为什么，每次听她唱歌，我这里都是满满的，她指着自己的胸部说。跳舞的女人听了这话很不高兴，什么意思啊，你完全可以直接说她唱得不好，何必搞得这么色情，让别人看你的乳房。这个人急着辩解，不，不，是唱得太好，像是钻到了我的心里，我听了几句便想大哭，她到底用了什么功夫。

演出还没有结束，文化站的人便气得快要发疯，大骂我们奋斗了那么多年，黑发熬成了白发，这个怪物突然杀将过来，什么意思啊，想破坏我们六合街的生态吗，要砸我们站的牌子吗？她的嘴里到底藏了什么设备，分明是特技和杂耍，这无疑是一场骗局啊骗局。

周仙桥那种声音到底意味着什么，真是令人恐慌，心神不定，难道不是特技吗？六合人显得有些不知所措，却又不敢随便打听，否则会暴露出自己的无知。要知道在这个地方从来还没有出现过这类人，这种声音，谁也搞不懂周仙桥的出现到底会为六合街带来什么样的运气。每次有了她的节目，就会见到六合人手上拿着活计，有的甚至前一分钟还在修着鞋，有的拎着车胎便走出了店铺走进剧场。显然，周仙桥一夜之间成了传奇人物，无论走到哪里都会引起不小的骚动，那些坐在办公室里的人听到周仙桥的名字，便会立马丢下手里的工作，跑到大厅，他们并没有与周仙桥说话，只是远远地看着她。

这样一来，周仙桥的正常生活便受到了影响，她来六合的目的是嫁人，可眼下已经变得遥不可及。

本来也有那么一两个人，怀揣着好奇心，试探过虚实，可听了周仙桥的声音，还是动摇了犹豫了，他们无法判定凶吉。倒是有个家伙是真心的，可是他早已经有了老婆，他表态如果周仙桥不在乎，他多一个女朋友也无所谓，反正自己有大把钱，需要各种女人的追随，越有特点越好，只是有个前提，那就是他需要周仙桥把自己的经历讲个清清楚楚，免得将来与他的老婆和孩子争夺家产。还有些开店铺的六合人，他们街上见了周仙桥便会故意壮着胆子挑逗或是调戏，比如创造机会邂逅周仙桥，在宽敞的走廊里，故意装作要摔倒，伺机在周仙桥的身上蹭那么一下，只是希望听到周仙桥开口骂他们，他们想听到那种与六合人不同的声音。这样一来，周仙桥拍拖之事似乎变得越发艰难，原本对她有意思的一两个男性不敢再联系她，甚至忙着给自己找台阶，高攀不起你呀，你是六合街的名人，大歌唱家啊。倒是有个不酸的，他笑嘻嘻地说，听说是被哪个男人的老婆发现了，才跑到六合对吗？不然怎么会从省城那种地方调过来，做这种事怎么不小心呢，如果是我肯定不会，以后还是我教你吧。

周仙桥就这样被人看来看去，也没什么人真正想要找她谈一次正式的恋爱。有人说，对啊，谁愿意找个这样的女人做老婆呢，如同找了个怪物回家，除非是脑子坏掉了。

又有人说，到底谁坏掉了还真的难说，我昨天还见她去了蛇口，打雷下雨也不怕，到底是怎么回事。

有人答，那算什么，有一次我跟在她的身后，亲眼看见她蹲在地上和蚂蚁说话。

就这样，周仙桥被拖到了三十二岁。小镇上的人已经等得不耐烦，他们太想看到这个女人会发生什么事了，除了一把怪声，还会不会给他们带来更大的惊喜。六合的生活太闷了，他们迫切需要看到一些关于周仙桥的事情。

周仙桥最大的爱好便是散步，这不仅有效地避免了与人交流，更躲开了那些人对她的围追堵截，尤其是下雨天，这样的时候，更没有什么人在街上了。

话说这天的黄昏，天空本来好好的，突然下起了细雨，快晴之际，天上已经悬起一轮明月了，悄无声息挂上去的，正认真地打量着每个六合人。周仙桥似乎不知道雨已经停了，她仍旧戴着耳机，在路上慢慢地走着。耳机里面是那低沉的音乐，这音乐特别符合她的心境。走到邮局的时候，周仙桥突然想进去看看那些邮票，各种各样的动物中，周仙桥最喜欢的是那张 2009 年的猴票，那熟悉的面孔仿佛早在几百年前便已经相识。

也就是这次，她认识了工作不到一周，连六合街都没有出去过的董咏。他说自己刚从外地调到六合，请多关照。他翻动挂在自己脖子上面的蓝色的工牌给周仙桥看，并深深地鞠了一躬，像极了日本男人。

周仙桥惊出一身冷汗，可是她不敢说话，她担心自己的声音吓着了对方。说话时董咏指着办事大厅里的长椅，请周仙桥坐，然后说，你擦擦头上的水吧。说完，他歪着身子从裤袋里拿出一包纸巾，递给了周仙桥。

董咏虽然相貌一般，尤其是有点驼背，腿也不是很直，两个肩膀有些前倾和摇晃，这使得他的衣服似乎后面少了一截。可是在那一天的傍晚，也是距离董咏下班前的半个小时，幽暗的室内，他比平时显得温和、好看，像个不谙世事的孩子。多年以后，周仙桥还记得董咏对她笑的样子，这是她来到六合街上最美好的一天。董咏后来说是因为周仙桥告诉了对方自己单位的地址，董咏听说那里搞了一个很大的溜冰场，而他很想去看看，他听见同事说过这种活动，他们说，如果连溜冰都不会，是不像六合人的。那个时候广场舞还没有开始，几乎所有的社交都是从溜冰开始，哪怕站在场外观看，也算是参与了。

总结以往的教训，周仙桥并没有告知对方自己的身份，而是故意随便，甚至有些轻贱地说，哎呀我们公司就是组织些猜谜活动。董咏问，这么有趣啊，要不要买票呢。他希望对方说出溜冰这个事情，然后有一个免费练习的机会。周仙桥见董咏还在看自己，便有些紧张，生怕对方有好奇心，然后来到站里，打探到她有那样的一种可怕的声音。如果知道了她的身份，她猜想董咏最终也将会消失得无影无踪。如果个个都是那样，周仙桥再过五十年也嫁不出去啊。想到这里，她迅速补充了一句，还会组织些画家、摄影师去外面看风景。

董咏瞪着一双不解的眼睛，又问了句，那要交钱吗？会不会花掉我几天的工资啊。周仙桥兴奋极了，对方脑子里只有钱，其他什么都不知道，这样的人正是她物色的对象。

周仙桥匆忙中留下电话，办事大厅正在向外清人，有一个瘦高的男人肩上悬着一扇电动铁门，室内开始暗下来。瘦高男人堵在门口，除了拦着想进来的人，还用手指着周仙桥和董咏问，喂，你们怎么回事？

出门之后的周仙桥按着原来的路线继续走，而这一次，她并没有走得很远，如果在过去，她将会绕着四区、五区、六区走上一大圈，直到把所有的苦闷都走掉，累成一堆烂泥，才回到宿舍。这样的一个周仙桥，半小时前认识了对她一无所知的董咏，便已经喜欢上了，她喜欢对方身上的这种无知。到了第二天一早，她便盼着快吃晚饭，这样就可以去散步，她希望自己再次见到董咏。

想着这件事情的时候，周仙桥竟然走神了，去福满楼买早餐时候，她连要吃什么也都想不起来。橱窗里面的人问了她两次，最后用广东话骂了她一句神经病，周仙桥才连着说了两次糯米鸡。

见对方在橱窗里面向她翻着白眼，周仙桥又想起了董咏，忍不住笑了。她想起对方连普通话都说不好的时候，觉得老天开始对她开恩，只有这样，她周仙桥才能把自己的身份藏得更深，藏到永远。周仙桥忍不住有些内疚了，她觉得自己正在欺骗一个单纯而无辜的孩子。

接下来的日子里，周仙桥对董咏围追堵截，目的是不想让董咏了解自己，她害怕董咏像之前那些男人那样，一旦了解到她的身份就想要探究或是戏弄她。多年之前周仙桥被人前呼后拥，她受够了那样的生活。眼下她只想做个普通的小女人，过着在小镇上生儿育女、隐姓埋名的小日子。可是谁才能给她这样的日子呢，只能是董咏。她觉得自己煞费苦心终于等到了，她愿意为董咏相夫教子一辈子。从来没有碰过针线活的周仙桥开始计划给他织件毛衣。她跑遍了六合市场，都没有找到她喜欢的那种毛线，她想给董咏织一件米色的毛茸茸的毛衣。

周仙桥求成心切，她急切地表达了自己的想法，她不要好多钱，不要大屋。接下来，周仙桥和董咏从认识到同居非常顺利，速度快得惊人。做这一切的时候，不知道为什么周仙桥想起了老文，她觉得对方似乎在哪里正看着她，他说过这条街谁也配不上她，可是她相信自己就要破了那个该死的魔咒。

称董咏为傻小子的并不是其他什么人，而是董咏的父母，因为他们发现了董咏最近的异常。董咏的老家位于广东北面的南雄县城，他们在招待所工作了一辈子，虽然只是做些换洗床单、清洁卫生的工作，可他们每天都可以见到一些大人物。所以他们的理想是董咏尽快恋爱结婚，找到一家有钱有势人家的女儿，是两公婆的人生目标。当董咏在电话里没有了昔日的唉声叹气，而是把双腿跷得老高，说到兴奋处发出得意的大笑，这样天花乱坠不着边际的样子，导致了父母越发害怕。他们以为儿子因为压力太大而疯了。他们怪自己当初不该给儿子定下那么高的目标，导致了他们唯一的儿子董咏连精神也不正常了。他们两个互相抱怨了对方一番之后，才愁眉苦脸地坐上长途车来到六合。当他们从长途车上下来，被接上一辆米色的小车，又被送进一个充满了香气的大屋时，两个人彻底糊涂了。可是做儿子的一直跟在他们的身后说，是真的是真的，不信你们掐下自己的腿，我自己最近也总是这样。董咏伸出手放到腿上，给他的父母做了一个示范。

董咏父母做梦也想不到儿子真的做了一桩合算的买卖，这纯属天上掉给董家的馅饼啊。要知道曾经为彩礼发过太多次愁了，他们曾经提前两年便去巴结亲戚，希望将来买房子的时候有人愿意借钱给他们。他们想好了先去借，然后再慢慢偿还，甚至还可以把老家的房子抵掉。而这突如其来的事情让他们显得不知所措喜极而泣，他们责怪董咏没有早些通知家里，害得他们忧愁了那么久。周仙桥不仅提出不要彩礼，不要房子不要车，竟然还在见面之际拿出了两枚戒指送给董咏的父母。

当晚董咏的父母激动得差点跪下来亲吻周仙桥的脚，他们不相信这一切都是真的，虽然两个人没有交流过各自的想法，可是抖动的身体和惊慌失措的表情已经暴露了内心。此刻他们不仅见到了董家的恩人周仙桥，这个比七仙女还要美的女人，还住进了他们做梦都想不到的豪宅。

矛盾是从周仙桥做饭开始的。

见了董咏的父母之后，周仙桥便想着讨好他们，首先她想做一顿可口的饭菜，目的是让他们尽快接受自己，作为一个大龄剩女，周仙桥不想再等了，她害怕错失了这宝贵的机会，所以天还没有亮便起了床。她先是把准备好的面粉取出来，烧开了水，再把这些面倒在盆子里。听见外面的小鸟已经在叫，周仙桥便已经为董咏一家正式做早餐了。

周仙桥认为董咏母亲有些夸张，她一连吃了两块甜饼之后，大呼小叫说自己这辈子嫁错了，应该找个北方人做老公，然后天天可以吃到这样的食物。她这么说的时候，眼睛看着老公，老公则傻乎乎地笑着，嘴里正喝着周仙桥为他们煮的牛奶。

接下来的几天里，周仙桥亮出了自己的其他手艺，比如做咖喱，做海鲜。就这样，周仙桥的房间里除了电视机里发出的声音，就是董咏的母亲那些简单易懂的南雄话，好吃，我从来没有见过这么可口的饭菜，我们的生活太好了，我不敢相信这是真的。

很快，周仙桥便发现了董咏的母亲在说假话，因为她见到了许多被扔掉的食物，前面两天被封在塑料袋里，后面便是直接丢在了桶里。当然她还是会继续夸周仙桥的手艺好，只是她已经偷偷地观察周仙桥的动作。到了晚上，她悄悄地问董咏，这个女人怎么会有那么多的钱，是不是之前做过什么事。

她做过什么？董咏显然没有听懂母亲的话。

做过那个呀。见儿子还是没有明白，母亲终于急了，直接说了：鸡婆！戏婆！

哈哈，对于她来说，吃点海鲜不算什么啊，再说也不需要我们花钱。董咏嘲笑自己的老娘。

董咏的母亲张大了嘴巴问，她不会是在赌吧，先是让我们尝到甜头，最后让我们家来抵债。董咏的母亲开始打量房间，悲痛地说，到时我们卖掉自己也还不起啊。

董咏说，阿妈你想多了，她只是一个有钱的女人。

看着柜子里周仙桥的演出服，上面镶嵌着一些珠子，在暗处正闪着光，董咏的母亲说，这怎么可能，你不要太傻了，哪有免费的饭菜，你不要发梦了。

也就是这一晚，董咏的母亲在电视里见到化了妆的周仙桥唱歌的镜头，虽然只是几秒钟，她便已经吓得面如死灰，扔下正准备贴到腰上的膏药，回到床上，捂着被子想了好一阵子。她不敢直接叫身边的男人去看，直到天亮前，才问了句，你说昨晚电视上那个人是不是她？董咏的父亲当然不信，他当然明白老婆的意思，他说，我们家祖坟又没冒过青烟。

做母亲的松了口大气，点头说，对对，你们家也没有积过什么德。

董咏的父亲说，那是天上的仙女，我们这些人哪有机会见到。

听到自家男人说出这么有道理的话，董咏的母亲笑了，是啊，仙女怎么会到我们六合呢？说完，她从柜子里多取了一条被子，加在身上安心地睡着了。

到了第二天早晨，董咏的母亲拉住儿子问，我还是放心不下，我认为她只是骗你，等你真结了婚，才发现一切都是假的怎么办。

董咏看着自己的母亲，也开始有了怀疑。

董咏的母亲说，这个女人好像从来不会生气，刚刚我走到她洗碗的地方，小声骂过她懒，她也没有发火。

董咏说，你不应该骂她，你看这个房子都是她自己涂的油漆。

董咏的母亲说，搞成这种浅蓝色，一觉醒来，好像去了西天，真是吓得半死。

随后董咏的母亲拉住儿子的手问，如果她早年没有做过鸡，为什么那么着急把自己嫁掉，她对我们家这么好是什么意思，是不是她这个地方有病啊。董咏的母亲指着自己的脑袋问。见儿子回答不了，董咏的母亲开始相信自己的判断，这时她开始生气。她想起自己的仔可能已经错过了县长县委书记的女儿，还有那些洋房别墅，她便气得心痛。天还没有亮，董咏的母亲便把装有饭菜的盆子摔在了客厅，她已经不愿意再等了，而是想问个明白。她想要看看这个骗了儿子的妖怪到底是何方神圣，使用了哪种招数，这世上哪有什么人打不还手骂不还嘴的，这样的人除非是仙女。董咏的母亲越想越生气，她认为儿子董咏不仅被人利用了，下一步还可能会被人陷害死。想到这里，董咏的母亲做好了当众掀开周仙桥面纱，让她在大庭广众之下出个大丑的准备，所以她迎着周仙桥，骂了一句贱货和骗子。

早在前一天，周仙桥便有了预感，她先是听见董咏的呼吸并不匀称，像是有什么事瞒着她。此刻她感到身体被震了下，她努力让自己平静，微笑着去阳台上晒衣服，并擦拭栏杆上面的灰尘。

而她这样的笑容同时也激怒了董咏的父亲，这个老实本分的男人，已经追了过来。在招待所上班的每一天，他见到的都是挑剔和指责，哪怕他累得腰快要断掉，还是有人看他不顺眼，所以他害怕这样的笑，这样的笑里分明藏着刀，让他没有一点安全感。这样的笑容难道不是公开的戏弄吗，他们再也不能忍受，他指着周仙桥的房门对儿子说，你应该让她滚。

董咏低着声音说，她没有做错什么啊。

董咏的母亲走上前来，厉声道，这些天，她用尽了各种办法，千方百计款待我们，是想提醒我们家太穷，连饭也吃不起吗?

董咏安慰母亲说，也许她只是心地善良呢。

董咏的母亲脸色已经开始发紫，她发出了怒吼，你可以好好想想，到现在还有哪个女人被人骂了不会还嘴，如果我遇到了这样的事情，肯定会大闹一场跑回娘家，集合起所有的亲戚过来打架。可是她不仅没有闹，还会继续做饭。这样的事情我接受不了，遇到这样的污辱和挑衅谁也受不了，她到底藏了多少见不得人的事才会忍着这些。她拉着儿子的手说，你受的委屈肯定更多，只是不愿意告诉我们，这些天你都是怎么熬过来的啊。董咏的父母同时想到周仙桥是那种传销组织的头目，她的目的就是要害死董咏，显然儿子被这个女人下了迷魂药，否则这一切多么不可思议啊。

作为董咏的父母，他们必须要救出自己的孩子!

周仙桥走到门口的时候先是被董咏的母亲用肩膀撞了一下，她想看看周仙桥接下来的反应，如果周仙桥像那些欺负过她的人那样，喝住她，董咏的母亲会乖乖地听话，因为那是她熟悉的事情。可是她等了一阵，还是没有见到周仙桥的反应。董咏的父亲指着周仙桥说，你如果不马上消失，我将采取必要的措施。他在招待所里学到了这一句，却直到这一刻才能使用，他认为很遗憾。

周仙桥哀怨地看着眼前这对可怜的老人，不久前董咏的母亲拉着周仙桥的手，夸赞她，流着泪求她，说我们家这是积了什么德才遇到你啊大恩人，我愿意下辈子做牛做马来服侍你。

周仙桥已经发现了症结，六合人喜欢欺负那些弱小的、没有背景的人，哪怕董咏的父母，虽然来的时间很短，没过多久，他们便学会了要领。他们的满腔怒火必须在这些人面前爆发，如果对方的身份是街上的拾荒者，他们就更加不需要理由了，他们不愿意失去任何一次机会，因为他们之前受的欺凌太多太多了，如果不去报复，他们将誓不为人。

周仙桥是被董咏一把推倒的，她的身体先是撞到了木门，随后才感到一只大脚踢过来，那是董咏的父亲，他想象自己是《西游记》里的孙悟空，先是做了几个漂亮的动作，随后取出一条金色的棒子半空中劈向了周仙桥，他嘴里大声叫着：我们受够了！董咏的父亲终于完成了自己的英雄梦。周仙桥的身体很快便有了一种久违的麻醉的感觉，随后，她发现自己连鼻子也流出了血。

恍若梦醒。夏天终于到了，天空蓝得像是刚刚洗过，就连云也是安静的，对着路人不断变幻着形状。虽然周仙桥变得有些消瘦，可整个人精神了许多。她还是没有好好地去练唱，甚至连 K 厅也没有到过，可只是轻轻地哼唱了一次，便发现比过去还好，从头到尾，底气十足，仿佛抹了油，涂了蜜糖那样，连自己都被迷住了。再后来，她发现越发憔悴的两位女同事不仅关注她的行踪，还会伏在门板上偷听她的声音。周仙桥感到她们的耳朵已经越发靠近，于是她轻轻地向门板走近，然后铆足了力气，猛地发出连贯的音阶，她有太久没有这样酣畅舒心过。与此同时，她听到外面的两个人摔倒在地后迅速爬起、逃远的声音。

接下来，周仙桥尝试着亮出了自己真实的嗓音与人说话，见对方并没有表现出惊讶，她才真切地觉得这个世界变了，只是她还没有料到如此迅猛而已。想到这里，周仙桥跑到了天台上，那里距离天空最近，于是，她展开手臂，用足了力气对着远处高喊了两次。

由远至近，她看见了几块云朵在轻轻地移动，一架飞机正由此穿过。

六合街上，阳光洒在每个人的脸上，温暖而舒服。

站里的人已经很久没有见到老文，他们希望老文能帮忙再预测一下六合街的未来。可是他们找不到老文，他早已辞职，离开了这个街或者这个世界，因为他总是不合时宜地剧透人生，比如说，他成功预测过李鹏程最后的结局，果然，这位副站长大人，挪用了书法家们的捐款，而被判了五年徒刑。每次路过新安影剧院，周仙桥都会情不自禁地仰起脸，只是那里早已没有了悬挂在空中的海报，而只有一块闪烁着金光的华为 5G。有两次周仙桥似乎看到了老文正在半空中对着她微笑。

时间过得飞快，六合街转眼变成了前海，村民的房价涨势喜人。与其他街道一样，这里的路面经过反复改造，正在不断拓宽，只一夜之间，便已成了大湾区最重要的组成部分。街上有不少人发动签名，浮夸的标语散发得到处都是，旨在保护这片由原居民和外来户组成的城中村，理由是六合有故事，有传奇，来龙去脉应有尽有，充满了旧时的味道，是深圳最古老的地标。除了上海宾馆、地王大厦、深南大道、京基一百这些著名的地标，有些人认为大剧院、白石洲、蔡屋围、鹿丹村、六合街更是他们无法割舍的记忆，不只是保护，还需要申遗。有人说绝对不能拆，当年创业的故事、落魄的往事散在空气中，落在斑驳的旧墙上，每块鹅卵石都印有他们的酸甜苦辣、悲欢离合。艺术家们希望这些阴冷而潮湿的角落永远都在。

而这些时髦的玩意儿周仙桥一个都没参与，与其他人不同，她更希望看到一个崭新的世界。

集美饭店

李　晁*

饭店老了。在这处背靠山崖的凹洼地带，四十年前植下的法国梧桐越发壮硕，枝叶覆盖起这栋三层小楼。几年前旅游规划，政府统一修缮，原先的红色砖墙被白色灰浆包裹，打了古怪的格子，架起了新的屋檐，屋旁的停车处也被匆忙铺上渗水砖，那一片曾被姑姑开成菜地，插着棍子，夏天是四季豆和玉米，冬天是白菜和萝卜，现在都消失了。从前的店招在二楼的侧边，“集美饭店”，父亲取的名字，曾名动一时，也透露出往日秘密，不仅仅为了解决长途司机们的温饱，也指向身体的其他满足。父亲为此入狱，店名却奇迹般保存下来，黑底金字的书法门头，在这前后一公里没有人家的地方，着实更像一家黑店。

她回到这里，在父亲死后第三年，她离婚后的第二年，原以为再也不会回来，可时间改变了什么，她重新面对了召唤——父亲终于离开，她可以独自支配这里。

姑姑递来钥匙时，表示父亲走后她很少去那里，就是父亲在时，她也不再去了，这对兄妹相处了太长的时光，长到令人起疑。她决定回来，姑姑震惊，长久地望着她，仿佛她在外间遭受了什么比待在小镇更糟糕的磨难。她的事姑

---

* 李晁，男，1986年生于湖南，现居贵阳。2007年起在《人民文学》《上海文学》《作家》《江南》《花城》《天涯》等刊发表小说数十万字，收入多种选刊及选本，曾获《上海文学》新人奖、“紫金·人民文学之星”中篇小说提名奖、《创作与评论》年度小说奖、《滇池》文学奖、贵州省文艺奖等，出版小说集《朝南朝北》《步履不停》。

姑早就清楚，她从不对她隐瞒什么，在她心里姑姑是父母之外亲戚之内的第二种亲人。她的婚姻曾被姑姑念在嘴里，也念在小镇人的心上，可又如何，她宁愿从未离开这里，她总幻想着和姑姑生活在江南，也开一爿这样的粉面店，挣将将足够的钱，没什么出息，但安稳。

你还年轻，怎么就要回来？姑姑难以理解，在她看来，回到这里是人生最无奈的选择。你爸那笔赔款，我还给你存着。姑姑当然知道她不是来要钱的，那二十万倒像是父亲的礼物，在他可怜的遗产里，也算笔得体的款子了。

那笔钱是留给你的，姑姑。这样的话她说过不少次了，每次都很厌倦。

女人说，我生意好得很，你不用挂牵。

她知道姑姑的能力，饭店靠着她经营下来，父亲的野心永远不在这里，这个好斗的男人开过黄磷厂，养过鸡，包过工程，可样样惨淡收场，黄磷厂死过工人，养鸡场闹过鸡瘟，工程承包更是灾难，父亲被手下工人绑架过，是姑姑凑了二十万现金一个人远赴外乡把那个总梦想发财的男人赎回来的。即便这样，回到饭店的父亲仍不安分，主意不断，直到入狱，父亲才消停。那五年，她每年去看他，看这个男人一次比一次苍老，出狱后第二年，父亲遭遇车祸身亡。

姑姑说，那里很久没人住，灰都起堆，你怎么住得下去？

所以我来投靠你啊姑姑。她说。

女人沉默，知道她的决心不易改变，她不是那种心血来潮的人，像当初她送她走，她头也不回。

她将车泊下，在饭店门前，没有进门。她绕着饭店走，陈年的落叶在屋子周边堆积，野草侵占了这里，一大片苦蒿和斗鸡草，屋后的桑树还在，叶子没人摘，肥肥地挂在枝头，通往山顶铁厂的小路还是那样幽深，铁厂早已倒闭，再没有工人出没，两旁是松林，就算白日阳光也稀疏得怕人。她退到国道边，国道也老了，脚下的沥青剥落，再没有沥青车在春秋两季过来铺设新的路面，泛白的道路经过之字形拐弯，下坡过桥，就是小镇，那一片徐缓的丘陵地带，从西边的水电站到东边江水拐弯的铁路桥，一道完美的月牙形。视野里只有新的高速碍眼，特大桥直接从山巅上跨越，高达一百九十米，那曾是小镇天空的位置。

她再次俯瞰小镇，曾经的心愿不过是离开这里，住到对岸去。那里还出产一眼优质氡泉，水量极大，唯一的国营疗养院衰败多年，终于在新的拯救中重生，欧式洋楼盖了起来，红黄相间，那片茂林里出现了一洼洼水池，远眺时能看见无数耀眼的反光，像一面面镜子。她记得没有这一切时，父亲带她去过，泉水滚烫的记忆还留在她心里，可长达半月的感染与过敏让她对那里心怀畏惧，她可能是镇上唯一不适合泡温泉的女人。

母亲离开时，她小学还未毕业，一个古怪的高个儿女生从此变得更不合群。母亲的病一年前就查出，身体里的恶性因子突然让女人失去了所有光华，生命急遽萎缩，她像本图画书一样躺在床上，每一秒都在翻页变形。所有人都瞒着她和弟弟，可她预感母亲再也无法发出爽利的笑声，那些饭后时光，母亲站在柜台后嗑瓜子盯着一屋打牌人的场景也会一去不回。母亲的眼泪也只有看见姐弟俩在门口一晃而逝时才会掉下来。父亲匆匆出现几面，又离开，直到葬礼开始，一家人才短暂团聚。

姑姑是之前出现的，在这栋歇业半年的小楼，可这挽救不了什么，高大健壮的姑姑看上去和母亲那么不同，她的出现宣告了屋内女主人的更替。小四岁的弟弟迅速接受了她，悲伤在他身上过去得那么快，这让他狠吃了一些苦头。弟弟从小怕她，就因为她总会在他毫无戒备的时候给予惩罚与反击，哪怕时间久到摩擦与仇恨从另一个人心里完全消退，不留痕迹。

那时的她住在二楼左手边的房间，四壁雪白的墙，家具都是老的，上一代人的东西，笨重难看，一部分是母亲的嫁妆，几个大红漆带铜环铜锁的柜子，钥匙也是古怪的长柄，像蛇精的如意，可柜子里没有宝贝，掀开能闻到樟脑丸的臭气，里面全是大红的花布棉被，厚重得每一床都能压死人。弟弟是分给她的，屋正中两张小床，中间隔一道帘子，更小的他睡在她身旁，这让她有种做小妈妈的感觉，可很快厌烦，她更像个“后妈”。父母住在右侧当头的屋里，稍大的面积，摆满了组合家具，隔成两间，外间做成小客厅，里间睡人。父母对面的屋子空着，直到姑姑来填满。楼下是餐厅，大厅加三个包房，厨房是后院加盖的单砖屋，父亲的爱犬德国黑背锅盖就住在那里。楼上的三间房用来堆杂物，也空落落的，好在有一处平台，装着栏杆，视野极好，对岸的小镇尽收眼底。尤其夏夜，一家人在楼顶纳凉，夜风很大很柔和，蚊虫需要花费比平日更大的力气才能在这里停留，找准每个人的血管。那时的星空璀璨，父亲开设的黄磷厂在离小楼五公里远的山头上日夜喷火，熏黄了附近的松林，夜间有运输车驶过，落在路上的黄磷用脚一踩会迸出好看的火星，这是她和弟弟乐此不疲的游戏，那间厂子父亲却从未带他们去过。

母亲在家中停了三天，碰上她上课，没人给她和弟弟请假，放学时父亲才会派摩托来接。到了饭店门前，会有老人给他们换上孝服，一整匹白麻布，中间掏个眼儿，她把脖子伸进去，腰间草绳一拴，前短后长，可整片布仍是鼓鼓的，胸前卧着一团空气像老太婆们空荡荡的乳，脚后跟那一块不断翻飞，走起路来竟像是戏台上的人。母亲的灵棚也像另一种戏台，由红白蓝的彩条布扎成，门前挂着道场用的诸天神佛像，加上花圈拱卫，竟也是花团锦簇的。她瞥见外公愤愤然坐在大厅里，在省城做油画老师的舅舅木木地杵在门前，好像还没弄明白这是场什么活动。只有父亲守在棺材旁，一个显眼的悲伤角色，有人前来吊唁，或跪或拜，她也跟在父亲身后还礼，在那只填了稻草的米袋上不断磕头，头低低的，弟弟也傻傻地跟在一旁，头一点一点的，同样没有眼泪。更晚时候，她躲在被子里听楼下的哀乐和道士们隔一小时就唱念起来的经文，密集的锣鼓声中眼泪都吓得要缩回去。弟弟躺在一旁，帘子拉开，这个小大人屡次想钻进她的被窝都被她踹了下去，她也任他号，哭够了，弟弟才会挺身立在自己床头，灯光投影出巨大的身影，那影子在她看来也是无知的。那截小身体抽动，声音也是一段一段的，爸爸——还要找——一个——妈妈。她就晓得是楼下那群老太婆又在给他灌迷魂汤了，不是他问起，她竟也忽略了这问题，跟着惶恐，觉得这是顺理成章的事情，他们就要有个后妈了！

放屁！她到底不服气说，妈妈只有一个。

弟弟惊恐地望着她，感受着她的怒气，不过这怒气很快转为了安慰，那截身体逐渐矮下去，一抽一抽地睡着了，跟着发出梦呓，妈妈抱抱，妈妈抱抱……她想起更早前，母亲和婴儿期的弟弟，她吞够了嫉妒，可眼下还是眼泪不停。恐惧也最终替代了悲伤，几乎是第二天她就活在另一个女人即将要到来的幻觉里了，甚至饭店在姑姑掌舵下重新开业后，她仍然警惕食客中的年轻女性，只要父亲和其中几位搭上话，她的心就擂鼓般震动起来，还是怕啊。

令人疑惑的是，父亲总没带想象中的女人回来，他每日一早到黄磷厂处理事务，中午才回家。饭店照例是中午萧条，晚上热闹，晚饭后饭店也不打烊，那是牌局时间，一楼顿时沦为小赌场，什么人都往里钻。姑姑曾建议父亲停掉这项危险又混乱的业务，可父亲说这才是他的生意秘诀。

女人迟迟未现，她却满心想离开，哪怕去投奔外公。外公的家在电厂，那里有大片的草坪、荷花池、体育馆和游泳池，通往大坝厂房的林荫路上更有着长长的花坛。等到汛期放闸，那里就更好看了，巨大的水流白龙般涌出，天气晴好的日子，河谷里总挂着彩虹。可父亲与外公交恶，她和弟弟不常去那里，逢年过节也只是母亲领着姐弟俩去匆匆拜会，吃一顿饭，从不留宿的，外公操一口浓重的湖南话，他们也不大听得懂。他们这一家是从长沙来的，外公四十年前随工程局来这里参建雾水流域第一座大型水电站，后转入电厂，从此扎根下来。这些年，她和外公总共也没说过几句话，她还有些怕他。父亲和外公更不来往，两人在小镇碰面也是尴尬的，父亲人立定，冲着外公的方向，也不上前，仿佛等着外公召唤似的，外公呢，从来只顾走路，对男人和男人手里的她视而不见，那份骄傲她看在眼里。只有母亲常说起外公，说他从前在工程局时曾在谭院士手下做过技术员，这是了不得的事情，她却默然，觉得老头儿看不起人，就算从前当过皇帝也没什么了不起。

她到底无处可去。

女人的风潮一过，她也小学毕业了，好像身份瞬间转变，有了成年的资格，她开始要求和弟弟分房睡，她再不想这屋里还有个磨人的小拖油瓶。她郑重对姑姑提出来，姑姑讲，好呀，也该分了，让弟弟跟我睡，我们可以搭个伴。弟弟却不乐意，明知她对他不怎么样，有时还动手打人，可真要分开了，也还有几分忠心的，嘴里说着，我不要我不要，我要和姐姐睡。姑姑笑，刮一记他鼻子讲，羞羞脸，姐姐已经是中学生啦，怎么好和你一起住的。弟弟说，就是大学生我也要。姑姑就笑得更厉害，转述给父亲听，父亲下了决心，说分吧，都大了。弟弟才恨恨地看了她一眼，没几天，就黏着姑姑了，许是尝到甜头，撒娇到不行，恨不得整天吊在女人身上，看她的眼神也是淡漠的，还有些躲闪，没准儿他已说了一通她的坏话，作为投靠的诚意，她感到好笑，又觉得弟弟是故意做给她看的，简直鬼得很。

这时间父亲更少与他们交流，姑姑的存在解了他的燃眉之急，他整夜都在这栋楼里，却隐身般难见，很晚才上楼来。好几次她碰巧醒来，听见父亲在走廊上小声呵斥锅盖，滚回去，老子要睡觉了。大厅不住人，看守只好是狗，这是父亲养它的原因。锅盖呜呜叫着，粗大的尾巴甩在墙壁上叭叭作响，跟着才传来狗爪子叩击楼道的声音，连贯的，有些清亮，声音消失之后，才是父亲在走廊尽头的浴室解手，门没关，那尿声就格外响亮，咕噜咕噜的，像煮一锅开水。

姑姑的店开在老街，一栋狭长的二层小楼，是离开饭店后姑姑盘下来的，一晃好些年了，其间姑姑作为老姑娘结婚，嫁给了施工局一个张姓的大龄灌浆工，两人还没来得及要孩子，那人就死于一次意外事故。都说姑姑命不好是父亲的缘故，是他耽误了妹妹的青春。那之后姑姑就单着，可她知道想娶姑姑的人很多，姑姑有钱有产业，是不少人觊觎的对象。

粉店是两层经营，原先楼上住人，婚后才被姑姑清空，置了新的桌椅，辟成店面，姑父在留守处有套小三室的房子，姑姑就栖身那里，从粉店斜对过的职工医院背后穿过，很快就到了。

店子只做半天，主打是肠旺粉和鸡丁米皮，中午一过就打烊，堆叠的碗筷摆在塑料大脚盆里，一个妇女清洗着，另一个在店里帮忙多年的老刘在门前的水龙头下翻着猪肠，烫好的猪血和细粉被冷水浸着，姑姑在清理灶台，葱花芫荽蒜苗散落四处。粉店早晨七点营业，姑姑六点即起，在灶前烫粉，配制汤料，一站六七个钟头，没有片刻休息，等歇下来又快到张罗晚饭的时候。她平日晓得姑姑忙，只是没想到会这样没有喘息。她想起多年前，姑姑就是这样，她醒来，她已去镇上买菜，不像母亲会搭一辆三轮回来，双手拎满塑料袋，母亲是从不背背篓的，觉得形象不好，土里土气。姑姑却不，背篓里层层叠叠装到顶，人也是走回来的，短衬衫里满是汗，她总见她拿毛巾往背心和胳肢窝里匆匆一捅又下楼来。

父亲每次说，也坐个车嘛，才几块钱。

姑姑也只是笑，说，才几步远。

这一幕还像是昨天。

她回来，姑姑特意煮了豆腐鱼，是那些年从胖老三手里学到的手艺，经过加工，味道变得迥然不同，多了家常的味道，可她吃得没有滋味。她问姑姑，有没有想关了店，盘出去也好啊。姑姑说，关了我吃什么，你养我啊。她笑，姑，你就不要哭穷了，都晓得你有钱，一年能挣这个数吧。她伸出一只手，五个指头在女人眼前果断地晃一晃。想得美，我又不开黑店，哪能挣这么多，姑姑讲。一半总有吧？她问。女人看着她，扑哧笑出声，你倒调查起我来了，怎么，想打主意啊。她笑，不行啊。女人跟着问，你回来到底做什么？上次找你把饭店卖掉，现在这里火了，人家都出了那个数，你有什么犹豫的？

她说，不是出了那个数，我也不知道饭店这么值钱啊。

姑姑说，现在不一样了，哪像以前——现在人怎么这么闲的！

她说，就该挣这帮人的钱啊。

姑姑讲，世道真是变了，你爸要是还在，指不定又会打什么主意呢，他这辈子就梦想发大财，到头来也没剩下几个，倒是你们一个个出息了，也算有了交代。姑姑哀叹几声，她知道姑姑不是想在她面前邀功，这个家能挺下来，全靠忍耐。她知趣地岔开话题，问，饭店怎么选那个地方，开在江南多好，我以前几多想住这边的。

姑姑说，谁不想呢，那块地是你爷爷的，以前是土坯，你都没见过，是你爸关了赌场才慢慢盖起来的，位置也不坏，生意做得走，只是开始时是真苦，你爸哪里开过饭店，毛焦火辣的，这么折腾，还不是想让你妈过安稳点，不用提心吊胆，在你外公面前也好抬得起头，哪想到呢……

姑姑还是把话题兜回来，不吐不快。她只好顺着讲下去，妈妈还好吧，那时候都没你这么累的。

我哪能和她比哟，你妈妈的手，怎么讲的，十指不沾阳春水，都是你爸惯的。姑姑笑，也该，谁让你爸死乞白赖追过来，我们那时都说他娶了个菩萨回来。

什么意思？她问。

拿来供着啊。姑姑说。

两人笑。母亲的毛病她是知道的，大小姐一个，几乎什么都不会，脾气还不好，就一张脸还可以看，有时散着云鬓，有时在脑后盘一只大髻，对穿着也讲究，会自己动手裁衣，她夏天的裙子冬天的毛衣都出自母亲之手。

妈妈也是，不像个老板娘。她说。

姑姑不接话，许是不想显得自己才是那个老板娘，转而问她，你外公还在电厂吧，你也不去看看？

她回答，早住到舅舅家去了。关于外公，她确实没什么好讲的，儿时的芥蒂还在，父亲的葬礼，外公也没能出现，她这才发现外公对父亲其实敌意很深，他还是怨父亲毁了母亲的前程，拐跑了他的掌上明珠，更别提母亲的早早病故。母亲的死直接切断了两家的联系。

唉，你爸和你外公真是一对冤家，讲起来，你爸爸没有哪里对不住老人家的，老头儿也真是，看不起人就是一辈子，连[1]不变的。她就更不懂了，那一代

---

① 方言用语，表程度。

人的事，她没什么好说。

她正要说点什么，姑姑又开口了，语气一转，目光直直盯着她，有了拷问的神色，你回来到底做什么，不会想继续开店吧，我提醒你啊……

八月的小镇很热，门前国道上的沥青快要化掉，踏上去软绵绵的，不是铺得薄，她和弟弟的塑料凉鞋都要陷进那层黑浆里了。如果你把这条路捅得像蜂窝煤的话，我们就不用烧煤气了。胖老三对门口拿棍子捅着路面的弟弟说。那棍子一上一下，从路面中拔起不少黑丝。弟弟认真地问，为什么？胖老三夹一支烟，坐在门廊的竹躺椅上，背后的电扇摇个不停，可这也没有阻止他的汗流浃背，他几乎是在用汗水洗这件背心。胖老三没有作答，等她再看时，他已睡了过去，手中的烟蒂掉到地上。姑姑很快下楼来让他们上楼睡午觉，热死人了，有什么好玩的，小心晒脱皮。姑姑小心地绕过打起呼噜的胖老三，金丽还趴在椅子上看午间播出的《新白娘子传奇》。

只有黄昏来了，饭店才变得宜人，山上的风率先搅动了空气，带来凉爽，镇子却还处在白日的余温中，像关火后的开水，需要时间的冷却。这时的饭店早早亮起灯火，陆续有人停车吃饭，三轮车来了一趟又一趟。父亲站在大厅和人讲话，有时也帮着递一递盘子，但让他这么做的食客可不是一般人，他们要么是镇上的官员，要么是和他一样做着生意的人，也就是他口中的老板，他视自己也是其中一员。姑姑才不分什么身份，每个人她都笑脸相迎。客人出现后，姐弟俩就得腾出空间，在屋后的葡萄架下和锅盖待在一起。可要不了多久，她就会上楼，山林里的蚊子成群结队地飞来，她总是被咬得最惨的那个，手臂、脚杆，甚至脚板心都会被钻进去的蚊子亲上一口。她浑身都是包，涂了花露水也不管用，弟弟却例外，他身上难得有什么包。看着她手舞足蹈到要发疯的样子，弟弟问，它们为什么喜欢咬你？

因为我的血比你的香。她不屑地看一眼弟弟，看到一只蚊子在他手臂上盘旋，又很快不感兴趣般掉头，她立即跳起来，伸手去抓那蚊子，想问问它是不是瞎了眼。

弟弟却无视她的焦躁，好奇地问，你的血是什么味道的？

也许是芒果味。她丢下一句就走进屋子，再不走，蚊子就会把她抬走。她匆匆跳上二楼，姑姑已准备好一锅艾叶水。从前洗澡，母亲都会让姐弟俩坐在一只大脚盆里，一起洗完，现在不同了，总是她先洗，弟弟还要磨蹭好一会儿。

她一次次坐在这盆里，感受着浅浅的水在身下摆动，母亲的手再也不会伸过来，短短时间，她竟想不起那个人的更多内容。她恨自己的粗心，也恨所有人都不再提起母亲，母亲像道穿堂风一样飘荡在她不牢靠的记忆里。一个人死了也许什么都不剩了吧，她想。有时门外传来姑姑和弟弟的笑声，她会无比惊讶，觉得母亲还在这里，可很快意识到这是个幻觉，母亲的笑声不是这样的，她要么大笑，要么冷笑，而门外那含蓄和迁就的笑声从不属于母亲，至少对姐弟俩来说得到母亲的笑是一件奢侈的事，而对父亲那更像是奇迹。

她就是这时开始讨厌笑的，但比起来，她更讨厌哭。在她的认识里笑很肤浅，哭则更蠢。不声不响，才是她觉得唯一合适的状态。

她很快施展了这一本领。

是个周末的清晨，她和弟弟一如往常坐在大厅里吃姑姑煮的面条，一个男人就这样闯了进来，没有预警，锅盖不知野到哪里去了，空空的大厅里只有沉默的姐弟俩和更加沉默的桌椅板凳，这让对方愣了愣神，毫无准备。直到更多人挤占了这不大的空间，像乌云翻滚般使屋内光线黯淡，男人才有了底气似的，指着姐弟俩说，骆老大在哪里？话音刚落，背后就有人纠正，什么狗屁老大，是骆明生！

对，骆明生这个狗日的，躲得了初一躲不了十五！另一个人跟着吼起来。

人群开始骚动，为首的男人也有些无可奈何，她一眼看出他的勉为其难，跟着才注意到背光的人群里还夹着一个女人，一个瘦弱的浑身挂孝的女人，起初女人不声不响，直到背后有人死劲扯了扯她的孝服，囔了声，你还不哭，等什么时候！女人这才抽抽搭搭地悲伤起来，经过过渡，声音逐渐走高，最终迎来了号啕，只是那声音在她听来也是虚弱的，又被一片莫名其妙的声讨声干扰。

骆明生，你个龟儿子，给老子滚出来！有人起头，众人也跟着喊，骆明生，滚出来！

这极像排演然而演砸的一幕，看得她只想笑，又不知这拨人到底想做什么。姑姑随后出现，她走出厨房，一下站在姐弟俩身后，看清了形势，竟也不乱的。你们要做哪样！姑姑的声音掷地有声，并不软弱，这让她心安。她也用目光牢牢盯着来人，没有退缩，弟弟却“哇”的一声率先哭起来，这扰乱了她的心，她立即狠狠剜了他一眼，左手在桌子下死死拧了他一记，可适得其反，弟弟的哭声更响亮了，甚至盖过了女人的哭腔。

有人指着姑姑说，骆幺妹，不干你的事，把你哥叫出来，今天他休想跑脱！

姑姑斜睨一眼对方，哼出一句，你是哪根葱，跑哪样跑，你们有事不要在这里谈，我这里是饭店。

我看是家黑店！有人回应，那人一脸得意，话音刚落，一个人摔起了饭店的椅子。砸的就是你家店！可屋里人多，动手的人一时施展不开，只好将椅子往跟前摔去，险些砸到一个同行人的脚，那人迅速跳了一下，说，搞哪样，不要误伤！

这句话无疑暴露了这群人的成色，屋里的气氛随之走低，还有人笑起来。父亲是这时走下楼来的，大厅霎时安静，她顺着众人的目光回头望了一眼，看见父亲天神般从楼梯间步下来，毛糙的头发耸立在脑门儿，父亲的面容有些憔悴，可目光仍然炯炯，似乎还有些生气，好像这群人只是打扰了他的晨觉。父亲平静地下到大厅，无视众人的存在，第一句话是对姑姑说的。把小孩带上去。父亲的声音有些嘶哑，许是烟抽多了，他跟着清了清嗓子，面对众人也不急于给出什么交代。

姑姑很快牵起了受惊的弟弟，将他从椅子上拉下来，又给了她一个手势，她只好跟在身后，甚至对弟弟说了句，不要哭了，丢脸！可一转身，大厅又炸开了锅，辱骂、恐吓及女人的哭诉立即缠绕上来，她都要听不见父亲的回答了。

一上楼，姑姑就把楼道的门带上，嘱咐姐弟俩无论发生了什么都不能打开。姑姑转身下楼，弟弟仍抽噎着，还拽起她的手，眼巴巴地问，他们会杀了爸爸吗？

她简直不想回答这么幼稚的问题，在小镇她还不知道父亲怕过谁，也许除了外公。大厅的混乱一直持续，要求偿命的口号喊了出来，很快，警车的笛声一路响来，这过程里，她没听到父亲说什么，她甚至有些失望。接着是另一阵混乱，好一会儿人群才被驱散，父亲跟着消失，回到饭店已是三天之后。

其间，姑姑闭口不提，她是听胖老三和金丽讨论才摸清了事情的缘由的。因为操作失误，一个中年民工在父亲的厂子里死掉，父亲赔了一笔钱，本来事情平息，可不知什么人鼓动，才纠集起了那一伙人。

胖老三愤愤地说，不就想多要几个钱吗。金丽却不同意，她和死者是同一个村的，金丽说，人都死了呀，有什么办法，骆老板不赔谁赔？胖老三说，这么说淹死在河里，也要找河赔咯，还要赔两次！吴老七我认得，酒鬼一个，屁本事没有，一天只晓得打婆娘，现在是老天收了他……金丽短了气，她从来讲不过胖老三，最后干脆不耐烦说，反正人都死了。

父亲回来，一进门，她就察觉到了，那道沉闷的身影，总在不声不响中给旁人制造着压力。那几天她和弟弟都知趣地没有打扰他，好在饭店照常营业，父亲看上去也更关心起这里，他竟放下架子出现在不同食客的酒桌上，和人喝酒、大声谈论，好像突然间只剩了饭店老板这一个身份，不得不顾及。

一次她穿过大厅，父亲正背对她和一桌人讲着什么，她毫无防备地听到一句，可可不愧是我女儿！语气里透着得意，她却听得脸颊一红，心跟着狂跳，她不知是该保持步速上楼，还是转身回到后院让蚊子再咬上一会儿。这一刻她无比难堪，甚至有些恼怒，使人难过的不是父亲在背后夸奖她，而是他竟如此轻易地对一帮不配听这夸奖的人夸奖她。

她觉得委屈。

变故还在后头。

那是个雷暴天，雷声一串串在山顶炸响，从山前滚往山后，弟弟还没来得及抱头，胖老三就起身喊，没客咯，我先走了。金丽跟在身后，送我回去呀。胖老三说，我又不是你老公。金丽就垮下脸来，就势踢了一脚眼前人，滚！两人笑着出了门。金丽躲在摩托车的伞架下对她挥了挥手，她也摇了摇手掌，父亲却不动，他背对大堂，望着屋外迅疾降下的雨幕和雨幕中离开的人。世界模糊不堪。她突然有了家的感觉。

来，我们玩牌。父亲转身，面对她和弟弟，弟弟正痴痴对着电视，傻傻笑着，她却低下头来，发现凉鞋里的趾甲又长了许多。姑姑也下楼来，手里一张毛巾搓着湿答答的头发，她的声音也像被什么东西揉搓过，起了静电，你倒教得好，这么小玩什么牌！父亲笑，说，下雨无聊嘛。她不动，弟弟却叫起来，电视也不顾，我要玩，我要玩。姑姑把毛巾往椅背上一搭，蹲下来捏弟弟的脸，你会玩什么？弟弟说，我会打麻将。姑姑就不高兴了，睖着父亲，你教的？父亲哈哈大笑，说，我还用教吗。

姑姑很快被父亲拉过来，她和弟弟早已端坐，父亲洗着牌，一套炫目动作，纸牌在空中钻进了彼此的缝隙，又落成一副完整的新牌。

父亲问，玩什么？

姑姑说，我什么都不会。

父亲说，争上游总会的。

弟弟插嘴，会，我会。

她不说话，目光仍笼着姑姑，生怕她会起身离开，直到女人说，只玩一下，我还有事。

四人抓着牌，父亲坐她下手，故意说，摸快点哟，不然我就摸手了。

她想笑，姑姑却看不惯，把你那套收起来，你以为这是什么地方？

父亲讨了没趣，闭了嘴，只对她眨了眨眼，那意思她明白，他嫌姑姑不好玩。

果然，才玩了几把，姑姑就不耐烦地推了牌，说，不玩了，我还有衣服要洗。

父亲说，急什么，明天也来得及。

她一脸失望地望着姑姑，不懂她为什么要拆散这好不容易出现的氛围，她和弟弟多久没有这样和父亲围坐了，父亲的俏皮话她还没有听够呢，她知道这都是说给她听的，可姑姑很不耐烦，一再出口打击父亲，只有弟弟无知无觉，还在用有限的智慧算着手里的牌。

姑姑起身，父亲搁下牌问，又怎么了，谁惹你了？转而盯着姐弟俩，你们谁惹姑姑不开心了？

她和弟弟彼此望望，完全莫名其妙。

姑姑冷笑一声，关他们什么事，你不问问你自己？

父亲说，我又怎么了？

姑姑说，我就不说你了。

姑姑转身，父亲冒出一句，别听外面胡说八道，累了就休息一下，饭店我来管。

姑姑飞快扭转脑袋，肩头的发丝还未干透，几粒水点立即溅到她脸上，她听见姑姑冷冷地说，这是你讲的。

父亲笑，他们可以作证嘛。

姑姑说，好，那我明天就走。

父亲倒抽一口气，这是闹哪样，又听不懂话了。弟弟也跟着跳起来，不要，我不要姑姑走！说着用哀怨的眼神望着她，仿佛她能挽留似的。

姑姑看也没看这一家人，径直上了楼，那扇门被关得一点声音都没有，一句话却从门缝里挤出来，你以为我想待在这里——

屋内安静，只有锅盖从厨房里探出头来，看到人都在，又知趣地缩了回去。她偷眼看父亲，父亲想尽力表现出不在乎，她瞧出来，只是那表情逐渐走形，变得比哭还要难看了。

她不明白父亲为什么要这样对待姑姑，或者倒过来。

第二天姑姑果然消失，是弟弟哭着寻到她这里来的，起先她以为姑姑只是去镇上买菜，却怎么也没等回那个人。她洗的衣服还吊在后院的麻绳上（只剩她和弟弟的），太阳要落山，也没人来收。弟弟整天啼啼哭哭，弄得她心很烦，父亲也吼过弟弟两句，哭什么哭，又没死人！

姑姑就这样不见了，一天两天三天……

还是胖老三问，知道你们姑姑为什么走吗？

她和弟弟摇头，胖老三说，你爸爸，就要娶别的女人啦，你们姑姑当然要让位子了。

这消息像根针一样扎进她身体，在这燠热的午后，她简直要打起寒战，母亲去世时的忧虑卷土重来。父亲果然没有兑现承诺，守在饭店，这个人连日不见，她想他一定是去找那个女人去了。

金丽却反驳胖老三，你懂什么，骆老大你还不知道，这些女人谁能进得来呢，都是玩玩而已。

玩玩？你怕是不晓得苏小妹的厉害。

苏小妹，你说骆老大裹上苏小妹了？金丽有些惊讶。

满大街都知道，就你脑壳打铁。胖老三点起一支烟，万事在胸的样子。

金丽也不恼，只是张皇地说，完了完了，骆老大这次……见她在，金丽欲言又止，跟着踱到胖老三跟前，不会的，骆老大不会这么傻，苏小妹是个……

是个什么，她没有听清。

她又一次想逃离，在姑姑离去之后。可姑姑消失的悲伤还没能持续多久，她就发现了前所未有的自由。她和弟弟一连几天跑去河边，在沙滩上，她第一次感受到了盛夏河水的冰凉，他们等待了几天，这消息也没有传到父亲那里，胆子就更大了。她跟着一个叫幺鸡的初中生过了一次河，俩人坐在一只 T20 轮胎的内胎上，抵达河心时，她听见岸边锅盖的狂吠，连它也不敢跟过来，那时她还不会游水，还没体会到一个男人挨着她的快乐。

只有一天的星光越来越盛时，她才会想到姑姑，想到那个尚未上门的拥有传说美貌的女人。金丽说那是个脏女人，弟弟就呆呆地问，有多脏？这句话让胖老三当场喷出一大口苦丁茶。她很快让弟弟闭嘴，她不想家丑外扬，不想任何人再谈论这件事。如果父亲让她选，她宁愿姑姑回来，可父亲从未提过。

是金丽对父亲抱怨起来的，她一个人要去买菜要给胖老三打下手还要喂狗，忙前忙后，意思很明确，要涨工资，父亲没有吭气，所以他不在时，金丽的嘴巴就有点不客气，她和弟弟忍气吞声，仿佛这个女人已摇身一变，成了饭店新的女主人。父亲央求金丽暂时住在店里，金丽也没有答应。有几晚她和弟弟去推父亲的门，午夜的饭店除了锅盖的鼾声，别无声响，窗外的虫鸣都是寂静的，父亲的门没有锁，一推就开，他们摸黑走了进去，屋里哪里有男人的影子，她是闻出来的，那张空床很快验证了她的嗅觉。

爸爸去哪里了？弟弟惶恐地问。

也许是另一张床。她记得自己如此回答，却不知道这语气越来越像另一个女人。

姑姑，你还记得苏小妹吗？提起这个女人，她也没有准备。

女人望着她，沉默一会儿，说她做什么，现在人家是富婆，桥头饭店就是她开的。

爸爸真的和她在一起过，那时候她是不是在做那个？

是胖老三和金丽告诉你的吧？还有什么好说的，我跟你讲，那时候你们好险知不知道，不是我走了一步险棋，你们现在还不知道在哪呢。姑姑笑，真是危险啊，那时你爸被她弄得五迷三道的，差一点，就一点点啊。

她真的那么漂亮？她不想知道父亲的风流韵事，那些她后来听多了，可没有一个女人像苏小妹那样让姑姑如此严阵以待。

漂亮，真漂亮，不光是你爸，我都会多看几眼。姑姑大笑，这地方出这么一个人，也难得啊。

你不恨她？她差点……

姑姑笑声变冷，她要是来了倒好，我哪用这么累。

她自知问偏，只好闭嘴。

姑姑接着讲，还有什么恨的，什么年代的事了，现在她还常过来关照我生意，说起来倒不坏，她也是命不好，不对，现在命倒不错，不过，她现在也是一个人。她看出姑姑的激动，面对昔日敌人，女人还很得意，得意中还掺杂些同情，许是想到自己。

我想见见她。她听见自己这么说。

为什么？姑姑问，就因为她差点成为你妈？

她哑笑，摇头，我想看看她有多美，我没有见过她。这是实话，她连那女人的影子都没见过。

你怎么会见过，你那么小就出去读寄宿，见过几个人？姑姑嘀咕，后来你算见过世面啦，什么美女没见够，非要见她！

她笑，也是，又补一句，姑姑，你也很美啊。

女人脸色一沉，哼一声，我美什么美，我没有美过！

她这才发觉唐突，又伤了姑姑的心。

她还记得姑姑是消失一个月后重又出现的，她不知道父亲与姑姑达成了怎样的协议，一定是父亲退让吧，苏小妹被挡在了门外，那以后，姑姑的话父亲言听计从。记得再见到她，是弟弟胆怯地往她身后一缩，仿佛没有认出这个人来，是她带头喊起来的，姑姑——女人的回答她永远记得，家里出了叫花子吗，你看你们的邋遢样儿……

弟弟打来电话时，她还在想要不要去桥头饭店，兴许真能见到苏小妹，这念头还是和姑姑聊天时升起的，却没能行动，见到那个女人又如何呢？弟弟的电话更打断了她的幻想，她有事做了。

姐，我们到了，我没带钥匙，手下人把门砸了。弟弟的声音仍怯怯的，害怕她生气，这么多年他还是有些憷她，哪怕他们之间隔了一个电话的距离。

她很快将车猛甩进饭店门前，弟弟发现了她的红色 MINI，兴奋地从二楼窗口朝她挥手，她按了声喇叭，算作回应，却没有下车。

弟弟走出屋子，来到车前，他知道如果自己不亲自下来，姐姐可能会这样一直坐下去，他敲了敲车窗，姐——

她眉头一紧，最听不得弟弟这样叫她，一道拖音，女里女气，她怀疑这是父亲对他放任不管而姑姑对他百般溺爱的原因，但追根究底，是母亲过早地离开，有时她也会怨自己对弟弟还不够严厉，不能培养他的男子气概。

姐。见她皱眉，弟弟很快改了腔调，这一次他收住了拖音，让那个字变得干脆利落。她这才下车，可弟弟仍盯着车子，问，姐，你的Levante呢，姐夫收走了？

注意称呼。她提醒说。

离了也是姐夫一场嘛，怎么，他收了你的车？

他敢。她说。她知道弟弟眼馋那辆SUV，曾借过好几次，最远一次开到三亚，她觉得如果弟弟不是那么轻浮那么想炫耀的话，她没准儿会把车送给他，但如果这是送车的唯一条件，那弟弟一辈子也别想得到它。

可这一刻，她不想考虑这个。

饭店终于动工。

她望着洞开的大门，屋里早早亮起了灯，黑白交错的马赛克地砖上落满了杂乱的脚印。她有些后悔，她应该赶在这伙人闯入前先来看看，父亲过世时，她没有进去。她准备进门，可弟弟头顶的安全帽实在碍眼，她忍不住说，你非要戴这个回家？

弟弟这才慌乱地摘下帽子，讪讪地讲，是说进来怪怪的，原来是帽子。

是脑子。她纠正说。

整栋楼的改造设计出自弟弟之手，她庆幸在这件事上弟弟还不算太笨。三维效果图她看过多遍，曾和弟弟反复讨论，在不增加地面建筑的基础上，对饭店做出新的调整，空间自然是重点。三楼的屋顶平台做出扩展，在侧边用钢架撑出一个景观平台，二楼也相应打出门洞，叠加一个平台，弥补室内空间的不足，后院更有地盘施展了，铺设地砖、栅栏，增设植物，就能打造出全镇最漂亮的花园。麻烦的来自饭店内部，她厌烦了饭馆，新的定位是民宿，只供应简单早餐和饮品，以保持最大程度清洁。一楼大厅可做小型工作、休闲区域，从前的包房扩为客房，侧边开出门洞，让活动区域延伸到屋旁的两株法国梧桐下，二楼三楼全为客房，三楼她留下一间单独使用。客房的定位是小而温馨，内饰采用条形材料组合，突出木质感，再配合玻璃墙加百叶窗，三楼增设挑高屋顶，采用有防水层和隔热层的不规则形顶，让夏日的露台有荫翳又不阻挡视野，雨天也能使用。整栋楼的外墙也需重新处理，突出砂石的颗粒感与硬质感，底色仍为白，不与小镇的整体规划相冲突。

这方案她多少满意，她简直迫不及待想要看到完工的情景。开设民宿的想法并非心血来潮，这些年她走过一些地方，总是留心那些别致的民宿，还跟丈夫老高说起，有一天我也可以开一家。老高笑，说，不愧是饭店老板的女儿。她哪里想到这一天会这么快到来。结束八年的婚姻后，她果断从入职十年的银行离职，为了这个方案，她预算了所有家当，做工程的老高给了她笔不菲的费用，她本可坐吃山空，但她无法容忍放任的日子，她有时古怪地想，选择念金融，和大十八岁的老高结婚，或许都是为了这一天的到来。

屋里的陈设大大改过，她早有准备，父亲的荒唐让这里名声大振，父亲入狱后，她再没来过。二楼的房间果然暧昧，红色的墙漆透着俗艳，她的房间不出意料地被一扫而空，她记得父亲为此给她打过电话，借着别的由头，让她交出房间，她能说什么呢，按她当时的脾气，肯定是什么都不要了的，她只是没想到这里会被那些女人侵占。父母的房间倒没变，父亲去世后，没人整理，该烧的都被姑姑拿去烧了，衣柜里空空如也，床也只剩下惨白的架子，墙上挂照片的地方空下来，露出一块突兀的白斑。

她突然不想看了，这里的一切都面目全非。昨晚对姑姑透露后，姑姑仍然震动，嘴里说着，我就知道你回来是打饭店的主意，这么小的地盘，我怀疑你能不能挣到钱，你要是赔了，我可不想再养你。

她笑，说，我就赖在这里啦。

女人的目光垂下去，忧虑地说，这样你还怎么嫁人呢，你还没有小孩啊。

她很想反驳，姑姑你也没有啊。一个显著的事实是，女人也不可能再有了。可她不想再伤姑姑的心，至于自己，她没有想过这个问题。

你以为饭店好做？女人讲，你一个人，要吃多少苦头？

姑姑，我不是开饭店，是民宿。她纠正道。

我不管什么民宿不民宿，这里有疗养院还有酒店，我不知道谁会住到山上去，鬼都打得死人。

那才叫刺激啊。她笑。

姑姑却突然厉声说，那我们以前算什么？

她心里诧异，不懂女人心思，姑姑也没有顾及她，一径讲下去，是你爸毁了那里！他这辈子做什么都失败，哪次不是饭店救了他，养活了你们，可他怎么样，耀武扬威做那些事，你们倒是一个个跑了，我往哪里跑……

她试图保持镇定，她确实不清楚离开这里后饭店都发生了什么，对于父亲，她多少有些愧疚，她初中就出去念书，很少回来。可眼下不同，她不希望任何人打乱她的计划，她坚定地说，我可以重新开始的，姑姑，你要相信我。

女人盯着她，目光开始变冷，一星一点都射进她心里，可可，不是姑姑说你，你真是狠心啊，说走就走，一走那么多年，说回来就回来，从不顾别人感受，这一点，你倒像你外公，这些年，你要是常回来，你爸会那样吗？

她没想到姑姑会这样说，她竟把自己和外公联系起来，而父亲接踵的厄运，姑姑也算在了自己头上，她百口莫辩。

你爸为什么会坐牢，你知不知道？女人又问。

她点头又摇头，心里开始抵触，父亲那段历史早有定论，男人也为此付出了代价，她不想再谈论它，何况父亲走了，那个人的淫威再无法威胁波及任何人，她不知道姑姑为什么不肯放过他。

她想结束这场对话，姑，不要说了。

女人看着她，一脸肃然，你应该知道，这些事我也不想带走，你爸坐牢是我去告的，我知道这里告不倒他，就去了区里……不是我狠心，是你爸做在前头，饭店不应该毁在他手里，要毁也应该是我……

姑姑终于说了出来，这才是她想告诉她的，她突然明白了，这么多年，饭店的主人从来都是眼前的女人。

姐，你怎么了？弟弟打断了她的出神，递来一把锤子，老规矩，你来动第一下。她望着弟弟，望着他脸上无知的表情，他真是什么也不知道啊，可他手里笨重的锤子又宣告着什么，她突然想了起来……

可可。父亲转身发现了她，向她招手。她想跑掉已来不及，只好一脸难看地走向他，问，做什么？父亲面露笑意，有了讨好的意味，这神情她可没有见过，也许只有面对母亲，这个男人才会这样低声下气。父亲说，可可，饭店以后就交给你了。众人笑，说，骆老大英明。父亲摆摆手，一口酒被他咕隆一声灌下去，这么好的饭店，你要开下去呀。她就困惑了，不明白父亲为什么要说这个，就好像他马上要去死一样。她讨厌这样的父亲，更不想顾及旁人的感受，她用尽全身力气喊道，我才不要！

编后记

回顾我们走过的不平凡的2020年，在这样一个辽阔、浩荡的伟大时代，好小说必须敏感于我们当下经历的变化，以虚构记录真实，以故事记载人的欲望，人的梦想，人的信念，人的脆弱及坚强。伟大的小说就是要以文字通灵，打通梦想的通道，解决现代人面对的各种各样的矛盾冲突，描绘人类愿景的宏阔并体现出人性的复杂。2020年，我们选载的小说一如既往反映辽阔大地上丰富多变的现实，反映人民的幸福冷暖与喜怒哀乐。

八十五岁的“人民艺术家”王蒙携新作《笑的风》快意而来，将主人公傅大成一生的旅迹见闻、命运跌宕书写得真力弥漫，行气如虹。大师莫言《一斗阁笔记(三)》与古为新，接续中国笔记小说的妙机，依旧元气丰沛，卓尔不群。张炜的短篇《荒岛上的作家》，赞颂那个因文学而火热的年代，书之岁华，其曰坚守。老藤《梦里香椿》深情款款回望故园。艾伟的《敦煌》不见大漠风沙和驼铃，但有嗔怨痴恨纠葛俗世间。程永新《我的清迈，我的邓丽君》刻写一个时代的情感记忆，端的是明漪绝底，尽得风流。刘建东《甘草之味》讲述人生与命运的无常与恒定，在时间的轮回里自带悲悯和嘲讽，恰如一味甘草，于性平回甘之中嚼出大毒大解。

睽违多年的池莉，吃透了当代人的精神状态，以中篇小说《打造》强势回归，下笔如刀，大开大合，重新宣示了“城市文学”女王地位。《朝去夕来人海中》是范小青1987年经典小说《裤裆巷风流记》的柔情续篇，谈笑风生里把别人的一生纵情畅饮。《黄河故事》带着狂妄的艺术野心呼啸而来，在邵丽密不透风的文字里，听得见壶口瀑布狂泻而下的轰鸣，看得到九曲回肠湍流涌动的躁郁。这是一篇女性主义的宣言，黄河——伟大的地母原型，以其滔滔，以其汤汤，世世代代，宣示着母亲是最高主宰。葛水平的《流水》笔力雄劲，一部琴断恩仇记，将高山流水喻义反向书写。薛舒的《后弄》是窗口的皮影戏，凋敝的弄堂旧宅里，每一口呼吸都是戏。吴君《六合街上》对于人性幽暗的探索也已达到很深的段位。

一群“70后”中坚力量也捧出了新作。《虞公山》把一个挖坟盗墓的故事，写成了家族寻根的文化传奇，徐则臣的笔墨出神入化，在历史和现实之间自如穿梭。张楚《过香河》带着强烈乐感，流淌着汪峰《春天里》《北京，北京》的暗夜嘶吼旋律。黄咏梅《跑风》刻画人与动物之间的柔情缱绻，陪伴才是最长情的告白。李骏虎《白昼天空的星辰》聚焦身处婚姻家庭事业各种难缠与琐碎的中年男性，内心仍然坚信：万物皆有裂痕，那是光照进来的地方。杨遥《父亲和我的时代》将“脱贫攻坚”的宏大主题纳入父子亲情关系的架构里。雷默的《大樟树下烹鲤鱼》一支神来之笔，写得沉潜飞扬，妙契同尘。《仙境》一出，令人击节赞叹：信河街越剧团业余刀马旦，也是皮鞋厂老板的余展飞，其盛大华彩的《盗仙草》演出的锣鼓点和欢呼声，亦是作家哲贵自己修炼功成、洞房花烛金榜题名的鞭炮响。

城市生活流光溢彩危机四伏，光怪陆离而又荆棘丛生，被笛安精心编织和架构，终成一匹匹丝绸锦缎般柔软顺滑的《我认识过一个比我善良的人》。文珍则关注那些深受物质、婚姻困扰而焦虑的年轻女性，借由《小铃铛的算法人生》道出她的思考，人的需要终究是一个哲学问题而不是数学问题。班宇的《夜莺湖》在梦与真之间，给那些卑微的小人物以希望，虽如浩渺里的微光、迷茫中的萤火，却满怀生的信念。包倬《初开》写四十五岁的乡村寡妇叶开花，为“谈一次恋爱”而不顾一切，情窦初开，也如鸿蒙初开。李晁在屹立不倒的《集美饭店》中回望父辈生活，抹不掉的乡愁透示了一代人的心理成长轨迹。

这些小说汇聚了多个代际作家的作品，艺术风格多元，兼容并蓄，追求丰富性和时代性，关注历史与现实，更关注未来，足以代表2020年中国中短篇小说的整体面貌，显示出了中国文学勃勃的创作生机和面向世界的开阔格局。

2020恰逢《小说选刊》创刊四十周年，铁凝主席为选刊欣然题词："'选'是艰巨而有魅力的事业，把好的作品选出来，留下去，这需要宽阔的视野，需要敏锐、准确的眼光，需要公正、严明的精神。所以，自古就有'选学'，有'选家'。四十年来，《小说选刊》为一代一代作家的成长，为当代文学的经典化做出了重要贡献。祝愿《小说选刊》精思明辨，治'选学'，做'选家'，汇品类之盛，领风气之先。"《小说选刊》与漓江出版社合作出版小说年选已经二十多年，漓江年选可谓优中选优、选中之选，已经成为中国文学界众望所归的品牌。铁凝主席的题词是对我们四十年来工作的肯定和鼓励，也同样是对漓江小说年选的肯定和鼓励。

《小说选刊》编辑部

2020年10月

附　录

一斗阁笔记（三）…………………………莫言（《上海文学》2020.1　《小说选刊》2020.3）

荒岛上的作家…………………………张炜（《上海文学》2020.8　《小说选刊》2020.10）

睡觉…………………………………………………刘庆邦（《作家》2020.7　《小说选刊》2020.8）

虞公山……………………………………………徐则臣（《芳草》2020.3　《小说选刊》2020.8）

仙境……………………………………………………哲贵（《十月》2020.3　《小说选刊》2020.7）

飞鸟和池鱼……………………………………张惠雯（《江南》2020.2　《小说选刊》2020.4）

鼠辈……………………………………………………弋舟（《作品》2020.1　《小说选刊》2020.3）

大樟树下烹鲤鱼……………………………………雷默（《收获》2019.6　《小说选刊》2020.1）

天水……………………………………………………朱辉（《芙蓉》2020.5　《小说选刊》2020.10）

夜莺湖…………………………………………………班宇（《收获》2020.1　《小说选刊》2020.3）

阳历年……………………………………孙睿（《青年文学》2020.2　《小说选刊》2020.4）

玛瑙手串…………………………………张柠（《人民文学》2020.3　《小说选刊》2020.4）

白昼天空的星辰…………………………李骏虎（《人民文学》2020.5　《小说选刊》2020.6）

叫了一声…………………………………………潘灵（《芙蓉》2020.3　《小说选刊》2020.5）

跑风…………………………………………………黄咏梅（《钟山》2020.3　《小说选刊》2020.7）

后弄……………………………………………薛舒（《北京文学》2020.4　《小说选刊》2020.6）

初开……………………………………………………包倬（《草原》2020.8　《小说选刊》2020.9）

小铃铛的算法人生……………………………文珍（《江南》2020.5　《小说选刊》2020.10）

六合街上…………………………………吴君（《上海文学》2020.7　《小说选刊》2020.8）

集美饭店……………………………………………李晁（《作家》2020.6　《小说选刊》2020.7）

2020 年选系列封面绘图画家介绍

曹力 江苏南京人，中国美术家协会会员。1954 年 2 月生于贵州贵阳。1982 年毕业于中央美术学院油画系壁画研究室，现任该院壁画系教授、系主任，承担素描、油画、色彩重构、线构成等课程的教学工作。代表作品:《马与楼道》组画、《牧童》(中国美术馆收藏)、《牧牛图》(钓鱼台国宾馆收藏)、《原野》、《村女》、《最后的歌》、《打开的乐谱》、《金色的天空》、《鸟之舞》、《玩纸鸟的少年》、《童声合唱》、《都市喧嚣》组画、《月光》、《盛夏》、《琴声如诉》等。

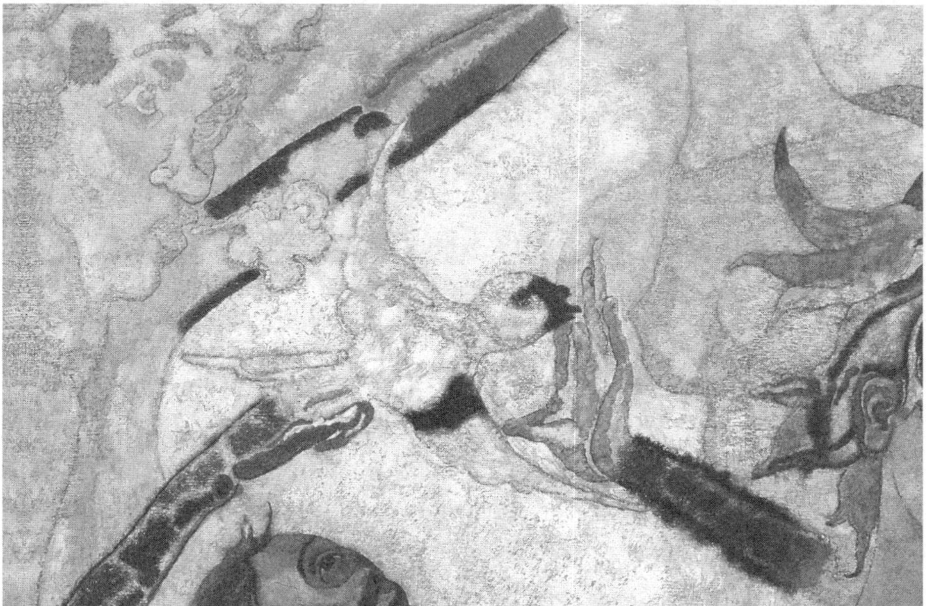

琴声如诉　180 cm×140 cm　亚麻布油画　2005

曹力画作短评

曹力无疑是一位极富诗人和音乐家气质的画家，他给20世纪的中国画坛留下了一系列充满着神奇与客观，梦幻与真实，过去、现在与未来纠缠不清的奇诡瑰丽的抒情叙事组诗，其间跃动着艺术家超人的想象与创造的精灵……这肯定得益于到处生长着神话与传说之树的艺术家童年的故乡贵州山区。

——苏旅（著名美术评论家、策展人、出版人）